婚·锁

六 点◎著

吉林文史出版社

图书在版编目（CIP）数据

婚锁 / 六点著 . — 长春：吉林文史出版社，
2017.12
ISBN 978-7-5472-4765-5

Ⅰ . ①婚… Ⅱ . ①六… Ⅲ . ①长篇小说 – 中国 – 当代
Ⅳ . ① I247.5

中国版本图书馆 CIP 数据核字（2017）第 313277 号

婚 锁
HUN SUO

出 版 人 / 孙建军
作　　者 / 六　点
责任编辑 / 王明智
封面设计 / 人文在线
出版发行 / 吉林文史出版社
地　　址 / 长春市人民大街 4646 号　　　　邮　　编 /130021
网　　址 / www.jlws.com.cn
电　　话 / 0431-86037501
印　　刷 / 廊坊市海涛印刷有限公司
开　　本 / 710mm×1000mm　　　　16 开
字　　数 / 330 千字
印　　张 / 20.25
版　　次 / 2018 年 4 月第 1 版　　　　2018 年 4 月第 1 次印刷
书　　号 / ISBN 978-7-5472-4765-5
定　　价 / 56.00 元

目　录

一、相亲

经人介绍，何平认识了萧建平。第一次见面，何平感到那是介绍人对她的轻视，这人俨然有四五十岁，活像个爹。要是和这样的人生活一辈子，真是悲哀。他满脸皱纹酷似搓衣板，并且戴个列宁似的前进帽，更像一个老工人师傅，唯独身高还可以，有一米七八的个儿。何平没谈过恋爱，都不敢正眼去扫视他，但还是要极力去看几眼。介绍人给他俩介绍完，就找借口躲出去了。

还是萧建平主动："你们学校几个老师，学生多吗？"

何平忐忑不安，眼睛不敢瞧他，心怦怦跳个不停，不知是什么滋味，她回答道："六个老师，学生也不多。"她哪晓得这个乡村小学校有多少学生，可能有百十来个。

萧建平不说话还好，一张嘴两腮泛起层层涟漪。何平看在眼里，心中很不爽——也太老了。可介绍人说他只有二十六岁，比自己大一岁。自己左挑右选就没有一个可心的，并且一个不如一个。那时候，二十五岁的大姑娘也不多了，弟弟都结婚了。找不到对象父母着急，自己也上火。

"听说你喜欢写作，我很羡慕。"建平一副景仰之情。

"瞎写呗，谈不上写作，喜欢而已。"

"那你一定看很多书了？"

"不多。"

"我也喜欢看书，要么也不会有今天的工作。"

"书是好，可没时间看，整天批作业、备课。"

"工作不用那么认真……"萧建平是镇里的中学老师，自学成才的。

他们谈了挺长时间，都是萧建平在滔滔不绝、口若悬河地讲，他本来就像个老者嘛。临走，萧建平约何平下周六来镇里，好带她参观参观他的班级，何平顺嘴一应，心里想：我可不来了，我怎么能和这么老的人生活一辈子，太伤自尊啦！介绍人也不知怎么想的，他根本也不和自己般配呀！就因为他们家有人做官？

回到家，何平把相亲的事儿向母亲叙述了一遍，母亲说："既然没看中，就拉倒吧。这是一辈子的事儿。"其实母亲很着急她的婚事。母亲生了他们兄弟姐妹十个孩子，前年弟弟都结婚了，就剩她与妹妹没结了。

母亲为什么生了那么多孩子？母亲说他们那时没有计划生育，到怀她小妹妹时好像才有了打胎方法，可母亲步行去了县城三趟，不是没电就是星期天。母亲没文化，一天书没念过，家距县城三十多里路，为了能打掉孩子，她不辞劳苦。母亲常说，大姑娘、二姑娘都有孩子了，那时自己有了后面几个孩子，都感觉没脸见姑爷了。可后来往县城也走累了，心想：有也是最后一个了，所以才生了小妹妹。

何平与母亲关系不是太融洽，从记事起就是四姐每天照顾她的起居。上中学时，四姐已嫁到公社（那时乡政府叫公社）去了，她每天中午到四姐家吃饭，可第二年四姐家就搬到了另一个边远的小县城去了。那时学校距家十里路，每天她都是步行往返；而弟弟在一个距家五里路的大队读初中，母亲让弟弟骑自行车，她心里很是不平衡。母亲没文化，对自己的孩子也有好恶之分。她记得五姐上中学时，母亲常常给五姐悄悄地往书包里塞面包、蛋糕，而自己上中学后，母亲一次也没给她塞过好吃的。她感到从小到大母亲都不喜欢她——可能自己不是母亲亲生的。

当她要上高中时，母亲甚至不准她上学。其实那几年初中，何平每天都是早晨自己用废纸包一个大饼子（玉米饼），再拿几根咸菜条，就是一顿中午饭了。一年也拿不上两次馒头，吃一次馒头就像过大年一样，别提心里有多快乐了。那时中学也有食堂，可母亲不让拿粮食。刚上高一那年，就是三块六角钱的书费，母亲也死活不给，她不知被班主任催了多少次，最后母亲才给。后来入了冬，母亲不给她做棉裤，她就自己做；没棉鞋，她就到仓房里翻出哥哥

们不穿的胶皮鞋，这鞋鞋面上破了个洞，穿在脚上大许多；头上戴着姐姐们不戴的破破烂烂的围脖，围在头上两条，耳朵年年被冻得像个水铃铛。不只耳朵，手脚年年都冻得化脓。人家孩子都有手闷子（一种自己用棉花做的只有一个大手指头的手套）戴，而她没有，每天都是把两手插进袖口里。

记得一次学校要浇滑冰场，班主任说不管是当地的还是乡下的，都要从家里拿一个水桶。寒冬腊月，又没手套，水桶又是铁的，何平胳膊挎着水桶，两手插袖与同学说话，一不小心，一个四仰八叉，摔得她半天爬不起来。那时家里有一个棉猴（一种女式棉大衣），也让母亲给弟弟穿了。后来实在上不下去了，第二年过了正月十五她就去了四姐家，四姐、四姐夫对她都很好。

这五六年中，母亲他们又搬到了一个边境地区，也就是大姐家住的地方。去年大姐把她从四姐那儿弄回了父母身边教书。

转眼一周过去了，又到了周一的晚上，一个中学生到何平家，给何平捎来了萧老师的一封信。何平感到很突然，她想，这人真有意思，不就见了一面吗，怎么还写信来。她打开信一看，原来他询问她为何上周六没有去镇里与他见面。那天她只是敷衍而已，总不能说"我不来了，你太老，我没看上你"吧！他还当真了。他写他的信，何平也没给他回信，其实态度很明确——人家没看上你，所以就没去。傻子都明白。

又过了一个星期，那个介绍人捎来信，让何平周六去她家一趟。无奈，周六吃过午饭，她去了镇里。真是无巧不成书，一进镇里就遇到了介绍人。她匆匆与介绍人说了自己没看中对方，然后就去了大姐家。刚到大姐家介绍人又来了。其实介绍人刚通知萧建平去她家，就立即来找何平——她与大姐是好姐妹。

何平离开大姐家，推着自行车与介绍人再三说不行，可介绍人死活不让她走，说："没看上不要紧，你们先处几天，处几天不行再拉倒也行。"因为人已去她家了，她怕不好交代。

何平说："我真的谢谢你，他太老了，我实在没看上。"

介绍人说："男人岁数大疼老婆，我保证他以后什么都能听你的。他这人很有才，成人高考，全县他考第一。他亲表哥是镇党委书记，这也是他表嫂托我介绍的。这人老实，没毛病，又是正式老师。"

不管何平怎么拒绝，介绍人磨破嘴皮子也不让她回家，一看天也不早了，何平无奈，只得与介绍人去她家。一进屋就见萧建平在那看书，他也真能等。

于是，萧建平带着何平去参观他的班级。离开他的班级路过操场时，一个矮个子姑娘与建平打招呼，那姑娘好像很尴尬又很别扭的样子，满脸绯红，匆匆而过。

星期一，萧建平就风风火火来何平的学校找她。何平的学校是一个山村小学，距镇里有六七里路。建平说他没有课，过来看看她。因为是三月份，北方这时还是很冷，何平有些感冒，不住地打喷嚏，因此建平没待多大一会儿，就骑着一个只有两个轱辘和一个大梁的自行车匆匆而去。

中午，何平正在吃饭，建平就带着感冒药来到了她家。全家人热情招待他，何平的弟弟、弟妹是与父母同住的，他们都感到这人挺不错。

晚上，母亲对何平说："这人虽然长得老点儿，但心肠不错，知道疼人，你妈都没想到给你买药。"

从此，萧建平常常早晨或中午骑着那个"三角架"来看她，有时一天跑三趟，也真令人感动。

因此，五一放假期间，萧建平在他表哥表嫂的带领下（他父母没有出面），到何平家算是把婚事确定下来了，然后建平又带她去见了他父母。

那是个星期天，当何平到了建平家，萧父就到四五里外的乡里去买菜，回来后就神秘地把建平叫到一个角落里，问："你和王梅怎么还没断？多亏我今天去买菜，半路上碰到她，她正要来找你……你看你弄的什么事儿！"

其实，此时的萧建平可不是脚踏两只船，而是三只船，那次何平与他在操场上碰到的那个小个子同事，也是他的恋人，是个朝鲜族姑娘，叫朴玉。这个王梅也是个小学老师，建平前两年是教小学的，去年才调到中学，他们是在一起学习时认识的，并且她也到他家认过亲，因为这姑娘当时想要台黑白电视，他父母很抠，嫌人姑娘要东西，就不同意儿子与她相处了。王梅与朴玉个头差不多，但没朴玉长得俊，属于典型的农妇形象，身型短粗。可后来王梅知道他父母嫌她要电视，就黑白电视也不要了，两人常常书信往来，也经常见面。在这两个女人之前，他还订过婚，就是镇里一个做酱油的，他们彩礼也过了，家具也做了，婚期也定了，最后却没结婚，因为他怀疑那个女人不正经。有一次，那个女人背着他去外地半个月，回来后，有一天他到她家去，一脚门

里一脚门外地听见那个女人的父亲在教训女儿："他怎么给你买表、买衣服，怎么不给我买？太不像话……"因此，他确定那个女人外出与她的师父做流产去了。这桩婚事弄得沸沸扬扬，不欢而散。

后来建平与何平交往后，建平母亲对他说："就这姑娘了，你不能再挑了。这姑娘长得漂亮，我喜欢。"其实她是一个很刁的母亲。

萧建平回学校后，用红笔给王梅写了封断交信，王梅很知趣，从此两人就结束了。

二、诚实的祸根

　　一次，在去建平家的路上，萧建平很为难的样子，吭吭哧哧半天，说："何老师……"他对她没有用爱称，很显然他不是打心眼儿里喜欢她，因为他爱的女人太多了。一个男人如果是真心爱你，把你视为手心里的宝甚至视为生命，他会对你很亲昵，称你是"宝宝""宝贝""亲爱的"，他会总想拉起你的手。对于这个称呼，何平虽然不十分满意，也听习惯了，见他吞吞吐吐的样子，只好问道："什么事儿？这么难为情。"

　　"其实，我不是二十六岁，我二十八了，你不会怪我不说实话吧。"

　　"不会。只要你对我好，年龄无所谓。我的年龄可是真实的。"何平从出生就没撒过谎。

　　萧建平这边与何平谈着恋爱，那边对朴玉也不撒手，一有时间两人就去逛街。其实他喜欢朴玉，可朴玉父亲不同意女儿找汉族女婿，因此，两人谈了一学期，在朴玉的宣布下两人像是结束了，可也常常出去散步。一次，两人正在集市上手拉着手买水果，被何平的大姐夫撞见了，可想而知，这件事很快传到了何平的耳朵里，何平问了萧建平，建平说：

　　"一定是你大姐夫看错了，我俩可能走得近了点儿，但我们根本没拉手。我俩是谈过对象，可她父亲坚决不同意她找汉族人。我俩也不是没想过要到外地去，可困难事儿太多。"不知他是傻还是聪明，这话怎么能对何平说。

　　何平听了心里很不舒服，因此好几日不理他，建平就极力讨好她，今天送她一张印着几只小猫咪的卡片，明天送她一首诗，使何平这个情盲拿这两件

东西视为珍宝，认为这就是真爱，哪知萧建平是哄骗女人的高手。何平常常把那张猫咪卡片拿出来看，脸上洋溢着无比幸福的神情，也常常品味他的诗：

> 有情何叹青春老，人生路上偶逢君。
>
> 赤诚肝胆笑哈哈，从此不再思阿丑。

另一张卡片：

> 梦里赏花笑哈哈，欲折已有带回家。
>
> 早至此地心怒放，感谢上苍赐福享。
>
> 　　　　　　　　　　　　　一个向你微笑的人

他的字潇洒飞扬，让人陶醉，何平十分欣赏，因此那点儿不愉快她很快抛到九霄云外去了。

一天，几个同事在一起闲聊，其中一个女同事莫名其妙地说："萧建平可老奸巨猾了，你十个何平也不是他的个儿。"明显是话里有话。可何平不在意，她决不相信建平和自己处对象的同时还会有别的什么事儿。因为通过一段时间的相处，她没觉得萧建平有什么不对劲儿。

大家都知道何平是从外地回来的，一天，那个介绍人与何平的大姐闲谈，大姐说："我的六妹可能手里有四千块钱，她四姐那里很富裕，她肯定也攒了不少钱。她回来时买了很多书，喜欢写东西，也爱看书，爱上学。要是我父母不耽误她，她肯定不是现在这个样子，早出息了。唉！"

是啊，要不是父母阻挠她上学，她肯定早出息了。介绍人把这些话说给了建平。那时的四千块钱能买一座很像样的大砖房。就因为这四千块钱，萧建平决定放弃朴玉与何平在一起。于是，邪恶的想法在他的脑海里萌生。他常常晚上来找何平，有时在教室里诡秘地关上灯，就与何平过分亲昵，何平不肯，他说："早晚都得这样，见到你我就冲动。"于是，他拿起何平的手就往自己的那个地方放，吓得何平心都快跳出胸膛了。何平吓坏了，慌慌张张地说："我们回家吧，不早了，我有点儿害怕。"

第二天，何平都不敢正脸面对他，觉得羞死人了。可是紧接着星期六建

平把她带回了自己家，并且留她在家住下。晚饭后，他给何平忙前忙后地铺着被褥，并且给何平朗诵："君子曰：学不可以已。青，取之于蓝，而青于蓝；冰，水为之，而寒于水。"他这人很爱张扬，常常说话文绉绉的，普通人有时听他转的词不知啥意思，只觉得这人文化很高，又有点儿臭显摆。他见何平听得高兴，又抑扬顿挫地朗诵李白的诗："海客谈瀛洲，烟涛微茫信难求；越人语天姥，云霞明灭或可睹。天姥连天向天横，势拔五岳掩赤城。我欲因之梦吴越，一夜飞渡镜湖月。"

何平看他朗诵得很投入，不禁笑了，说："这不是《梦游天姥吟留别》那首诗吗？你中间落了一句'天台四万八千丈，对此欲倒东南倾'。"

"是，是。"他感到没面子，因此这首诗建平再也没在她面前背过。于是，建平趁此羞涩的机会关了电灯，搂住何平就把手伸进了她的怀里，像个饥饿的野兽，激动地说道："书上说，男人总这样会弄坏身体，你不会不心疼我吧。"他说着像个强奸犯一样脱去了她的衣服，可是几次都不成功，这令他很是沮丧。

又一个星期天，建平又把何平带回家，这回他有了经验，给何平拿了几本书，其中一本是《新婚必读》，这小子真是有心眼儿。他像只馋猫一样搂着何平，手不住地在她身上摸索着，这一晚他终于得逞了，也染红了褥子。

转眼暑假到了，因为何平是临时聘用的老师，所以要参加中函学习，并且寒暑假都要去县城考试。

这天，建平买了两盒精致的小糖果，送何平上了客车。其实建平心里始终想的是何平那四千块钱，哪知那是何平的大姐胡诌的。建平想，有了这四千块钱就不愁结婚买房子了。想到这些他心里美滋滋的，因此他急着占有她。

何平在城里考完试准备回来的那天，早晨上小吃部吃油条喝豆浆，可这油条怎么也吃不下，闻到油条味儿就反胃，想吐，因此她只喝了点儿豆浆，把油条带回来了。

何平从城里回来，建平拎着一条鱼来接她。回来后，建平发现何平什么礼物也没给自己带，很不高兴。本来何平想给他买礼物的，因为身体太难受，再加上家里有父母、弟弟妹妹，她顾虑很多，也就罢了。回到家她对父母说："不知怎么了，我闻到油条味儿就难受，没食欲。"说着把油条放进了厨房。

母亲什么也没说，本来她和母亲就不亲，母亲好像从来都不关心她。与

建平相处期间，几次她都想放弃，只是因为母亲的关系，她才硬着头皮与萧建平好下去——她也想快点儿成家。母亲虽然不吭声，但也猜到她出了问题。

她是和建平一起回家的，中午吃完饭，他们就离开了家。路上建平说："前天我送你上车，当时兜里就有几块钱，都给你买吃的了，你回来真让我失望，可见你心里一点儿都没我。"

何平说："不是不给你买礼物，家里有弟弟妹妹，他们看到我给你买东西不给他们买，他们会不高兴的。"何平停了停，又说，"再说，今天不知怎么了，一闻到油味儿就反胃。"

建平骑着那辆三角架自行车，可想而知连个闸也没有，正遇到一个大下坡，没来得及说什么，他就像离弦的箭一样飞了下去，令何平胆战心惊。建平穿得也不好，给人一种穷酸相。他冲到平坦处，何平很快赶了上来。

何平说："咱俩上镇里一趟，买点儿东西。"

于是到了镇上，何平买了一块浅浅的蔚蓝色的斜纹布，对建平说："本来我就是想回来给你买东西的。走，给你做条裤子去。"

建平没有推辞，脸上露出灿烂的"洗衣板"似的笑容。他是放个鱼饵就想钓条大鱼，不吃亏的主儿。到了裁衣铺，量好腰身，两人就高高兴兴地走了。

两人骑着自行车，一路上建平又卖弄起自己的文采：

真的想马上见到你
只是不知
那路口是否还挂着标记

他豪情气爽，舒展胸怀：

我相信黎明
相信云霞会为我铺现出绚丽

显然又是他人之诗为他所用。

路上，何平突然想上厕所，让他等一等，而建平像没听见，支上车子，也尾随她进了树林。从镇上去建平家有二十多里路，一路上要经过两个村落，

路两旁几乎都是群山树木，挺阴森的。何平上完厕所一抬头，看见建平也正在上厕所。何平羞红了脸，说：

"流氓，下流。你上一边尿去。"

"你真是老封建，"建平一副不以为然的样子，"什么年代了，我看看能怎么的。"

"建平，我胃难受，有点儿恶心。"

"没事儿吧？"

"谁知道呢。"

"你是不是怀孕了？"建平猛然醒悟。

"不能吧？"

"过两天我出门学习，咱俩去看看。"建平正在学高函。

"这个月是不是没来事儿？"他可挺懂。

"是啊，都四十多天了，还没来。"

"那就差不多。"他又欣欣然，"我的种可真好使。"

何平听到自己可能怀孕了，十分沮丧，不由得流下了眼泪。没结婚呢，多丢人，可怎么办？

建平安慰她说回家和父母商量，准备结婚。何平说：

"咱俩都教学，怎么也得有个写字台，家具现在不都是组合柜吗，咱也要组合柜就行。"

建平说："那当然。"

没两天，建平把何平在裁衣铺做的裤子取了回来，穿在身上在他父母面前显摆起来。其实这个蔚蓝色的裤子穿在他身上真是很不得体，让人看着别扭。

他们出行那天，萧母给了何平八百元钱，说给她买衣服的。何平第一回来他家时萧母给了两百元，再加上这八百，她进萧家的门儿，一共一千块钱就把她打发了。萧建平早就跟父母说了何平有四千块钱，他们乐在其中，可何平别说四千，四百也没有。从前在外地挣了点儿钱都让她买书了，真是一分钱都没攒下。如今她只是临时聘用的老师，每月只有七十多块钱，就连自己骑的自行车，买车的钱还是从大哥手里借的，不知攒了几个月才还上的。

建平大妹妹去年已结婚，二弟在县里上班，三弟上中专，小妹妹上高中，

小弟上初中。现在是暑假，三弟、小弟都在家，小妹妹一早就出去了。萧父是个老实人。临走时，萧母把他们送上客车。

他们第一站到了一个农场医院。因为他俩已商量好，看看是不是真怀孕了。经医生检查，也就是用手摸了摸小肚子，说："你怀孕了，快三个月了。"

何平脸都白了，辩解说："我就四十多天没来事儿呀，没有三个月。"她出来后把医生的话告诉了建平，建平立马撂下脸，说："我和你发生关系可没有三个月。"

何平听着很刺耳，自己可从来没谈过恋爱，更没和任何男人近距离接触过，太冤枉了。再说我是堂堂正正大姑娘被你强占的，我是个处女，你是知道的，怎么能这样伤人？她心里十分不悦，思来想去，她决定做掉这个孩子，建平却一点儿也没反对，这令何平更加难过。

在做流产的时候，萧建平悄悄打开门问医生：

"孩子有几个月？"

医生顺口答："快三个月啦。"

何平在产床上被折磨得翻来覆去，总是想吐，医生不住地给她挪着垃圾桶。泪水从她的脸上不住地往下流，直感到肠子都快被医生给拽出来了，似乎心都要被摘出来了，她感到生不如死——好像也快死了。在她奄奄一息时，医生说："好了，下来吧。"她多想有人扶她起来，过了半天，她才精疲力竭地挪下产床。

出了手术室，建平没有搀扶她，第一句话就是："咱俩在一起可没有三个月呀！"他指的是同居，"医生怎么说有三个月呢？我看跟我没关系。"

何平真是一点儿力气都没有了，辩解道："本来就快两个月了。我算了，四十八天没来事儿。医生只是用手摸摸，说得不准的。"

"医生那就是科学。"

"是你强占的我，我本来就不愿意。"何平既委屈又气愤，"你是知道我是姑娘的。"她是一点儿经验都没有，本来刚有反应还没几天，按理说也不到两个月。

"我看我就是替罪羊。"两人争吵着。

第二天，建平就坐上车扬长而去，去佳木斯学习去了。何平在此只买了两件衣服，又给未来的公公婆婆、小姑子、小叔子买了点儿东西，当然也不

能少了建平的，钱也就所剩无几了。她想：我给他们家人买这些东西，她妈妈肯定还能给我钱的。她想得太美了，她哪里晓得，其实他们家还指望她那四千块钱呢！

很快何平独自回了萧家。把给每个人买的东西分完，同时也把自己和建平买的东西都放在了萧家，就带着病体骑着车子回家了。她不懂女人做了流产还需要休息，她只是感到莫大委屈，建平为什么明明知道自己是好人还要侮辱她？她不明白。不明白的事情还在后面呢！

三、狰狞嘴脸

建平一回来就去找何平，他出那么远的门儿，回来却两手空空，真是"严于他人，宽以待己"，但是何平一点儿都没挑。

何母见建平来了，打了声招呼就离开了屋子。建平一字没问何平身体情况，似乎何平没有为他做过人流手术，一句体贴心疼的话语都没有。

何平有一个很精致的小皮箱，那是在四姐家时买的，她把很多自己喜欢的小玩意儿放在里面。何母走后，她拿起皮箱想要找点儿东西，刚拎起皮箱，就被建平冷不防夺了过去，吓了她一跳，感到莫名其妙。

"你要干啥？"

建平不搭腔，迅速打开皮箱，何平去夺，他很凶地推开她，去翻皮箱里的每一样东西，就连每一个信封他都要抽出来看一看，真是副活生生的小人嘴脸。他可能要查查何平有没有情书，谈没谈过恋爱，有没有见不得人的东西，还想看看有没有存折。

何平在四姐家时，四姐对她如同对自己亲生女儿一样，无论有什么好吃的，都让她和两个小外甥一起吃。如果有人要给她提亲，四姐都先要瞧瞧，若四姐没相中，何平就别想见到人，只能听四姐转告她：这人是个转业兵，长得挺帅，个儿也挺高，可是工作没落实，不行；那人工作还可以，但个子太小；这人岁数大了点儿……四姐也常对她抱屈："小的时候整天看你，背你，肩膀头子整天被你啃得锃亮。人家小姑娘整天跳皮筋儿，我只能站在一边儿看，人家都骂我是带孩子老婆。从小到大你是跟定我了。"

是啊，从记事起就是四姐每天给她梳头，还常给她抓头上的虱子，四姐从来没骂过她、打过她。可想而知，四姐就是她的保护伞，何平长这么大就像一张白纸。

萧建平以小人之心度君子之腹，当然，他什么也没搜查到。何平见他一副土匪的样子，气得站在一旁生闷气。是啊，自己都是人家的人了，他愿意咋样就咋样吧。

中午，家人都陆续回来了。吃过午饭，两人就骑着车子去了镇里。路上何平说："你和你家里说了吗，咱不能总这样，趁着暑假有时间，你得把家具打了。"

建平顿了顿，说："家具早准备好了，就差房子了。"他又看看何平，"其实我家早给我准备好房子了，但在我们村里，咱俩上班太远也不行啊。"

其实他说的是实话，房子是他与那个做酱油的姑娘准备结婚用的。何平说："那在镇里租个房子吧。"

建平说："我们学校家属房旁边有个耳朵房闲着，要不用那个吧。"

何平见过那个耳朵房，靠着路边，还没有母亲家仓房结实，是个趴趴（pǎ）房，草盖儿，好像一下雨就漏。一时她感到自己这一生完了，怎么活得连父母都不如，她心里乱糟糟的。

说也巧，两人正好路过中学家属房，建平指了指那个耳朵房说道："要不先用它吧。"

何平说："我看像个猪圈。"

建平又说："听说镇小学搬进新校舍了，正在卖旧校舍，两千块钱一间，要不咱买一间吧。"

"一间怎么住，怎么也得买两间。"

"我也没有钱呢。你第一趟上我家我妈给了你二百，后来又给了你八百买衣服，我妈又给了我两千，说咱们结婚就这三千块钱，以后再不管了。我上佳木斯学习还花了一些，买一间房也不够。"

"那就租房子吧。"

建平看了看何平，难以启齿地说："听说你有四千块钱，拿出来买房呗。"

何平一愣，不禁笑了，说："你说梦话吧！我抢银行啦？我什么时候有过那么多钱？"

"你家人说你有钱！"

"不可能。我有钱能不拿出买房子吗？他们真是造谣。"

建平一脸不高兴，觉得何平没说实话。

何平就是一个实芯称砣，从来说话都是实打实，她是一点儿谎话也没说，就如同一个诚实的小学生。她能有什么钱，在四姐家这几年她都是白吃白喝，挣那点儿钱还不够她买衣服和买书的。

四、家具

　　二人回到建平家，建平带她去看了做好的家具。当然，家具在他父母给他早已买好的那个房子里。

　　何平一进屋，眼前出现的是一堆垃圾一样的家具，根本没有写字台，更别说组合柜了，何平很不高兴。

　　"现在结婚哪有用这样的家具的？我弟弟前年结婚还是组合家具呢，这也拿不出手啊！"何平心想："这就是一堆豆秆子家具，我四姐家家具都比这好。"

　　"那你是要人还是要家具？"

　　何平心里说不出的难过。是啊，自己都和人家睡了，还能怎么样？其实萧家也是抓住了她这个弱点。那个年代的女人要是未婚先孕，是要被人耻笑的，可社会为什么不谴责男人呢？是他们下流无耻。何平心想："当然是要人啦！"她闷闷不乐。再看看这些豆秆子家具，显然是几年前就做好了的，上面的花纹都是多年前流行的，结婚时怎么给亲朋好友看啊，寒碜死人了。

　　建平见她不满意，指着家具说："这些花纹都能处理掉。"

　　"那咋结婚呢？"何平问。

　　"我家也没钱，我又没什么朋友，咱就旅行结婚吧！"

　　何平没吭声，心想："这就是个土鳖家庭。农村结婚哪有旅行的，我家兄弟姐妹这么多，就没一个旅行结婚的，就这些豆秆子家具也够别人说笑了。"

　　晚上，建平还要和她同睡，何平坚决不允许。他明知她身体没恢复，却

还是兽性大发。

何平说："不拿结婚证你就别想。"

建平说："我妈都知道了，说你为我受苦了。那次回来看你脸色不好，还自己骑着自行车回家。"

"要是再怀孕怎么办？"

"那次不一定是我的。"

"放屁，你不是人。"何平气炸了肺，"我又不是特殊的女人，你简直在说鬼话。"

"我都问大夫了，她说你怀孕都有三个月了，那是科学。"

何平似乎要气死了，咆哮着："医生就用手摸了摸，就是科学？你长没长脑子？四十八天前我还来事儿了呢，上哪怀孕去？鬼胎？！"她想了想又说，"你早说呀，把这个孩子生下来，看看像谁。"

"你敢吗？"建平冷笑着，话里有话。

何平真是快被他气死了："当时你也没反对呀！"她又好像想起了什么，说道，"也许是双胞胎。"她真不知建平怎么会是这样的人。

其实，这是萧建平的本来面目。在家里，除了他父母哪一个他没打过？他就是个暴徒。在村子里，了解他的人谁敢给他介绍对象，那真是活腻了。给何平介绍对象的人也是不了解萧建平，只是和他表嫂一个单位，当然也有巴结他表嫂的意思，才热心给他们牵线搭桥。

显然，两人是不欢而散。

何平回到镇里把要结婚的事情和大姐说了，并且说家具不是新打的，大姐坚决说：

"不行，用旧家具不吉利。一辈子不就结一次婚吗，怎么能这样，肯定不行，让他们做新的。"

何平低着头，什么也没说。

大姐知道他们成家得在镇里，就问："房子怎么办？"

"没有房子，租吧。"

大姐想了想，说："我家前院的土房你们收拾收拾用吧，反正也闲着。"大姐家住的是高大砖房，前院那个土房是为了买那块地皮，他们家扣的大棚，

冬夏都种着蔬菜。

听了大姐的话，何平怎么也高兴不起来。找了这么个寒酸的男人，要啥没啥，要长相没长相，就算有个身高，但人品还不好，几次三番地像个强奸犯一样占有自己，还侮辱自己，不知以后的路是什么样，肯定险恶重重。

她垂头丧气，像霜打的茄子，把要结婚的事儿与家里人说了，当然谁也不会问什么，他们本来就很冷漠。

五、结婚

　　他们把大姐家的草房简单地收拾收拾，又去领了结婚证，就准备结婚了。当然家具还是那豆秆子家具。新房从来就没有一个人来看过，异常冷清。

　　他们选的出行日子是农历九月六日，这天就算他们的结婚日。这时已经开学，他们请了一周的假。这日老天也不作美，外面下着淅淅沥沥的小雨。

　　一大清早，吃过饭，母亲和妹妹把他们送出家门，他们顶着小雨骑着车子去镇上坐客车。

　　当他们坐上去佳木斯的客车时，外面的雨下得更大了。人们都说，"结婚下雨过不长，过长也是不消停"。能那么准吗？

　　接近中午，天晴了，但还有很多云团在天空徘徊，道路上积水四溅，两旁的庄稼长势喜人。

　　何平不知建平会带她去哪个大城市度蜜月，但她觉得不会走远，因为他没钱，但总不能就去个佳木斯吧！

　　这一路坐了七八个小时的车，何平一口水都没喝到，下了车，她真是渴得如上甘岭战场。出了客运站，她对建平说："渴死我了！"

　　建平立刻拉下脸说："这么多人，怎么买？"

　　又走了一段路，何平实在受不了了，看路边有卖水果的，就说："买俩梨吧！"

　　建平拎的是何平那个小皮箱，没好气地边从皮箱里往外拿钱边扫视周围，怕有人来抢似的。买了两个梨，何平赶紧拿起一个先给他，自己用手擦了另一

个就咬了一大口，她真是渴坏了。但还没等她咬第二口，过来一个六七岁的小男孩，伸手就向何平要：

"阿姨，给我吧，我饿死了，阿姨，你就给我吧……"那小孩儿边说边跟着何平跑。

何平看了看小叫花子，浑身脏兮兮的，挺可怜，就把梨给了小乞丐。建平一看，恼羞成怒，顺势一跺脚把自己手里的梨摔在地上。这梨摔得稀碎，把小乞丐也吓傻了，塞了一嘴的梨不再咀嚼，瞪圆了眼睛看着他们，路上也有几个人停下来瞅着他们。

"你不渴吗？怎么买了给别人？"建平吼道，他气急败坏，不知怎样泄愤。

"他硬要，旁边还有人，我没办法。"

"要的人多啦，你送得过来吗？"建平匆匆向前走去。

何平低着头紧跟其后，像个受气虫。但不管怎么紧跟，也撵不上建平，没一会儿，建平就没了踪影。何平东望望西望望，如踏上了另一个星球。这可怎么办，这是结婚吗？这不是发昏吗？

何平哪里知道，在开学前，那个朴玉听说建平要结婚，就在一天夜里找到了他，说："我爸同意咱俩的事儿啦，他说只要我们能幸福就行。"

建平抓住她的手，朴玉潸然泪下，扑进他的怀里。建平说："我爱你。"

"我也爱你。"

建平痛苦万分，他和别人结婚证都领了，现在说什么都晚了。他紧紧地搂着朴玉，思绪纷乱。如果当初不是她父亲坚决不允许她找汉族人，也不会有今天。那天，就在朴玉向他传达了她父亲的"圣旨"之后，他就去了县城，因为在这之前一个亲戚说要给他介绍个对象，于是这天晚上他就见到了要相亲的人。这女的在乡下银行上班，他感觉还行，两人就建立了恋爱关系，可是没处几天，那女的就写来了一封断交信。后来他听说那女的跟她的行长有婚外情。失恋的痛苦让他寝食难安，所以很快他表嫂又托人给他介绍了何平。他饥不择食，以为遇到了美餐，况且母亲非常看中。

那天晚上，建平与朴玉相拥无语。

所以这些日子建平愁眉苦脸，闷闷不乐，每天心情烦躁。他提着何平的小皮箱就像和谁刚打完仗，一溜烟儿没影了。这里他不陌生，因为他这几年在这个城市学高函，每年都来几趟。

　　在这个陌生的城市里，何平两手空空，她望着满天纷乱的白云，不知走向何方。迷茫中她返回了客运站，她真想像那个小叫花子一样，向行人讨要点儿车费返回家去，可她的穿着又不像叫花子，行人能给她钱吗？她用泪眼偷偷地扫视着从身边经过的行人，观察他们的表情，看看有没有面孔善良的，看出她有难事儿，帮帮她，她将终生记住他的好。可是，没有一个人注意她。因为她穿了一身红，谁见了都晓得她是新婚之人，可就是没人注意她的脸。她两眼红肿，目光呆滞，一副可怜虫样。

　　天渐渐黑了下来，建平神不知鬼不觉地又出现在她面前，何平像在梦里。他们开始找旅店，找了一家，人家一看是新结婚的样子，就往死里要钱："八十一宿。"抢钱啊！何平一月工资才七十多块。这个价钱把他俩吓跑了。又找一家："一宿四十。"还是太贵，又走了几个地方不是六十一宿就是五十一宿，最后他们又返回了那家四十一宿的旅店，这时天已黑了，路灯也亮了。

　　他们的房间在二楼。放好东西，建平带着何平，俨然像带着个跟班儿的，下楼去吃饭。

　　吃完饭回来，建平见何平不吭声，解释说："不是我说你，你怎么就那么渴？客运站那么多人，钱在皮箱里，要是被小偷看见了，偷了去怎么办？再说，你渴你吃呀，给那个臭叫花子干什么？"

　　何平像个受气虫，一言不发。

　　"好了，你也别生气了。"建平凑到她身边，搂过她，把手伸进了她的怀里。

　　他有点儿像动物，又不如动物，动物发情前还要讨好对方，他可好，专横跋扈，不顾及别人的感受。

六、吝啬鬼

他们在佳木斯只待了两天就回来了，因为建平兜里带的那点儿钱不够再往前走了，如果再往前走他们得要饭回来。因为没钱，显然没给任何人带礼物。

回到新家，屋里冷冷清清，没有一个迎接的人，就连做饭的锅都是大姐家的，烧柴是他们前些天自己买的木桦——这个新家真是一贫如洗。吃饭的时候，发现忘了买筷子，建平到外面折了四根柳条，算作两双筷子。餐桌靠在睡觉屋的炕沿边上，连个坐人的破凳子都没有，他俩互相谦让着，一会儿你坐炕沿一阵儿，一会儿他站一阵儿，很是寒酸。

两人第二天就都上班了。晚上建平抱回一樽连体的双瓷马，欣喜地放在了高低柜上——是朴玉送的。看着这樽瓷马，何平心里不是滋味，好像看着一个炸药包。建平又对何平说："我单位老许随了十块钱的礼。"那时礼就是这么大。何平也说了自己单位除了校长陈佳玉没随礼，其他人也都随了，当然这些人和她都有礼尚往来。

他们新房的窗户上是何平出行前自己贴的喜字，双方兄弟姐妹没有一个给他们新婚献上一份礼，都嫌萧家太吝啬，认为何平不识数。何平只能哑巴吃黄连有苦说不出，谁让自己命不好，碰到了这么缺德的一家人，连个婚礼都不举行。他们就像私奔一样，在外待了两天就灰溜溜地回来了。

大姐见他们回来了，就把何平和建平叫到家里说："不举行婚礼也就算了，回来总得请请亲朋好友吧！"

何平不敢言语，看看建平，建平不吭声。

"结婚一点儿动静都没有是不吉利的。"大姐说。

"是啊，应该请请亲戚朋友，大家都认识认识。"大姐夫帮着腔。

可建平不吭声，何平也不敢说话。建平那副穷酸相，满脸波浪似的皱纹一起一伏，让人看了很不舒服。他在心里掂量着，一桌饭百八十呢，你们掏啊！他是一个非常计较的人，也十分抠门儿。看大姐夫张嘴了，他只好说：

"不请了，也没几个人。"

显然，大姐的心也白操了。大姐身体不大好，长得像个娇太太。她也是为他们好，请客自然人们就随礼了，你们也不吃亏，也让人们知道你们结婚了。

大姐和大姐夫见他俩不情愿，就知道建平怕花钱，大姐还想说什么也就咽回去了。

这时，天也黑了，他俩回到家，建平很不高兴。

他们的新房一件电器也没有，连个像样的窗帘都没有，只有个薄薄的窗纱。

一进屋建平就说："请什么客，哪有人。"因为他平时不与人结交，就像那灶炕门打井，房顶扒门，过死门子。

到了星期天，他们买了点儿水果，回到了何平娘家。吃过午饭，何母说："我得喂猪去，这猪长到过年可就老大了。"何母看看建平，接着说，"我家年年过年都杀猪。"

建平微笑着说："我家一般过年也杀猪。"尔后带着骄傲的口气说，"我家我爹会杀猪，我妈会敁搂肠子，省得找别人杀还得请吃饭。"

何母笑了，笑得莫名其妙，心想："你爹会杀猪，你妈会敁搂肠子，你家过死门子呀！"她没好说什么，又问，"你家杀猪不请客吗？"

"自己家杀猪请什么客。"建平答。

"我们这儿杀猪是专门有人给杀的，"何母有些不解，"我们这里，谁家杀猪都要请几桌的。"说完，走出了屋。

建平意识到岳母有些瞧不起他们家的做法，感到很不自在，岳父看出他的尴尬，赶紧解围。

"建平啊，你们结婚是有些草率，但日子要靠两人过。虽然我们没见到你的父母，但看你是个老实的孩子。"

何平心想："他老实地球就没人了。"

岳父是建国时的老村支书了，那时没村长一词，每个村子都是支书最大，

也是个有头脑的人。他继续说："我这么些个孩子，哪个结婚都有房子，就你俩让我心里难受，以后找个时间见见你父母。"

建平的妈妈在本村是个有名的刁妇，她的孩子小时候和别的小孩儿打架，她总是要数落人家的孩子，自己的孩子总是有理。当孩子大了，该订亲了，要是姑娘，她就说："现在订亲都在男方家，女方不管。"要是儿子订亲，她就说："现在订婚都在女方家，男方哪有管的。"六个子女订婚，她一个都没伺候。她捡了便宜还理直气壮，典型的"葛朗台"在世。

可见何父对两家老人没见面有点儿不满，可是到死两家老人也没见过面。

吃完饭，弟媳在厨房忙碌，何平与妹妹在哄弟弟几个月大的孩子玩儿，弟弟吃完饭就出去了，他瞧不起这个既寒酸又吝啬的六姐夫，与他说话从没超过两句，不是"来了"，就是"吃吧"。

何平虽然在照顾孩子，但也听到了父亲与建平的谈话。是啊，自己这辈子什么时候能有个房子。

当母亲喂完猪，弟媳收拾完厨房，她们回到屋里，建平与何平也就准备回自己家了，一家人高高兴兴地把他们送出了大门。

七、死灰复燃

这个新房里面一件像样的东西都没有，与何平一样的姑娘们结婚哪家没有电视、收音机、缝纫机，屋里挂着穿着婚纱的大照片，可她新房空空如也。她做梦都想穿婚纱，可一提照婚纱照，建平就不高兴。

"照什么照，有什么用，白浪费钱。"所以他们只照了一张一寸大的结婚证上贴的小照片。

这天何平对建平说："你看咱这屋里也太寒酸了，一件电器都没有，要是买个收音机也行啊。"

"我兜里就剩六百块钱了。"建平说，"只够买个落地式。"——一种收录机，有四条腿。他又话题一转，"都说你有四千块钱，就拿出来用呗。"

何平一听，感到哭笑不得，说："你都听谁说的，我哪有那么多钱，有那么多钱我早拿出来了，还等到今天？"何平无可奈何，心想："我要真有那么多钱就不这么寒酸地结婚了，一定风风光光的。"

两人经过商量，就买了个落地式收录机。建平每天把它当个宝。这天晚饭后，何平想换换节目听，手还没搭到"落地式"上，建平就冲过来：

"别碰，弄坏了怎么办，这是我妈出钱买的。"

何平也不势弱，说："我妈给你个姑娘呢。"

"那我妈还给你个儿子呢。"

"都说娶媳妇，没听说娶丈夫的。"

"找你我后老悔了。"建平他还伤心起来，"本来开学前朴玉找我，说她爸

同意我们的事儿了，可就因为咱俩已经那啥了，我没答应她。"

何平一听，气不打一处来，都和我结婚了，你还惦记别的女人啊，于是气愤地说："现在也不晚，咱离婚吧！"

建平把肚子一挺，说："好啊。"然后话题一转，"朴玉本来因为我结婚而伤心透顶，开学前就张罗着往城里调，可是没调成。我选择你就是我的错。"他伤心地落下眼泪，可见他心里放不下朴玉。

是啊，就因为他结婚，朴玉那些日子整天偷偷落泪，并且把他俩互送的情书拿到操场上焚烧。她忘不了建平常常拉着她的手，忘不了建平那温暖的怀抱。他还清楚地记得，寒冬的一天夜晚，他们走出小镇，由于戴的手套太薄，她一个劲儿地搓着手，建平问：

"冷吧？"

"没事儿。"她说，"只是冻手。"

建平急忙拿起她的手，摘去手套，把她的两手插进了自己暖呼呼的胸膛里。她感到无比幸福，脸贴着他的胸膛，建平紧搂着她，像搂着个孩子。因为她个子矮，建平的下巴触着她的头。

这些美好的回忆常常浮现在建平脑海里。要不是那四千块钱，他也不能下决心放弃朴玉。脚上的泡是自己走的。当他知道何平真没那四千块钱时，他就后悔了。其实何平论相貌、论身高哪样都比朴玉强，可他和何平在一起越来越感到不痛快。因为朴玉的父母是在城里上班的，家境比何平家强得多。

这时，何平得知建平心里还没有忘掉朴玉，火气也冲上来了。

"那咱明天去离婚，你俩过吧！"

"离就离。"

因此，两人第二天就到镇政府去离婚。刚结婚，不知道的还以为何平有什么问题。何平大姐夫在镇政府上班，见他俩来就知是干什么的，没好气地斜了他们一眼就走了。他们进了曾经领结婚证的屋子，那个办证的是个女的，叫小胡。小胡认识何平，和她家还有点儿亲戚关系，不管他们怎么磨叽，小胡都说办不了。因为他们既没带结婚证也没带相片，这些事情他俩是不懂的。何平家虽然兄弟姐妹多，但是没有离婚的。

就这样，两人灰溜溜地离开了镇政府，各自上班去了。

何平是在娘家村里的学校教学，一般学生放了学，老师备完课，时间差

不多也就提前下班了，一半老师家都在镇里住，课几乎都是在家备的，在学校没时间。当然，何平午饭是在娘家吃。一般每天晚上下班都是何平先到家。

这天何平下班回来刚做好饭，建平就回来了。何平在看书，建平一进屋就神神叨叨地去开高低柜的门，向里望望，又打开炕柜的两扇门，往里瞅瞅，使何平感到丈二和尚摸不着头脑。

建平是以小人之心度君子之腹，他以为谁都和他一样，一脚可以踩几条船。他和朴玉是在一所学校教书，可他们在单位总是鬼鬼祟祟地互传情书，他们的绯闻在学校传开了：萧建平结婚了，这不是在搞婚外恋吗？朴玉也不检点，死缠着他不放。

由于他们两人总是别别扭扭，经常吵架，动不动就去镇政府离婚，很快周围的人都知道了。大姐家是镇里的老户，当然有很多亲戚朋友，建平在学校的行为自然而然就传到了何平的耳朵里。

这天，何平问建平："听说你和朴玉现在走得很近？"何平没有与他大吵，而是心平气和地说："你们带学生出去劳动，来回都是你带着朴玉。别人也骑车子，怎么就你心疼她？"这些事情是建平学校的一个女老师告诉大姐的。

建平知道学校的一个王老师和大姐关系挺好，就否认说："没有的事儿，造谣！一定是王淑清说的，她没安好心，我俩不对付。"

何平哪儿知道是谁说的，她只是觉得无风不起浪。其实这话真不是那个王老师告诉的，建平瞎猜疑。何平说："你别瞎猜，有就有，没有就没有呗。"

确切地说，别人没撒谎。

何平这一问不要紧，第二天建平到学校找了校长，说王淑清老师挑拨他们夫妻关系。他也真是神经病，自己做了啥自己不知道，还当别人是瞎子。

可想而知，校长找了王老师，王老师气愤不已，这都哪儿跟哪儿。因此，晚上王老师就来到何平家质问，语言当然很犀利，何平根本不认识她，弄得萧建平脸红一阵白一阵，一再道歉；何平感到脸上挂不住——丢死人了，一个大男人被人家这样数落。

王老师损了建平一通，像受了好大委屈，气得涨红了脸，甩袖而去。

没过几天，建平拿回几封信，很坦诚地说："这是朴玉这两天给我写的，我俩真没有什么，不信你看看。"

何平没有看内容，只看了几封信的落款，其中三封竟是同一天写的：早晨五点、上午十点、晚上十点。她真是着了魔。何平一时又感到朴玉挺可怜，似乎体会到了她的痛苦，放下那几封信，也很郁闷。

建平又说："今天她要送我一支笔，说是她爸得的奖，我没要。"

何平心里合计着：你俩什么时候是个头！

因此，第二天早上她背着建平去中学找了朴玉，首先向朴玉介绍了一下自己的身份，其实朴玉见过她的。

"我来找你的目的是，你和建平在一个学校，没有说不了的话，我看你以后不要总给他写信。他也是有血有肉的，能不多想吗？"

"何姐，我错了。"朴玉嘴挺甜，红着脸，"以后我保证不再给他写信了。其实我俩没什么关系。"她撒谎不害臊，睁着眼睛说瞎话，"我就觉得萧老师这个人挺好。"

"好也不能整天写信呢。如果你们真相爱，我就成全你俩，省得他整天心神不宁。"

"不不，肯定是我做得不对，给你添烦恼了。"

"我真不想看到建平整日心事重重的样子，我也希望你尽快摆脱困境。你一个人在外工作也不容易，如果以后有什么事儿需要我帮忙，我一定尽力。"

朴玉惊慌得不知说什么才好，像做了什么亏心事，忙诚恳地说："何姐，就是你，要是别人会扇我俩嘴巴的。"

何平见她这么说，心肠软了下来，觉得她挺可怜，也很真诚，是个很不错的姑娘。于是，很和善地说："如果我哪句话说得不对，你也别往心里去。"

"看得出你也是个很有素质的人。"朴玉说。

"以后有时间可以到我家去玩儿。时间不早了，我也得去上班了。"

朴玉望着何平骑车远去的背影，酸甜苦辣涌上心头。她是忘不掉萧建平的。其实，没有何平的出现，也许她与建平就彻底没了联系；可是何平一出现，她又舍不下建平。真是应了那句话：有些东西失去了才知宝贵。

这天，何平下班回到家，建平就在她眼前放了一封信，何平拿起一看，又是朴玉今天写的。她心中暗暗生气：这个女人，说得多好啊，怎么说话不算数？看得出，建平不知她找过朴玉，她便像没事儿人似的，说："我相信你。"连看也没看那封信。

建平把信收走了。

何平后来把这事儿说给了一个好朋友听，那个朋友说："搞破鞋的人说的话你也信，幼稚！他俩都不是好东西。那个朴玉，上中学的时候就搞对象，听说处了好几个男朋友了。"

八、没完没了

何平学中函，本来在本镇学，可认识萧建平后，建平就托人把她调到榆树乡去学了。这是个星期天，何平到榆树乡去学习，中午放学后，刚走出中心小学，见建平在门口等她，她高兴得不得了，急忙奔了过去，像撒欢儿的孩子似的，感到建平是爱自己的。这个傻瓜，给点儿阳光就灿烂，好像自己进了天堂，幸福地醉进雾里去了。两人兴奋地推着车子边走边说，建平很是自豪地说：

"你们学习班里有个女的，是我从前处过的对象，人长得很漂亮，因为她上我家认门的时候，提出要黑白电视，我妈就不同意，所以后来拉倒了。"建平是个有心计的人，他也是怕别人把这事告诉何平，先坦白了还显得自己诚实。

何平问："她叫啥？"

"王梅。"

两人正说着，迎面过来一个四十多岁的男人，骑着一个小摩托与建平打了一声招呼，停了几秒钟就走了。建平的表哥在镇政府当书记，谁都知道，他借着表哥的威风，总觉得自己也不是一般人物。当然很多人也想巴结他。

这个骑摩托车的人是镇中心小学的刘德主任，何平与他不太熟，只是陪着笑脸。等刘德走远，建平的脸立马阴沉了下来。

"怎么你来这学习，他也来？"

何平那股幸福劲儿还没退，被建平猛然劈头指责，忙不知所措地说："我

和他不熟啊，从来也没和他打过招呼。"

"怎么你来榆树他也来？"

"他来不来关我啥事儿？你啥意思？"

"你不用装，今天我不来你俩可就有机会了。"

"有什么机会，你怎么这样？你这是无理取闹！"

"怎么巧事儿都出在你身上，"建平好像很生气，"我就不明白了，你俩怎么这么巧？"

何平快气炸了肺，他这不是说的鬼话吗，他还是不是人？又吵了几句，建平像受到了莫大的欺负，骑着车子飞也似的没了踪影。剩下何平，只感到像掉进了深渊，刚才那快活劲儿也没了踪影。她很伤心，这怎么平白无故就飞来了灾难。是自己不好吗？她忧心忡忡。当路过公公婆婆村子时，她犹豫了一下，又怕见了建平他会骂她，让她没面子，更不想让公公婆婆上火，所以她骑着车子径直回了镇里。

可想而知，建平晚上回到家，仍是不依不饶。两人吃过晚饭，何平就开始备课，也不搭理他。备完课快到十点了，就准备睡觉，这时建平又开始了。

"你说怎么巧事儿都出在你身上？孩子不到两个月，人家说有三个月；你去榆树刘德也去榆树，这就怪了。"

何平刚脱了衣服，一听他又开始找碴儿，就坐了起来，说："你不是不知道，我刚有反应，咱就把孩子做了，你那书上说得很清楚，女人怀孕四十来天才有反应。再说，我怀孕前来事儿你是知道的。"

萧建平似乎理直气壮，咆哮着："刘德那人谁不知道，那是采花大盗，跟了多少女人，其中一个姑娘也被他给祸害了，你和他也不会干净。"他顿了顿，"你俩不用在我面前装着不认识，以为我看不出来。"

"我看你精神有病。"何平不想理他，躺下就想睡，建平一把把她薅了起来。

"你别睡，咱把事儿弄清楚了。"

"怎么弄？我没法和你弄。"

何平要睡建平就不让睡，两人争吵着，渐渐地建平露出了本来面目，大骂："你给我戴绿帽子，我就是冤大头。"

何平一听，你骂人，一个巴掌扇了过去，"啪"的一声给了他一记响亮的耳光，两人便打了起来。打到半夜，何平就骑着车子回娘家了。镇上到她娘家

这段路一大半是山路，夜晚更是阴森可怕，而何平什么都不顾了，深更半夜敲响了母亲家的门。这一路她吓得半死。

不知上天为什么这么折磨她。回到家，母亲说："你们闹别扭了？这深更半夜的多危险。"

何平什么也没说，妹妹给她拿来被褥，她脱吧脱吧进了被窝。

何平感到这日子没法过了。第二天，她找了一个和她比较好的女老师，让她帮着看班，就回了镇里，和萧建平又去镇政府离婚。这回小胡说：

"小两口刚结婚，亲还亲不够呢，闹什么离婚。听我的，别动不动就离婚。"

两人都不吭声，也不说原因，就是要离婚。小胡没办法，说自己还有事，就躲了。他俩待了一会儿感到没趣，也撤了。

两人每天都是别别扭扭。建平每天出来进去都是阴沉个脸，像谁欠了他八万吊钱。

转眼进了十一月。这是个周六，早晨，何平收拾完屋子，见建平在欣赏那樽瓷马，心里就不悦，她说："那马早晚我得把它摔了，有它这个家永远都不会安宁。"她只是说说而已，她哪敢。

建平将瓷马捧在手里，听何平这么一说，就神秘地把瓷马小心地放进一个皮包里，转身挎起皮包，到外面骑上车子走了。他怕何平真的摔了他心爱的马。每天看见这樽瓷马就像朴玉陪在他身边，他心里整日矛盾重重，痛苦至极。

九、怀孕

　　这几天何平感到身体不适，头昏脑胀，像要得大病。妈妈说："天气凉了，是不是感冒了？"也许吧。每天何平都感到身体疲惫。由于每天上班要往返十几里路，并且心情也不好，何平感到生活渺茫。再难受每天早晚的饭菜也得她来做，建平一手不伸，但她从没有怨言，她认为这些就该女人做。有时建平白天跟他生气，可到了晚上他还是控制不住自己的生理本能。有时何平觉得他像动物，需要自己时就必须得顺从他，否则他就动粗，像个强奸犯。当然何平也不想和他拼命。何平渴望的是有个真心爱自己，拿自己当作手心里的宝一样的爱人。她多么想听到他称她"宝贝""心肝""亲爱的"，即使是违心的也好，可建平从来没有这样叫过。

　　这天晚上，何平没吃几口饭，就懒洋洋地早早躺下了，可是刚躺下就觉得五脏在翻腾，她赶紧跳起去拿垃圾筒，一阵呕吐。建平一点儿心痛的样子都没有，反而捂着鼻子躲到一边。等何平把垃圾倒了从外面回来，他不冷不热地说："怀孕了吧？"

　　何平想想，说："那次怀孕我也没吐啊，再说也没过几天呀。"她指的是来例假。

　　"有时过了月经期不来就是怀孕了。"他可挺在行，那些《新婚必读》《新婚手册》他是没白看。

　　第二天，她就去医院做了检查，果然怀孕了。但是不能耽误上班呀。当她匆匆赶到学校，也九点来钟了。一进学校，就见校长陈佳玉拉了个死脸不高

兴地说："这学生在教室都乱了套了！"

她赶紧陪笑解释说："我上医院了，以后不会有这事儿了。"小跑着进了大门。

校长扬长而去。

下午下班，何平经过一个商店，就进去花了两元钱买了一块山楂糕。其实她也不知自己想吃啥，就是想别让这个孩子缺营养。她设想，怀孕了建平一定会很娇惯她的，不会再去想那个朴玉了。她想着想着脸上浮现出幸福的微笑。

今天建平先到的家。何平一进屋，就把检查的结果告诉了他，但建平没有一丝高兴地说："做饭吧，我饿了。"便拿起一本书看上了。

何平看了他两眼，也撂下脸子，心里很是不悦，就转身出去了。这么大的喜事儿他却没反应，他是冷血动物？何平边做饭边觉得有种不祥的预兆。

睡前，何平想起买的那块山楂糕，就从包里拿了出来，打开塑料纸，只咬了两口，就不想吃了，放到了餐桌上，钻进了被窝里。建平是先躺下的。何平刚掀起被子，建平就跳了起来，拿起那块山楂糕，三口两口都塞进嘴里。何平被他突然的举动吓了一跳，马上意识到自己吃时没让让他，深感自己做得不对，也不好再说什么，像做错了事儿的小学生，不敢正眼去看他。

何平多么想在建平面前撒娇、耍贱，做个乖妻，可一看到建平那吊死鬼一样的脸，就什么娇、贱都耍不起来了，自己也像个死耗子——蔫巴了。

这又是个星期天，两人早晨双双回了建平家。到家后，建平把何平怀孕的事儿告诉了父母，父亲一听脸上立刻浮现出欣喜的笑容，起身出去了，母亲没什么表情，看看何平，只是说："好啊，你们都不小了，以后有了孩子就都定性了。"她知道他俩总闹矛盾，儿子也不是个省油的灯，但她希望儿媳能服服帖帖地听儿子的。在她心里，当然姑爷子也得服服帖帖地听她姑娘的，她的孩子是不能受半点儿委屈的。

不一会儿，公公喜气洋洋地拿回几个沙果放在何平身边。这时节的天气已经冷了，外面早已是雪花铺地，每家储存到现在的沙果已不多了——这是他们自家房后园子里的沙果。

公公个子没建平高，建平像他妈妈，大个儿。公公是个老实巴交的人，他把沙果放在何平身边，说："吃吧，你妈正等着你们回来杀鸡呢！"

何平吃了一个沙果，看时间已不早，说："我得学习去了。"就匆匆而去。

在学习班里通过打听她看到了王梅。她矮墩墩的，小个儿，大头大脸，是个本分姑娘，挺老实，很少言语。有个老师对她说："萧建平以前和我们在一起学习，总是和王梅亲亲热热地坐在一起做题。后来萧建平考上了高函就不学中函了，人家门子硬，就调到你们那镇中学去了。"

又一个老师说："萧建平一定是认识了你这个美人儿，就把王梅踹了。"

另一个老师说："你长得真带劲儿，王梅没法与你比，我看见你都流口水。"

"你们太夸张了，我觉得我就是一般人。"何平虽然嘴上说着，但心里美滋滋的。

中午放学，建平又来接她，她又撒欢地奔过去。走了几步，她对建平说："我想吃橘子。"两人就奔商店而去。他们只买了几个橘子，就离开了商店，边走何平边吃着，也边拿给建平吃，建平说他不爱吃橘子，其实他是违心地说，平时他也吃。吃了两个，何平觉得肚子不舒服，皱起眉说："咱们走吧。"

他俩骑车刚出榆树乡，何平就急忙停下车，来到路边哇哇地吐起来。一顿翻江倒海，吐得她眼泪都出来了。她觉得这孩子哪是来送喜的，简直是来要她妈妈的命来了。

建平也停下车，他不但不心疼，而且十分生气，怒不可遏地叫道："你这不是败家吗？吃到肚里还吐出来！"他心疼的是橘子。

"我愿意吗？"她难受得半天才说出这句话，同时流下要命的泪水。心想："你还是人吗？我都要被折腾死了，你却心疼橘子。"

"我看你就是祸害人。"他倒生起气来，蹬上车子一溜烟儿又消失了。

显然，他先到的家。母亲问："何平呢？"

"后面呢，败家的东西。"

"又怎么了！"

"想吃橘子，吃完还吐。"

"女人怀孕都这样。"

"亏你是做丈夫的，"父亲本来就看不上这个大儿子，在家时整天跟弟弟妹妹打架，不是怀疑这个把他书里的字改了，就是那个动他的衣服了，"你能不能长点儿心？这么好的媳妇给你都白瞎了。"

正说着，何平回来了。大家开始忙活向屋里端饭端菜。吃饭时，公公给

何平夹了块鸡肉，婆婆白了公公一眼，说："人家不嫌你埋汰？"

"怎么会，"何平说，"谢谢爹。"何平最爱吃鸡肉了，守着公婆不好意思敞开吃，婆婆那么一说，更不好意思吃了。只见小叔子建国在大口地吃着，满嘴油渍。

吃完饭，何平猛然发现屋里的柜上摆着朴玉的那樽瓷马，心里着实不快——敢情那天你把你的宝贝不辞辛苦地送到了这里。

十、如此关心

　　这天下班，建平心情好像挺好，买了两斤冻梨，一进屋就说："我给你买了两斤冻梨，吃吧。"然后话锋一转，"我大表嫂说了，怀孕的女人想吃水果。"

　　敢情是听了大表嫂的话，否则他也不会买。不管是谁让买的，毕竟是他买的，何平很高兴，拿起冻梨去外屋洗。

　　吃过晚饭，吃过冻梨，何平由于心情愉快，从一个大皮箱里翻出自己这些年买的大小毛笔，拿出几张报纸，又拿出一瓶墨汁，放在餐桌上，准备练练毛笔字。建平坐在炕上斜着眼，说：

　　"就你那两把刷子，还写毛笔字？"

　　是啊，何平的毛笔字实在写得不咋样，但她喜欢，她也想找个名师请教，可遇不到，也没听说谁毛笔字写得好。

　　结婚时，她买了两个大皮箱，这时的年轻人结婚，几乎都有这样的大皮箱，也是为了装点屋子。何平在兴致勃勃地练字，建平悄悄地把她刚才打开的那个皮箱又掀开，见里面有好几摞稿纸，就拿起其中一摞装订好的写着字的稿纸看起来，边看边撇着嘴。何平在自我欣赏地练着字，一会儿觉得手握笔的姿势不对，一会儿又感到字写得太糟糕，正在琢磨怎么下笔，冷不丁听建平用嘲讽的语气说：

　　"红艳多么想拥抱一下他！"

　　何平吓了一跳，见建平在看自己写的小说，并且还嘲笑自己。她顿时感

到羞愧难当，毕竟还没有发表。她立刻停下笔，脖粗脸红地说："你翻我东西干什么？"

建平用那种无赖的口吻说："红艳是谁，她是不是也想让人玩儿？你心挺肮脏啊！"

"你真不要脸，"何平说，"没结婚的人哪懂这些。谁像你，净看那些下流的书。"

是啊，那时很少有电视、电脑，年轻人对结婚的事儿懂得不是太多。

"我看得多也比做得多强。"建平阴阳怪气。

"我是什么人你是最清楚的，"何平放下毛笔，"那是我参加'作家之路'函授时写的小说，也是人家要的作业，本来他们要给我发表的，我不知哪根神经出了问题，要回了原稿，正好学习也到了结尾，他们也没再要。"

这是事实。在四姐家那几年，她报了好几个函授班学写作，稿子也没少往外寄，几乎都是石沉大海。那几年她就像个书呆子，每天除了写就是看，四姐四姐夫就像养个姑娘在家，很少让她出去干活。在四姐四姐夫眼里，她早晚会有大出息。

这时建平说："没认识你之前，就有人说你爱写作，我还以为你有多么了不起，没承想跟我比，差远啦。你啥时能当上作家呀？"

"早晚的事儿。"何平倔强地说。说是那么说，作为一名小学代课教师，每天四五节课，还要备课又要批作业，哪有什么时间去看书，更谈不上写作了。

建平像个特务，就好像何平的皮箱里有什么秘密。他放下那摞稿纸，又去仔细搜查另一摞，翻了半天令他很失望。本来，何平就像一朵出污泥而不染的荷花，洁净、美丽，却总要被这恶魔泼上几瓢脏水。

何平不再理他，收起毛笔、墨汁，准备睡觉。

自从怀孕以后，何平就没吃过一顿舒心饭，每天都反胃，当着建平的面有时想吃什么，话到嘴边又咽回去了。她知道，如果买了吃下再吐出来，不是又要挨骂吗！也就忍了。这样的日子让她苦不堪言，有时想吃花生米，就自己上村中小卖店买点儿，中午在班里的炉子上炒炒吃。

这天，吃过晚饭，建平就出去了，他是到中学时曾经一起住宿的炕友们的宿舍玩儿去了。炕友们见到他就不像在教室里嘴有把门的，你一言我一语地

聊开了。

"结婚好吧，每天有女人搂着。"

"看你小子现在可瘦多了，是不是每天都不闲着？"

"现在不想朴玉了吧？"

"你媳妇长得可比朴玉强，既有个头又有长相，朴玉个儿太小。"

又一个说："是不是该有小宝宝啦？"

"有啦。"建平脸上露出欣喜的笑容，"刚有。"

"那你可得好好伺候嫂子，多给她买点儿营养品补补身子，将来给你生个大胖小子。"

大家说笑着，使建平心情很愉快。在回家的路上正好路过一个商店，他头脑一热进去买了两瓶罐头。回到家，建平把罐头放到餐桌上，何平欣喜若狂，肚子正难受呢，不知如何是好，赶忙起身说：

"谢谢，你真好。"

"但愿这孩子是我的。"

何平像当面被人泼了一泡尿，本来身体就不舒服，你不心疼也就算了，怎么能冒出这样的鬼话。她一气之下也没了食欲，涌上了愤怒，说道：

"你还是不是人，我每天学校、家里两点一线，你说孩子是谁的？"

"是谁的你心里最清楚。"

何平真不明白，自己从没有要好的男人，也不和男人多说话，他怎么一天睁眼说瞎话？一时气得火冒三丈，说：

"我看你是不想好好过，心里有别人，故意找碴儿。"

"别说到你痛处你就难受。红艳不是想男人吗？能想就能做。"

红艳是自己写的小说里的人物，建平又拿她来说事儿，何平一时又羞又恼："我看你是自卑，觉得自己长得太难看了。要不是介绍人硬撮和，我根本就不能和你在一起。"

建平一听：你后悔了，还嫌我丑？气冲冲地转身到厨房拿来菜刀，把两盒罐头喊里咔嚓一横一竖剁了个十字花，又到厨房拿来筷子，狼吞虎咽，不一会儿把两瓶罐头干光了。他也不怕撑死，一副小丑的嘴脸——他这一辈子可能也没这么解过馋。

十一、好心引灾难

何平找了个穷鬼不说，而且对她是不知疼不知热。一个人如果没人样有人心也算对得起地球人。建平有时下班回家都要像搜查小偷一样打开高低柜、炕柜门向里看看，这副德性真讨厌。每次看他这样，何平都感到是对自己人格的侮辱。其实他是病态心理，总觉得家里藏着人。

一天，何平刚到家，建平便对她说：

"建霞来生孩子，在王海姨家呢。"建霞是他大妹妹，王海是他妹夫。

"那咱们去看看吧。"

"等吃完饭再去。"

吃过饭天也黑了，建平用保温杯冲了杯奶粉，这奶粉也是何平平时买给他喝的。何平也是献殷勤，想尽办法温暖他的心，希望他不要去想别的女人，其实这一招对豺狼是没有用的。何平怀孕却得每天早晨先烧开水，给他冲好奶粉放好糖，端进屋里才能做饭。这就是典型的贤惠女人。

建平冲完奶粉，说是要拿给建霞喝，何平觉得他太抠门，一个大男人怎么这么吝啬，就说："把那袋奶粉也拿去吧。"

"不用。"建平冷冷地说。

由建平带路，两人来到了王海的姨家。显然白天建平来过。一进屋，何平看到了婆婆，忙说："妈，你也来了。"

婆婆那是少有的刁蛮刻薄之妇，见到何平赶紧满脸堆笑，招呼何平到她身边，她是做给别人看的。建霞腆着大肚子，很难受地躺在炕上。何平从建平

手里接过保温杯，递给建霞，让她趁热喝了奶粉。

婆婆向王海的姨家人介绍着何平。屋里不少人，大家都夸建平娶了个漂亮媳妇，建平不吭声也没表情，何平心想："我就是一朵鲜花插在了狗屎上。他们家才没娶我呢，我哪是结婚，就是发昏。"

他们没待多大一会儿，建平就带何平走了。临走时，建霞把保温杯递给了何平，何平又邀请婆婆到她那儿去住，王海姨说她家有地方，两人就离开了。

回到家，何平带着商量的语气说："建霞他们住王海姨家，就不如住咱这儿。"因为大姐家这草房是三间，西屋空着。

"不用。"

"咱是哥哥嫂子，毕竟近一层。咱也有被子，让他们住西屋呗。再说，咱这离医院也近。"

建平立刻撂下脸子说："你是为我妹妹着想吗，我看你是另有所图，居心不良。"

"我居心不良？"何平感到好笑，我为你家人着想，我不怕麻烦，你还认为我居心不良，真是"狗咬吕洞宾，不识好人心"。接着质问建平："你说说，咋个居心不良？我真不明白。"她也真是不知建平那鬼葫芦里卖的什么药。

"你别以为我不知道，你是看上王海了。"

"你说的是人话吗，王海是你妹夫，我看上他干啥，我心疼的是你妹妹。"何平要气疯了。

"王海是比我长得好，你看上也白看上。"

"我看你是牲口，怎么能这样想。"何平气得快得了脑溢血，心想："我不是那种坏女人，就算是，也决不会去破坏他人家庭，更何况是自己家人，是人都不会那样做。"

建平振振有词地说："你不用假装好人，你的目的我能不清楚吗？我不会让你得逞的。"他一副压倒一切的样子。

"我看你就是神经病。"何平怒不可遏，拎起炕上的包和围巾向外走去。与这种人再吵下去，非气死不可。

深夜，满天繁星，何平跌跌撞撞地出了小镇。这一路没有什么积雪，但两边的树林被风吹得"哗哗"作响，感觉好像有什么小动物在林中穿梭，令她毛骨悚然。半个月亮挂在天上，她只顾向前冲，心都跳到嗓子眼儿了。她听人

说过，有一种多年的棺材板子，人们叫它"挡"，它有邪气，深夜会横在路上挡住你的去路，你会感到前面一片漆黑，进不得退不得。她越想越恐惧，大气都不敢出。好不容易进了娘家的村子，又觉得街道和房屋前前后后都阴暗恐怖，真怕晃荡出个黑影或妖魔鬼怪，那她一定"嘎"的一声就去见阎王爷了。

好不容易摸到娘家，她敲开了门，弟弟开的，说："妈呀，你怎么这个时候回来了，多危险，树马狼林的。"

"差点儿没吓死我。"何平一副惊恐的样子。

弟弟穿着衬衣衬裤，回了西屋。

母亲见何平回来了，打开灯，知道小两口又吵架了，便问道："这又是因为什么，黑灯瞎火的！"母亲坐了起来。

"没怎么。"

"刚结婚怎么总吵架？"父亲在另一个屋里，只隔半截墙，"都像你们似的，整日鸡飞狗跳，怎么过日子？"父亲也坐了起来。

一进冬天，父亲就犯哮喘，总是咳嗽不止，很遭罪。因为生活困难，没钱买药，就这么硬挺着。每次见父亲"吭吭"地咳嗽，何平就有说不出的心疼。她多么希望自己有朝一日有了钱，治好父亲的哮喘，让他别再遭罪。

可能何平进屋带进了凉风，父亲没等坐稳就又"吭吭"地咳嗽起来，像要咳得背过气，使人感到很惊恐。父亲咳嗽完，母亲又说："以后深更半夜的别再往回跑，遇到野兽怎么办？"

妹妹给她铺好被子，说："六姐，真的，这里黑瞎子和狼可多啦。"

这里地处群山之中，何平真是吃了豹子胆了，两次深更半夜孤身一人翻山越岭跑回来，想想都让人后怕。

何平放好包，摘下围脖上了炕，把和建平吵架的事儿说了一遍，母亲说："这孩子一定是受过什么刺激，谁家也不能乱来呀。"

"我看他就不像个好人，肯定他姥姥家有这种事情。"妹妹说。

"等你小姑子生完孩子，"母亲说，"我给她抓只老母鸡，再买点儿别的，你替我送过去。"

何平点点头。

母亲别看没文化，为人处事上是不落空的。母亲又像想起了什么，讪笑着说："你看他那次说的，"母亲学着建平的腔调，"'我爹会杀猪，我妈会敀

搂肠子'，他家过死门子，怕找别人杀猪会吃他家的猪肉。"

"笑死人了，还有这么抠的人家。"妹妹笑得很开心。

何平虽然和建平吵架，但听着母亲与妹妹嘲笑建平，心里很不是滋味。她希望大家喜欢他，更希望他将来做事体面些，也让别人刮目相看——别看他们旅行结婚，人家小日子过得很红火。这是她的梦想。

十二、离婚

　　第二天下午下班何平就回自己家了，看到建平回来她也不搭理他。当然只要何平在家，他就是个老爷，什么也不干，只有吃饭是他的活儿。何平觉得他从没心疼过她，她哪晓得，建平在学校与朴玉每次两眼相对都是含情脉脉。建平心里放不下朴玉，朴玉家境可比何平强百倍，想到这些建平心里就像猫挠。这种男人，谁跟他生活他都会觉得外面那个女人好。

　　何平真想打听一下建霞生没生，可又不敢张嘴，怕建平又该说："你是想看我妹妹吗，你是想见王海，不要找借口。"她话到嘴边又咽了回去。她多么想找一个人和自己一心一意，什么事情都相信她，把她当成手心里的宝，那这一生就没白活。

　　因为已是冬天，他们又没生炉子，吃过晚饭，何平就钻进被窝里了。建平在听收音机里的新闻，一会儿又换台听故事，这个收录机成了他的宝贝，何平从不敢去碰它。看他在收录机前不断地换节目，何平觉得自己比他矮一等。自己父母没有钱，所以也没给她陪嫁。其实，这里当地女儿找婆家是要彩礼的，何平父母哪个姑娘找婆家都没要过彩礼，但也不陪嫁东西。

　　听够了收录机，建平漫不经心地说："建霞没在这医院生，去农场医院了，生了个小子，下午回家了。"

　　何平没吭声，两人就睡觉了。

　　到了星期天，何平得去榆树乡学习，两人早早地出了家门，当然是为了

先去看建霞。建霞生孩子了，做舅舅舅妈的得去意思意思。骑到半路，就见王海骑着自行车，车后座一边挂个大水桶，碰见他们，喜上眉梢地说：

"大哥、大嫂，回家？"

"嗯，你这是干啥去？"建平问。

"去买鸡蛋。"王海美滋滋地骑了过去。

因为建霞与母亲住在同一个村，所以他们来到这个村首先去看了建霞，这也是建平的主意，可能是趁着王海不在家吧。他们悄悄地走进建霞家，见婆婆正在屋里，还有一位长者，是建霞的婆婆。他们凑过去看看孩子，孩子正在睡觉，建霞头上缠着毛巾，气色不错。她与王海是本村的小学老师，与何平在一起学中函的。

他们在建霞家待了一会儿，放下五十块钱就走了。

出来后，建平说他就看不上王海，王海曾经在榆树乡处了一个有钱的瘸子姑娘，两人谈了好几年，因为他父母不同意，他就甩了人家姑娘和建霞谈——也是看建霞家有门子，他特别势利。

何平不搭腔，心想："你还是好饼啊！真是乌鸦落在了黑猪身上，只看到了人家黑，见不到自己黑。"听建平讲完，她骑上车子学习去了。建平去了他妈家。

十二月中旬的一天，外面下着大雪，校长发话可以早下班。何平早早地回了家，先用电饭锅焖好饭，又做了两个菜，见建平没回来，就悄悄地打开收录机想听歌，因为她从来也没碰过这落地式收录机，不会弄，刚按了几个键，建平胳膊下夹着两本书进来了。真是怕啥来啥，何平一回头看到建平，慌忙去关收录机，可来不及了。

"你把收录机弄坏了怎么办？你的？"建平瞪着眼珠叫喊。

"我就想听听歌。"何平怯怯地说。

"以后少动我东西，"他放下书，直奔收录机而去。他按了两个键子，没音——其实开关已被何平关了，他便怒吼道："你有记性没记性，不让你动你偏动。"

何平一听他骂人，也来了脾气，伸出手"啪啪"按了两下收录机的键子，建平像疯了一样，拿起高低柜上一个大瓶子里插着的一把毛笔冲出屋子，来到厨房，一下扔进了灶坑里，灶坑里顿时红彤彤的，可怜这些毛笔，是何平这些年省吃俭用买的，一把火变成了灰烬。等她跑到厨房想阻拦，展现在眼前的是毛笔在熊熊燃烧。一气之下，她进屋拿起一个暖瓶，冲出来"啪"地一下摔在建平脚前。这暖瓶在建平心里可是他家的大件啊，见此情景，建平更像一只发了疯的狮子，冲回屋里，何平也跟着进来，建平打开一个柜子，拽出一件何平的棉袄，在一个抽屉里找到一把大剪刀，"喀哧喀哧"剪了起来。好端端的一件棉袄，被他剪得滴里嘟噜。何平流下了眼泪，她不是心疼棉袄，是心疼那些毛笔。那些毛笔都是在四姐家时买的，同时她也心疼被自己摔坏的暖瓶。

建平从没把何平当个孕妇去呵护、关心，更谈不上宠爱。何平愿意看书和写东西，多么希望有浪漫的生活。刚认识建平时，他还常常给她朗诵什么徐志摩的诗，背鲁迅的文章，展示自己的才华，让何平很开心，觉得他就是一个书生，很有文采。可是自从他强占了她，就像变了一个人，再没听他朗诵过，这让她失望透顶。

人家刚结婚的小两口都是甜甜蜜蜜，卿卿我我，整日陶醉在幸福之中，而自己像什么？自己才是替罪羊。本来小屋就寒酸，这下被他俩作的，狼藉一片。这个小家就像挣扎在大海上的小帆船，颠簸起伏，摇摇欲坠。真是：

> 日日阴霾荡胸间，
> 愁思惨雾绕身边。
> 昏天暗地两茫茫，
> 屏住呼吸苦断肠。

这个让人冻得发抖的小屋中硝烟弥漫，两人心中早燃起了烈火。建平剪累了，坚决地说："明天去离婚，你把你的东西拿走。"

"好。"何平就去收拾自己的东西。收拾完，说："这对大皮箱我不要了。"她实在过够了这凄风苦雨的日子。怀孕折磨得她整日灰头土脸，难道女人怀孕都这样？

在这样疯狂的"战火"中，建平可没忘了吃饭。她到厨房把何平做好的饭菜端到锅台上，"呱哒呱哒"吃起来。他下兜齿，吃饭总有声音。没结婚

前在学校食堂吃饭，每次做的菜里肥肉多时，朴玉都把肥肉夹到他碗里，他感到特别幸福。

何平可没食欲，心里惴惴不安。她虽然嘴上说乐意去离婚，可她又觉得舍不得建平。她没谈过恋爱，自从被建平占有，她就没想过再和别的男人好。

第二天，两人准备好一切证件，就去了镇政府。恰巧撞到了大姐夫，大姐夫没理他俩，进了一个办公室。两人来到离婚的屋，很平和地说明来意，小胡就苦口婆心地劝导，正劝着，大姐夫打开门把小胡叫了出去，不一会儿，小胡就回来了，她不再劝，想了想，说：

"离婚得说明原因。"

"感情不和。"建平说。

"有没有财产纠纷？"小胡问。

"没有。"两人齐答。

两人把所有证件递过去，何平泪如泉涌，心如刀绞。两人在小胡的指挥下，签了字按了手印，很快各自拿了离婚证。

刚才，大姐夫把小胡叫出去，是让小胡赶紧给他俩办了离婚手续，别再和他俩磨牙，觉得和他俩丢不起人——一趟一趟来离婚，都让人笑掉大牙。

何平带的班级是四年级，她早就和班长交待过，只要她不来班里，就让班长给同学们布置作业，管好班级纪律。

这天，他们离完婚，何平就把自己的东西都运到了娘家，其实也没啥玩意儿。母亲生了这么多孩子，从没见过离婚的，心里自然不好受。她们母女从来都是十分生分，只要何平不说啥，母亲不会去追问什么。她把东西放到炕上，父母与妹妹惊慌地围过来，她说：

"我们再也不会打了。"她精神恍惚地放完东西，又说，"我上班去了。"

何平走后，父母与妹妹总感觉她有点儿怪怪的，父亲让老姑娘去看看，注意点儿她。妹妹何敏听完父亲的话，就立刻尾随在六姐后面，一直看她进了学校，才返回家。

何平进了班级，学生们很听话，都在静静写着班长留的生字。班里有二十多个学生，他们见老师进来都扬起小头察颜观色，但他们哪晓得老师此时此刻的心情。何平看着学生心里有几分慰藉，说："没有别的老师来吧？"

"没有。"

她松了口气，看看手表：十点多了！这是第三节课。村小学一般都是一个老师带着一个年级，也有一个老师带两个年级的，那叫"复式班"。看着这些稚嫩的孩子，何平百感交集，让学生们接着写。班级里铁桶的炉子比家里暖和多了，她来到窗前，望着茫茫的原野，无心授课。

学生们很懂事儿，似乎看出了老师的忧伤。本来有点儿躁动的孩子们，见老师站到窗前举目叹息，都把小嘴闭上了。远处是农田的旷野，白皑皑的积雪衬在上面。冬日里的旷野到处是萧条景象，很难见到生灵，偶尔有只小鸟飞过，也让人欣喜。何平心想：如果我离开这个世界，大地还会是这样吗？离了婚自己就是别人的新闻。此时她如在生满荆棘的路上厮杀，鲜血四溢。

中午她没回家吃饭，妹妹给她送来了吃的，问她："没事儿吧？"

"没事儿。"她接过吃的就吃——早晨就没吃。

"离就离了呗，那家土鳖样，穷嗖嗖的。你看萧建平那德性，满脸皱纹，恶心死人，一看就爱搞破鞋。人家都说长得帅爱搞破鞋，其实越丑的人越爱搞破鞋。"妹妹越说越来劲，"就凭你怎么能找他呢？家里穷得叮当响，还不好好对你。以后找个有钱的，气死他。"

她听着妹妹泄愤，心里十分惆怅，不知今后该怎样生活。弟弟性格比较内向，对她这个姐姐常在家十分不满。何平是个明事理之人，不会白吃他们的，也找机会给他们钱财补偿。这次离婚又回到了这个家，并且又怀了孕，使她感到暗无天日。没等妹妹说完，她就吃完了。.

妹妹见六姐不言语，也闭上了话匣子，待了一会儿就走了。

望着妹妹远去的身影，何平心潮澎湃。生活为什么对我如此不公啊！我错在哪儿？命运也许早就注定，让我孤寂地飘零，永无安营扎寨之日。

下午上完两节课，全校都放学了，路远的老师也都走了，何平戴好围脖手套就离开了学校，向野外东南方向而去。学校位于村东，校长陈佳玉锁上大门正要往回走，不经意中看到何平向野外而去，感到不对劲儿，这一天都没见她到办公室。于是去了何平娘家，找到何金瑞说明了来意，两人也急忙奔东南而去，妹妹尾随其后。

何平思绪彷徨，脑海一片迷茫，自己也不知为啥要到野外来。她深一脚浅一脚地蹚着积雪，没有目标，好像整个世界都是一片迷茫。她爬上一个堤

岸，滑进河面，觉得这里像个避风港。这时黄昏像潮水般退去，一下子漫过河堤，河内黑暗下来，远处的山村像一条银河闪烁着小星星一样的灯光，自己又像一个幽灵，漂泊不定。她靠在河堤上，仰望天空，不觉星星已睁开大眼，天怎么这么快就黑了？

何平正在遐想，猛然看到弟弟，吓了她一跳。

"六姐，你怎么上这来了？"弟弟说。

"透透气，你来干啥？"

"天黑了，回家吧，有什么大不了的。"

何平想一个人待一会儿，可弟弟不干，何平只好跟弟弟一起回去。远远的何平还看到有人，是校长和妹妹。

何平一到家，母亲让她上炕，妹妹给她拿来被褥，她刚躺下，萧建平进来了。他这一天也是神志不清，总像有心事，因此下了班饭也没吃就赶来了。

屋里很多人，当然也有校长。萧建平是个无理抢三分之徒，他与陈校长并肩坐在炕边上，向大家解释：

"我没想真离婚。本来没多大个事儿，就是嫌她鼓捣收录机了，她就火了，摔东西。"

何平躺在炕上，一肚子气，心想："你不骂我，不烧我毛笔，我就摔东西啦？"她真想爬起来指责他，又怕他下不来台，不管怎么说他还惦记她。

何金瑞在萧建平一进屋时，一声没吭转身回自己的屋了，他从心眼儿里看不上他。建平见何平不言语，又昧着良心说：

"她脾气可大了，常常因为一点儿小事儿三更半夜就走了。"

会说的不如会听的，长点儿脑子的都能看出他就不是个省油的灯。大家都希望何平反驳他，可何平闭着眼睛一言不发，真是急死人。何平能说什么，说建平总想着朴玉，说他怀疑她看好他妹夫？

何敏见他竟说六姐的不是，厉声说："你是什么好玩意儿？三更半夜她有病啊，翻越山路回家，打死我都不敢走。"

被小姨子这么一呵斥，建平蔫巴了。何父在矮墙那面的屋里说：

"哪有你们这样过日子的，三天两头打仗，肯定都有毛病。"他守着外人不好把话说得太重，"以后要是能过就好好过。"

陈校长把话接过去，向建平说着放学后看到何平向野外走去的情形，似

平觉得自己立了大功，其实他给何平埋下了隐患。

经何平这么一折腾，大家都感到很累，陈校长坐了一会儿起身要走，建平也随着起身要走，虽然天已大黑，但何家人没有留他，当然对他也没好脸色。

十三、离婚后的两人

离婚后，建平把东西搬回了他们家曾经给他准备的那个空房子，他又回到了学校单人宿舍。这新闻很快传遍校园，大家都用异样的眼光看着他与朴玉。每天晚饭后，基本上都是建平来约朴玉。在夜色中，两人漫步到镇外。

朴玉此时心里也矛盾，她是放不下建平的，可常常听到有人在她背后窃窃私语："都是因为她跟萧建平天天瞎扯，破坏人家夫妻感情，萧建平才离婚的。""萧建平不知处了多少个对象，睡了多少个女人。其中有一个结婚日子都定下来了，又黄了。"所以她克制自己不去找建平，但是建平来约她，她又控制不住。

在这寒冷的冬天里，两人心里倒是暖洋洋的，好像都有说不尽的话。有时走着走着建平就拉起朴玉的手，两人紧紧相拥，久久不肯分开。

这是一个星期六，建平告诉给老师做饭的大师傅，明天早晨不用来给他们做饭了，今天老师们都回家。这是他盘算好的。因此，晚上他来到了朴玉的寝室。

见他进来，朴玉赶紧把窗帘拉上了，她不想让外人看到他在她屋里。建平又随手把灯关了，像猛虎叼小鸡一样把朴玉抱进怀里。这才刚离婚没几天，他就饥不可耐。他的疯狂，他的喘息让朴玉享受不尽，这一夜两人皆累得精疲力竭。但萧建平是个有经验的人，他感到朴玉和别人有染——她不是处女身。

因为萧建平刚离婚，大清早不敢带朴玉出去吃饭，就让朴玉在屋等着，自己很快买回了饭菜。

这一天两人如新婚燕尔，甜甜蜜蜜。上午建平又到街上买回水果，送给朴玉。哄骗女人他是高手。朴玉是和一个女老师同住一个寝室，因此他不敢在朴玉寝室停留时间过长，他怕那个女老师回来早，就赶紧溜走了。

也许年轻人都有特性，朴玉寝室那个女老师回来以后，发现自己的被褥有变，就不大乐意，问朴玉：

"昨晚有人睡我床吗？"

"没有哇。没人来啊。"

"那我的被褥怎么变样了？见鬼啦！"这个女老师也是看不上朴玉。

朴玉装糊涂，也不高兴了，说："我又没动你被褥，你冲我嚷嚷什么？"

"这屋就咱俩，不问你问谁？"

"有病！"

"我看你有病，自己不觉得。"

两人吵了起来，当然那个女老师不会把话说得太过，她只是讨厌朴玉和萧建平整日眉来眼去的样子。吵了几句，以朴玉闭嘴而告终。

那天如果不是校长发现，弟弟找到她，她也许就躺在河堤上很快睡着，像卖火柴的小女孩一样进入梦乡，飘进没有烦恼、没有忧愁的天国了。

自从那天晚上建平走后，再也没来过。她看不到建平像丢了魂，每天恍恍惚惚度日。

今天是离婚的第六天，她像过了六年，整日心里发酸发疼，因为太想他。不知他现在在做什么，不知他想不想她。她打定主意，如果他和朴玉在一起，自己将独居终生。为了肚子里的孩子，她要远走他乡——宁可失去现在的工作。

这天是周日，中午何平刚从榆树乡学习回来，大姐风尘仆仆地来找她，说：

"听说你怀孕了，赶紧把这个孩子做了。多长时间啦？"

"不到三个月。"

"那正好。趁孩子不大，也不会太遭罪。不能留，留着是祸，将来还怎么嫁人？"

"是啊，不能留。"母亲也帮腔，"那是个什么货色，就是个精神病，还怀疑你跟他妹夫……他家是不是有乱伦的事儿，他妈跟他姑夫？"母亲气愤地说道。

"多少人看到他和那个朴玉整天拉拉扯扯，不干不净，你还留着这个小鳖羔子干什么？不听老人言吃亏在眼前。这种男人少见，你要是再和他在一起，一辈子都遭殃。"

"那个杂种一看就不是个物。"母亲气得直咬牙，停了一会儿说，"我们都是过来人，谁也不能害你。你大姐就是为你的事儿特意来的，明天就去把那个孽种做掉。"

"就是，听话，等大了做就遭罪了。"大姐也是近五十岁的人了，"咱家这么多兄弟姊妹，哪个不是风风光光结婚，你看你，像小孩儿过家家，出去两天就算结婚了。两家父母都没见过面，那是个什么家？土鳖死了。你瞅瞅你那家，要啥没啥不说，他还对你不好，你是不是脑袋有病，鬼迷心窍，离开他还不能活了！"大姐家的孩子都比何平大，显然是大姐把她当孩子一样苦口婆心地开导。大姐又说："你就是闭着眼睛摸，将来找的也比他强。你看他那损样，就不是个省油的灯。"

何平心想："不管你们说什么，他就是豺狼我也愿意和他在一起。"她始终一言不发，母亲与大姐一唱一和做着她的工作，劝她尽快做掉肚里的孩子，否则后患无穷。

大姐是坐方便车来的，也是专程来找何平的。临走时，到了大门口还再三叮嘱："六，听大姐的话，明天就去把孩子做了。"

何平乐了，多少年没听到这个"六"字了，很好玩儿，那是小时候常听到的。她肚里的孩子，让家人很伤脑筋。周围的亲朋好友及同事，都赞成她不要留着这孩子，让她不要留下麻烦。其实大家都晓得萧建平不正经，爱瞎搞，可何平就是一根筋，仿佛花岗岩脑袋，死不开窍。

大哥大嫂也住在镇里，一天，也专门来做她的工作。大哥说："人家结婚小两口一天欢欢喜喜，你看你俩可倒好，整日鸡飞狗跳。那萧建平是人吗？都结婚了，还整日跟别的女人瞎扯，不嫌磕碜。'呸'，丢死人了。"

大嫂又接过来说："这样的人不靠谱，那是现在还年轻，岁数再大点儿，更不要脸，更胡来。"

但弟弟、弟媳从不插言，他们好像观众，妹妹也很少发表见解，似乎尊重六姐的选择，父亲当然赞同大家的意见。大哥又说：

"你看萧建平那老啦吧唧的样子，就不像个好鸟。"

大嫂说："赶紧把那孩子做了，将来带个孩子也不好找。"

父亲说："大家都是为你好，别犯糊涂。"

何平有些无奈，敷衍着说："我知道该怎么做，你们不用操心。"她是王八吃秤砣，铁了心要留下这个孩子。孩子在她肚里，她要是不同意，谁拿她也没辙。

大哥和大嫂见她这么说，没待多大一会儿就走了。她知道如果要留下这孩子，谈何容易，可又不能不要这孩子。都已经做掉一个了，这个说什么都得留着。她就不明白自己堂堂正正、清清白白，从没有与任何一个男人有过亲密往来，他怎么整日疑神疑鬼。他的父母不知对他们离婚有何反应，难道是无动于衷？

何平这几天做梦总梦到建平，梦到他被人打死了。她担心大姐家的儿子找人打他，真是日有所思，夜有所梦，她多么想见到他。殊不知，萧建平现在正和朴玉如胶似漆。而何平，她有时觉得自己要发疯，想到树林里走走，又怕村民认为她想不开，要自杀；有时想爬上一个山顶，对着苍天狂吼："老天爷，你为什么要折磨我。难道我上辈子就是这么对待别人的吗？"

这几天家里车水马龙，比结婚都热闹，就是何平结婚，家里都是萧条冷清。大姐家的大姑娘比她大，孩子都满地跑了。这天他两口子是开车来的，给姥姥姥爷买了很多好吃的。这两口子都在镇上一个挺有油水的单位上班。大外甥女叫孟荣，人长得婀娜窈窕，外号"黑牡丹"，当然老公也不赖。他们是来给何平说媒的。

中午何平下班回来，见家里做了一桌丰盛的午餐，知道来人了，头脑里马上想到：是不是公公婆婆来了？这种欣喜只在心里闪了一秒，再定睛一看，是外甥女孟荣两口子——想必别人也不会买这么多好东西。

饭桌上，孟荣老公扬言要痛打萧建平一顿，说："打坏了我给他治。"并且又嗤之以鼻地说，"他那副德行，别看他家有门子，我可不鸟他。"

没等何平张嘴，孟荣赶紧说："打人干什么！"然后话题一转，看着何平说，"六姨，我有个朋友托我给他家亲戚介绍个对象，说只要识字，就是离婚的没孩子就行。这人叫王保军，在前锋乡银行上班，也是离婚的，但没孩子，我看挺好。"她又补充，"我说了，我姨是教师，肯定识字。"

大家一阵欢笑，弟媳说："我六姐可有才了，整天除了看就是写。"

"我六姨一看就是个素质高的人，"孟荣老公说，"气质就和别人不一样。别看离了婚，要找也得找比萧建平强的。"

"那孩子得赶紧做掉，"孟荣急不可耐的样子，"你可不能和这种人再过了，谁都知道他太不着调了。你要和萧建平再在一起，永远也得不到幸福。六姨，听我的，咱选个日子见见这个王保军，听说人长得不错。"她边吃边瞅着何平。

何平看看她，说："以后再说吧。让你们操心了。"她死也不相信建平会这么快背叛她。她认为建平是在乎她的，所以总怀念他。如果他不正经，就不会对她整日疑神疑鬼。

何敏好奇地说："先看看长得什么样，别再找个丑八怪，满脸粼粼碧波。"

"你可挺会形容，"弟妹说，"你看他骑那车子，好像也太旧了的，就俩辊辘，也能骑。"

"他家不是穷吗，"孟荣老公奚落道，"婚都结不起，看他整日穿的那身儿，我扔的衣服都比他身上的强。"

"那家人也真够呛，"母亲边吃边说，"哪有儿子结婚双方父母不见见面的？这家人就是隔路种。他还说，过年他家他爹能杀猪，他妈会攽搂肠子，他家就是过死门子，杀猪从不请外人吃饭。"

大家哄堂大笑。听着大家贬低建平，何平心里很不舒服，第一个下了桌，去哄炕上弟弟家的孩子。

饭桌上大家无忧无虑地畅谈，好似过节一样。吃完饭，孟荣两口子就要走，临走时还叮嘱说："六姨，你们也快放假了，等一放假，找个时间见见那个人，啊！"

何平只是笑，没有点头的意思。大家把孟荣两口子送上了车。

十四、祈盼与热恋

　　何平这时好像得了妄想症，日里盼夜里想，就是上着课她也要向外张望，如果有个人影她也要定神仔细瞧瞧，看看是不是建平。多么煎熬的日子，她觉得自己要疯了。有时又感到建平心太狠，竟这样把自己丢掉。有时她坐立不安，在教室里踱来踱去，长吁短叹，看到桌椅摆得不齐，就踹两脚。整日魂不守舍，总感觉活得没意思，不如早些死了好！她多么希望此时建平能来——也许建平和她一样，每天忧心如焚，也很想见到她。

　　在何平内心，不管两人如何打闹，只要双方都有颗真心，那也是可以携手白头。

　　这天，她守着沉重的夜色，一宿没合眼，翻来覆去都是建平的影子在脑海里徘徊。她想到艳齐的一首诗，诗中写道：

　　　　穿越出去穿越出去
　　　　也许正能摆脱惆怅

　　说得轻巧，要是真能穿越出去，摆脱惆怅，那这个世界就是天堂。这诗后面还有几句，写得很现实：

　　　　但没有天梯助我攀援
　　　　秋的凋谢

又把我裸露为

承遭风化的山岗

脆弱的心灵在碎落在碎落

只是于岁月的谷底

堆积的

依旧是不肯泯灭的渴望啊

是啊，自己脆弱的心早已碎落，但对未来还是充满渴望与梦想。由于思绪太重，阑尾隐隐作疼。她也想过：也许离开他是一种幸运。

早晨，她对母亲说："他可能再也不会来了！要是这样，过了年，我就搬到学校去住，正好学校有个小屋曾经住过老师。"母亲说："行。"她想："这一生我再也不嫁人了，领着孩子自己过，他萧建平会承认我是世上最好的女人的。"

从母亲的言语中，她听得出，弟弟不喜欢她住在家里。何平有时也在想，可能建平把她彻底忘了，又一想，他是不是因为想她而生病了？

上午课间操时间，几个同事回到办公室，其中一个老师用同情的语调说："何老师，你以前也不大和我们交流，如果你早和我们熟悉，怎么也不会到今天。就是现在你也不了解他。"何平一头雾水。

每天她朝朝暮暮都在想念建平，如果再给她一次机会，她宁愿受苦受罪，也不离开他——虽然他不体贴自己，不相信自己。其实，她就是没有领悟到：没有信任怎么会有爱情？

建平对朴玉好像在渐渐地疏远，他感到这个女人以后他掌控不了，关键是她和别人肯定有过性行为，这在他心里是有障碍的。

这天吃过晚饭，朴玉约他，两人一前一后地向镇外走去。建平毕竟刚离婚，他不敢太放肆，再说这几天经过思想斗争，他认为还是何平更适合她。通往东南方向的公路夜晚车辆比较少，别说是公路，就是荆棘缠绕的原野，这一年也被他俩踩出了一条溜光的小径了。

走出小镇，朴玉就撒起欢，挽起建平的胳膊，把脸贴过去。她没成过家，不知道成家后有些男人与婚前是判若两人的，她没有见识过建平婚后那狰狞丑

恶的嘴脸，所以此刻，她还陶醉在建平的花言巧语与充满爱抚的甜蜜中，自然是想象不到结婚后两人之间会发生什么。她哪晓得何平此时已怀孕了，而萧建平居然能抛弃怀孕的妻子……现在她是满心欢喜，憧憬在幸福的美梦中，认为自己将永远得到建平。

两人说着悄悄话，朴玉一点儿也没有察觉到建平的变化，有时她故意撒娇，说："夜里真冷呀！"建平就会解开棉袄把她裹进怀里，她就势搂住建平的腰。她喜欢他身上那股酸臭味。这不，又钻进了建平怀里。建平憋了好一阵才说话："有个事儿你不知道，何平怀孕了。"

朴玉像受到了什么刺激，挣脱出建平的怀抱，很惊讶地说："你怎么不早说？"

"这些天也许她把孩子做掉了。"

"万一没做呢？"

"她傻呀！留个累赘。"

"我看她也不精，也许她还想复婚。"

建平停了半天，系好衣扣，说："何平是黄花大姑娘，脑子里就一根筋，"他还能说句人话，"可你和她不一样，我不是你第一个男人。"

"你放屁。"朴玉不再是乖乖女，"我不计较你是离婚的，说明我太爱你，你怎么侮辱我人格？"

"你别生气，"建平有点儿发毛，"我只是一种感觉。那我错了，宝贝。"

女人啊，就怕男人说软话，男人一说软话全身就酥了。朴玉把身子扭过去，仰望茫茫的夜空。天空群星闪烁，辽阔的原野被黑夜笼罩着。他们不知不觉已经穿过两个村庄，村庄里闪出微弱的灯光。他们时走时停，好像感觉不到旷野的恐怖。

建平这个大龄男人，他像一头饿了多天的狮子，看到乖乖的兔子扑在脚上，他是不会错过的。在这万籁俱寂、悄无声息的夜里，正是他吞食的最美时辰。他拉过朴玉，小心地解开她的衣领，把手伸了进去……朴玉任他爱抚。今天的夜晚虽然寒冷，却没有一丝风，远处村庄那点点残灯也渐渐消逝，不知什么时候，那点点星光也随着村庄的灯光隐藏起来了，天空开始零零星星地飘起了雪花。

淫荡的男人最了解饥饿的女人需要什么，他会投其所好。这样阴霾的午

夜，正合他的心意。

突然，远处驶来一辆大车。两人慌忙整理好衣服，露出两只探照灯似的眼睛靠到了路边。

这是一辆大汽车，车箱板内站了好几个人，在这夜阑更深的荒村野外能碰见人，太令他们惊讶了，觉得好像《聊斋》的故事发生了。司机远远地就对身边的人说："你看看表几点了？"那人一伸胳膊："十二点了。"司机说："我没看错吧，前面路旁是不是站俩人？是不是鬼呀？""你别吓人。"另一个人哆哆唆着声音说道。司机像进了鬼门关，一点儿车速没减地驶了过去。

车箱后面的人可不这么想，他们扒好车箱板，瞪圆了眼睛瞅着这两人，想看个究竟。其中一个人说："偷情的，也不怕冻死。"

被这汽车一冲，两人头脑清醒不少，赶紧牵手向回走去。回到镇里到处是死一样的静，建平说："这么晚了，咱俩都别回寝室了，回去他们肯定要对咱俩说三道四，上我班里吧。"于是两人蹑手蹑脚幽灵般进了建平的班级。

还是班级里既暖和又安心。两人余性未了，相拥而坐，建平给朴玉摘下手套围脖，说着肉麻的细语，像抱孩子一样把她放躺在自己怀里。很快建平又摘下自己的帽子、围脖，扶起朴玉，起身摆过几把椅子，脱下棉衣，铺在椅子上，把朴玉放躺在棉衣上。这一夜，两人终生难忘。

朴玉的父亲原来也在这个小镇上班，后来调进了县城，他是这个小镇土生土长的人，女儿的一些事儿他很快知道了，这令他非常伤心，常常在家里喝闷酒。他在单位大小也是个官儿，可女儿让他颜面扫地。朴父整日精神颓废，郁郁寡欢。这是放寒假前的一个星期天，朴玉回到家里，喜形于色，而父亲却一脸愁云——以往回到家父亲都是满心欢喜。母亲做了一桌好吃的，父亲又开始自斟自饮。朴玉看出父亲对自己有话说，但不知父亲要说什么。饭桌上，母亲不断地劝说父亲要少喝酒，父亲置之不理。当朴玉撂下筷子吃完饭，父亲开口了。

"玉，你要什么我都给你，可你不能总和一个有妇之夫搅和在一起，你让你爸的脸往哪儿搁！"父亲竟落下了心酸的泪。

"他离婚了。"朴玉说，"爸，他是真心爱我的。"

"没有你他能离婚吗？你是破坏人家家庭。那个萧建平是最靠不住的，他

要真爱你能那么快就和别的女人结婚吗？"

"不都怪你。"朴玉停了一下，"爸，当初要不是你嫌他是汉族，他能去找别人吗？"

"是怪我。"父亲放下酒杯，"这会儿你提什么条件爸都答应你，但是你决不能再和他在一起胡来。你就是被他的花言巧语所蒙蔽。他才离婚几天，又缠上你。傻孩子，听老爸的，这种男人将来只能给你带来痛苦，他不会让你幸福的。"

朴玉见父亲因为自己喝着闷酒，十分伤心，不禁也掉下泪珠，答应父亲给她几天时间让她考虑考虑。

第二天，朴父给女儿买了辆自行车，他是哄女儿高兴，希望女儿能听话。可怜天下父母心。

朴玉从家回到小镇，心情十分沉重。是啊，那个何平怀孕了，她要是没把孩子做掉，那我和建平今后的日子也不会安宁，她越想越惆怅——听爸爸的还是走自己的路？

吃过晚饭她便来约建平，两人漫步出了小镇。她现在非常依恋建平，总怕失去他。出了小镇她就撒娇地挽起建平的胳膊，把一切惆怅都忘了，说：

"我想死你了，你想不想我？"

"想。"建平摸摸她的脸。

"建平，你得风风光光地娶我，不能像跟那个不值钱的何平似的，灰头土脸地出去两天就算结婚了。"

"我和她连婚纱照都没照，就是心里放不下你。"

"我就知道你是最爱我的，咱得像模像样地照婚纱照。"

建平穷得连两扇门都没有，他拿什么再结婚？他用试探的语气说："结婚非得大操大办、穿婚纱吗？"

"那当然啦。一辈子不就结一次婚吗！"朴玉噘起小嘴。

建平活了二十八年，不管谁家，红白喜事就很少参加过，他也是葛朗台似的家庭里熏陶出来的。他与何平结婚，算上朴玉才两个随礼的。人家旅行结婚回来都要请几桌，而他，只有一个单位的老许——平时关系一般般，随了十块钱礼，除此之外就没一个来贺喜的，可见他平时怎么为人的。

这时又轮到建平犯愁了，他用对付何平的招数说："宝贝，你人都是我的了，还要那过场干什么？我的魂始终都在你身上。"建平捧起朴玉的脸亲吻起来。

在这冰天雪地、寒风刺骨的夜晚，两人也不怕冻僵，久久地依偎在一起。当一阵雪沙被风袭来，两人才牵手向回走，又双双进了建平的班级——这个班级成了他俩快乐的天堂。建平白天伪装得像个正人君子，到了晚上就是发了情的禽兽。他搂过朴玉，像个馋猫，又急不可耐地把手伸进她的怀里，朴玉像想起了什么，嗫声问：

"学生考完试你得去看看那个何平，看看她把孩子做没做掉，不能让她留着那个孩子。"

"早做了，别操心了。"他亲昵地说，"我一天都不能没有你。我爱死你了，宝贝，心肝，你是我最最爱的女人……"

这些天，两人陷进了爱河。

十五、波动的心

　　何平之所以没把孩子做掉，就是幻想着能和建平重归于好。肚子里的孩子每天折磨得她死去活来，她不明白难道女人怀孕都这样？再加上心情烦躁，她本来红润的脸颊变得消瘦憔悴。

　　今天，没想到远在外地的三姐、三哥、五姐及三姐家的大姑娘都专程来看她，她内心酸溜溜的，极力抑制泪水别流出来。她受不了别人的关心与爱护。

　　这几天学生考试，何平感到轻松了不少，不用备课和批作业了，中午挺早就回来了，一家人欢欢乐乐地包饺子。大家正在谈笑着，忽然门开了，萧建平走了进来，大家一见到他立刻都撂下脸子，没了话题，何平迎了上去，何父把他让进他屋。

　　他的到来，影响了家里活跃的气氛。从萧建平进屋，只有三大舅哥与他搭讪两句，其他人没一个与他搭腔，他感到很尴尬。坐了一会儿，何平也感到不自在。他没有请罪的意思，于是两人穿戴好灰溜溜地出去了，竟没一个人留建平吃饺子。

　　两人步出村庄，建平端详着何平，心里百感交集——他又想到了朴玉。他问何平孩子做没做，何平说没有。一时他又觉得何平比较听话，最起码何平是黄花大姑娘跟的他，而朴玉绝不是，个子又太矮，提的条件也太高，他拿什么去为她举办婚礼？活了二十八年就没去参加过几场婚礼，他的婚礼怎么会有人来！他越想越伤脑筋。他看看何平的肚子，怎么也说不出口让她去把孩子做掉。他问何平：

"这些天想我吗？"

"想死了。"

"这不忙于考试吗，倒不出时间来看你，"建平这时又决定与何平在一起，"其实我也想你。"

"我都快疯了。"何平说，"我知道你会来的，你不会不要我和孩子的。"

离婚二十多天，建平与何平都消瘦很多。建平是因为另有新欢，使身体疲惫不堪，他可是尝尽了人间快乐。而何平，是因为太思念、牵挂他，这种专一的相思，差点儿要了她的命。经过这些日子，何平太理解那些为爱情而献身的痴情人了。

此时的建平却愁云满面。他能不愁吗？这两个女人他都舍不得。他望着积雪覆盖的山林、茫茫的宇宙，说："昨天我和我们校长打起来了，都怨王健，他偏让我陪他去校长室偷两本书，结果被校长发现了，狠狠地训了我俩一顿。"

"训就训了呗。"

"那能行吗？"建平不大合群，"我什么时候受过委屈。就是王健那瘪犊子，校长怎么骂他都不吭声。"

"那咱也不吭声。"

"下学期我得离开这个中学，这个校长小心眼儿，我在这得不了好。"其实要离开这个中学最主要的原因是朴玉。

听到建平要离开这个小镇，何平不知是高兴还是担心。高兴的是可以离开朴玉，担心的是自己的工作怎么办。

建平在设想去哪个乡比较合适，何平只是洗耳恭听，她哪知那些乡都在什么地方。因为建平还有一个二表哥也是做官的，他随时都可以请二表哥帮忙为他调动工作。建平是以工代干的老师，这个时候以工代干的老师不多，像何平这样的合同工倒是不少。朴玉也是合同工。这个时代能找到一个有正式工作的人真不太多。

两人登上一个山岗，建平让何平回去，何平望着他骑着那辆破自行车远去，才恋恋不舍地转回头。

建平回到学校，朴玉正在四处找他。朴玉看他情绪挺低落，就凑上前安慰他，因为她知道了昨天建平与校长吵了起来的事儿。两人又进了建平教室。这

是白天，两人都很正经地坐下。建平告诉朴玉，何平没有把孩子做掉。朴玉很着急。

"那怎么办？"

"不知道。"

"那咱俩离开这里，让她找不到咱们。"

"说得轻巧，"建平困惑的样子，"工作不要啦？"

"你不会不要我吧？"

"我又不是你第一个男人——这方面你骗不了我。"这是他最精通的。

"你放屁。"朴玉哭了，"正好这几天要放假，我去找你爸爸妈妈，让他们为我做主。"

"你不怕丢人就去找。"建平也不想把事情闹大，他是一个很狡诈的人，"要不是你天天纠缠我，我也不能离婚。"

"那你从前对我的爱都是假的？"

"我发誓，那是真的。我是真心爱你。"

"那你为什么不想要我，偏要她？"

这件事儿太复杂，建平说不清。他没有要把离开这个中学的想法告诉朴玉。看着朴玉在抽泣，他心里也难过，毕竟占了人家便宜。

这时刚考完试，学生已放假，校园里挺安静，两人愁眉不展地静坐着。坐了一会儿，朴玉像是在泄愤，喃喃地说："我爸为了我整天喝闷酒，说我把他的脸都丢尽了。他哭着求我不让我和你在一起，我都没听。你太伤我心！"

"这不正好合了你爸的心意。"建平怯怯地说，"别再让你爸伤心。"

朴玉说什么也不肯放手，建平极力地哄着。在朴玉的脑海里，好像天空突然铺上了浓浓的乌云，压得她喘不过气来，她预感到自己将是暴风雨后的牺牲品。

两人在教室坐了很久，晚上他拉朴玉去食堂吃饭，朴玉不去，回了自己寝室，建平一人去了。他多大的愁事都不会少吃一顿饭。

因为老师的食堂就连着男老师寝室，建平发现很晚了朴玉都没来吃饭，他去街上买了点儿点心，回来敲开了朴玉寝室的门。朴玉一人在屋，说那个女老师上亲戚家了，今晚不回来了。建平把吃的拿到朴玉身边，让她吃点儿。朴玉坐在炕沿上，建平在地上找了个凳子坐下，望着朴玉，半晌朴玉才忧心忡忡

地说："建平，有个事儿我不能瞒你，我有病，肚里有个肿瘤，去年在哈尔滨检查出来的。"她以为这样建平就会怜香惜玉，就不会与她分手。

"是不是检查错了，你年轻轻的怎么会得肿瘤？"

"没错，我活不了多久。"

"就瞎说。"建平本来就是葛朗台的弟子，一听此语非但没有恻隐之心，反而更让他觉得与朴玉分手是英明之策。与一个病秧子一起生活，今后的日子简直不敢去设想。建平一边安慰她一边把吃的往她手里送，像在哄孩子。

朴玉去年是上省城看病去了，医生只是说肚里好像有个水泡，并没说是肿瘤，是她自己下的定论。

也许是天意，建平因此做好了与朴玉了断的抉择。他没久留，默默地离去，去了班级。在班级里他给朴玉写了两三页发自肺腑的真爱之言，他说他要为何平肚里的孩子负责任，把自己写成了正人君子，他写道："我们虽然做不成夫妻，但永远都是最亲的朋友。我们也算共同生活了二十天，这二十天是我今生永远美好的回忆。"

因此，第二天早上建平又到街上买了点儿吃的，来到朴玉寝室，把这些吃的连同信一起给了朴玉。朴玉望着建平眼泪扑簌簌地滚了下来，建平放下东西说："早晨要吃东西，不吃东西对身体不好。"他看了朴玉一眼，心里也不好受，转身急匆匆地离开了。

三姐他们在这没待几天就走了。这天，吃过午饭，建平骑着他那"三角架"来到何家，说是来接何平回他父母家去，何平喜上眉梢，父母当然也乐意，因为何平肚里还有个孩子呢。

两人离开这个小村子就奔建平父母家而去。当然，到了建平家，建平父母很欢喜，特别是公公，乐得合不拢嘴，去厨房炒瓜子，公公觉得自己要做爷爷了，高兴得不得了。婆婆也对何平嘘寒问暖。他们对儿子先前离婚似乎一点儿不叹息，没有去责怪任何一方。于是，两人就稀里糊涂地又到了一起。

他们只在家待了一宿，因为学校还没完全放假，他们急着回去给学生做鉴定，又要写年终总结，因此两人匆匆地走了。

一路上，建平又是阴阳怪气，他心里不畅快，这心里总装着两个女人，让他心神不宁。何平妊娠期每天食欲不振，肠胃难受，他看到何平又呕又吐的

样子就不爽，说：

"我看你在学校又说又笑，怎么见到我就难受？"

"我总是反胃，"何平不敢顶撞他，"不知道什么时候能好。"

"我看你见到你们学校的人你就好了。"他话题一转，"那陈佳玉咋那么关心你，那天是他看到你往野外去的。"

"我咋知道。"

"世上没有无缘无故的爱。"

"你啥意思？"

"啥意思你知道。"

"他有老婆有孩子跟我有什么无缘无故的爱？你这不荒唐吗？"

何平一生气蹬快了车子，建平一看也生气了，从后面拼命地蹬了几下车子，照着何平车后轱辘撞去。本来冰天雪地路就滑，何平连人带车子翻倒在马路上。建平的举动好像是在对待仇人，无论如何也不该这样对待一个孕妇啊！何平吓得魂飞魄散，只见建平鹰一样地抛下她，头也不回地骑车走了。

望着建平远去的邪恶背影，何平心碎了，她不想惹他，多么想和他快快乐乐地生活，可他总是无事生非。我到底错在哪儿？她反复地思量：如果刚才我不反驳他就好了，他就不会生气；可是不反驳不就证明自己和校长有事儿吗？她现在觉得自己不是第一次见到建平时的想法了，而是自己已经深深地爱上了他，生活里不能没有他。她心里一时懊恼至极。她从地上爬起来，扶正了车子，步履蹒跚地推起车子向前走去。

十六、暴徒

　　学校放假了，萧建平来接何平。看到他，何平满心欢喜，把上次的不愉快忘得一干二净，痛痛快快地又跟他走了。她前脚走后脚孟荣就来了，说是前锋乡的王保军托人问给他介绍对象的事儿，人家放在心上了，说是正好放假了，想找个时间见见人，可是她晚来了一步。孟荣自言自语地说："真没骨气啊！我六姨跟萧建平那样脚踩八只船的人，这辈子都不会得好。"姥姥、姥爷也迎合着。她没待多大一会儿就走了。

　　何平跟着建平屁颠儿屁颠儿地回了婆婆家。回到婆婆家后，婆婆说："这都放假了，你俩住后面那个房子吧！"

　　就这样，两人来到后面那个空房子。这是个老式砖房，还好院里有些木柈。一进屋就冷冰冰的，有个土炕。建平不知从哪儿弄来个破毯子，铺在炕上，然后抱来木柈烧炕。屋里连个坐的地方都没有，跟逃荒逃难没两样。因为这是直接往炕洞里烧火，所以炕很快热了。建平让何平坐炕上去，晚上两人抱来一床被褥。

　　就这样，白天他们在家吃饭，晚上到这儿过夜。这回，何平记住了教训，有时建平不高兴或者不顺心，向她发火，她就一言不发，生怕自己再不小心惹怒了他。临近过年，天更冷了，院子里的木柈也不多了。建平又不想麻烦弟弟妹妹们，就每天晚上带着何平拿着锯子和斧头到村外去伐树。这个村子三面环山，树马狼林，黑夜里树林中冷倒不冷，拉起锯子还浑身冒汗，只是有些阴森。

这天晚上，他们依旧来到山上伐木，树林里有积雪的映照，不是太黑。何平长这么大也没拉过锯，这几天总挨建平骂。这不，怎么也拉不到一个节奏上，总是夹锯，气得建平不住地骂，越骂何平越紧张，手一抖锯又掉了，建平拎起斧头向何平打去。打了两下不解恨，又踢了两脚，何平撕破喉咙地大叫，直感到骨髓都在疼。可肚里的孩子纹丝不动。也许她穿得多，保护了她。这时的萧建平就像条疯狗。

过了一会儿，建平又薅过何平，强行着把这根大树伐倒，两人深一脚浅一脚地蹚过积雪的壕沟，步履蹒跚地扛着大湿木头回来了。每天扛回的湿木头，两人都要趁黑迅速地截成木段，用干木头引着火后，再放湿木头烧炕。因为林业部门常有人下村查看是否有私伐林木的，如果被发现是要罚款的。

何平虽然穿着棉衣，可全身被建平打得青一块紫一块的，她咬着牙落着泪抽泣着，泪水像小溪一样挂在鼻子的两侧。夜晚，她站在外屋地上久久不肯睡觉，全身被他打得骨头似乎都碎了，她不想活了，想找把刀结束自己的生命，可这空房子一无所有，就像一个灵堂，让何平感到悲惨凄凉。她心中矛盾重重：如果我死了，肚里的孩子还没有看到人间什么样，况且，我也想看看他长的什么样。

建平看她不睡觉，就气哼哼地到外屋抓起她的脖领子，揪进屋里。何平觉得自己是在做梦，建平怎么这么心狠手辣！她和衣躺到了炕上。这炕是热的，可屋是冷的。她思绪翻江倒海：这些委屈向谁诉！世上有几人过着这样凄风苦雨的日子。

第二天，她见到婆婆就像见到了救星，可有诉苦的人了。等屋里就剩婆婆与她，她便向婆婆说起建平如何打她，希望能从婆婆那得到一点儿安慰和心疼，而婆婆却是一副满不在乎的样子说："他打人一点儿都不疼。他常把弟弟们骑在身下打，哪个也没打坏过！"

何平碰了一鼻子灰，没想到婆婆会这么说，也太护犊子了。自己挨打也不能对娘家人说，她不想给娘家人添麻烦。何平不再作声。

每天她默默地帮婆婆做着三顿饭。婆婆每天吃完早饭就得去看大外孙，一天都不落。姑娘一满月，她就乐颠颠地把这娘俩接回了家待一天。她盘腿大坐地把大外孙子托在双腿上，像相面似的左瞅瞅右看看，赞不绝口。何平这时只觉得每天犯困，就想睡觉，并且每天都是懒洋洋的，一点儿不勤快，

自己也发愁。

　　大年初一这天，建霞两口子抱着孩子来拜年，婆婆美滋滋地抱过小外孙，何平吃过饭就头朝里躺着。婆婆抱着外孙，大家唠着过年磕，婆婆就旁敲侧击地说："俺这小外孙，过年了也没人给个压岁钱。"

　　何平知道这是婆婆念叨给她听的，因为屋里除了她之外都是他们自家人。因此没过一会儿何平爬了起来，到自己的小包里拿了十元钱，说是过年了，舅舅舅妈得给小外甥压岁钱。这时建平也陪着笑说：

　　"是该给压岁钱，这是我们的第一个下一代。"

　　大年初三，建平陪着何平回娘家。建平一出家门，就牢骚满腹，什么天这么冷还得陪你出来，你着急回家是想见情人，他絮叨个没完没了，何平不敢惹他，实在忍不住了，说：

　　"你怎么这样，要不你回去吧，我不用你陪。"

　　"你终于说出了心里话，"建平暴跳如雷，"你嫌我碍事儿呗！我就偏不回去，让你的阴谋不能得逞！"他俩是骑一辆车子，这时建平猛然停下车子，回头抬起脚，把何平一脚踹倒在路上。

　　由于穿得多，何平像个小熊坐在路上哭起来。建平一看她坐在地上不起来，把车子停到一边，像与拳击手搏斗一样，对准她头猛烈袭击，何平怎么躲闪都躲不开他的拳头。他像一只猛兽，打得何平只顾抱住脑袋，更是起不来身。这时从后面开过一辆大车，还有两个骑车子的人。何平一动不动，她希望大车把自己轧死，结束这非人的日子。眼看车就要开到眼前，建平捞过何平操进路边的大雪沟里。

　　大车开过去了，那两个骑车的人不住地回头朝他们这边张望着。

　　建平跳下雪沟，对着何平又是一顿拳打脚踢，因为这是路边壕沟，里面积雪较多，建平甩起脚来不是那么灵巧，而是弄得雪花飞扬，何平身上都是雪。

　　很快何平的左眼鲜红紫青，满嘴淌血，可建平看在眼里还不解气，俨然要置她于死地。他边打边骂："你偷野汉子还不让我说。"

　　"我不是那种人，你就是胡说八道。"

　　"我和你只有四十来天，人家大夫说有三个月，你还嘴硬。"

　　"我跟你那天是不是大姑娘？"何平哭着说，"你就是强奸犯。"

"你也不是好东西，那处女膜是能缝的。"

"你说鬼话，谁有那笔钱缝？"

建平学问都学这来了，何平都没听说过处女膜还能缝。何平肚子里的孩子生命力极其顽强，不管母亲遭多大罪受多大难，她就是牢牢地守在母亲肚子里，纹丝不动。

何平全身被萧建平打得像要散了架。他们看到路上总是有来来往往的车辆与骑车的行人，建平说人都让她丢尽了。等人一过去，他就像练拳脚一样对着何平又是一顿暴打。这个禽兽，他是存心要把这个孩子打掉，以解心头之恨，在他心里，这个孩子也是野种。可这个没出世的孩子，就是和母亲相依为命，坚决不做反应。

打了一上午，接近中午，建平也打累了，坐到沟帮上。何平借此机会爬起来，有气无力地爬上道路，向前而去。何平这一上午只觉得像在阴曹地府，迷迷糊糊、跟头把式、跌跌撞撞，总算来到小镇里。其实，他们去镇里要经过何平父母家的路口，给父母买的东西在建平车上，是从婆家带的。他们本来是不用去镇里的，可以直接回娘家。但何平全身旧的伤疤没去又添了新的伤疤，她想去镇里甩掉建平，不让这个狼心狗肺的家伙跟她回娘家。

一进小镇何平就奔镇东南的一个亲属家而去。她穿过亲属家的院子，又跃过他家菜园外的障子，来到荒野，艰难地踏着深深的积雪，趟着枯草向南跋涉。这种艰辛不次于红军二万五千里长征。她想：你萧建平推着车子，是无法尾随我的。她又爬上一个堤坝，穿过一条积雪的河面，又爬上对岸，向一片树林而去。这是去父母家的方向。她心里一阵轻松：这会儿可甩掉萧建平了。虽然中午没吃饭，现在心里也不那么恐怖。她此时只感到咽干口渴，于是找到一片净雪，扒拉掉上面的陈雪，见到洁白如面的积雪就大口大口地吃起来，这积雪又解渴又解饿。

何平心里有数，这是一片被林业局禁止砍伐的山，穿过这座山，西南方向就是父母的村子。山里的积雪厚，她深一脚浅一脚，走一会儿歇一会儿，当她快走出山林时，突然看到萧建平像个幽灵一样站在路上，吓得她不由得出了一身冷汗。

原来，萧建平在大路上时隐时现地瞄着她在山林里艰难地穿行。当他发现何平快走到路边时，又像猛兽一样撂下车子扑过去。敢情他在这路上晃荡了

一下午。他钻进树林，用脚踹折一根镰刀把儿一样粗的棍子，照着何平就打，边打边骂：

"我让你跑，我让你跑。我跟你遭老罪了，我陪你回家你还作？"

"我没让你陪，你回家吧！你跟着我干什么？"

"你说的是人话吗？我都出来了！"他越说越气，扔下棍子，就举起拳头，左一拳右一拳，打得何平晕头转向。

"你一天无缘无故地找碴儿打仗，"何平双手捂着肚子，"我根本都没招你，你凭什么这样对我？你就是精神病、无赖、流氓！我自始至终都是忠于你的。"

两人在树林里打着骂着，路上就是没人。冬日的村庄很萧条，寒风瑟瑟，特别是傍晚，别说是山路上，村里街上也很少有人走动。直到天黑下来，建平才消气。他拽着何平来到路上，两人都已是筋疲力尽，一起进了村子。

一进家门，弟弟、弟媳已回各自的屋，父母、妹妹见到这两人都很惊奇，母亲问："你俩怎么这个时候才来？"

何平说："有事儿。"

大家也看出了两人不对劲儿，妹妹说："妈给你们留了很多好吃的，我去给你们做饭。"冬天农村都是两顿饭，他们早吃完了。

建平把带来的东西放在了桌上，去里屋同岳父唠嗑。母亲和妹妹很快把饭做好了，端到屋里。一桌丰盛的佳肴，何平一看就垂涎欲滴，两人上桌就狼吞虎咽地吃了起来。

他们在吃，母亲就唠起闲磕说："赵桂香找的掌柜子长得真不错。"赵桂香是村里的幼儿班老师，找的对象是外县的，上学期赵桂香通过关系把他弄到本村教学，也是临时聘用的老师。赵桂香比何平大两岁，在何平后面结的婚。这时的女孩子二十七八岁都不是那么好找对象了，所以母亲可能前几天看见了赵桂香的丈夫，觉得人长得很标致。赵桂香一个老姑娘能找个这么像样的男人真是命好。母亲六十多岁的人了，没有别的意思，就是一种感叹。

建平一声不吭，何平只顾吃不知听没听。妹妹也跟着附和："赵桂香当时瞒两岁，要不人家张玉良老师也不能同意。"

"人家两人过得挺好。"父亲在那屋接过话茬儿。

"那个小伙长得真不赖，"母亲说，"要个头有个头，要模样有模样，听说

还挺勤快。"

"有福之人不用忙，没福之人跑断肠。人家赵桂香就是命好。"妹妹也挺羡慕人家。

建平始终不插话，两人很快吃完了饭。在建平家，何平从没吃到过这样丰盛的菜肴，什么猪蹄、猪肝、猪肚儿，在他家都没见过——他家过年也杀猪了。

收拾完桌子，妹妹看看何平，好奇地问："六姐，你怎么成大熊猫啦！眼睛怎么啦？"这妹妹眼神就是好。

"摔的。"何平怯怯地说。

"怎么不小心点儿，多危险！"父亲心疼地说。

建平脸上挂不住，一阵红一阵白。母亲看出他浑身不自在，就说："以后别黑灯瞎火地出来，何平还双身子，万一有个闪失怎么办！"

家人这么一体贴关心，何平像找到了救星，眼泪唰唰地落了下来，说："早晨就出来了，在道上打了一天，都是他打的。"

"畜牲啊，还敢打人！你就熊，不会挠他？"妹妹急眼了。

没等妹妹再说下去，建平拎起帽子、手套，大步冲出屋子，他没脸在这屋里待下去。全家人没有一个去阻拦他，他摸黑骑回了家。这次他也尝到了黑夜独行，让人毛骨悚然的滋味。

建平走出屋时，妹妹提高了嗓音骂道："怎么不让狼吃了！瘪犊子。"

父母早看出何平满脸青肿的样子，只是看他们刚进屋不好问罢了。母亲也跟着骂道："这瘟大灾的，怎么下手这么狠！"

十七、车站鹊桥会

过几天要去县里考试，可何平全身摸摸哪儿都疼，胳膊、腿、头，没有不瘀血的。她在娘家躺了两天，又惦记考试的事儿。她也是要强的人，该看的书都在婆家。她照照镜子，紫红的眼睛好了不少，只是胳膊、腿还有些疼，走路不是太灵便。

这天她准备去婆婆家取书，可老天不作美，一大早西北风就呼呼地刮个不停，雪面儿飞扬，不是出行的日子。但是没办法，因为过两天建平也要到外地去学习、考试，如果因为她没回来考不好肯定要埋怨她的，她不想给他添任何麻烦。因此她同家人说明情况，父母什么也没说，她就整装出发了。

在山里的路上走还不觉得风那么大，可当她走出山路，走在通往正道的公路上时，西北风"嗷嗷"地呼啸着，与腊月里的西北风"大烟炮"没两样，路上几乎见不到人影。何平走上大路就蹒跚地向西北行进。她时而倒着走时而侧着走，翻过一个山岗，越过一个村庄，总算走进了风小的路上。这条路两旁都是森林，她才能喘口气了。从娘家到婆家要走二十多里的路，接近中午她才抵达婆家。

一进屋，老二建军、老三建杰、老四建国以及建平都在屋，他们好像看到了外星人，惊呼着瞪圆了眼睛。

"爱情的力量太大啦！大嫂，这样的天你也敢走！"建军说。

"佩服，了不起。"建杰说，建国只是笑。

建平这回挺高兴，走过来给她摘围巾，脱手套，很体贴。公婆都没在家，

婆婆一定又去看外孙了。

因此，他们过了几天消停日子。也许建平良心发现，这几天只是闷头刻苦学习，不是背就是写；何平也是一样，两人像备考大学，起早贪黑，百倍用功。由于紧张的学习，何平好像忘了自己全身的伤疼。人可能都是好了伤疤忘了疼，在建平面前她从来都是刚强者，仿佛身体是铁打的，很少叫疼。

建平很快到外地考试去了，没几天就回来了，又陪她去县里考试。临时聘用的老师，每年都有暑假考、寒假考，平时还有什么低段、高段过关考，最重要的是转正考。对于每个临时聘用的老师来说，转正是终极梦想。这次何平参加的是转正考。每年全县中小学几百个临时聘用的老师，可能省里就给几个转正名额，通过很不容易。

第二天，何平就参加了考试。试卷上的题都是她这几天看到的知识，由于看的内容太多，这部分没认真背，所以题做得张冠李戴。出了考场，她从背包里拿出复习资料，和几个熟悉的老师一看，都说她一定能考上。何平说：

"这些题我真没背。"这两年临时聘用的老师总在一起不是学习就是考试，所以虽然彼此叫不上名字，但脸儿都很熟，见面都打招呼。听着大家对自己的肯定，何平心里别提有多懊悔。点儿怎么这么背！考试的题都在自己手里攥着，怎么就不下点儿功夫！如果再努把力，吃点儿苦，这命运就转变了。这世上什么都卖，就没卖后悔药的。

翌日，所有的老师都纷纷到客运站买票回家。建平与何平一进客运站，建平让何平在门口等他，他去趟厕所，转身走了。不一会儿，和自己一个学校的张玉良走了过来，问她票买没买，她说："我们昨天就买好了。"

张玉良很有礼貌地打声招呼停了一下就进去了。恰巧，建平上厕所刚回来，看见张玉良与何平说话（张玉良不认识建平），等建平走过来，张玉良刚走，建平来到何平面前问刚才和她说话的人是谁，怎么见到他就走了。何平说：

"张玉良，就是我们学校幼儿班老师赵桂香的丈夫。"

"怎么看到我就躲了！有什么见不得人的话？"

"他又不认识你。"

"你俩商量啥？还害怕我！"建平火气又上来了，吓得何平一路不敢吭声。坐在客车上，建平是赌气冒烟儿，何平是惴惴不安，知道暴风雨不远了。

坐了有一个半小时的车，两人都累坏了，虽然车上只有三十来个坐位，可司机硬要拉五十人，像装豆包一样，车厢里挤得水泄不通。虽然两人不吭声，建平让何平坐到里面去，怕人多挤到她，这令何平心里很温暖。

等他们下了车，回到婆家，一进屋建平就跳起脚来向何平大吼："你这个贱女人，见到男人就拿不动腿。怎么几天没见就不行了？怎么看到我就躲啦！"

三个弟弟都在家，见大哥一进屋就发脾气，都瞠目结舌地看着他俩，不知发生了什么事。

"他又不认识你，就和我打声招呼就走了。"

"我看你俩是密谋下次什么时候见面吧！"他说着扬起手就过来打何平，"你这个不要脸的，还敢车站鹊桥会，当我是瞎子！"

没等他打到何平，建杰一步冲了过来，拉下大哥那邪恶的魔掌，喝道："大过年的你有病？不打仗就活不了。多大点儿的事儿，至于动手吗？"

"她给我戴绿帽子。"建平他还委屈上了。

"谁给你戴绿帽子？那客运站你去别人就不能去？"何平说。

"怎么就那么巧，我上厕所刚过来他就躲啦！"

"屋里人那么多，谁能看见你是冲我来的？"

"我看你们全家都看好那个张玉良了。还有你妈那个死老婆子，你看羡慕的。"他把嘴撇得老远，学着岳母说话的样子，"你们全家都嫁给他得了。"

建杰看着大哥那凶恶的样子，就说："就你，找一百个媳妇都得离婚。"

"你没摊到这样的，摊到你也不干。"

"你就是神经出毛病了，那出门考试谁能碰不到谁呀！"建杰撸起袖子盘腿坐到炕沿上。

建军本来靠在地柜上看书，看到大哥又神经质的样子，用奚落的语气对大嫂说："我大哥就那样，从前他的书我们要是动了，他就认为书里的字被我们改动了，我们就得挨他揍。"

建国上初三，他只是坐在窗前缝纫机旁看热闹，不插嘴。父母没在家，建平见两个弟弟指责他，火气更是不消了。

"当着我的面就敢车站鹊桥会，太不要脸了。"他怒目直视何平。

"你还没完啦！"建杰说。

"咱管不了他们，"建军无能为力地对建杰说，"咱俩出去走走吧！"

"我不去。"建杰说。

"那我自己出去，这屋火药味太浓。"建军拿起帽子走了。

很快父母回来了，建平歪脖斜眼地没再继续闹腾。

这几天，建平去了几趟镇里，找大表哥帮他调动工作，事情办得挺顺利，新单位在距县城三四十里的幸福乡。对于怎么安排何平，他好像心里也没谱，走一步算一步。因为要换地方工作，何平这两天天天给他准备要带的衣物，还换了一床新被子。

这天晚上，两人又回到似寒窑一般的屋中。建平抱回木桦，何平拿了一条桦树皮引火。烧上炕后，两人喘着浓浓的哈气，建平阴阳怪气地说："这回开学了，你又可以见到你那些相好的了。"

何平假装没听见，往灶炕里填木桦。她不想接话茬儿，生怕再打起来。

建平又说："你说那天你和张玉良车站鹊桥会，你俩磋商啥呢？"他邪恶地狞笑着，"你说你俩偷偷摸摸的累不累？张玉良一个盲流子，看把你们全家羡慕的。你妈那死老婆子，眼馋得要命。"

何平生气了，说："你有病啊！我不愿搭理你。我妈就那么一说，你还没完没了啦。"

"我说咋的？怕人说别做呀！"建平他还理直气壮起来，"我看第一个孩子不是陈佳玉的就是张玉良的，我就是个替罪羊！"

"你这是昧良心。我堂堂正正大姑娘嫁给你，你强占我那天我是处女。你红口白牙说瞎话，不得好死。"

"得好也不能死！那处女膜都能缝。"

"你说的是鬼话。别以为你不正经谁都不正经。"

建平一听何平骂他不正经，就想起了朴玉，心里好似打翻了五味瓶，怒火中烧，起身就来打何平。他是不由分说，挥着双臂对着何平的头左右开弓，打得何平双手抱头，口鼻出血，他才肯罢手。

何平被打得蓬头散发，号啕大哭。建平一见何平放声哭，又跳起来，从地上捡起一块脏布就去塞何平的嘴，然后按倒她，掐住她的脖子，直到何平没了声音他才住手。何平越怕打仗这仗还是打起来了。

当她喘过气来，也没力气哭了。她坐在冰凉的土地上伤心地啜泣着，建平也没一点儿怜悯之心，气呼呼地上了炕先睡了。他们抱回的木柈也没烧完，直到深夜何平才上炕和衣睡下。

十八、无情

过两天要开学了，何平得回娘家，可嘴被萧建平打坏了，耳朵又紫了，浑身是旧伤未去新伤又添。夜晚建平像恶魔一样，想发泄兽欲，何平不从，又遭他一顿拳脚。这天早晨回到婆婆家，小叔子和小姑子们看她鼻青脸肿的样子，谁都一言不发。

当然，就是这样，她也照样捡桌刷碗，不再向婆婆诉苦。她依恋建平，可他整天不说人话，让她痛苦不堪。

就要开学了，这天，何平吃过早饭，向公婆道别，婆婆把她送到门外，建平没动。当她走上公路，建丽骑车追了上来。何平没有骑车子，因为胳膊腿都被建平打得差点儿骨折，一动就疼。

刚才，她一走出屋，建平就满腹委屈，对弟弟妹妹们叫嚣："我根本就不爱她！我要是跟朴玉在一起能受这么多罪吗？这两天我都想踹死她！"

"你早干啥了？"建杰气愤地说，"她怀孕你还能下手打她，真行，有种！"这时建军已回城上班。

萧父一听，骂道："你畜牲啊！"

萧母刚进屋，一听不高兴了，白了老头子一眼，说："打仗这玩意儿一个不怨一个。"

萧父没搭理老婆，对建丽说："建丽，你去送送你大嫂。"

于是，建丽骑车赶上何平。一路上建丽好像有很多话想跟她说，可欲言又止。她有时含含糊糊地说："有些东西能放下的就该放下，总是扯着都遭罪。"

何平心知肚明，但根本听不进去。建丽又说：

"什么事情该想开就得想开，不能过就别硬往一块儿凑，也许分开对谁都好。"建丽是高中生，她认为不能过就散，更何况我哥不爱你，你赶紧找自己的幸福去。她是善意，不想看到她受罪。

"感情这东西太折磨人，"何平说，"它不是说分就能分的。可你哥太狠了，总是往死里打我。"

"所以我说该放弃时就得放弃。"

"如果年前放寒假的时候他不来接我，也许我们就结束了。"何平叹了口气说，"我弄不懂他，为什么天天都不顺心。"

建丽没搭腔，心想："很简单，他不喜欢你呗！"

天虽冷，但风不大，两人边走边唠，一点儿不觉得冷。路上行人稀少，两边山林有时发出萧瑟的声音。有建丽陪着，这二十多里的路程二人没觉得太长。何平望着茫茫的荒山，感慨地说：

"谁结婚都像我似的吗？过着颠沛流离的日子。我真不知我错在哪儿！"

"这回好了，你俩分开了，不用再打了。"建丽像松了口气，乐呵呵地说。

"人活着太难了！"何平愁眉不展。

一路上，两人各揣着心思。建丽不好明说让何平趁早离开大哥，赶紧找个好人家嫁了，大哥也能和他爱的人生活。何平早已觉察出建丽的意思，她似乎也明白了点儿什么，可她不相信建平不爱她而爱朴玉。想到这儿她的心翻江倒海，悱恻不安。

"开学了，要照顾好自己。"建丽说。

这姑嫂俩一路边走边唠，也不觉得累。临近何平娘家时，建丽说："什么事情都想开点儿，路还长着呢！"她向何平道别就转身骑车一溜烟儿似的走了。

望着建丽远去的身影，何平伤心欲绝。人家结婚小两口亲亲热热整天黏在一起，甜如蜜罐，而自己怎么就找了一个恶棍，他心里到底爱谁呢？何平仰望苍天，泪水似洪涛滚滚而下。这日子怎么过？她走进山林，跪在一棵大树下，真想爬上树去，用一根绳子了却自己的一生：活着太受罪了！想想自己怀孕五个来月了，建平还带她黑灯瞎火地上山去砍树、扛树、拉大锯，难道他不想要这个孩子吗？想到这儿，她心灰意冷。这孩子命太大了，不知母亲为他真

是遭了九九八十一难!

哭过想过,何平拖着沉重的身子,迈着千斤重的脚步向大路摇晃而去。

开学了,何平每天心事重重,失魂落魄。她就是体质好,否则早就病倒了。这几天,吃饭嘴角都疼,这都是萧建平打的。

这煎熬的日子,令何平整日恍恍惚惚,进退两难,活也难死也难。离了婚,又怀了孕,他又总纠缠,说有家还没家;有家不能在一起生活,没家还总这么藕断丝连。这种挖心掏肝的日子让她生不如死。她太想有个安安稳稳的家了。

何平有些换洗的衣服在萧家,她很想去取,可身体疲惫,就连中函都两周没去学了。每天下班她都坐在教室里发呆,要么看点儿书。一天,她在《妇女之友》杂志里看到这么一句话:"幸福的夫妻,并不是什么话都说,有教养的人从不问这问那,只有不幸福的夫妻才好追根问底。"这句话让何平深有感触。

这是开学第三周,这个星期中函要考试,可要看的书没有都拿回来,她有点儿心急如焚。她一向做事很认真,考试从不打小抄。她打怵去萧家,建平那天晚上用脏布塞她嘴,差点儿没掐死她,想想都后怕。多亏后来憋着没敢出声哭,如果再出声哭,想必建平非掐死她不可——孩子也完了。

今天是农历正月二十八,何平的生日。她太不喜欢这个生日了,从小就听母亲说:"女孩生日占八,一生都要吧吧唧唧没好命。"真那么准吗?她真希望这个生日里有建平在。

中午下班回到家,母亲给她煮了两个鸡蛋,说是弟妹让给她煮的,这使她心里暖洋洋的。

这些天建平来过两封信,信里没有问候,没有关心,没有牵挂,都是一些污言秽语:什么你跟陈佳玉不用再偷偷摸摸了,跟张玉良可以明着搞了,你别搞坏了身体,得不偿失。一字没提孩子,也没提要把她弄到他身边去。看到建平的信,她是又爱又恨,心里总升起对他的不舍。他的无情,凉透了她的心,使她感到一阵阵心酸,泪水唰唰流了下来。那不是思念的泪水,是对往昔灾难与委屈的发泄,是对命运不公的表现。每次建平来信,她都及时回信,告诉他,她始终都是坚贞不移的爱他,从没有过半点儿邪念,如果他有合适的人,想再成家,她也祝福他们,自己决不会成为他们的绊脚石。孩子自己养

着，不用他管。

　　星期天到了，何平早早地就起来了。今天，她既要去榆树乡考试，还要到婆家去取衣服和自行车。天一亮她就启程了。当她走出山村的小路，心里就有些忐忑不安。她既想见到建平，又怕见到建平。也许是自己没骨气，太下贱，弄个孩子在身上，使自己如今不知如何是好。她踽踽独行在这山中大路上。

　　她刚走过一个村庄，后面开来一辆小车，何平侧身摆摆手，车停了，何平高兴地坐了上去。因此她顺利地到了榆树乡。

　　这是中函考试，考了一上午。考场也不严，有的人不会做就互相传个纸条，也都答完了。

　　中午，何平走着去的婆家。等走到婆家，已经十二点多了。一进屋，她见建平在家，心里就哆嗦。没人问她吃没吃饭，婆婆与一个和她年龄相仿的妇女盘腿坐在炕上唠嗑。她看见何平只说了句："来啦。"何平应了一声，又说："妈，我来取换洗的衣服。"转身去了西屋。

　　建平像看陌生人一样，坐在炕沿上没动，他们的豆秆子家具在西屋炕上。何平收拾了一些衣服，又找到那些中函书装进皮包里，来到东屋向婆婆道别，就出去了。她到外面找到自己的车子，放好东西，建平从屋里像头雄狮一样走了出来，二话没说，抬起脚对着何平自行车"喀喀"踹起来，然后挥手给了何平一撇子，转身进了屋。

　　二十多天没见，两人见到了又像仇人，心里都有底火，当然见面都希望对方主动亲热，可两人谁也不肯低头。何平流着泪，扶起车子，放好东西，向门外走去。没走过两家，她发现车链盒子没了。正好过来一个小男孩，何平叫住了他，让他帮自己到萧家院里把车链盒找来。小男孩挺好，跑着去，又很快跑着回来，把车链盒子给了她。她谢过小男孩，推着瓢了圈的车子，艰难地向村外而去。由于车圈瓢了，也骑不了了，只能推着走，她走一会儿歇一会儿，再加上没吃午饭，累得她浑身软绵绵的。走到半路她才醒悟，怎么没把自行车扔在婆家！被建平打蒙了，她后悔莫及。这一路，直累得她两个胳膊酸溜溜的，到家也快天黑了。

十九、煎熬

那天，建平是不想让何平走，可他大男子主义太强，不想哄何平，就想让别人巴结他，毕竟开学前两天他俩是打架后分开的，都放不下面子；再说，婆婆也没留她，她只好灰溜溜地走。

要说何平，真是没见过男人，她是好了伤疤忘了疼。三月末的一天，她去镇小学办事儿，顺道去了供销社，买了一斤半棕色的毛线，回家给建平织了件毛衣邮了去。

由于车子坏了，并且身体也糟透了，何平又一次没去中函学习，所以一个老师给她捎来中函数学复习提纲，并且告诉她这个星期天要测验。昨天校长从镇上开会回来说，教中函的张老师打听她上个星期为什么没去学习，并且说以前去学习也总迟到，还说平时迟到旷课是要记成绩的。而何平满肚子苦水却一点儿倒不出来，她不想家丑外扬。

何平很少求人，就是跟弟弟妹妹也很少张嘴。现在火烧眉毛了，她求弟弟把她的自行车弄到镇上去修一修，弟弟照办了。

从此，她再去学中函都是早早地赶到学校，她身体的确很皮实，就是这样翻天覆地的折腾，孩子依旧像长在了身体里，没有半点儿不良的预兆。

建平调到幸福乡后，首先想到的是朴玉。他给朴玉写信问候身体情况，并且表示了对她的牵挂。他对朴玉说，她是他一生最爱的女人，任何女人都占据不了他的心。当然朴玉也声泪俱下地给他回信，两人活在爱的阴沟里。其实朴玉心里很清楚，建平是爱她，但他也自私：一是觉得自己曾经与别的男人

有染，二是认为自己身体不好，所以不想和她在一起。她也是被建平的花言巧语迷惑了。事实上，萧建平是在玩爱情游戏。他给朴玉写的信要比给何平写的多。对朴玉他是体贴入微、关爱有加；对何平他是恶语中伤、冷若冰霜。

何平住在娘家，肚子一天天大起来，弟弟弟妹对她也越来越冷淡。他们家有个规矩：出嫁的姑娘不能在娘家生孩子，如果在娘家生孩子，就会给娘家带来血光之灾，不吉利。弟弟常常背地里对母亲说："我六姐不能在咱家生孩子。"有时弟弟对母亲发火："我六姐再不走我就把她撵出去。生在咱家怎么办？会遭血光之灾的，妈！"母亲很为难。因此，母亲利用晚上时间对何平说：

"六，建平啥时能来接你呀？"

"不知道。"何平说，"过两天我搬到学校去住，学校以前也住过老师。"

"行。"母亲说。

何平理解母亲。第二天她给四姐写了封信，说准备去她家生孩子，四姐很快回了信，乐意让她去。她把这事儿跟母亲也说了。

接近五一，何平每天都很紧张，她心里没底，不知建平能不能来接她，因为六月末就是预产期。整日的忧伤让她愁断肠，这个孩子来到这个世界上太不容易了。

时间一天天过去，弟弟一天天逼着母亲，何平精神都快崩溃了。一天，何平找到校长，说自己这学期准备请长假，校长知道她快生产了，对她说，如果请长假得去镇中心小学找刘校长，这样好安排人来。

这是个周六，就在何平准备去镇里找刘校长的时候，这天早晨，建平像幽灵一样出现了。他的出现让何家人长长地松了口气。见他到来，父母妹妹都出去了。建平露出笑容，说是来接她的。何平看到建平，心里自然欢喜，早把那些皮肉之苦忘到九霄云外。

何平让建平与她一起去陈校长家，建平不去，她只有自己腆着大肚子去陈校长家告辞。回来后，她乐颠颠地收拾东西，与父母打了声招呼，就与建平骑着车子走了。

两人快到镇里，建平骑到一个大桥上，突然停下车子，对何平说："你拿着这些东西也不好上人家，在桥下等我，我去替你向刘校长请假。"

何平一听，一股暖流涌上心头，欢喜得直点头。望着建平进了镇里，何平走下桥去。

建平进了镇里，首先去了大表哥家。因为他一向很会说话，大表嫂也喜欢他。他的情况大表嫂是了如指掌。他对大表嫂说："我今天是特意来看看你和我大哥。我准备带何平去幸福乡，以后来的机会就少了。"

"何平快生了吧？"大表嫂一口山东腔。

"是。"

"冷不丁到一个地方生活不容易，两人好好过。"

"一会儿我还得到刘校长那去给她请假。"建平说。

"一个合同工，请啥请，以后她也不能在咱永河镇教学了，得把她调到你那去。"

"这啥话，"大表哥接过话来，"即使不在这教了，也要去打声招呼。"

"她跟村小学校长打招呼了，就差刘校长那儿了。何平肯定不能再在这教了。"

"到了一个新地方工作，就要重打锣鼓另开张，好好干，别惹事生非。"大表哥总觉得这个表弟脑后有反骨，是个刺儿头，不是个省油的灯。

建平打怵大表哥，如果大表哥不在家，他和大表嫂还能多唠会儿，大表哥在家，他坐了一会儿就告辞了。

出了大表哥家，他向刘校长家方向走了几步，又觉得没必要去刘校长家，反正何平以后也不在这教学了，所以他又调转头走了。他一出小镇，何平就看见了，兴奋地从桥下攀到路上，问："请完假啦？"

"嗯。"

于是，建平带着她回家了。

第二天吃过早饭，建平同母亲商量，想让何平在家生孩子，婆婆一听，立马炸了庙。

"这怎么行，暑假建丽就回来了，西屋得建丽住哇。"婆婆黄眼珠子一瞪，满脸掀起波浪似的皱纹——建平太像母亲了。

"后面不是有房子吗，让建丽上后面房子住呗！"建平生气了。

"她在这生孩子也不方便呀！家里除了我就是老公公。"

公公这时在外屋，听到老婆的话，把外屋弄得"叮当"直响。他理解儿子，他们没有房子，没有地方生孩子，只能指望父母，可狠心的老太婆就是不

留。在这个家他说了不算。

"那我们上大道上生去！"建平一生气，转头把火撒向何平，"都怨你，快死了得了！"扬起拳头就去打何平。说时迟那时快，婆婆拎起身边的旱烟木匣子一挡，建平的胳膊打在了木匣子上，胳膊上立刻划出一条血道。

"你还是人吗？她都快生了你还打她。"母亲同时又伸手去抓儿子被她划坏的胳膊，心疼得直哎呀。

"打死了静心，省得没地方安排她。"

"你有了孩子你也会往死里打吗？"婆婆有点儿火了。她爱抽旱烟，每天都得抽几根。她卷烟的姿势很有趣，先把右手食指伸到嘴里沾点儿口水，在烟匣子里用食指沾起一张旱烟纸，就盘腿坐到炕边上。这时她似乎也有些不自在，卷起旱烟，随即点燃抽起来。

建平了解母亲，她怕伺候儿媳妇得花钱，她说不留肯定就不能留。于是沉默了一会儿，建平气呼呼地对何平说："你赶紧收拾东西，咱走。"

本来建平是要把何平放在家里生孩子，可母亲不留，一时让他昏头转向，只能走一步算一步了。

婆婆抽了几口烟，又随手把烟在炕沿下碾灭，伸腿下了地，到外面去了。建平和何平收拾好东西，两人就去村后的道上等车了。婆婆在后面也跟来，建平不搭理她，只是何平一再让她回去，说不用送。

很快，循环车就过来了。

何平随建平一路颠簸来到幸福乡。一下车，她感到满目荒凉，四周群山起伏，心一下坠入深谷——这样的地方竟然也有人家。

两人像逃荒落难的，背包罗伞地来到幸福中学。建平把她安置在女老师宿舍，当时女老师宿舍还有三名女老师，再加上何平，这一大铺炕睡四人，也满满登登的。建平一再向这几个女老师道歉，说给她们添麻烦了。当天晚上，两人买了点儿东西，去了趟校长家。

二十、小城八天

就这样，何平在幸福中学的女老师宿舍住下了，每天和大家一起吃食堂。一天在吃饭的时候，一个女老师对建平说："你媳妇怀孕，总吃食堂的饭可不行，没营养。"

因此，当天下午何平正在寝室炕上看书，建平乐颠颠地拿着两盒罐头走进来，何平很是欢喜。从怀孕这是建平最出血的一次，那一次买的两盒罐头她没吃着，这次她美美地把两盒罐头一气之下快吃光了。当然，边吃也边让着建平。自从怀孕头一次吃到罐头，她心里美极了。

由于临近预产期，校长很是善解人意，把男寝室的老师都安排到有家的老师家住去了，让他俩住进了男寝室。建平回了趟家，拿回了一些餐具，还有一些鸡蛋。

到了预产期，两人来到小县城。这时，孟荣夫妻也刚调进小县城，于是俩人在她家住了下来。因为在人家，头几天建平表现挺好，出来进去总是笑哈哈的，可没几天又现了原形。

这孩子也不出世，这天两人上街闲逛，走着走着，建平就斜着眼睛阴阳怪气地说：

"我觉得这个孩子不是我的！"

"你有病啊，不是你的是谁的？！"何平腆着大肚子气得直喘。

"是我的你给我起誓。"

何平心里坦荡，当然不怕，在大街上就给他起誓："如果这孩子不是你萧

建平的，我被车撞死。行了吧！"心想：这下你总该相信了吧。

"哼，我看这孩子就是陈佳玉的！要么就是张玉良的。"

"你这样说也不怕车撞死你。"

"你不要脸还害怕说吗？！"他这是存心挑衅。

"你才不要脸！誓也给你起了，还让我怎么的？！"

"这孩子说不定是谁的呢，拿我当替罪羊。"

"你快死去吧！"

两人在大街上就吵了起来。萧建平很猖狂，也不管是在光天化日之下，上去就给何平一嘴巴，紧接着就是两脚。这时他们正经过公安局大门前，公安局是一长栋砖房，正门椅子上坐着个四十来岁的男公安，气愤地冲过来薅住他脖领子，说：

"你还有人性吗？她是孕妇，你这么打她。"

"她搞破鞋。"

"你才搞破鞋呢！"何平被踹倒在地上，哭着。

"搞破鞋就该打。"建平一副小丑嘴脸。

"那也不能这么打，踹坏了呢？太不像话。"那公安撒开手。

何平从地上爬起来，萧建平还在骂着，周围渐渐聚集了几个人，那个公安嘴里嘟哝着什么，一步一回头地回去了。

萧建平一见周围聚来人，揪起何平就走，边走还边推搡着她，似乎他真的是受害者。也许是那个公安对他的鄙视，他把气都撒在了何平身上。他边走边嘟囔："我就是冤大头。"

"活该。"何平也开始胡说八道。

"怎么，你承认啦？"

"对，这孩子就不是你的。"何平被他气疯了。

"你给我写在纸上。"

"好。"何平从皮包里拿出纸和笔，蹲到路的一边，写道：

"我肚里的孩子是别人的，与萧建平无关。"

写完，把纸塞给他，说："你走吧！"

"别说我不管你，"建平把纸揣进兜里，"从此，咱俩啥关系也没有了。"

"滚！"

何平撵走建平就腆着大肚子去了江边。本来住在人家就很不方便，她是不愿意给人添麻烦的。再说外甥女夫妻也是刚调进县城，工作很忙，家里来了外人肯定让人格外受累。

江边很多人在洗衣服，天气不是很热。她沿江岸踏着沉重的脚步向北面一个小岛走去。这里一片树林，林中有很多小径，很是惬意。

她精神恍惚地在这林阴小路上徘徊，林中小鸟在枝头无忧无虑地欢唱着，是那么开心。岛中的支流水沟上覆盖着苔藓，草地上野花飘香。岛中如果没小径也会被她踏出小径。后来她来到江岸边，望着对岸，心潮澎湃，江水不知疲倦地湍湍北去。度日如年啊！到了傍晚，她步履蹒跚地回到了外甥女家。

外甥女家住的是一座砖房，何平一回来，外甥女向她身后看看，疑惑地问："我六姨夫呢？"

"他有事儿，回幸福乡了。"

"那今天要生怎么办？"外甥女不大乐意。

何平没言语，很是不自在。

这两天外甥女两口子对她冷淡了不少，不像刚来时那样热情，做饭也凑合，有时弄点儿蘸酱菜就算有菜了。每天何平茫茫然，思绪万千，懊恼伤心，常常以泪洗面，同时也担心要生了怎么办。

萧建平回去待了四天，这天早上突然出现在何平面前，外甥女像见到了外星人，惊奇地问：

"六姨夫，你怎么能走呢？万一我六姨这几天生了，你说我们也不知怎么办，小谭也不好伸手哇！"（小谭是她丈夫）

"你问她！"他蛮有理的样子。

何平不想在别人家里吵，再说自己本来干干净净，不想再提起那些龌龊的事儿。可建平不这么想，他想让全天下人知道——何平不正经。

"他说她肚里的孩子不是我的。"顺势从兜里掏出一张纸条给孟荣，孟荣没接，她知道这个六姨夫不是东西。

"是你总打我，逼我写的。"何平没再说下去，她真想说：在大街上他就对我大打出手。她张了下嘴，又咽了回去。

孟荣看看他俩，知道六姨不善言辞，就说："你俩打仗都出名了，能过就过，不能过就说不过的，多丢人。"

小谭和孩子在另一个屋里没出来，他太看不起这个六姨夫了，像个魔怔。

建平看看何平，说："都来八天了，也不生，今天我们回去。"

孟荣没吭声，心想：快走吧，太糟心了。

于是，何平收拾收拾东西，孟荣把他俩送出大门。

孟荣老公见这两人走了，对进来的妻子说："可走了。那萧建平就是个疑心病加神经病，看到他我都不敢和六姨说话。"

二十一、月子里

　　何平肚里的孩子可能不愿见到父母整日打架，就是不出来，她回来快一个星期了，也没什么动静。屈指算算，这孩子再有两天就十个月了。

　　这天中午，建平早早地就回来了，一开门，见何平在睡觉，就火了，说："你猪啊，整天就知道睡，还不做饭！"

　　何平并没有睡着，听到声音就起来了，也是，她整天就是感到乏与困。她看看手表，才十点多，就说："还没到中午呢！"

　　"学生不都考完试了吗？我们在批卷，还用得着那么准时下班吗？瞅瞅你，一天那个死懒样，怀个野种还得我管。"

　　"你才野种呢！"她一听野种俩字就火了。

　　"你自己不都承认了吗，她是别人的，兴你做就不兴我说？"

　　"你缺八辈子德了，那不是你逼的吗？"

　　"还是你做了！别忘了车站鹊桥会。"

　　"你自己是那样的人就怀疑别人。"

　　的确，建平在学校刚接到朴玉的来信，心里烦乱。朴玉忘不了他，他也爱朴玉，真想让何平立马消失，好与朴玉结合。其实从建平来到这所中学，他俩不能说天天通信也是三天两头一封信。这时他见何平还敢指责他，就瞪圆了那禽兽一般的大眼睛，像猛虎一样跃上炕，薅起何平的头发就是两个耳光，不解恨，他又顺势按倒何平，骑到她胸上，两腿压着她的两肩，还算有点儿人性，屁股让出她肚子，照着头就是一顿左右开弓，打得何平哭喊不止。同时也

担心：别把孩子坐死了！

突然，闯进几个男老师，冲上来把萧建平从何平身上拽下来推进炕里，立声吼道：

"萧建平，你这是干啥呀？疯啦？她都要生了你还能打她！"

"你问她。"他想从兜里摸出那张纸条。

何平只是哭，拖着大肚子。她不想让别人知道建平怀疑她肚里的孩子是野种，否则孩子以后怎么生存！她爬起来，一言不发。

"你可太不像话了，不怕把孩子坐坏了。"校主任王伟说。

"坐死更好。"

"别瞎说，消消气，这是干什么呀，怎么能打媳妇呢？"年轻老师谭玉良惊慌地说。

建平从炕上跳到地上，这一跳，一封信掉到了地上，何平一眼就看出那是朴玉的信。朴玉的字写得很有特点，每两三个字后就把竖向下伸得很长很长，并且带着弯钩，像丹顶鹤的脚。当然那几个老师也看到了那封信。建平立马把信拾起来塞进兜里，对那几个老师说："没事儿，你们走吧！"

几个老师边安慰着他们边不放心地走了。其实是几个住校生听到他们屋里有不是好动静的哭声，并且趴在窗户上看到老师打媳妇，就慌忙跑去办公室找人。几个老师一离开，走到操场上就窃窃私语：

"什么事儿呀，他们还不说。"

"什么事儿也不能那样打媳妇啊！都快生了。"

"是挺恐怖，吓人。"

"我将来成家可不打媳妇，稀罕还稀罕不够呢！"谭老师不解的样子。

再怎么挨打，何平都要起来做饭。第二天早上，她把饭做好，建平吃完就走了。他走后，何平才吃。

上午有来卖韭菜的，她买了一把，中午做的韭菜盒子，她吃了五个。当她收拾完餐具，就觉得肚子不好受，她一向很坚强，更何况昨天刚打完仗，她没吭声就上炕躺着去了。肚里的肠子好像有人向外抽，疼得她咬牙坚持。

当建平午睡起来要去上班时，她才肯说："我肚子抽筋疼，不行了，要死啦。"

建平一听，一下站了起来，说："你快洗洗下面。"他在何平身上每天都不闲着，似乎懂得很多，"我去找彭来丈母娘和小张。"

彭来是乡政府领导，他丈母娘是当地接生婆，小张是乡卫生院的大夫，和本校王伟主任是夫妻，他们结婚没多久。

建平走后何平赶紧脱下裤子把下身洗了洗。不一会儿这两人风尘仆仆地来了。

这生孩子可不是件容易的事儿，很快何平就撕心裂肺地叫起来，接生婆一再说："女人生孩子都要经过这一关，你憋足气，一会儿好用力。"

"不行了，我要死了。"何平呻吟着，"快把我送医院剖腹吧，我真要死了！"

接生婆与小张在忙碌着，说："你骨缝都开了，自己能生，坚持一下。"建平脸上挂着微笑，没有一点儿心疼的样子，接生婆让他抱着点儿媳妇，他才赶紧上炕。

何平经过一番垂死挣扎，终于感到下身"咕咚"一下，像卸下千斤重担，没了声息，孩子只哭了一声就不再哭了，是个女孩。大家把孩子放在早就准备好的称上称了称，才6斤。这时，何平有气无力地看看表：下午四点四十六。再看看躺在身边的孩子，大大的眼睛在向周围看着，好像觉得很陌生，肉嘟嘟的脸，好可爱。

大家收拾好炕上的脏物，小张又看看孩子就要走，何平与建平留她吃饭也没留住。建平做了点儿粥，问何平打几个荷包蛋，何平说："六个吧，咱每人两个。"

吃饭时，何平实在太饿了，很快把自己那两个鸡蛋吃了，建平瞅瞅她，说："你把我那两个也吃了吧！"何平也没客气。

饭后，建平给了接生婆10元钱和两条毛巾，接生婆嘱咐了一些事情，就高高兴兴地走了。

建平没有因为自己做了爸爸而欣喜。他收拾一下碗筷，就盘腿坐到了孩子身边，撇着嘴嗤之以鼻地说："哼，这孩子三角眼像陈佳玉，勾勾头发像张玉良。陈佳玉就三角眼，张玉良勾勾头发！"

这孩子来到这世界上听到的第一句话，竟是她父亲的污言秽语。其实这孩子眼睛很像他，大大的，双眼皮，也不勾勾头发。由于过月生产，黑黑的

头发长过耳朵。孩子的头有一面少了一块，像刀切的似的，所以就把她朝向另一面睡。

何平已经很累了，小肚子有时还一阵阵撕裂疼，所以顾不上理他，把脸转向一边。

建平看看孩子，又说："我对你够意思吧，我那两个鸡蛋都让给你吃，陈佳玉、张玉良怎么没来管你？"

何平心如刀绞，这种人你能与他辩什么？孩子刚出生，她好像进了一次鬼门关，他不心疼也就罢了，反而恶语伤人。自己刚才也是觉得肚里太空了，所以把他那两个荷包蛋给吃了。她的心在流血，怎么找了这种人，那破鞋是那么容易搞的吗？我哪里像不正经的女人？如果真不正经，早离开你了！她泪如雨下，默默地啜泣着，建平无动于衷。

这两天建平做饭，每天屋里锅碗瓢盆震天响，头两天何平还能喝到粥，奶也很快下来了，到了第三天，建平就撂下脸，自言自语地说：

"你吃粥我吃啥？我不能总跟你喝粥吧？"

"那就焖米饭吧！"何平说。

从此，每天三顿干米饭，建平不再做粥，每天早晨能吃到两个煎鸡蛋，他说："书上说了，每人一天只能吸收一到两个鸡蛋，吃多了白瞎。"

没几天，这奶也不够孩子吃了，饿得孩子黑天白天哭，建平只好买来奶粉。怎么会有奶？何平每天吃着干饭，连点儿汤和粥都喝不到，有时饿了，看看建平那苦瓜似的脸，也不敢吭声。她每天多数吃的是土豆片炒大头菜，一点儿肉星都见不到，三四天一次大便，一上就是很长很长时间，有时用力过猛眼泪都下来了。大便干燥，使她遭了很多产妇没有遭过的罪。有时有人来看望孩子，见孩子奶不够吃，就苦口婆心地教建平做什么鱼汤、鸡汤、猪蹄汤，建平只是听着，何平美在心里。她多么想喝点儿汤，也让孩子好有奶吃，可这些好心人的话，建平只当耳边风。

建平有时从外面挑水回来，把水桶扔在地上震耳欲聋，何平坐在炕上吓得一抖一抖，孩子也吓得一惊一惊的。她不由得想起弟媳刚生完孩子时，弟弟把屋里的大座钟用毯子裹上，生怕惊到孩子。差距怎么这么大！

屋子顶棚上是个100度的灯泡，何平说：

"这灯泡正在孩子头上，别把孩子眼睛晃坏了，你找个东西遮一遮呗！"

"没事儿，婴儿眼睛看不出多远。"

这时，正是七月中旬，建平几乎天天把屋前后窗户大开，人们都说：女人坐月子是不能受风的，孩子也怕风，可建平就要这么做。有时他一走，何平赶紧把炕上的窗户关了。女人坐月子如果得了产后风，是无法救活的，民间这些事情不罕见。

这是生完孩子的第十天，吃过早饭，建平就出去了。没一会儿，他又回来了。回来后，他就声色俱厉地说："人家刘海波媳妇陈艳生完孩子七天就下地做饭了，你可倒好，十天了。"

刘海波是这个中学的老师，他媳妇在这所学校食堂给学生做饭。显然刚才他是和刘海波在一起。何平听到他吼就有些毛骨悚然，一时觉得自己是不是躺得时间长了，就像个受气虫似的低头不敢言语。

建平看着何平，更是得寸进尺，高声骂道："你娘家人都死光了？一个人都不来看你。"

"你家人才死光了呢！"何平怯生生地还了一嘴。

"你妈那死老婆子，姑娘生孩子也不来看看。"

"她身体不好，从不进生女孩的产房的。"过去的老人自己身体不好，又迷信是不进生女孩的产房的，认为进生女孩产妇的产房会不吉利。娘家不来人，何平心里也不好受。再说，交通也不方便，他俩又整日地打，娘家人都恨何平不争气留下这个祸根（孩子）。

"其他人也都死了吗？他们还有人性吗？生孩子这么大的事儿，你们家上上下下连个人影也没有，真他妈不叫人！"

是啊，他们真的一点儿人情味儿都没有，何平为此也上火。娘家没一个人给自己长脸，谁叫自己找了个穷鬼，娘家人都瞧不上他。

"从今天起，你做饭，我洗裤子……弄个野种还得我养。"

何平一听野种俩字就火了："你才野种。"

"你敢骂我！"建平从地上拾起一个似木屐的硬塑料拖鞋，一脚跳上炕，骑在何平身上先向头部猛抽，然后是一阵乱打，打得何平惨不忍睹。他打累了停下手，何平哭诉道：

"你有人性？整天给我做土豆片炒大头菜。"

"这就不错了。"建平竖着眼睛吼，"红军二万五千里长征还没这些吃的呢！你妈给你送啥了？陈佳玉、张玉良怎么不来伺候你？我把我省的两个鸡蛋都给你吃了，这就对你很够意思了。陈佳玉怎么不来给你送鸡蛋？"

"这鸡蛋也不是你买的！"鸡蛋是何平坐月子前建平从他妈家拿来的。这十天，她每天只能吃到两个，她多么想多吃几个！每天三顿饭都吃不饱，使她常常饿得饥肠辘辘，孩子也常常饿得昼夜不停地哭。

建平依然在吼："我妈拿的就是我的。"他迈下骑在她身上的腿，把拖鞋扔到地上。

这时，孩子大哭起来，何平只感到天旋地转，看着孩子她百感交集。孩子这么小，却托生在这苦难罪恶的家庭里。她如泪人，头发蓬乱。这个孩子是多么不爱出世，延长半个月才来见父母。何平像在恶梦中，心有余却力不足，照顾不了孩子。她的哭泣伴着孩子的哭声，孩子不住地哭着，她是饿的。良久，何平才有了点儿知觉，而建平还在那骂，骂自己是冤大头，何平已什么都听不到了，抱起孩子给孩子喂奶。她每天汤、粥都不能喝上一口，上哪有奶去。孩子吃了几口，又是一阵哭。为了孩子，她像巨人一样挺了起来，满脸如倾盆大雨洗过，像个幽灵一样去给孩子冲奶粉。

从此，何平每天做着三顿饭。她不敢去碰婆婆拿来的鸡蛋，甚至连看都不敢去看一眼——那些鸡蛋被建平放在一个大皮包里。

没几天，建平去了趟岳父家，他本以为岳父岳母听到何平生了会很高兴，可他们像没事儿人似的，就小姨子问是男孩儿还是女孩儿，而小舅子、小舅媳妇都不朝面。他以为他要走岳母和小舅媳妇能给他拿些鸡蛋或抓只鸡，可他们根本没那意思。他说了两声要走，只听岳母说：

"吃完午饭再走吧！"

于是，他两手空空回来了。一进屋，他就大发雷霆。他是早晨坐车先到的母亲家，然后再骑车去岳父家，下午又赶回来，也挺辛苦。听着建平骂，何平也不敢抬头。他们是不像话，哪怕给抓只鸡呢！弟弟自私得很，弟媳什么都听他的，弟弟觉得六姐在他这也吃了半年，自己亏大了，他怎么能再给他们拿东西。何平一个月只挣七十多元，平时也给小侄女和弟媳买衣服，她也知道自己是外人，不能白吃白喝人家的。娘家人不给自己长脸，她也只能忍受人家发牢骚。

建平越骂越起劲，他说："你在你家就是条狗，甚至连狗都不如。"

何平的心在猛烈地跳着。是啊，自己不满十七周岁就离开了那个家，他们和她都很生疏。何平在炕上收拾着孩子。

萧建平越骂火越大，他似乎要疯，来到炕边，上去就给何平一拳。何平被他猛然这一拳杵进炕里，不禁骂了句：

"你要死啊！"

"对，我要死。"建平跳到炕上，骑到她身上，又是一阵猛打，"你家不要你，我就打死你，打死你他们都不会来。"

"那你就打死我吧！"何平闭上嘴，咬紧牙不再喊叫，任建平怎么打，她像死人一样一点儿不去反抗。他打够了，从何平身上跳下来，又抬腿踹了她一脚，好像看看何平死没死。她这哪是在坐月子，分明是在地狱的油锅里。

二十二、脚印

　　这个孩子从生下来屁股一侧就生了两个硬币大小的红包，越长越大。放暑假了，建平又要去学高函，前几天他不是去了母亲那吗，所以这天他刚走婆婆就来了。婆婆来后，给孩子一顿收拾，她发现这孩子头一侧少了巴掌大一块，像刀削的一样，就说：

　　"这孩子的头也不知能不能长出来了，这不半拉瓜吗？"又瞅瞅小屁股，有些伤感的样子，"大人的火都走到孩子身上了。"她轻轻地摸着那两个红包，"这是两个疖子吗？等再长长可能就出头了！出头把脓挤出来就好了。"

　　婆婆来这两天都是婆婆做饭，因此何平每天能吃四五个鸡蛋，并且婆婆还能做点儿粥，使何平觉得乳房胀胀的，奶水也多了。婆婆只待了三天，在这三天里，何平也参与做饭、洗裤子。建平很快回来了，婆婆临走时叮嘱建平："何平每天吃不了多少，鸡蛋也就四五个，不够你再买点儿。这孩子奶不够吃，你们想想办法，要不孩子遭罪你们也受累。"建平听着却连哼都不哼一声。

　　送走婆婆，何平又回到了正轨，每天像正常人一样做着三顿饭。一天，刚吃过早饭，陈艳买些东西过来看孩子，正赶上何平给孩子换尿布，陈艳看到这孩子屁股上有两个大红包，就惊讶地说：

　　"这孩子屁股上是不是长两个疖子？我们二龙乡那儿前几年也有个这样的孩子，刚出生屁股上长两个大脓包，后来那个孩子扔了。"她说话嘴也没个把门的。

　　何平听得很不是滋味儿，陈艳走后她对建平说："明天上县里医院去看

看，这孩子屁股怎么回事儿。"其实前几天小张大夫也过来看了，说没啥事儿。刚生完那几天小张是天天过来的。

于是，第二天两人收拾收拾东西，就去了县里医院。进了医院医生要求孩子住院，紧接着就给孩子把那两个脓包剖开。说小婴孩不能打麻醉药，打麻醉药将来对孩子智力不好，所以只能活生生地剖开。孩子疼得不住地啼哭，医生小心地夹着药棉向两个伤口里掏着，进行消炎。孩子的哭声让人心碎，何平也陪着孩子流泪。接连几天，孩子都要遭这种罪，她太小输不了液，每天就打屁股针。

进了医院第二天，建平去了孟荣家，回来端了一小盆粥和几个荷包蛋，但孟荣始终没迈进这个病房，她很势利的，瞧不起他们。后来，有一天建平破天荒地给何平买了只猪蹄，使何平终生难忘。这个月子建平可算做了点儿高尚的事儿。孩子一共住了九天院就出院了。

从医院回来，建平首先看看他那还剩了很多的鸡蛋，一打开皮包，鸡蛋壳上都是密密麻麻的小蛆。他沮丧地嘟囔着，把这些臭蛆鸡蛋连同皮包都扔了。何平看他那满脸哭丧的样子，吓得大气不敢喘。

第二天，孩子就满月了，给孩子称了称，才八斤。这孩子每天夜里都哭个不停，一宿何平不知要起多少次，有时刚合上眼她又哭起来。常常以为她饿了，就冲奶粉喂，可她小嘴吮两下就哭。这孩子简直就是何平一人的，夜里建平一手不帮，不管孩子怎么哭，他有时紧锁眉头，骂上两句，嫌孩子总哭；要不就骂上何平两句，嫌她不会哄孩子。从生下这孩子何平觉得夜里就没有让她安稳地连续睡过两个小时的觉。有时刚躺下建平又上来了，使她整日疲惫不堪。而建平也抱怨，这尿褥子都是他洗，柴他劈，水他担。但何平不理他，乐意说啥说啥。有时何平做午饭，他就把孩子光溜溜地抱到外面，使何平总是担心孩子受了什么贼风，别再得了病，而建平说她愚昧，给孩子晒晒太阳好。

对于何平来说，只要建平每天不大发雷霆，不向她怒发冲冠，她就阿弥陀佛了，这也就是安稳日子了。从生完孩子，就是在月子里，她也要学习，有时有人来看望她，见她看书，就说："月子里看书将来眼睛会不好的。"可她没办法，暑假中函要毕业考试的，她非学习不可，出了月子她更是如饥似渴地学。

　　离考试只有三四天了，她更是抓紧复习。自从来到幸福乡她就没再去学中函，老师曾经让人捎来信，说再不去学习就取消她的中函学员资格，后来建平托人找了老师，说明了情况，再加上那些老师都知道建平表哥从下面镇里刚调到了县里，并且提为副县长，对他也刮目相看，因此，何平保住了中函学员名额，只要她暑假按时参加毕业考就行了。

　　这天晚上吃过饭，建平说要到校长家去坐坐，离开时把房门从外面锁上了。每次晚上他走，何平都让他把门从外面锁上，因为这是学校，守着路边，她一人在家害怕。建平走后她又开始学习，有时孩子闹她就哄哄，不知不觉已九点多了，建平才回来。回来后像个侦探似的翻看了一下一目了然的屋子，然后来到后窗台，掀开窗帘看了一眼，就立起了眼睛。

　　"这窗台上怎么有鞋印？"因为这炕就在窗台下，老师寝室就这么一间小屋，锅台连着炕，炕连着窗。他看了一眼何平，"谁来了？听到我回来从窗户逃走了！"

　　"你有病！"何平瞟了他一眼，"精神不好。"就又接着看。

　　"明明窗台上有大脚印，你抵赖什么？"他火了。

　　一看他又发神经，何平只是默默生气，不敢理他，她怕战争再次爆发。她此时装模作样地在看书，心却跳得厉害，然后把孩子向一边推了推，再拿起书时，那《文选与习作》一书就已倒着了，可她不知，似乎在看书，可心都在建平那儿，她眼睛边扫着书边看着孩子边偷眼窥视着建平；建平直勾勾地盯着她——四目已对。

　　"我看你到哪儿都不让人省心，怎么我前脚走野汉子就后脚到，我看这孩子就是陈佳玉的。世上没有无缘无故的爱，怎么你往野外去，陈佳玉就看见了？！"

　　"你问我我问谁？"他又提起年前离婚那天发生的事儿。陈佳玉是校长，每天都是最后一个走。他那天也就是不经意地向野外看了一眼，发现何平好像不对劲儿，就去了何家找人。

　　"他咋那么关心你？怎么不关心我！"他又话题一转，"你看你寒假和张玉良在车站鹊桥会，那个亲热劲儿，看到我还躲了，没鬼怕啥？"

　　"你就是疑心病，我不愿搭理你。谁和谁还不能说话啦！"

"说话躲什么？"

"车站那么多人，全县中函老师都考试，谁看到你啦？他就打个招呼就走了。"

"你看看这孩子，长得多像张玉良。"

"她到底像谁？"何平放下书也火了，她就听不得说孩子是野种，"今天像陈佳玉，明天像张玉良，这孩子成杂种了。"

"是不是杂种你不知道吗？"

"我看你是杂种。"何平怯怯地回了一句，这一句让本来就想找茬打仗的他像猛虎一样跳上炕，拽着何平头发就是一顿拳打脚踢。何平早已料到，所以把孩子早早地推离开自己，书也被他打飞了，她像一只羔羊一样被他蹂躏。

建平打够了、骂够了，似乎还挺委屈，俨然自己真做了乌龟，戴了绿帽子。他有点儿神经质，自己是那样人觉得谁都是那样人。学校的宿舍窗台都是水泥的，根本看不出什么，那是他的幻觉，他信口雌黄。

再说，何平刚来这里，一共也没认识几个男人，怎么会偷人？并且刚生完孩子，孩子每天又闹个不停，都快累死人，又要考试，这不无中生有吗！

何平哭着，想起母亲曾经讲过的故事：有一个男人，整天总觉得自己的媳妇偷人，哪个男人看他媳妇一眼他都觉得媳妇和人偷过情，每天他离开家都用灶膛里的灰在大门口撒上一溜小灰，以窥察媳妇离没离家。有时媳妇见他一进院子就赶紧把梳得整齐的头发抓挠乱了，脸上弄点儿灰，怕他进屋说："打扮得这么利索是不是偷野汉子去啦！"

何平不敢大声哭泣，只能憋着，因为这是夜里。建平理都不理她，脱吧脱吧就侧脸睡了。这时，孩子又哭起来，何平也不管，心想：哭死更好，大家都解放了。建平见何平不管孩子，就吼道："把这野种扔出去！整天嚎。"

何平无动于衷，心想：你的孩子，你把她扔出去吧，我不会拦着的。孩子不住点儿地哭着，建平用衣服把头裹上，大夏天的，他也不怕闷死。何平哭够了，又去给孩子冲奶粉，孩子这会儿是饿了，"咕咚咕咚"吃起来，吃完了也睡了，何平依然坐着。

天还没亮，何平就悄悄地简单收拾收拾自己，带上笔、本、书，背上个小皮包离开了这个家。临走时，她看着孩子在静静地香甜地睡着，眼泪涔涔而下："女儿，你怎么托生在这灾难的家庭里，你爸爸就是个魔鬼，妈妈实在没办法，

谁叫你是他的孩子，你就和他在一起吧！"想到这儿，她蹑手蹑脚地出了房门。

幸福乡距县城三四十里路，她走到半路遇到一个男子，四十岁左右，骑着自行车，见她一脸憔悴的样子就下了车，说：

"姑娘，这么早到哪儿去？"

"上县里考试。"

"来，我带你吧。"那人语气很温和，"我不是坏人，没事儿，这得什么时候走到哇！"

"不用，谢谢啦。"

"你是不是生病啦？"那人还想说什么，但话题一转，说："这路上一个人都没有，周围全是树林子，你胆儿也够大的。"

"你先走吧。"何平心想：只要你不是坏人就好。

那人看看她，说："那我走了，路上小心点儿！"他还挺关心人的。

这三四十里的山中公路，周围树马狼林，阴森恐怖，很少见到人烟，她步履蹒跚，一路思绪万千：孩子是不是又哭了？他是不是不管孩子？冲的奶粉可别把孩子烫着！他会不会打孩子？孩子可是你的，你要作孽就伤害她吧！这孩子也是经过了九九八十一难才降临人间。她在母亲腹中，母亲不知遭受多少拳脚棍棒，可她依然健存，这孩子生命力顽强，难道是上辈子也犯下了什么罪行，与母亲共同受罚？这孩子来到世界上其实都是个奇迹。何平看的书多，曾经在一本算命书里看到，女人身下面阴处有痣的，将生下皇子。她一时觉得是不是第一个孩子是个真龙天子，被她做掉了，因此上天在惩罚她！那真是罪过。这个秘密她谁都没说过。她望着这茫茫林海，真想闯进去向上天高呼："老天爷，我犯了什么罪你这样惩罚我！"

一时，女儿的哭声在她耳边响起。是啊，这孩子从生下来晚上总是不住地哭，什么招都想了。"天惶惶地惶惶，我家有个夜哭郎，过路君子念三遍，一觉睡到大天亮。"这个咒语不知贴到马路上几次了，一点儿效果没有。"他在家可别不管孩子，让孩子可劲哭会哭坏的。"她忧心忡忡。这才生完孩子没几天，她就如此长途跋涉，并且穿了双旧皮鞋，现在脚上早已磨出了几个水灵灵的大水泡。她一会儿脱下鞋撕些卫生纸夹在每个脚趾缝里，一会儿坐下脱去鞋扳起脚看看那些水泡。她真想光着脚丫走，可公路上都是小石子儿，如果到路边草丛上走，又怕有荆棘。

公路上很少有车行驶，这一段路是在连绵不断的群山中，周围都是茂密的树林，这大清早树林里不断传出小鸟的"叽叽喳喳"声，偶而也能看到一只小灰兔或一只小松鼠跳上公路，东瞧瞧西望望，好像出来观赏风景，路两旁野花遍地，犹如仙境一般。何平飘飘然走在这仙境之中，却没有一丝身在仙境之感，倒觉得像在雾里云中，心中七上八下惦记着孩子。

这一路行程，何平也不亚于走了二万五千里长征，她一瘸一拐地走着，中午才到县城。

小县城小，何平对它不是太熟，只是这两年总来考试，就那么几个招待所，每次来都是住在那儿，这次她又住进了进修学校那个招待所。她累坏了，只想躺在床上舒舒服服地睡一觉。她舍不得孩子，可又没法生活，真是上天无路下地无门，怎么活下去？他整日像个妖魔，不知何时又要作怪。躺在床上她就像死人一样睡着了，等她醒来天已黑了。她到外面买了两个馒头，买点儿咸菜，回来倒了杯开水，三口两口就把馒头和咸菜都吃光了，感觉肚里还不饱。唉，一天没吃东西了。自从生完孩子从没这样饱饱地睡过觉，可醒来还满脑子孩子的影子。

后天就要考试了，还得看书背题呀！学到深夜何平才和衣而睡。第二天她到外面吃过饭回来，屋里的床铺就满了，乡下老师都陆陆续续地来了，都怕来晚了没住的地儿。屋内共四张床，那三张床住的都是榆树乡的老师，她们见到何平都像见到了外星人。

"这是何平何老师吗？"其中一个老师瞪圆了眼睛。

"是我啊。"

"怎么瘦成这样了？"另一个不解的样子，"都脱相了！"

"是啊，像换了个人。"

"你一进来我们都不认识你了，怎么生完孩子瘦成这样？"

"人家生完孩子都胖得变了模样，你怎么瘦了呢？"

"孩子夜里总哭，熬的。"何平牵强地说。

那三个老师七嘴八舌地抢着问，似乎像见了亲人。

"对了，你家小宝宝呢？姑娘还是小子？"

"长得像谁？像你可就漂亮啦！可别像他爸。"

"孩子呢？我们看看。"

何平一一地回答着，并且说自己始终没奶，孩子靠喂奶粉，和她爸爸在家呢。她们好像什么忧愁都没有，那么豁达，那么开心，而何平心里苦苦的、涩涩的，心事重重。

二十三、再次怀孕

昨天何平走后，这爷俩在炕上睡得酣甜。建平也许是打累了、骂累了，像个死猪一样酣然入睡。这孩子夜里总哭，白天很少哭闹，早晨也很乖，陪着父亲四仰八叉露着笑脸在幸福地做着美梦，她哪里知道母亲已走了！等建平醒来看看何平没在屋，以为她上厕所了，就洗把脸在屋看着孩子，他左等不见人回来，右等不见人回来，嘴里嘟囔着："掉厕所里了！"再等一会儿还不见人影，他急眼了，向学校厕所走去。

暑假里，学生都放假了，院里很冷清，他去了一趟男厕所，出来时向女厕所喊着何平的名字，里面没回音，他三步并成两步回屋。进屋翻翻何平的东西，皮包没了，炕上的几本中函书也没了，才知道是怎么回事了。

他先烧了壶开水，接着自己做了点儿饭，草草地吃了。孩子醒后，他给孩子冲了杯奶粉，喂完孩子，他又给孩子换了尿布，低头看看，墙角还有一堆连屎连尿的裤子，他洗惯了，把这些裤子抓巴抓巴拿到后面小水沟去洗。这条小溪几乎常年不断流水，它是从南面群山中流下来的。小溪上面就是公路，公路两侧是树林，树林里没什么高大树木，因为高大树木早被人们伐光了，只剩下些不成材的树木。

建平洗完裤子在院子里晾完，就赌气冒烟儿地进了屋。现在在他心里何平就不如朴玉可爱。朴玉就是个子小点儿，跟人睡过，但她家里条件好，还会撒娇，是真心爱他。在他心里，何平是从外地来的，一定有许多秘密，他觉得何平就是个谜。这些日子，他又收到朴玉的一些来信，当然他也没少给她写，

两人诉说着衷肠。每当建平看到朴玉信纸上泪痕片片，就心如刀绞。他进屋又开始给朴玉写信，诉说着自己的悔恨，但他一字不提是为了何平那四千块钱才要的何平。他写着自己的苦闷，诉说着何平的不忠，俨然自己是个受害者。他潇潇洒洒写完，就急急忙忙到前面邮局把信寄走。

他回来还没有进门，就听到孩子的哭声，他急匆匆地把外面的尿褯子收起来进了屋。孩子又拉了，他嘴里骂着何平，又不得不收拾孩子。他哪会伺候孩子。等他收拾完孩子，孩子蹬着小腿好像饿了。他对着孩子喊："你妈跟人跑了，不要你啦。"然后又去冲奶粉喂孩子。其实他心里也不知这孩子是不是他的，仔细端详端详，又觉得这孩子长得像自己：大眼睛双眼皮。

吃过午饭，还不见何平的影子，就知道何平去了县里，于是他收拾好东西，抱起孩子坐车回了他妈家。家里见他抱着孩子回来，就知道怎么回事了。他妈抱起孩子说着儿媳妇的不对，而父亲恰恰相反，说："你儿子也不是什么好玩意儿。"家里人都围过来看孩子，谈论着孩子的可爱，其中建国说："长得像我，一个眼睛下面有泪囊，好玩儿。"他乐得合不拢嘴。

晚上，建霞一家也来了，一进屋正赶上小侄女哭，就把自己的孩子给了丈夫，抱起小侄女，看了一会儿就笑着说："我小侄女长得挺好看，就是不胖。"边说边在怀里颠悠着，不管怎么哄孩子就是哭，后来奶奶说："这孩子是不是找妈呀？要吃奶。"

虽然这孩子喂奶粉，但平时何平每天也喂她几次奶。其实何平不是没奶，她每天连点儿粥、汤都喝不上，怎么会有奶！这时建霞见孩子哭得厉害，就掀起衣服喂小侄女，孩子小嘴儿吃上奶不哭了，显然是孩子饿了。建霞说正好明天他和王海也去县里考试，让哥哥和他们一起走，这样她也好照看小侄女。她奶充足，从坐月子第一天起，什么娘妈、婆妈，都像伺候皇后一样伺候她，她身体养得胖乎乎的。真是人比人得死呀！

第二天，他们一行来到了县里，也住进了进修学校的招待所。其实何平在屋里也看不进去书，心里慌乱。她知道建霞他们今天也得来，所以总是坐立不安，一会儿出去一趟上外站站，一会儿上趟厕所。当她再次进了房门，向走廊尽头一望，看到了王海，王海也看到了她。她就走了过去，向南面屋一望，建霞正在喂自己的宝宝呢，不由得潸然泪下。

进了屋，看到建平哭丧个脸坐在另一张床上，她没理他。建霞看到她先

是一愣，觉得嫂子像变了一个人，瘦得可怜，但她啥也没说，只是笑笑，说："这小家伙挺可爱，吃上就不闹了。"

何平擦擦泪水看着自己的宝宝，觉得好像很长时间没看到了，这一宿犹如几十天，让她心神不宁，她是真舍不下孩子。这一天一宿，她也没觉得两个乳房有多涨，可能把奶快气回去了。她接过了孩子。

考完试，无奈，何平与建平又回到了幸福乡。

这些天，建平与学校其他几个老师在张罗着把校园最北面一排空教室的几间房改成住宅，这是校长批的。因为要开学了，得给男老师倒出宿舍。这一个假期建平忙坏了，既要收拾房子，又要找人给何平安排工作。这个乡的副乡长是他同学，并且他让当副县长的表哥找了这个副乡长，所以一开学何平就上班了，同时他们也搬进了收拾好的小屋里。一个教室住两家，也就搭个炕，砌两个间壁墙，一个小小的北客厅，一个仅够一人转身的厨房，一个小卧室。在一个星期天，建平雇了个大轱辘车，把那些豆秆子家具从家里运了过来。

他们给孩子找了个保姆，每月五十元，而何平现在每月工资只有九十七元，孩子再吃奶粉，根本没有余额。孩子每天往保姆家送，几乎都是何平送，因为她上班正好路过保姆家，中午下班再接回来，下午再送，上下午中间还要去喂奶，很是辛苦，一天不知要跑多少趟。

建平给孩子起了好多名字，什么萧昊、萧文文、萧迪、萧悫、萧何等，最后确定叫萧悫。他说古时候有个宗悫，小的时候他叔父问他长大后志向是什么，他说："愿乘长风破万里浪。"他希望女儿长大后有志向，但古时也有叫萧悫的，是个文学家。建平希望女儿长大后既能做好学问，也能乘长风破万里浪。

这孩子每天夜里依旧哭闹不止，使何平每天疲惫不堪，上班、照顾孩子、做饭洗衣忙得不可开交，有一次做菜就忘放盐了，建平大发雷霆，把什么菜刀、勺子、刷子一股脑儿扔进锅里，嘴里骂着："一天不知都想什么了，心就没在这个家上。"骂声不止，吓得何平胆战心惊，头都不敢抬。每天她都提心吊胆，生怕什么地方做得不对又惹建平生气。显然，她还得默默地重新做菜。

建平白天怒气冲天，可晚上依旧不放过她，不管何平怎么不从，他都会得手。因为与隔壁邻居只一砖之隔，何平只能忍气吞声，任他发泄。因为孩子

又整宿地闹，使何平每天精神萎靡。

国庆节一过，天气渐渐冷了，日子也不好过，屋里也冷。周日建平回家用客车运回来一个小拉车，他们就利用周日时间上山拉废木材，有时把孩子放在保姆家，何平和他一起去。何平有时搬不动木头，建平就骂她没用，她也不敢吭声，像个受气虫。其实，何平一点儿不感到自己受气，总觉得建平可怜，为了这个家在吃苦。每次拉柴回来，何平就赶紧进屋做饭，做好饭去接孩子，而建平凶煞个脸，吓死人，何平看他那样大气不敢出。

也许是因为孩子吃奶吧，何平每天很能吃饭，一顿有时吃三四碗米饭，每当看她在一碗一碗地吃，建平就十分生气，没好气地说："有你粮份吗？"是啊，建平吃供应粮，而何平是个合同工，哪来的供应粮。她本还想盛饭，一听建平这么说，就撂下饭碗不敢再盛了。有时她吃了两碗饭，刚想再去盛，看看建平那吊死鬼的脸，吓得撂下了饭碗，心里在祈祷："老天，我饿，啥时你能让我吃饱饭，我这一生就心满意足了！"

天越来越冷，因此每个星期他们都得去山上拉柴。这天，何平总觉得浑身难受，也不爱吃饭了，两人到了山上，何平是怎么使劲儿也搬不动木头，气得建平直骂："没用的东西，干啥啥不行，吃啥啥不剩，废物！"在建平的骂声中，何平手也没闲着，帮他往车上装木头。装满车，绑好，两人就一前一后地往回拉。当遇到一个小山坡时，两人怎么也拉不上去，一遍遍上，一遍遍倒回来，两人把吃奶的劲儿都用上了，也没爬上这个坡，最后只好歇了一会儿，才一鼓作气上了坡。

回到家，何平说自己太难受了，进了屋她是饭不想做，孩子不想接，可这些她只能想想而已，还得做饭，不做饭怕建平发火。做完饭她疲惫不堪地去接孩子。

这些天她感到胃也难受，好像怀孕了一样，可刚生完孩子才三个多月怎么会怀孕呢！她把这个事情跟建平说了，建平一听火了，说：

"怀孕这孩子也不是我的，一定是你在外面和别人搞的。"

"你无赖，我和谁搞的？"

"和谁搞的你自己最清楚！这孩子才多大，你就又怀孕了，我哪有那么好的种！"

"你就是疑心病。"

"疑心也比搞破鞋强。别忘了，你那第一个孩子才四十八天，人家大夫说三个月了，那一个半月哪来的？"

"你强暴我那天我是处女，是有证据的。"

"那处女膜能缝，谁不知道。"

"你说鬼话，我穷得要死，上哪儿去缝？还是从你嘴里知道处女膜能缝，你问问谁知道那处女膜能缝？你自己不要脸，认为谁都不要脸。"

"说谁不要脸？"建平冲过来薅住她头发就把她摔在地上，骑到她身上就是一顿狂打，她干蹬腿，两条胳膊被建平压在腿下，建平打她就像打一条狗，心不慈手不软。他打够了，才肯起身。何平蓬头垢面地从地上爬起来，第一眼就看到孩子已把小被蹬开，两条小腿在那蹬呀蹬呀的，她似乎知道妈妈在挨打。何平瞅了两眼，而建平冲过去照着孩子的小屁股就是一大巴掌，孩子吓得一拘挛，居然拉出了屎，更是大哭起来。何平疼在心里。

这时，天已黑了，何平冲出家门，茫茫黑夜，她不知往哪里去，忽然想起建平一个表姐在临近的大岗村，也是他那个当副县长的表哥的亲妹妹，那个小村庄在一个山坡上，一路上周围都是树林子。建平带她来过表姐家。在一个树林旁边有许多坟地，她吓破了胆，似乎头发丝儿都立了起来，真怕出现什么鬼影、鬼火。天虽然黑了，但不是深夜，何平急匆匆地走过了那片坟茔，找到了表姐家。

表姐是个典型憨厚老实的农家妇女，有两个女儿，一个已上小学，另一个还在上幼儿园，表姐夫没在家。表姐一见到何平就乐哈哈地迎了上来，把何平让到炕上，两个孩子也围了上来，一声声地叫着舅妈。

因此，何平在表姐家住了一宿，第二天又早早地赶回去上班。

何平离开这宿，建平在家像个疯子，一边给孩子收拾屎尿，一边骂孩子是野种。在他心里，何平哪都不如朴玉，他越想心里越烦，夜里不管孩子怎么哭，他也无动于衷。

中午何平去接孩子，抱着孩子回了家。

这天，何平请了假，去县里检查，一化验，果然怀孕了，没办法，只能做人流。做流产的滋味也是常人难以忍受的，医生好像向外抽你的肠子和心肝肺，让你的脑瓜筋都快崩断了。经过一番折腾，何平总算下了手术台。

　　她一人而来独身而归。回到家里，她想好好休息休息。晚上建平接的孩子做的饭，边做边在灶炕门前嘟囔："和别人快活够了，还得我伺候，我就是傀儡。"

　　何平听着心如刀绞，只能装聋作哑。她就不明白，他为什么整天都是男女关系这些事儿，不说这些他就没话可言。

　　时隔两天，家里没米了，建平露出了温和的笑脸，说："粮店那个女的，曾经有人给我介绍过对象，我没法去领粮，你多穿点儿，你去吧。"

　　何平心里很不是滋味。这时建平给她围上围巾，拿上手套，关心备至。此时何平心里不是甜，而是酸溜溜的，泪水欲滴。自己是请着假在家休息做小月子，而建平却拿她当驴使。粮店在附近林场，有三四里路，何平是推着自行车去又带着粮推着自行车回的。天阴沉沉的，似乎在为她伤心，道路两旁的树林里已铺上雪毯，天空冷飕飕的。

　　何平只休了一周的假就上班了，其实上班比在家安心，因为她是班主任，一天看不到自己的学生心就没着没落。进入年底，因为要给孩子办独生子女证，可没有结婚证办不了，她俩又到乡政府民政办了复婚证，才办了独生子女证。

　　紧接着教委来了通知，省里给县里几个民办教师转干的指标，还有以工代干的转干指标，建平是以工代干人员，也在考试之列，这下忙坏了她俩，每天起早贪黑地学习，何平常常是穿着棉衣棉裤和衣而睡，废寝忘食，建平在校办公室学习，只是吃饭时间回来，吃完饭还去办公室，学到深夜再回来。何平是既要做饭、哄孩子，还得学习，累得她面黄肌瘦，再加上吃不饱，使她每天很憔悴。孩子每天夜里依旧在哭。

　　建平每天都搜集一些实事要闻，他自己在背让何平也背。何平捎信让母亲来看孩子，她实在忙不过来了。母亲来后，她非常高兴，建平也能装几天，何平常常抽出时间和母亲聊天。可母亲没待几天就要走，何平晓得他们住在一个炕上，建平夜里总不老实，发出"呼哧呼哧"的声音，母亲觉得别扭。因此，何平又把母亲送走了。

　　何平回到家，建平嘲笑她："你说让你妈来，不但没帮上忙，反而耽误你学习，天天陪你妈唠。"

"不都怨你，天天夜里不老实。"

"你妈着急？"

"你讨厌！"何平不理他。

一天，何平正坐在炕上给孩子喂奶，一个男学生闯了进来，找老师请教问题，建平赶紧起身把学生带了出去。不一会儿，进屋就骂：

"你要不要脸，守着个男学生你就给孩子喂奶，你怎么多大的都勾引？"

"他没进来我不就在喂孩子吗，你讲不讲理？"

"你不会不让孩子吃，把衣服撂下。不要脸。"

"没等我放衣服你不就把他带出去了吗？再说他也看不到什么。"

"啥看不到？！"

何平不再言语。

这件事儿，又成了建平的口头禅，想起来就骂："你连中学生都不放过，谁都勾，太不要脸了。"

何平忍着不理他，打不起。

二十四、自杀

经过一番苦学，寒假也到了，建平功夫没有白付出，他正好考在了录取分数线上。有些人就风言风语，说他表哥是副县长，这里一定有猫腻，怎么录取分数线就掐在他的分数上，那么巧。其实就这么巧，与他表哥一丁点儿关系都没有。何平就不行了，考试前那一宿孩子哭闹不休，孩子第一遍哭建平就起身走了，到他二弟建军那儿睡去了。他二弟在县城建局上班，住在单位。而他们是住在孟荣家，何平也是为了考试那天让孟荣给看孩子。很显然，何平名落孙山，就差那么六七分。

很快过大年了，在这一栋房中，一共住了五家，那四家不是回娘家就是回婆家过年了，满院萧瑟。何平常常让建平在家看孩子，自己到后面林子里往家捡树杈子，然后折成大概相等的一段段摞起来，有时遇到太粗的木头，她就用斧头剁。她怕和建平在一起，只要在一起，他是八百年的谷子七百年的糠，天天絮叨也不馊，所以她宁可天天在外干活也不想见他。

过了年，有时建平也和其他老师到山上去拉柴，等拉多了，再借个电锯截成段，日子过得也挺辛苦。后来的几年他们也都是这样过的。他们住的房子，冬天墙壁裂开手指宽的大缝隙，何平就用破衣服或旧棉花向墙缝里塞，水缸里常常冻得老厚一层冰。

日子过得艰苦不说，每天建平都要找碴儿骂上何平几句，不是嫌她能吃就是嫌她啥也不会。说让你妈来看孩子要复习考试，你妈来了你倒学呀，天天陪你妈唠，没考上吧！何平听着觉得他说得也是，是自己不对，就装聋作哑不

吭声。

一天，何平要洗床单被罩，可连个洗衣盆也没有，都是用脸盆洗。她就对建平说："我去商店买个洗衣盆吧，用脸盆洗这些也洗不干净呀！"

"不行，买什么买！"建平立刻高起嗓门。

"我就买，这床单、被罩都洗不出来啦！再说，早晚不都得买吗。"

"我说不买就不买，早晚也不买。"建平更生气了。

"还有这么些衣服，不泡泡怎么行，我就买去！"

"买回来我把它踹扁了，你信不信？！"

何平气得不再言语。她不明白他为什么不让买洗衣盆，难道不想和自己长过下去？这是生活必需品呀！在建平心里，这个家什么也不想置办了，过一天算一天，如果哪一天再离了是最好的结局，因为现在朴玉还没有成家。建平每天心事重重，心烦意乱，怎么瞅何平都不顺眼。朴玉会撒娇，家里条件又好，当初自己为什么不等等她再找，现在悔之晚矣！还好，现在朴玉没成家，还有机会。

因为快开学了，建平又去前面办公室了，他去给朴玉写信。也只有给朴玉写信时，他才感觉自己是最幸福的，脸上露出灿烂的笑容。何平做梦也猜不到他的心思，每天不是洗就是做活，再加上孩子小，她是没有一点儿闲暇时间去研究建平的心思。

这个寒假里两人也都回去看了一趟双方父母，其实他俩不回去正好，穷馊馊的，到谁家也不是太受欢迎，人家脸上浮着笑容，可心里烦死了。

新学期开始了，孩子也大了点儿，但是每天夜里她是照哭不误，而白天她是不耽误吃不耽误喝，似乎长了两个大脑。小东西身上不胖，脸却胖乎乎的，那半拉瓜的头也长出来了，十分可爱。

春天到了，这是山区，一到春天家家户户无论农民还是上班的都要到山上去采蕨菜、薇菜、黄瓜香、猴腿（一种野菜名）等，除了薇菜费事儿，其他野菜采回来就可以卖钱。春天之前一般单位周六、周日都上班，这样把假期调到五一以后，野菜正旺盛的时候多放几天假，大家可以多挣点儿钱。

看到人家一袋袋往家运野菜，何平也眼红了，就把大哥家没考上高中的姑娘弄来看孩子，自己也跟人家坐着汽车去采菜。车费每天每人五元钱，最后算账。大家每天的目标是薇菜，因为薇菜值钱。但它很费事儿，采回来还得用

大锅开水炸一遍，不能炸大，然后捞出来撸掉茎上所有的东西，再边晒边揉，最后揉成一团团晒干才能卖。

这天，两人采回薇菜就赶紧烧水炸菜，菜没炸完孩子就哭闹不止，给吃的也不要，小姐姐哄也不行，就找妈妈，气得何平把她揉在沙发上，去帮建平炸菜，可孩子哭闹不止，建平就数落何平：

"真是没用，连孩子都哄不好。"

"你有用，你哄。"

"你干别的可行！"

"那是你！"在侄女面前何平觉得被建平训斥很没面子，也不乐意了，装起勇敢者。是啊，自己干啥缺德事儿了，你信口雌黄。

本来建平在炸菜，何平向小客厅地上摊菜，两人你一言我一语就动起手来，吓得侄女直叫唤，赶紧给他俩拉仗。侄女有十五六岁，没见过这阵势，哭着喊着站在他们中间摆着头两手直挠扯。因此这次何平没有太受伤，建平在何平侄女面前也没敢太过分。

第二天，侄女说什么也不在这了，何平只好送走了她。这样，何平在家看孩子，建平上山。中午，建平早早地就回来了，何平到外面抱柴，说也巧，从大道上走过来一个穿军装的小青年，说是上后面等车，那车还得一两个小时才能过来，他想找点儿饭吃，并且会付钱。因为房门是开着的，建平走了出来，不冷不热的，何平也不敢说什么，就抱着木柈进了门。一会儿两人都进来了。桌上也没什么好饭，有早晨剩的油条，再就是新做的柿子鸡蛋汤。那个当兵的吃完，嘴上说要付钱，建平连忙阻拦说不要，他也就作罢。这个小当兵的挺黏糊，吃完了也不赶紧走，说自己就是本县驻七星镇边防大队的军人，父亲是军长，把他送出来当兵，母亲是军医，自己大学也没考上，只能当兵了。他天南海北地说着他的见闻，也不管人家爱听不爱听，说得眉飞色舞，何平吃完饭抱着孩子进了小卧室。这个小当兵的挺能吹嘘，说他在七星镇边防大队也说了算，领导们也都听他的。临走时还说，以后有什么用得着他的，尽管找他，并且把名字告诉了建平，建平根本就心不在焉地听着。

何平把孩子哄睡就开始烧水，边烧水还要边到外面翻动凉晒的薇菜。建平送走这个当兵的，回来就骂何平。

"你走哪儿都不安分，这么个混混你也能把他勾进来。"

"谁知道他是从哪儿冒出来的，我也没理他呀，是你把他让进来的。"

"一看就不像个正经货，那身军装不知搁哪儿淘弄的。还他爸是军长，军长的儿子能到这犄角旮旯来当兵？笑话！"

七星镇在幸福乡的西南，离这有百十里路。何平见建平抱怨，也不言语，吓得真像偷了汉子一样，低头不语。再看看水缸，水也没了，就拿起扁担去挑水，因为建平去采菜了，挺累的。建平看她要去挑水，就没好气地说："我去吧！"

"没事儿，我去。"大井就在邮局后面——中学的西南出入口不远的地方。当何平来到井沿，乡政府的老邵也来挑水，他向何平打声招呼，何平应了一声，打完水就挑水走了。而建平站在自家门口，眼睛始终盯着她，不知是怕她到大井旁挑水出危险还是看着她。等她一回来，他又是一顿数落。

"那个老邵谁不知道，是个老色鬼，你挑水的工夫也能和他勾搭上。你俩在商量什么？"

"他说话我能不搭腔吗？你有病啊！我不是怕你累我才去挑水吗？"

"你走哪儿都招风，就不是个正经的玩意儿。"

何平忍气吞声，把水倒进水缸，就开始炸菜。因为是白天，他们边炸边把菜扔到了外面，这样有利于撸菜，也好收拾。

孩子也快一岁了，睡醒就把她放在外面让她扶着东西站着。这时一趟房几家都在外面撸菜，而何平家处在几家的西面，再西面就是空教室。说来也巧，大家正在那撸菜，快撸完的时候，那个老邵真的直奔何平家来了，过来就蹲下帮着撸蔬菜，吓得何平抱起身边的孩子上建平那边去撸，这时紧挨她家住的陈艳看出了名堂，就向这边喊道：

"邵大哥，你过来，到我家来帮我撸。"

那老邵执执拗拗地过去了，建平、何平谁也没吭声。的确，老邵不像个正经人，贱兮兮的样子。据说，乡政府的女人们都讨厌他，虽然他色，但没有女人理他。他媳妇是乡政府民政的，也不管他。

何平知道陈艳的意思，是怕建平再因为老邵和她打仗，何平真是打心眼儿里感谢陈艳，她太善解人意了。但有时怕啥来啥，这不，晚上建平又向她大吵大骂：

"你不搭理那死老邵他能过来吗？走哪儿你都得放臊气。"

"谁搭理他了。"

"苍蝇不叮无缝的鸡蛋。母狗不掉腚，公狗也上不来，那老邵是有名的色鬼，你也撩他。"

何平不理他，任他怎么骂就是不吭声，只是在心里憋气。这过的是什么日子，整日提心吊胆的。

"别忘了你车站鹊桥会，你那四十八天的孩子！"他记性咋这么好。

何平气得半死，不想理他，真是"秀才遇到兵，有理讲不清"啊！自己怎么摊到这么个男人，是自己不好吗？任他骂去吧！

这些天，何平在家看孩子和晒菜，一过中午，建平就回来了。这天依然如此，他采的菜不多，一进屋就向何平吼：

"我在山上就听到有人喊你的名字，是不是前几天那个当兵的和你约好，在山里见面？"

"你说的鬼话呀，那个当兵的来咱家也没单独和我在一起过呀，都是你陪他。"

"我听得真真的，一个男的在喊'何平，何平'！那个当兵的怎么不去别人家，就来咱家？"

"咱家不是在最边上吗，那天怎么那么巧，我出去抱桦子，他就走了过来。"

"巧事儿都出在你身上。"

何平不理他，去烧水炸菜，炸完菜就到外边去撸。其实她家放个屁，隔壁都能听见。她在撸，陈艳在那边悄悄地喊：

"何老师，那天那个老邵过来，我赶紧把他叫到我们这边来啦，我怕你们打仗。"她边说眼睛边瞄何平家房门，看萧建平能不能出来。因为菜少，建平在屋里看孩子，压根儿就没想出来。

"谢谢你啦。"

把菜撸完，何平把菜放到案板上，迟迟不肯进屋。一会儿揉揉前两天的菜，一会儿又把揉好的菜扯开，反反复复地折腾着。正在愁眉不展之际，那个色鬼老邵又走进校园，何平赶紧把脸侧向一边，理都不理他。这个人是有点儿不要脸，别搭理他，一搭理他就黏上，实在可恶。他认为何平夫妻总打仗，想趁虚而入，占点儿便宜。他也不搬块豆饼照照自己那德性，给人舔脚跟都嫌

脏。他来到何平的案板前，刚想搭讪，何平眼皮一耷拉，扭身进屋了。

世上真是什么脸皮厚的人都有。见此情景，陈艳夫妻把老邵又叫了过去。这些天，大家都陆陆续续在自家门前撸菜，边撸也都边唠着闲嗑，除了陈艳搭理老邵，那几家人也不搭理他，他也不嫌害臊。

何平进了屋，见建平正站在窗前向外张望，看她进来，就阴阳怪气地说：

"怎么不正经的人都围着你转，他是不是以为我没在家呀！你俩好搞。"

"你有病，谁搭理他啦！"

"走哪儿你都放臊。"他话题一转，"我看这孩子就像陈佳玉。怎么男人都关心你！"

何平看看炕上的孩子，哪有像陈佳玉的地方。这孩子生下时头发是黑的，像母亲，可越长越黄，像父亲——建平就是黄头发。小家伙不知忧愁地在炕上玩着。何平斜了一眼建平，去客厅拿了一本书过来看。

萧建平见她不言语，过来抢过书摔到炕上，倒吓了孩子一跳，孩子瞪眼看他。

"这小野种，我看着就生气。我是鸡抱鸭子干操心。今天在山上我就在想，你怎么本事那么大，和那个小当兵的也能搭上。"

"你说鬼话，我怎么认识他？我看你是一天不打仗就难受。谁家像你，天天骂，天天打。"

"谁好你找谁去呀！"

他们在屋里打，外面那几家在窃窃私语。

"又打起来啦！"

"他们天天打也不嫌累。"

"可能何老师有外遇。"

"长得那么漂亮，萧老师也不配呀！"

萧建平也不嫌磕碜，什么肮脏的话都能骂出口。

"别的男人是不是比我玩儿的舒服呀，你总爱搞！"

何平知道邻居们都在外面，一时觉得这个男人怎么这么齷齪，和他在一起丢不尽的人。她也火了，但她不敢大声反抗。

"自己不要脸还整天骂别人。"

"我哪儿不要脸了，我那是爱情，你有吗？你就会瞎搞，让人白玩儿。"

他边骂边虎视眈眈地扑向何平。

两人在屋里打了起来。何平被萧建平摁在地上，也不甘示弱，做着垂死挣扎。两人打到厨房，何平刚从地上坐起来，建平就两腿骑到她脖子上，顺手从地上拎起一个大木桦，向何平身上乱打，何平咬着牙，真如钢铁巨人，就是不大声哭叫。

这时，老邵早走了。外面的邻居听到屋里没了声音，都竖起耳朵，而陈艳家刚上小学的儿子听大家议论何平家，就猫腰去偷看，一看就惊叫起来。

"我萧叔打何老师呢！快打死了！"

大家一听，都撂下手里的薇菜跑过来。两个男老师冲进来，拽开萧建平，何平坐在地上像个死人一样，被陈艳和小张架到小卧室。孩子可怜巴巴、愣愣地坐在炕上，见妈妈进屋爬了过去。

只听萧建平十分委屈地在客厅诉说：

"她第一个孩子只有四十八天，"他唯恐全世界人不知道，"人家大夫说有三个月了，那一个多月哪来的？"

"我跟他的时候我是处女，他妄口胡言。"何平抱着孩子在这屋哭着说。

"那你也不能下死手用桦子打她呀！"王伟的声音。

"打死我偿命，贱人。"

大家七嘴八舌地劝慰着，看萧建平那憋屈的样子，似乎真像做了王八，谁也不好再说啥，一会儿也都散了。

这人让他给丢尽了，自己堂堂正正做人，从来没有想入非非过，可他整日总是无中生有，这日子什么时候是个头。

前些天，他们在附近林中开垦了一块十多平米的荒地，种了点儿小菜，由于小菜招虫子，所以买了点儿杀虫的农药。

因此，这天晚上何平想到了死，活着实在没意思。孩子还小，怎么办？扔给他就是遭罪，可自己不能再离婚了，离开他活不了。不管建平每天怎么骂怎么打，她都不想离开他——她已爱上了他。有时她觉得建平是有意向外推她，逼她主动离开。她真想带着孩子一起离开这个世界，可她怎么也不忍心。她找到那包农药，悄悄地吃了下去。回到屋，她抱起孩子就哭，建平还在骂。

"你妈死啦？像哭丧似的。"他来到小卧室。

"你以后好好对待萧悫，她是你的孩子，你不能虐待她。我也从来没背叛

过你，你自己以后好好反省吧！"

萧建平一听，觉得不对劲儿，说："你是不是吃农药了？"

"没吃！你以后再成家千万别给萧悫气受。"她泪流满面。

"吃了你就说！"萧建平一时有点儿恐慌，不住地追问，何平也不理他。他在屋里转了两圈，见何平还在抱着孩子哭，意识到大事不妙，就去找王伟。王伟和他住一趟房，说来也巧，正好有一辆大汽车刚停进校园里，王伟和妻子小张跑出来，王伟就向大汽车跑去。小张很丰满，跑起来两个乳房直扇乎，她的孩子比萧悫小，是个男孩。

王伟与汽车司机说了几句话，就跑进建平家，背起何平就向外跑，萧建平抱起孩子，一面一路小跑，一面对小张说："这屋子交给你了。"

汽车直奔县城，很快到了县医院。司机也是个热心肠，帮着把人送进急救室。值班室的医生很尽职，看到一个伤痕累累的女人喝农药，就知道怎么回事儿了，立刻找医生，值班护士也帮忙，很快准备好了抢救的一切器具，医生也很快到了场，问了一些情况，立刻进行抢救。何平好像在梦中，也好像在阴曹地府，就这样，经过一番洗胃洗肠，她又回到了人间。

从医院回来，建平对她的态度并没有多大好转，只是骂声少了点儿，但牢骚不少，周围人看他的眼神也不一样了。有时他从外面回来就嚷："都是你出去埋汰我，要不怎么别人都说我不好！"

何平不理他，心想：左邻右舍都看在眼里，还用我说吗？这事儿过后，建平给了人家司机三十元钱，以表谢意。

二十五、悲伤

大难不死，可何平并没有后福。这几天假期让她苦不堪言，也进了一次鬼门关。由于她喝农药，建平也觉得丢人，所以每天进家就没有好脸色，不是这不对就是那不对。

上班以后，何平变得沉默寡言了，在办公室里很少说话，每天出入踽踽而行。因为每天课间还要去给孩子喂奶，所以她是来也匆匆去也匆匆，走起路来大步流星。校长有时开会时就说："你们再忙，走路也不要像一阵风一样，一溜烟儿地没影了，好好走呗！"校长姓谢，是个五十来岁的男子，一口山东腔，何平知道校长说的是她。

自己一天既要上课、备课，又要批作业，孩子还得管，一天三顿饭，稍做不好建平就骂，每天还要洗洗涮涮，真是太忙了。她每天想尽办法讨建平喜欢，不让他刷碗，不让他洗衣服，不让他收拾屋子，只挑水劈柴就行了。建平说他喜欢看书，何平就依他，而建平这时非常喜欢看诗情画意的书，往往读到爱情方面的小诗，他就立马摘抄下来。每当何平看到他这样爱看书，心里很惬意，可建平把这些小诗再加以修改，变成自己的情诗，再寄给朴玉。

由于经常生气不吃饭，再加上那次洗胃，何平患了胃病，整天吃什么也不香，面黄肌瘦。再加上去年做流产也没休息好，做完第三天建平就让她去林场粮店领粮，那天天气阴冷，林间雪花覆盖，她是蹒跚而行。

回想起过去，何平不禁有些心酸，别人家的女人也像我似的吗？整日被丈夫打骂着度日？她没谈过恋爱，也没尝过爱情的甜蜜。

一天，建平说想吃馒头，何平就去买面，回来后向邻居要了块面引子，就把面发上了。等蒸出馒头一看，个个像小石头，梆梆硬，气得建平直骂："干啥啥不行，馒头都蒸不好，这人能吃吗？狗都不吃！"

看着这些硬梆梆的馒头，何平自己也上火。本来是想讨人喜欢的，极力去奉承人，可事与愿违。她这人也挺执着，这次没蒸好，她又去请教别人，这回她发好面，面里放点儿碱，揉巴揉巴，放锅里就蒸。她性子有点儿急，因此蒸出的馒头都是花脸，并且还有硬芯儿，建平又皱起眉。

人啊，不顺心时喝凉水都塞牙。何平多想把馒头蒸得又白又暄啊。她不知道面发好后，用上碱，多揉一会儿，再醒它30—60分钟，等锅中水开了再把揉好的馒头入锅这个道理。她整日提心吊胆地度日，真是大气都不敢喘，就是这样，建平也是横挑鼻子竖挑眼。不是嫌她把衣服洗出褶了，就是嫌她把菜做得淡了，就是让他帮忙往灶炕里填块木桦，他也要阴阳怪气地说：

"这火烧得这么旺，就跟人搞破鞋似的，谁也挡不了！"俨然何平搞破鞋被他捉到过，何平头不抬，只装聋。

生活不如意，身体也不适，何平得了胃病，吃啥都像胃里塞了一团草，堵得难受。后来建平的一个同学听说后，给拿来一种叫"石茶"的类似鸟巢一样墨绿色的草，说是在石头上长的，治胃病好用。的确，何平泡水喝了一段时间果然好了。

建平心里整日想着朴玉，看见何平他就厌烦，他没有让何平过一天安稳日子。

这一年，朴玉依然渴望着，她找过萧建军，希望建军能同情她，做他大哥的工作。她请假到建军单位，叫出建军。

"建军，我是朴玉。你有文化，我不多说，其实我和你哥早就在一起了，他爱我，我也爱他，你们不能看着他痛苦。"

"啊，你们的事儿我管不着。"建军对她很不屑。心想：他都有孩子了，你还想干什么？

"我是没办法才来找你，希望你能帮到我们，我是真心爱你哥的！"

"让我大嫂离婚，你给养孩子，你能做到吗？"

"我们出抚养费……"

"那我大嫂不要孩子呢？"没等她说完，建军就打断了她的话，"你们那些

烂事儿我可不掺合。"

朴玉一时又无语了，这孩子真是个问题。没容她多想，建军扭头不高兴地进屋了。她愣了一会儿，后悔不该来找建军。后来，建军把这件事告诉了大哥，表示不同意他与朴玉再来往，对谁都不好。

何平每天都忙忙碌碌，就是放了暑假，每天她也是有干不完的活儿，不是洗就是缝。这时，孩子也会走了，但更操心了，离不了人。何平很少让建平看孩子，一让他看孩子，他就没好神色地对孩子，不是说孩子像陈佳玉，就是像张玉良，要不就说自己是替罪羊。每当听到这些污言秽语，何平的心就像被他捅了一刀，流血不止。她也不是一味迁就，有时也还击，可是一反抗，就招来建平一顿炮火连天的轰炸，她就如一摊废墟，常常两眼肿得像个桃子。建平打她是不择手段，就像对待一个仇人，怎么打都不觉得过分，从没有过看到何平浑身是伤感到后悔。有时他一抬手，吓得何平就立马扬起胳膊去遮头，真是被他吓破了胆。

暑假里，听说父亲突然瘫痪在炕，他们回去看了一趟。老父亲已不能说话，但认识人。母亲不爱伺候他，说他年轻时把钱财都给了别的女人，从不管家，还经常打她，所以都是弟弟、弟媳在伺候父亲。父亲已瘦骨嶙峋了，没人精心照顾他。看着父亲那如芦柴棒一样的胳膊和腿，何平心里一酸，眼泪潸然而下。父亲太可怜了，从记事起，父亲从没打过任何一个孩子，也从没骂过他们，对母亲也是百依百顺。而母亲记仇，只记得他的坏。父亲是建国时村里的支部书记，那时没有村长这个职务，一个村里书记最大。他是非常有头脑的人。

何平他们走后，弟弟说家里的农活多，就让大哥把父亲接走了。父亲刚走没几天，一天，天空突然阴云密布，电闪雷鸣，狂风大作，下起了冰雹。冰雹过后，弟弟到自家的西山坡地一看，地里大片的黄豆被蛋黄大小的冰雹打得只剩黄豆秆了，厚厚的黄豆叶铺在地上。他不由得泪如泉涌，自言自语道："报应，报应啊！"

再看其他人家的地，没怎么样，这大冰雹只落在了他家地里。他知道老天在惩罚他。

父亲到了大哥家，还不如在弟弟家，父亲常常把屎拉在炕上，有时就把

屎抹在墙上，大哥就骂着："也不快点儿死！"他更是造孽，总虐待父亲，常常就给父亲吃两顿饭，怕吃多了总拉。

十月一放假的时候，何平与三姐、五姐、妹妹买了些东西去大哥家看了父亲一次，三姐、五姐把父亲那些脏衣服和被褥收拾了一大堆，拿到河边去洗了，但何平有孩子，没有去洗。这一趟，是何平与父亲最后一次见面。父亲坐在炕上，光着身子，下身被大哥用一条床单围着，屋里虽然开着窗，还是臭气熏天。父亲看到何平，支支吾吾，含糊不清地说："给……我……两块……钱。"

何平刚要给，被大哥阻止了。

"你又不能花，要什么钱。"大哥对父亲挺凶，"不用给，给了也都被他弄上屎了。"

想起这些何平就后悔：弄上屎就弄上屎呗，只要老父亲满意就行。她肠子都悔青了。

入冬后，妹妹和同村的一个小青年结婚了。因为交通不方便，他们又总打仗，就没通知他们。

进入腊月，父亲总是支支吾吾地比划要回家，大哥找来弟弟，弟弟用四轮车把父亲拉回了家。

父亲回到家，那个开心劲儿别提了，脸上露出了笑容，支支吾吾地说："也……看……到……老伴……了。"母亲这时脸上也露出了笑容。她虽然恨老头子，但她不希望儿子不孝。父亲又说："老大……不……好，骂……我。"

父亲回到家后，因为有母亲在，弟弟每天都能按时给父亲端饭，弟媳每天也给父亲洗洗涮涮，收拾得挺干净。一天夜里，父亲突然掉到了地上，母亲叫来弟弟，弟弟很不高兴，把父亲从地上抱起来放到了炕上，转身走了。母亲很是伤心：怎么能这样对待你父亲。父亲对母亲说：

"刚……才有……两个……人，非要……拽我……走，我……说我……不走。"他说得不大清楚。

接连几天，父亲总是往地上掉，并且嘴里说着同样的话，母亲夜里也常过去查看一下他，怕他再掉到地上。毕竟一日夫妻百日恩嘛！

这天是小年，弟弟骑车刚走，弟媳过来看看父亲，对母亲说：

"妈，我爹脑门皱纹没了！"

　　母亲走过来一看，说："八成不行了！"

　　"啥？"弟媳很惊讶，赶紧连声喊，"爹，爹，你醒醒。"

　　父亲仍是没有动静，弟媳吓得忙去叫人，又找自己的弟弟开上四轮车去追何金瑞。因为村后面是个大山坡，骑车是上不去的，只能推上去，何金瑞也没走多远，就被小舅子追上了。

　　金瑞一听说父亲不行了，也吓蒙圈儿了，扔下车子就上了四轮车，小舅子说："自行车不要了？"他像傻了一样，什么也没说，依然站在车上。小舅子跳下车，把自行车扶起来，弄到了车上。

　　何平回到家里也总惦记着父亲，可她无能为力，自己每月不到一百块的工资，养孩子都不够，每天还要看建平的脸色行事。建平每天骂她就像吃便饭，稍不高兴就动起拳脚。这孩子每天夜里依然哭闹不止，都是何平起来哄孩子，有时刚把孩子哄睡，建平又上来，她要是不从，那就是一顿暴风骤雨。

　　这天也是，何平刚把孩子哄睡躺下，建平就爬了上来，何平今天不知为什么，心里烦躁，坚决不从，两人就撕扯起来。何平怒斥道：

　　"你有没有人性啊，孩子一宿宿哭，你也不管。你让我睡一觉再说。"

　　"哭死才好呢，一个小杂种。"

　　"她是小杂种，你就是老杂种。"

　　"我给你当替罪羊就不错了，还帮你看孩子！"

　　"你就是畜生、疑心病、魔鬼在世。谁和你在一起都得倒一辈子霉！"

　　"你整天想别的男人，给我戴绿帽子，还想让我对你好？你就是我的工具，不玩儿白不玩儿；反正别人也不少玩儿，你个烂货。"

　　"那是你，整天惦记别的女人，不好好过日子。"

　　"我那是爱情，你有吗？"建平自豪地说，"我就爱她，喜欢她，永远都不会爱你。"

　　"爱她和她过去呀！谁也没拦你。"

　　"我就看不上你。当初不是听说你有四千块钱，我也不能要你。"这倒是实话。

　　"活该，谁让你自私了。当初我还没看上你呢，像个老爹似的。"

　　建平一听没看上他，一脚跳起来，骑到何平身上就抡起拳头，怎么打都

发泄不了他心中的怒火。

何平被打得遍体鳞伤，耳朵都是青的，头涨得老大，为此第二天也没做早饭。而建平，他是一顿饭不能少，专找好的做。他做好饭，就自己"呱嗒呱嗒"吃上了。他下兜齿，吃饭总有声音。

何平起来后，给孩子弄点儿吃的，建平是不会管孩子的，这孩子就像何平从娘家带来的。孩子小，什么也不懂，但她会看脸色，似乎知道妈妈受了委屈，一声声地叫着："妈妈，妈妈。"

何平什么也没吃，收拾收拾就准备回娘家。她抱起孩子就去了后面边防检查站，检查站里住了几个当兵的，也是客车停站的地方。等了好长时间也不见客车过来，使她心里七上八下。今天是小年，穷馊馊地回去，家人面上不说，心里也不高兴。可她今天就是心乱如麻，坐立不安，心里总是酸酸的，眼泪就是止不住。她的眼睛哭得像两个大粉桃，孩子搂着她的脖子。不一会儿，过来一个学生家长与她搭话，她感到很尴尬，学生家长也看出了她的不悦心情，赶紧逗孩子。

"你叫什么名？"

"我叫萧华。"小家伙给自己起了个名，让何平感到很惊讶。

"她叫萧悫。"何平露出一丝微笑，"这孩子，自己会起名了。"

见车站人越来越多，何平决定不走了，抱着孩子又回去了。回到家，放下孩子她就感到莫大伤心，躺在炕上放声痛哭。建平走进来骂道：

"你爹死啦？你报庙地哭！"

何平不理他，继续哭。其实，这时的老父亲正处在弥留之际，他多么希望儿女们能送送他，可他只看到了小儿媳妇和不能原谅他的老伴在送他。这些儿女，他最放心不下的就是六女儿——找了个不爱她的女婿不说，还整天挨打挨骂。

这一天，何平也预感到有不幸的事情发生。虽然今天是小年，可她心里只感到万分伤心，没有一丝过节的意思。

由于信息不畅，家里人没把父亲去世的消息告诉她。直到过了年，初三的学生提前开学，一个学生是何平娘家那个村的，她来到学校后就先去了萧老师家。当何平向她问起娘家情况时，那学生说：

"我何姥爷年前去世了，你们不知道啊？"

何平感到很震惊，这么大的事儿，兄弟姐妹们怎么没通知她？不由得泪水哗哗而流。建平说：

"回去你骂他们，是不是人？这是父亲。"

何平什么也没说，立刻收拾东西，一家三口回了娘家。

本来这几天她就想回去看看父母的，没想到，再也看不到父亲了。父亲给她留下的印象是慈祥，疼爱儿女。记得小时候，一次父亲买回一包炉果，进屋就放到炕上，打开包，孩子们一拥而上抢着吃。当何平抬头看看父亲，父亲正看着他们笑得很开心。这一幕，永生刻在她脑海里。那时，她还没上小学。

回到娘家后，母亲给她讲："由于是小年，所以第二天就把你爹送走了。"后来母亲又带他们去看了妹妹的新家。妹夫一看就是个老实人，据说他们家人都很懒，妹妹要嫁给他，全家上下都不同意，并且他们家比较穷，可妹妹非要嫁他。何平给了妹妹一百块钱，算是补上了结婚的礼钱。妹妹脸上洋溢着幸福的笑容。

他们只在娘家待了两天就去了婆婆家，在婆婆家也没待几天就开学了。

二十六、疑心病

　　这是个春暖花开的季节，何平又感到身体不适，并且这个月的月经也没来，可她已经想措施了——戴环了，怎么还能怀孕？她又等了几天，还是没来事儿，到了周末，午后她就把这事儿跟建平说了，建平一听又炸庙了。

　　"这孩子可不是我的，你都想措施了，怎么还能怀孕？"

　　"你不是人吧？就不是你的。"何平火了。

　　"跟谁弄出的孩子让谁领你去做。"

　　"跟牲口弄的。"

　　"反正这孩子肯定不是我的，我不管，别让我伺候你。跟别人弄舒服够了，找我算账。"

　　"你就不是人，净说鬼话，有你这样做男人的吗？"

　　"是啊，你要觉得我好你就不乱搞了。"

　　"你才乱搞呢！"

　　两人吵了起来，建平一动身，吓得何平赶紧用胳膊去挡头，她被打怕了。两人吵了一会儿，何平不爱理他，红肿着眼睛，抱起孩子离开了家，向北面山下的一个小桥而去。这里是她的避难所，位于半山腰，很少有车辆经过，并且景色优美，使她好似步入茫茫天宫，山青水绿，鸟儿鸣鱼儿跃，此时这个天台就是她和宝宝的乐园。

　　孩子虽小，但她知道爸爸妈妈又吵架了，妈妈不高兴，所以很乖，妈妈要抱她，她就说：

"妈妈，我自己走。"

"别摔了，妈妈抱。"

"不会摔，妈妈累。"

看着孩子这么乖，何平鼻子一阵酸楚，泪水涔涔而下。这个不幸的孩子，怎么托生到这个家里，父亲一点儿不疼爱她。

站在这半山腰，何平遥望着远处层层群山，思绪万千。茫茫云海深处，可有天宫？为什么自己的命这么不好？别说搞破鞋，连个异性朋友都没有。她带着孩子在桥下小河里抓鱼，孩子玩得好开心。

夜幕降临，附近的村庄灯光亮起，孩子也饿了，她才抱起孩子一步一停地向家而去。

没几天，她请了假，去了县城。因为趁怀孕时间短好做，怀孕月数超过三个月再做大人就遭罪了。到医院一化验，果然怀孕了。医生给她先做人流，再取环，她遭尽了罪。那个医生是个老太太，挺好，说："你丈夫真行，把环都顶到肚里了。"

听到"丈夫"一词，她感到很陌生，她从没觉得他就是自己的丈夫，只觉得他就是魔鬼。

医生又说："回去好好养，第一个月来事儿就要小心点儿，可以先吃避孕药，等身体恢复恢复，你再来，我给你戴大号的环，就不会再怀孕啦。"

何平回到家把这些事儿跟建平说了，建平没有一丝心疼她的样子。何平只休了两天假就上班了，她看不了建平那愁眉紧锁的脸，并且每天总是敲山震虎。其实这次做完人流，虽然请了两天假，但何平在家里没闲着，三顿饭照做，她怕挨骂。就这样，建平也不高兴，从没说：我来做饭，你刚小产，别着了凉。何平心里苦苦的。

由于怕再怀孕，第一次来月经后，她就开始吃避孕药，可避孕药的副作用太大，使何平每天头昏脑涨，胃也难受，不爱吃饭，这避孕药折磨得她整日像个吊死鬼。于是她就要求建平用避孕套，每次用避孕套建平都不高兴，他说不得劲儿，别扭。没办法，她又去买一种避孕膜，用了一段时间，还可以。由于每天太忙碌，她就没急于再去戴环，可是不到半年，她觉得自己又怀孕了。

她又请了假，去了县城医院，经过化验，的确又怀孕了。医生埋怨她没来戴大环，她也觉得后悔。因此，又做了一次人流。

回到家，建平还是老样子，阴阳怪气地说："人不着调就爱怀孕。"

何平不理他，他就继续絮叨。

"我哪有那么好的种，让你总怀孕。这野种就是好使。"他话题一转，"你连中学生都勾引，什么事儿做不出来。"

"你放屁。"何平带着疲倦的身躯反抗，"那是你！"

"你还嘴硬，见到人中学生半大小子就掏出奶子喂孩子，那不是勾引是什么？"他还火了。

"你简直不可理喻，颠倒黑白，不得好死。"何平不知骂什么好，"我喂孩子的时候那个学生进来了吗？不是我先喂的孩子吗？他没站稳脚不就被你弄出去了吗？"

"不弄出去你不把那个奶子也掏出来啦！"

"你满嘴胡诌，老天会惩罚你的。"

这样的日子成了家常便饭，建平哪天要是不侮辱何平两句，他都过不去这一天。据说，他没结婚的时候，在家里也总和弟弟妹妹打仗，父亲一点儿看不上他。

因此，何平没有在家休假，第二天就准备去上班。早晨还没走，建平就用奚落的语言说：

"这么着急去见人家，去诉苦，说我疑心病？！"

何平不理他，但肺里都气炸了。她已没了力气和他吵，上炕找袜子，找了半天就找到了一只，无奈，她也不想再找了，只穿一只袜子匆匆离开了这个家。她知道建平会送孩子去保姆家的。

上午，在给学生讲课的时候，不经意间，看到脚下有只袜子，正是自己早晨要找的那只，她赶紧捡起来放进讲台里。

中午，她把孩子从保姆家接出来，去商店买了点儿吃的，就回了班级。刚进班级，学生丁晓雅就进来了，她是中学校长的女儿，她妈妈也在中学上班。她很机灵，在班里只站了一下，就回家了。

晓雅回到家对妈妈说："我老师带着孩子在班里呢，好像没吃饭，在吃饼干呢！"

她妈妈是个热心肠，不禁有些伤感，用同情的语调说："这两口子准是又打仗了。那萧老师是个魔怔，整天疑神疑鬼。"

　　她边说边用碗盛了一些刚吃剩下的豆角，又拿了两张油饼，用干净纸包上，给了晓雅，晓雅立马给老师送来了，这让老师很感动。

　　下午放学，何平也没有回家的意思，她太害怕建平了。因此，下班后，她把孩子又接到了学校。在她抱着孩子正准备进班级时，学校教导主任隋坚强看到了。她是建平表哥的亲表妹夫，他表哥与这个表姐是一个爷爷。所以，何平进了班级没多大一会儿，这个表姐就来了。显然是这个表姐夫回家说的，她家就在学校后面。表姐把她让到了家里，帮她抱孩子。这孩子白天很乖，也不睡觉，夜里是一宿宿哭，似乎长两个大脑，也许是上天安排她来折磨母亲的。

　　表姐做了两个菜，吃过晚饭，表姐夫把谢校长找来了，大家商量着把萧建平弄来，好好教育教育他，并且表姐把管教育的王乡长、也是建平的同学找来了，大家都聚在这个表姐家。建平看上去很关心孩子，进来就把孩子从何平手里接了过去。

　　大家坐下后，谢校长拿出做父亲的姿态，首先开口了。

　　"你说你们两口子，来到这儿两年，打仗打出名了，不怕人笑话？"

　　"是啊，"王乡长接着说，"老同学，一个家庭有什么可打的？你看，何老师长得也漂亮，你怎么不好好珍惜呢？"

　　"你们孩子也有了，怎么不好好过呢！"表姐插了一句。

　　"我们常常看到何老师两眼肿得像个桃子似的来上班，你们有什么可打的？"谢校长一口山东腔，"这不影响工作吗？何老师本来请病假了，可她还来上班，这说明什么？"他没说出口——何老师刚刚小产。他看看萧建平，接着说："作为丈夫，不知心疼媳妇，那还是男人吗？"

　　"有什么大不了的问题解决不了啊！"王乡长说，"我们家也打，但是打完就拉倒。我能忍，不和她一般见识。"

　　表姐表姐夫是一对老实人，从不得罪人的。萧建平抱着孩子一声不吭，大家为何平说话，何平只觉得心里酸酸的，泪水悄悄地向外流。

　　"我看何老师嫁给你白瞎了！"谢校长还想说什么，但又咽了回去，"不能过就离！不能整天让你往死里打，离了得了！"

　　"是啊，打人是不对的。有事儿说事儿，干吗总动手呢！多伤感情。"表姐夫说。

"我说老同学，咱能不能好好过日子呀，啊？听我的，把媳妇领回家，以后别再有这种现象，多让人笑话。"

经过大家一番劝说，建平也说了自己不对，并且说给各位添麻烦了。他很会装人，何平同他回了家。

建平把何平领回家以后，何平更遭殃了，建平常常对她旁敲侧击："老谢还给我开批斗会，让你同我离婚，离了嫁给他？他都快成你爹了。我看你俩就有事儿！"

"他是好心，拿出老父亲的样子说说你，让你好好过日子。"

"好心？他是别有用心。我看你这次做掉的孩子没准就是他的。"

"你放屁，他老婆也在学校上班，他根本就不是那种人。"

"你怎么知道他不是那种人？你挺向着他呀！"

从此，这个老谢就挂在了建平嘴上，常常一进屋就学老谢那副山东腔喊："何平！何平！"气得何平半死。

何平觉得自己比窦娥还冤。自己清清白白一个人，被他整天埋汰得人不人鬼不鬼的。心肠好的人认为她是好人，心肠不好的人，就觉得她不正经。人能让他都交下吗？

这回，她时刻记着第一次来完月经后没几天，就去戴个最大的环，医生说，这回不会怀孕了，她才感到有些轻松。

二十七、苦不堪言

这年年底全县兴起买国库粮热潮，如果你是农村户口，要是买了国库粮就相当于城里人。学校没转正的老师都买了国库粮，只有何平买不起。因为县里明码标价，两千五百元一个国库粮。如果你买国库粮，可以花钱转工，再参加以工代干考试。

寒假里，他们回了婆婆家，婆婆正张罗着给建丽、建国买国库粮和转工，何平感到很失落，没有一个人提到要帮她买国库粮和转工。

在婆婆家待到腊月二十八，婆婆也没有留他们过年的意思。并且时不时地说："等你们走给你们拿几块肉。"

建平知道母亲在撵他，这天早晨赌气冒烟儿地带着老婆孩子走了。

一路坐车风尘仆仆，回到宛如冰窖的家。两人进屋就开始忙活烧炉子、烧炕、挑水做饭。

因为马上过年了，第二天何平就坐车去了县里购买年货和过年的新衣。她先给建平买了一件毛衣、一个背心、一条裤子、一个裤头、一条衬裤、一双白袜子，给孩子买套衣服，买双小袜子，自己买个红裤头。

她背包罗伞地从县城回来，一进屋就一一地给建平和孩子展示自己购买的东西，一年中，只有这个时刻何平才能见到建平满心喜悦的笑脸。当然，这时建平也会说上一句："你自己也买件衣服啊，一年到头，老牛老马还过个年呢！"

这时，何平就会找个借口，说："我不缺衣服。"

其实，她兜里有多少钱她知道。只要建平高兴，她心里就乐开了花，比过年都兴奋。

这个年还同往年一样，其他那几家不是回婆家就是回娘家过年去了，这个大院只有他们一家有灯光。白天建平看孩子，何平到树林子里去拽树枝，回来再剁成小段撂起来，这个假期她用树枝木棍给自家围了个小围墙。

过完年，建平到附近村子表姐家借了头牛，拉了几天木头，然后三弟建杰来帮他把木头截了。他们也常常黑天到周围树林里去伐不成材的树木，回来立刻截了就烧炉子。别看是湿木头，扔到旺火上呼呼着。

很快开学了，大家聚在办公室谈着年前买国库粮和转工的事儿，谈得热火朝天，显然人家都有钱，即使没钱婆家和娘家也都帮忙，只有何平灰溜溜的，她也不插言，默默地备着课。她别说两千五百元，就是一千元也没有啊。当时有个嘴尖舌快的女老师，比她大两岁，就像个欠儿登似的对她说：

"何老师，你买没买国库粮？"

"没有钱。"

"借呗，买了国库粮就转工了。你看我们都买了。"

何平笑笑："不买了，听天由命了。"

没几天，教委下来通知，以工代干的可以参加全省转干考试，何平立刻傻眼了。下班回到家她默默地流眼泪，建平这时似乎有了点儿人情味儿，安慰着说："急什么，慢慢来呗！早晚还会有机会的。"

可这些参加转干考试的同事们，一个也没考上，何平心里似乎好受点儿。倒不是不愿意让他们考上，而是怕自己落别人太远。

春天到了，每年这时学校都串休采野菜，这个时候也是抓钱的好时节。能干能吃苦的这段时间就能挣一两千块钱，而上班族只能挣个三五百块就不错了。

采野菜时节一过，人们就开始种小菜了，每天忙忙碌碌地收拾小菜园，建平也一样每天挤时间种菜园。这是个星期天，也不知建平什么时候出的屋，因为孩子总是一宿一宿地哭，何平像死猪一样在炕上和孩子睡着觉，也许觉得是星期天，所以放心大胆地睡。

建平出去的时候把门上了锁，他从小菜园扛着镐头回来，开了锁，进屋

一看何平还在睡觉，气就不打一处来，像个疯子一样，转身从外屋拿起一个大木杵子照着何平酣睡的脸杵了过去。何平正在梦中，这一杵子杵在脸上，吓得她像诈了尸一样跳了起来。她还没坐稳，还没睁开眼睛，就听建平怒吼："你长没长心，我出去干活，你怎么还不起来做饭？"

何平脸上从额头向下，像被十指挠的一样，一丝丝血印子渗了出来。她被吓傻了，瞪眼看着建平，不知发生了什么，又觉得自己是不是在做梦。一时只看到建平的嘴在一张一合。孩子一宿哭累了，一到早晨就睡得很香，父亲的咆哮声也没惊醒她。

等何平缓过神来，她先看看孩子，不知建平又要的哪股风。她把孩子推到炕里，怕建平伤害到孩子。他哪像个父亲，不考虑考虑孩子，吓着孩子怎么办？他像个小丑一样在地上踹着东西，七百年的糠八百年的谷也都是他自己编造的，他骂惯了，似乎在他心里就是事实。什么世上没有无缘无故的爱了，陈佳玉怎么关心何平了，什么车站鹊桥会了，什么老谢给他开批斗会了，什么勾引中学生了……

这个星期天，何平像在十八层地狱里，但她依然要辩解，因为不辩解不就默认了吗！那些荒诞的语言，让她心碎。为了不打扰孩子睡觉，何平拎着衣服穿上鞋到客厅去穿衣服，她怕吓坏孩子。

她穿好衣服就开始做饭，一时也觉得自己做得不对，人家出去干活，你不做饭，显然理亏。她被骂怕了，整日胆战心惊。

这些天建平心烦意乱，因为前两天朴玉来了这个中学一趟，这个中学有她的一个同学，更主要的她是来看看建平。她的同学和建平是一个办公室的。朴玉说她马上要结婚了，找了一个大学生，人不错很爱她。临走的时候，她的同学没送她走出多远，因为她看到萧建平跟了上来，就心领神会地退回去了。

建平追上朴玉，两人四目相对，不由得都潸然泪下。他们默默地走进一个岔路口，相拥无语。建平好像有好多无奈，最后还是朴玉先开了口。

"我要结婚了。"

"他很爱你吧？"

"嗯。"

"那就好。"建平怕有人过来，放开朴玉，"如果我现在离婚，你还能跟我吗？"

朴玉很为难。她知道建平不爱何平，至于为什么不爱她不晓得。建平是个极其小心眼儿的人，他就是因为何平第一面没看上他而始终耿耿于怀。他是个自以为是的人，总以为自己是个了不起的人物，并且家里还有做官的人，应该谁看到他都会一见钟情。可何平第一眼看到他，就觉得他像个老父亲，太老了，脸庞酷似搓衣板，让她心里冰凉。别说钟情，多看他一眼心里都难受，觉得自己掉价。

建平孩子都满地跑了，再和他到一起后患无穷。再说建平也曾抛下她选择了何平，一时，朴玉心里很矛盾。她现在的男朋友，是她主动投怀送抱谈的，他们早已同居。此时，她像迷失了方向，处在人生的十字路口上，最后她还是开口了：

"你好好和她过日子吧！把我忘了吧！"

"我忘不了你！"

因此，这些天建平像丢了魂似的，疮痍满怀，心事重重，看什么都不顺眼。回到家，看到孩子就骂："小野种，找你亲爹去。"何平也不理他，他就阴阳怪气地说："承认了，是吧？！"

何平不知朴玉来过幸福中学，在她看来建平和朴玉早就结束了。这个傻女人，一生没谈过恋爱，她哪儿晓得脚踩两只船是什么滋味。

当她做完早饭，洗脸的时候，感到脸上火辣辣地疼，照照镜子，才知道脸已被建平用木杵杵得一道道血淋子。她没敢说什么，只感到建平这几天反常，不是骂孩子就是骂她。这几年，她在建平面前很少饱餐过，她怕建平骂她："干啥啥不行，吃啥啥不剩。有你粮份吗？你妈给你拿粮啦？像个猪似的吃。"

吃过饭，她用孩子的爽身粉拍了拍脸，这样那一道道血淋子就不那么显眼了。何平有一种不祥的预感，心里总是惴惴不安，好像要发生什么。她很少正脸去看建平，建平放下碗筷就到学校办公室去了。他在办公室里来回踱着步子，一会儿坐下想写诗，一会儿坐下想写信，最后决定写信。他很有文采，字写得也潇洒，写完信装进信封，就到前面邮局去了。

这一天，建平只要在家就挑肥拣瘦，不是嫌菜咸了就是嫌屋里乱了，要么就骂何平像个猪似的就知道睡。是啊，这孩子总是成宿的哭，何平从没睡过

囫囵觉，而建平呢，孩子这么大了，他夜里从不管，哪怕有一次他管孩子，让何平多睡会儿都行。而早晨再不爱动，何平也得起床做饭。小东西白天倒是不作人，可她也不睡觉啊！人家孩子夜里哭白天能睡觉，这样大人找时间也能睡会儿，可这萧愿，夜里一宿宿哭，白天也贼精神，真是天下奇葩，也真要人命。

建平走后，何平把孩子喂饱，就开始收拾家，用脸盆一盆盆洗衣服。萧愿在一旁总是帮倒忙，不是把妈妈洗好的衣服拽到地上，就是弄得自己满身是水，何平还得把她身上的衣服脱下来再洗。

中午，建平哭丧个脸回来了，何平吓得不敢吱声，吃饭时也小心翼翼。可越怕有事儿越有事儿，孩子不小心把汤碰洒了，洒到了他的身上，他拍桌而起，吓得孩子"哇"的一声哭起来，他顺手把一碗饭摔到了地上。何平赶紧说：

"我给你洗呗！至于吗？"

"弄个野种来，就没让人省过心。"他边骂边瞪着孩子。其实他也没有胃口，心事太重。

"我看你才是野种。"

本来建平已到厨房，听何平还嘴，转身回来吼道："别忘了，你那三个月的孩子哪儿来的？"

"我跟你时是堂堂正正的大姑娘，是我跟你说的大夫说有三个月。"

"一共就四十八天。"

"你是魔鬼呀，大夫就用手摸摸说的。"

"那就是科学！"

"你真是不可理喻，无赖、流氓。"何平抱起孩子。

"你有能耐带这个野种滚，省了我看着上火。"

"你以为谁愿意和你过呢！"何平说着气话。

"那正好，下午你赶紧给我搬出去，我和你过够了！"他声嘶力竭地吼起来。他在自家吼，邻里都竖起耳朵听，都在窃窃私语："又打起来了，这日子怎么过。"

这时孩子已经不哭了，何平把孩子放到炕上，起身向外走，刚推开房门，房门上一块玻璃掉了下来，瞬间把右脸划了一公分多长的口子，鲜血立刻流了

出来。她全然不顾，走出家门，奔她的避难所后山而去。爬到山顶，坐在山尖上，心里涌起不尽的遐想，不知不觉睡着了。

天黑乎乎的，建平亲热地走过来，摸摸她的脸，说："怎么啦，不小心，疼不疼？"

"疼。"何平感到身心都在痛，又感到建平给了她一股股暖流，可一晃，建平又不见了，到处是黑乎乎的，又似乎在一个小屋里，可屋里连个门也没有。于是她起身到处寻找门，就是找不到，四面都是墙，正在迷茫之中，一声鸟叫惊醒了她，竟是一场梦。

右脸还在一点点渗血，她不断地用口水擦着右脸。她坐起来，想到了孩子，不知建平会不会虐待孩子，又一想虐待就虐待吧，反正是他的孩子。

天黑下来，她返回了家。一进屋建平就向外撵她，她不理他，孩子在地上玩儿。建平像中了邪似的，一遍遍向外撵她。

"又去找你相好的诉苦去了？和别人搞舒服了回来了。赶紧收拾你的东西给我滚，乐意跟谁搞就跟谁搞去，搞烂了才好呢！"

何平不理他，他就无休无止地骂，高一声低一声地咆哮着，孩子吓得往妈妈身边靠。突然，他跳起来，拎起一个皮箱扔在地上："收拾你的东西，滚！"

于是，何平收拾了些衣服，就拎着大皮箱向女学生宿舍而去。这是星期天，下午学生都陆续回来了。她和女学生说明来意，几个学生帮她把皮箱放到了床的上铺，她又回家取了趟行李，然后就到了小学校自己的班级去了。

天已经很黑了，何平在班里不是批作文就是备课，很快就十点钟了，大街上一片黑暗，到处万籁俱寂，她赶紧收拾收拾回到中学。可是一进中学院里，学生宿舍都已关灯了。她穿的是半高跟皮鞋，走路"嘎噔嘎噔"地响，特别在夜里更是清晰。她走过男女生宿舍，没好意思敲门，可想了想又走回来了，站在女学生宿舍门口举起手又放下了，她不想惊动学生，停了片刻就又回小学班级去了。她在班里住了一宿。

第二天，中学院里几个小男孩在议论着："咱们这院里有鬼，昨天半夜我们听到外面有嘎噔嘎噔的脚步声，在我们窗前一遍遍地响。"

另一个小男孩对几个女同学说："小心点儿，晚上别出来，别让鬼把你们抓去。"

几个女同学听了吓得直抱肩。

何平上班后，免不了人们要问她的脸怎么了，她就故意说："上山划的。"是啊，打仗也打不成这样啊——都是硬伤。

中午何平去接孩子，幼儿园阿姨说没送来，下午再去接孩子她们说也没送来，因此她回到中学，来到女老师宿舍，一打听，建平上午没上班，下午快下班的时候来了，她才清楚是怎么回事儿。

二十八、二次离婚

　　建平撵走何平，就只能自己做饭照顾孩子，孩子夜里不断地哭，气得他不断地骂："你妈死了你老哭。"这孩子夜里从来都是不管你问她要什么，她就是不说，"咿咿呀呀"就是个哭，这一宿折腾得建平起来好几次。给她拿水不要，给拿吃的不要，让她尿尿，尿完还哭，气得他快发疯，几次伸手要打又把手缩了回去。他实在受不了，所以决定把孩子送给母亲去。

　　周一早晨吃过饭，他就把孩子的东西收拾收拾，在外面碰到一个老师，让她给带个假，就抱孩子走了，他把孩子送给了母亲，下午又坐车回来了。

　　何平在女学生宿舍住，也就是晚上来住一宿，白天就在班级里，就是办公室她都很少回去，有时她呆呆地望着面前操场上体育课的学生，孩子们在快乐地蹦跳玩耍着。在这大好的春光里，人们忙碌着，街道上人来人往，都为自己的小日子奔波，家家房前屋后的菜园里都已长出绿油油的小菜。

　　这种凄风苦雨的生活，使何平整日胆战心惊。从成家以后，她就没过上一天舒心日子，就更谈不上幸福二字了。旅行结婚回来，第一顿饭是撅了几根柳条当筷子用的。那时，建平经常往家里拿着朴玉的信，特别是朴玉送他的那樽瓷马，至今也不知珍藏在何处，他就像爱朴玉一样爱着那樽瓷马。他们本在一个单位，却每天都活得那么纠结，并且有一天朴玉又送他一支钢笔，说是她爸在县委开会时得的，非要送给他，他没要。两个精神病一样的人，爱得肮脏，经常偷偷摸摸在一起，给何平带来了无尽的伤害。

　　没过两天，下午放学，何平坐在教室里幻想着：建平肯定会来接她回家，

说："我错了，跟我回家吧，以后我一定好好对你。"她设想着各种美梦。

傍晚，何平正开着灯在教室里发呆，建平果然来了。他一脸怒色，进屋就说："明天咱俩去把婚离了，我也不耽误你。"其实是怕耽误他自己。

"好。"

"明天上午九点去乡政府。"

"行。"

他如释重负地走了。

第二天，两人如约而至。不管两人怎么说，管民政的老大姐就是不给他们办。这个大姐很有经验，对他们说："今天我有事儿，得马上走。"

何平也来了倔劲儿，说："你走吧，我就在这屋等着，不走了。"

"那不行啊，我屋里有东西，我得锁门。"

"我给你看着。"何平说。

"今天不给我们离我们就不走了。"建平说。

民政大姐那都是借口，她走了出去，到别的办公室去了。她以为她一走，那小两口就走了，可两人在屋里倒坐下了。她俩来到这里没几年，打仗却出了名，都晓得萧建平能打媳妇，往死里打，周围的人很气愤。快下班了，老大姐回到办公室，见两人还在，也就坐下了，苦口婆心地教育着，可两人滴水不进，执意要离。无奈，大姐只好给他们办理。当谈到孩子时，建平抢先说孩子归他，他以为他先说要孩子，何平肯定要争孩子，而何平很镇静地说："行。"

他有点儿傻眼了，提到抚养费时，建平说："不用她，我自己养。"

拿到离婚证，建平脸上露出笑容，扬长而去，而何平心已碎，眼泪如泉而下。老大姐问她："你的脸是不是打仗打的？"

何平点点头，马上又否认说："不是，撞门上了。"

"不过就不过吧，也别遭罪了。说明他心里没你。"

真是好事不出门，坏事传千里，很快周围的人都知道他们离婚了。下午下班后，何平正走在乡政府门前，碰到了乡政府的妇女主任高爱华，其实她是特意堵她的，真是天下自有大好人，当然何平是不知的。她对何平说：

"何老师，你现在住哪儿？"

"在中学女学生宿舍。"

"这样，你住到幼儿园去，还方便些，我这有钥匙。"

何平一时感动得不知说什么好，接过钥匙，一再说："谢谢你，高姐。"

"不用谢，我走了。"

何平望着高姐的背影，心里一阵难过，鼻子酸酸的，用手捂住了鼻子，眼泪差点儿出来，她控制再控制，不想让别人看到她软弱。因此，她搬到了幼儿园去住。

在搬东西的时候，建平教的一个女学生叫王霞，也主动帮她搬。因为建平也是班主任，星期天的时候，他常常招来一些女学生，因此王霞就与何平认识了。东西不多，两趟就搬完了。从此，何平就让王霞陪她住。王霞家在乡下，这孩子很实在，有一不说二，别看她人小，但有颗善良的心，她也很同情何平。

建平拿到离婚证，心里有说不出的亢奋，设想着同朴玉相见的种种美景。他觉得朴玉才是他真正爱的女人，家里条件又好，还会说话，声音甜甜的，虽然个子矮点儿，但人长得漂亮。因此，下午他就请假去了永河镇，全然不顾地找到朴玉，晚上两人如约走出小镇。

建平心急如焚等来朴玉，就要上前拥抱，朴玉这次挺守妇道，让开了建平的双臂，建平感到不妙，就把离婚证掏了出来，朴玉有些惊讶。

"你为什么要离婚呀？我都说我有对象了，我们马上要结婚了。"

"不是没结吗？为了你我什么都可以不要，我是真心爱你的。"

"可咱俩是不可能的了。你太草率了，离两次婚了！"

"都是为了你呀！"

"为了我，"朴玉停了一会儿，"我给过你机会，可你后来还是选择了她。"

"那是我一时糊涂，以后我加倍补偿你。"他顿了顿，"我宁可借钱，也要把你风风光光娶到家。"

"可我……"朴玉欲言又止，"我们结婚日子都定下来了。"

"他爱你吗？"

"是的。"

"我现在才懂得什么是爱，你是我一生一世唯一爱过的女人，我不会去爱第二个女人。"他落下泪来，朴玉递给他一条小手帕。

"你的孩子归她妈抚养啦？"

"我妈看的。"

这更坚定了朴玉的决心：跟你，我进门就得当后妈，非把我爸气死不可！于是，朴玉安慰他说："以后和何老师好好过，咱俩今生无缘，来世吧！"不禁也落下了泪。

建平几次去抓她的手，都被她拒绝了。不管他怎么苦口婆心地求，朴玉都没有改变态度。朴玉有难言之隐，他似乎也感觉到了，但不便去问。最后还是朴玉自己说了。

"我怀孕了。"

他傻了眼。为此，他很是苦恼了一阵子。他现在是鸡飞蛋打，本以为离了婚，朴玉就能跟他，其实朴玉心里也记恨他，只是不表现出来而已。他第一次离婚后，朴玉和他生活了二十天，可他也不珍惜，抛下她去选择了何平，让她伤心了好一阵子，他根本体会不到。朴玉对他已不存在爱。

当建平摸黑骑着车子回到母亲那儿，母亲就一再向他抱怨："我这些孩子也没你一个孩子能闹。这孩子太能哭了，一宿宿不让人睡觉。你说她晚上哭，白天是不是该睡点儿觉？可她白天一眼不合。"母亲叫苦不迭，"没招了，白天她大姑把她带学校去，我才能睡点儿觉。"

建国更是厌烦地说："烦死人啦。"

"不过，这孩子半拉瓜脑袋可长出来了。"母亲转过了话题。

"这孩子是能哭。"父亲说。

因为夜已深了，孩子睡了，建平摸了摸她的头。他愁眉苦脸的样子，对母亲絮叨着朴玉要结婚了，母亲问他："你离婚是不是为了她？"他没吭声，父亲在一边很是生气，说：

"拿婚姻当儿戏，我看何平给你都白瞎了。你就作吧——不怕丢人。"

"我看大嫂挺好，"建国说，"我看你是在搞婚外恋！"

"你懂啥！"建平说，"我根本不爱她。"

"不爱她你结什么婚？"建国说，"这就是得到的都不是好的，得不到的就是好的。"

"不是岁数大了吗？得成家呀！"建平不耐烦的样子。

"什么爱不爱的，"父亲急眼了，"能跟你好好过日子就行呗！"

"她不正经。"说这话他也不怕死了下油锅。

　　"我看就是你找事儿，不正经你抓到了？整天疑神疑鬼，我看就你不正经。"父亲说。

　　"别吵啦。"母亲赶紧打圆场。

　　父亲肝不大好，蹲在地上的墙角里，他是真看不上这个大儿子，一辈子跟他操老心了。

　　建平回到幸福乡后，很是消沉了一阵，白天除了上课就是看书。他有个同学，叫张新权，原来在这乡政府上班，现在调到县教委去了，但家还在这儿，住在中学前面，星期天他就去他家，两人很是谈得来。因为建平九岁之前家就住在幸福乡附近那个叫大岗的村子里，他和张新权是发小，两人很要好。这也是他要来幸福乡工作的原因。

　　一晃放暑假了，每年暑假里合同工老师都考试，当何平要去县里考试经过中学路口时，目光刚移过柳树丛，就看到中学男老师们在清理水沟，而萧悫跟在父亲身边，穿着以往别人穿旧的半截小毛衫，土了吧唧的，可怜巴巴地站着，何平立刻脱下外衣蒙在头上。孩子就是小，没看出母亲，何平鼻子一酸流下泪水，匆匆而过。

　　何平考完试回来，王霞也从乡下赶回来和她做伴儿，两人说好天一黑就把门插上了。刚插上门，就听到一阵急促的敲门声，好像电视剧里的土匪砸门，吓得她俩全身一激灵。何平赶紧定了定神，王霞已跳到炕里，何平来到外屋，一眼就看出是建平的身影，可她还故意问道：

　　"你是谁？"

　　"开门！"

　　"有啥事儿白天再说呗！"

　　"不开我就砸了。"

　　借着窗户射出的灯光，何平已看到他手里拿着东西，赶紧战战兢兢地开了门，然后慌忙跑进屋里，也跳到炕上站在炕里，像面对日本鬼子一样问道：

　　"你要干什么？"

　　"我来拿孩子独生子女证。"萧建平凶神恶煞一般，手里拿个拳头那么大的类似锤子一样的东西。

　　"我找到给你送去。"

"我现在就要拿走。"

何平一时吓得也不知独生子女证放哪儿了，手忙脚乱地翻了翻炕上的皮箱，也没找到，这时王霞站到炕角落里吓得一言不发，萧建平趁着何平翻东西之际，把矛头转向王霞。

"真不要脸，你能在这儿。"言外之意是——你是我学生，不该站在何平那一面，"我看你就是个破鞋。"他也能骂出口，人家还是个孩子。

"你是不是人？骂一个学生。"何平生气了。

"她不是我学生，我没这样的学生。"他像只禽兽一样咆哮，声音有些歇斯底里，显然他是嫌王霞陪何平了。在他心里，任何人都不要帮助何平，谁帮助何平谁就是他的敌人。

王霞一声不敢吭，被老师骂得狗血喷头，心里好委屈，本以为陪师母住老师会感谢她，没承想马屁拍到马腿上了。她在哭老师在骂，何平实在听不下去，向他吼道：

"人家还是孩子，你还叫人吗？骂自己的学生。"她也声嘶力竭地向他质问着，"你有火向我发，别像个无赖似的谁都咬。还老师呢，满嘴污言秽语也不嫌磕碜。"

"你俩都一路货色，没一个好饼。赶紧给我找独生子女证！"

由于恐惧加激动，何平早已忘了找独生子女证，光顾直视他了。何平聪明，因为建平手里拎着家伙，也怕他太激动抢起家伙非打死她俩不可，打死自己不要紧，别伤了人家孩子，所以她声音弱下来。由于靠近路边，很快屋里进来好多人，他们也是听到吵声奔了过来。建平这时像个小丑，向大家诉说着何平当初怀孕只有四十八天，而大夫说有三个月了，那一个多月哪来的？这点儿丑事儿快被他抖落给全国人知道了。何平争辩着："我跟你的时候我是堂堂正正的大姑娘。"乡政府的一个岁数较大的男人说："你家孩子挺像你。"

"不是这个孩子，那个孩子做掉了。"建平带着委屈的哭腔说。

何平此刻肠子悔青了，那个孩子留下就好了。她看着大伙，觉得无地自容，快气吐血了，说："你昧良心说话——我又不是特殊的女人。"她不好意思说"我跟你的时候我是个处女"，她说不出口。

这时，他看到了人群中的乡妇女主任，立刻又把矛头指向她，像个泼妇一样骂道："你个破鞋，还提供她房子住——谁不知道你，就不是个好东西！"

把妇女主任吓一跳，本来萧建平应该感谢妇女主任帮助了何平，而他的思想总是违背常规，气得妇女主任也呜呜哭了起来，让何平很是不忍心，觉得实在对不住高姐。他消息真灵通，怎么知道高姐供她房子住？他希望所有人都不帮何平，这样何平还得回去找他，他心里是很肮脏的。如今朴玉那边不行了，他又回来祸害何平。

萧建平又像个疯子一样，骂人家妇女主任没有孩子都是搞破鞋搞的，满嘴胡言乱语。大家实在听不下去了，几个男的就把他弄出了屋。何平赶紧跳下炕，一再向高姐道歉：

"高姐，真对不起，给你添麻烦了。他这人就是这样，缺德带冒烟儿，满嘴胡说八道，能气死人。"

"明天你搬走吧，别在这住啦——这人简直不可理喻，神经病。"高姐哭着向外走去。何平把高姐送回家，高姐就在隔壁，她一再赔礼又安慰，高姐才消了点气儿，她才忐忑不安地回来。

王霞早被吓傻了，红肿着眼睛坐在炕上，看到何平回来，忙问："我老师不会再回来吧？"

"不知道。你在屋别动，我出去看看。"

外面挺黑，道上已没有人影，她悄悄地溜到自己家，听到屋里有人在说话，再一听是他同学张新权。建平带着哭腔，好像挺委屈，张新权安慰着他，又听到孩子的声音，使何平头发丝都立起来了，一冲动进了屋。

"你看你把我同学弄的，刚才差点儿没投井。"

"是他要离的。"何平不敢多言语。

建平显然刚哭过，把孩子抱在怀里，好像对孩子挺亲，但孩子见到妈妈还是要找妈妈。

"你们拿离婚当儿戏，我要不来出大事儿啦，你可害苦我兄弟啦！"

何平哑巴吃黄连，现在什么也不敢说，只能装熊。她怕建平发疯，一时又觉得建平可怜，她就没想到谁来可怜她。她接过孩子，又想到王霞自己在屋，就对张新权说："新权，你陪陪他，我走了。"

二十九、生成骨头长旧的肉

　　第二天，何平抱着孩子回来，建平脸上露出几丝笑容，对她亲热了许多，她心里感到甜丝丝的。因为建平很少亲热她，只有在发泄兽欲的时候对她好。她就是好了伤疤忘了疼的主，给点儿阳光就灿烂。因此，她主动提出，说一会去乡政府把复婚证办回来，因为昨晚的事儿，建平说他不去，让她自己去办。

　　她去了乡政府，说明来意，管民政的老大姐说，他必须得到场，于是她又回去叫他，于是两人又复婚了。

　　人的本性是改不了的，两人着实安静了一段时间，让邻里也清静了一段时间，大家背地里说："狗改不了吃屎，好不长。"

　　学校考过期中试，天气也凉了，进入了秋天，人们利用周日去山上采松塔、冻蘑、五味子、山核桃等山货，一是为了自己家吃，再一个也是为了赚钱，这时节家家都很忙。建平很少上山，没人约他他是不去的，而何平却不一样，到了星期天有没有伴儿也上山，不是去采松塔就是去采山核桃。有时一人钻进深山里，穿过漂筏甸子，来到一片山岗上，笔直参天的松树像画儿一样，有的一人搂不过来，溜平的地上铺着厚厚的松针，上面到处是落下的松塔，让何平感到自己像进了藏宝洞，有点儿手忙脚乱，顾此失彼，真想把裤子也脱下来装，可装了一麻袋，也背不起来呀，累得她在地上直打磨磨。实在背不起来，她只能倒出一些，边走边看着路线，记着周围树木的样子。

　　第二天她又满腔热血地来了，钻进树林，瞅哪儿都和昨天的路线一样，

于是就向里走去，走出好远也没找到昨天的地方，只听到远处有动物穿梭树林的声音，震得山动树摇。她一时吓得魂飞魄散，心想："完了，死定了。不是老虎就是黑瞎子。"她缩成一团，一动不敢动，气都不敢喘，停了一阵子，好像这东西跑远了，再看看身边，有一堆松塔，但比昨天的小多了。她什么也不想了——昨天那满山的大松塔已忘得一干二净，把这些松塔装巴装巴背起就深一脚浅一脚地冲出了山林。心想："再也不上山了。"

因为每年山上都有出事儿的，不是被黑瞎子吃了的，就是被黑瞎子舔掉鼻子的，这一次让她终生难忘，每每想起来都不寒而栗。建平从不冒这险，他十分珍惜生命，何平把采回来的松塔找时间都打成松籽，最后一点儿不留地换成钱。这真是她用生命换来的钱。

秋天一过，天也就冷了，日子苦点儿不闹心也好啊，可好景不长，何平这些天又觉得身体不对劲儿，例假已过了好几天还不来，平时都是很准的，可已经戴上大环了，医生说这回一定保险，不会再怀孕了。她很苦恼地对建平说例假过了有十来天还不来，建平又拉下脸："日子越穷越有事儿。"何平也恨自己，怎么这么爱怀孕？但又抱着幻想——可能只是例假推迟了。

第二天她请了假去了县里，一检查又怀孕了，她的头都大了，做吧，做人流就像向外拽肠子，脑筋都要崩出来了。做完人流再摘环，可摘环时老太太怎么也找不到环，怀疑环掉了，又让她去拍片子，一拍片子环在肚子里，这又继续摘，把她折腾得上不去手术台。此时她多么想建平能在身边，把她抱上手术台，心疼地握着她的手说："媳妇，让你受苦了。"她想着，不禁眼泪流出了眼眶。老太太在那磨叨："这男人，只知道舒服，不知女人遭多大罪，应该让他陪你来。"

"他忙。"

"再忙也得管媳妇啊。"老太太拿着东西从下面向她肚里擢拢着，好像捡破烂的在垃圾箱里翻东西，认真地寻找着。好长时间，也把老太太累坏了，可算找到了，何平绷着的心才算落地。

老太太说："你丈夫也真行，把环顶到了肚里。"后来老太太又告诉她，现在有一种 T 形环，十分保险，让她下次例假干净后过个三四天来戴。

做完人流，她又去市场买了些东西，才到车站等车。她想象着，回到家，建平一定会露出心疼的神情，让她好好休息，给她拿出被子盖在身上，不让孩

子抓闹她。她觉得自己全身像散了架一样，好像谁一碰她，她的胳膊腿都能掉下来。

等回到家里，建平第一句话就不阴不阳地说："图一时舒服，遭罪了吧！"好像何平每天愿意做这事儿，他不愿意似的。何平什么也没说，上了炕。

"人啊，可别不着调。"他停了停，"我不相信，我的种这么好，百发百中？"何平不理他，他又说："你的繁殖能力也真强，这要让你生，你一年能生俩。"

何平心想：能生八个呢。他见何平躺在炕上，心里就不舒服。何平拽过一条被子躺下了，这时孩子也坐在炕上专心地吃着妈妈给买的好吃的。

朦朦胧胧中听建平在喊吃饭，她实在不想起来，闭着眼睛懒得睁开，后来听到的声音高了，有点儿不是好动静，吓了她一跳，赶紧慢慢坐起来。建平边往桌上端饭边唠叨："我就是傀儡呀，一身贱骨头，伺候人的命。不知戴了多少个绿帽子。"

"我什么时候给你戴绿帽子了？你有病啊，整天都说这些。你知道我遭多大罪？"

"你也享受啦！"他是干点活儿就有怨气，从不心疼人，真让人受不了。

何平本来刚做完流产，肚子被那老太太左一次右一次地撺掇得就差没把五脏摘出来了，到现在肚子还是麻木的，因此有火也发不出来。再说，也没胃口，强忍着说："你们吃吧，我不想吃。"

"行啦，我错了。"他觉得自己有点儿过分。

孩子早已蹭到桌边吃上了。桌上也没什么好吃的，白菜片里有几块肉，大米饭还是煳的，桌上有两个鸡蛋。

这次何平在家休息了两天，因为这次被折磨得够呛，身体实在承受不住了，当然这两天在家也没闲着，有时不等建平回来就做好饭了。她实在不想看到他那张哭丧的脸。

建平从不想想媳妇遭了多少罪，从没想过把一个生命从一个女人肚子里掏走会是什么滋味，他只想到他自己，简直是个唯我独尊、从不考虑别人死活的人。何平了解他，所以宁可自己受苦，也咬紧牙关拼死挺着，总比听到骂声要好受得多。每天只要建平顺心，那就皆大欢喜。

这个月例假一过，数过了三天，她赶紧去戴了个 T 形环，她都被怀孕吓

怕了，老太太说了，这回肯定保险，不会怀孕了。可戴上 T 形环以后，每次建平趴到她身上激动的时候都嫌扎得慌，使何平心里很不忍，像欠了他什么似的。不能让他舒舒服服地释放，她总觉得心里很愧疚。她就是这样，不管对谁，宁可天下人负我，我不负天下人。

与邻里相处也是一样。一次，她坐在外面织毛衣，陈艳给学生做饭回来看见了，说要借她织针，于是她用完就立刻给她拿去了，可过了半年她去陈艳家看到织针，提到她借织针的事儿，陈艳却说织针是她自己的。自己的就自己的吧，她也没强要。

一次，中学主任王伟与邻里一女老师出轨，被小张大夫知道了，小张在校园里大骂："一天不务正业，就知道搞破鞋，没一个好玩意儿。谁搞破鞋谁不得好死。一个个道貌岸然的，净干偷鸡摸狗的事儿。"

何平本想出去劝劝她别上火，刚要推门，一听小张大夫骂的，不是把自己也带进去了吗！要说陈艳是那种人可以，可自己不是那种人——虽然建平总怀疑她跟这个跟那个，可她不是那样的人。真是家不和外人欺。后来见到小张她就当没听到那天的骂声。这一趟房中还有一对中学老师，和他们年龄相仿，孩子也差不多大，是个小姑娘。这两口子都不着调，因为媳妇跟了王主任，男的到乡医院去找小张，说："你家王伟跟我媳妇，你就得跟我。"

他话还没说完，被小张一顿神挠，脸被挠得成了土豆丝。小张有一米七的个儿，长得比较壮。他被小张连骂带挠，狼狈逃窜。小张很厉害，当天晚上去找了这个女老师，把这个女老师也一顿挠。这两口子都挂着彩上班，可他们好像并不感到可耻，还笑眯眯地走在操场上。

真正搞破鞋的家庭，两口子不一定总打仗，而这总打仗的，女人不一定不正经。那不着调的两口子平时过得挺好，而安分守己的媳妇却总受罪。

何平如惊弓之鸟，每天小心翼翼。有时她挤时间看点儿书，建平就把收音机的声音放得老大，使她无法看下去。她撂下书，建平就露出狰狞的笑容，她也不敢炸毛。那个收音机她从不敢碰，否则建平让她很难堪——"这是我妈给我买的，有能耐让你妈也给你买！"他总是一口鄙视人的腔调。

今天何平用商量的口吻说："能把你那收音机小点儿声吗？"

"我自己买的，愿咋听就咋听。要不让你妈给你买个电视吧！"

"我妈给你个姑娘就行啦！"

"我妈还给你个儿子呢！"臭无赖的样子。

"孩子怎么姓你姓？"

"赶紧改成你的姓，一个野种。"

一听"野种"何平就火了，一个名正言顺的孩子，他偏要骂是野种："我看你就是野种。"她反驳着。其实也在声明，我是好女人，孩子是纯洁的。

"一天往死地哭，我看她就是灾星。"他瞪了孩子一眼，"我怎么看都不像我。"

孩子在地上玩得好好的，知道爸爸说她，溜溜地跑到妈妈身边。孩子圆圆的小脸，胖乎乎的，十分可爱。她长得像爸爸，头发也是黄黄的，而何平是黑头发。

"不像才好呢！"

因为这是晚上，何平带着孩子去做饭。也是由于心情不好，脑子里乱哄哄的，做的汤忘放盐了。建平端起汤碗喝了两口，气得来到厨房把勺子、笊篱及锅边乱七八糟的一些东西一股脑儿扔进汤锅里。也是饭前有股底火吧。本来把汤倒到锅里再加上盐就可以吃的，这样一来吃不了了。汤溅得哪儿都是。

"你挣什么命，加点儿盐不就行了吗？"

"能吃吗，跟猪食似的！"他吹胡子瞪眼睛的。

"你就找碴儿。"

"你一天心就没在这个家。想当作家？看你那两把刷子！"他说着从客厅里拿出两本书扔进了炉子里。炉子烧得正旺，呼啦一下两本书变成了灰。

何平一看他烧书也急眼了，也拿过他的一本诗刊扔进了炉子里。这一下不要紧，萧建平拿起一块木样向她打来，两人打作一团，吓得孩子"哇哇"大哭。其实邻居听见他们打仗都懒得过来拉仗，整天不是骂就是打。建平常常把何平骑在身下，像按猪一样，打够了才罢休。

这顿饭谁也没吃成。何平从地上爬起来，建平一点儿怜悯之心都没有，还在骂："带你那野种滚！"

她从屋里拿出孩子的穿戴，抱起孩子走出了家门。天已很黑了，往哪儿走？不知道。茫茫黑夜，到处都是冷冰冰的，干枯的树木"哗哗"作响，路上连个行人都没有，只有远处北面检查站有灯光。孩子搂着她的脖子一动不动，

她给孩子拽拽两个裤角，怕孩子冻着脚脖子。走过检查站，她向大岗村而去。

进了大岗村盆道口，左面是座不高的山，路两旁都是树林子，何平忐忑不安地走着，感觉头皮一阵阵麻酥酥的，头发丝都立起来了。这山坡上都是坟茔地，听说，一个人晚上喝多了，看到前面山上灯火辉煌，于是就来到这里，和大家喝酒划拳，有说有笑，有些人好像好长时间没看到了，所以格外亲热。听说这人没多久就死了。想到这儿，何平头都不敢向左扫一下，紧紧地抱着孩子。拐了一个弯，看到了村庄的灯光，她才喘口粗气，偏偏这时孩子要尿尿，她说："宝贝，坚持一会儿，到村里咱就尿。"孩子很乖，"嗯"了一声。

她紧倒腾着两脚，就差没跑了，可算进了村，赶紧让孩子尿，然后来到了建平的表姐家。表姐带着两个女儿在看电视，一看到她娘俩儿就知道怎么回事儿。表姐夫又没在家，真好，何平心想。萧悫可不知忧愁，上炕就和两个小姐姐玩上了。

表姐老实巴交，说话慢声拉语，问明情况，她给这娘俩儿端来饭，何平让孩子吃，孩子吃了几口又去玩了，她自己啥也没吃，是啊，哪有心思吃。

表姐夫整天上蹿下跳，就想有份工作。别看他是农民，可野心不小，因为大舅哥是副县长，本来乡里要给他安排到邮局上班，他还挑肥拣瘦不爱去，想要份比较好的工作。他虽然不是文盲，但也没文凭，家里什么活都不想干，常跑外做点儿小生意。有时回来挑担水，要被他妈看到，他妈就得来找儿媳妇："你一天在家什么也不干，水还得叫老爷们挑。"表姐也不敢吱声。有时表姐夫在外不顺心，特别是去找大舅哥办事儿没办成，那表姐可就遭罪了，丈夫回来就发邪火打她。表姐心想：有这么个有章程的哥真不如没有，只能给她带来磨难。

真是不幸的家庭内容都不一样，幸福的家庭内容都一样。何平与表姐唠到孩子们都睡了，她俩才睡。

三十、捉奸

第二天，何平没在表姐家吃饭，睁开眼睛早早地就抱着孩子回来了，两人气也消了。

寒假很快到了，何平很不喜欢放假，上班每天和学生在一起心情比较舒畅，而放假整天在家里听着建平那阴阳怪气的语言，她心里就难受。建平现在每天的话基本上是哪个名人看不上大老婆，如何喜欢情人，和情人有着如何浪漫的爱情。什么张学良和赵四小姐怎么相爱，徐志摩怎么爱林徽因，又怎么爱陆小曼，言外之意我不爱你，爱朴玉。

他讲着林徽因如何有才，使何平感到他在说朴玉如何有才。其实他就是这意思。朴玉只是个高中生，再有才能有哪儿去，她想。但她不吭声，装傻。他又讲着陆小曼如何漂亮，徐志摩多么爱她。陆小曼的丈夫是王庚，王庚是徐志摩的好朋友。何平心想：朋友妻不可欺，撬朋友的老婆什么好玩意儿，狗屎爱情。"宁拆一座庙，不毁一桩婚"，徐志摩就是伤风败俗的典型。当然何平也不了解徐志摩第一桩婚姻是包办的，其实了解了她也会说："干吗撬人家老婆，那么有才，找什么如花似玉的美女找不着！"

每当他在滔滔不绝讲着这些名人传奇爱情故事时，何平很少插言，她也没时间去了解这些风云人物。建平觉得她孤陋寡闻，所以常常讥笑她："你也就是幼儿班的水平。"

有时建平和同事上山拉柴，回来老脸抽抽得十分难看，何平更是大气不敢出。有时明明看见他在外和人有说有笑，可进屋就变了一张脸。因为每年寒

假里，家家都要储够一年的烧柴，所以这时家家都很忙。不管建平每天怎样酸叽拉臭，何平都得像个三孙子一样很好地伺候他，人家干活有功啊。

马上要过年了，建平说买个黑白电视，何平挺欣慰，孩子也高兴。当然，这电视只要他在家，谁说了也不算，何平得看他脸色行事，也是被他打怕了骂怕了。他好像打老婆从不嫌丢人，有时他一扬胳膊何平赶紧用胳膊护住脑袋，邻里看了都生气。

每年新年，何平都给他们爷俩儿从里到外换上新衣服，自己很少添新衣，但肯定要给自己买双袜子，买个裤头。

一天傍晚，王伟给她家送来刚从灶坑里烧好的松花蛋，何平高兴地赶紧接过来，王伟说这是他自己做的。这时建平在客厅里，没等他出来，王伟就立刻匆匆走了。他拿了五六个，何平让建平吃，他酸溜溜地说不爱吃，何平就同孩子吃。烧的松花蛋真好吃，味道极香。后来王伟听何平说好吃，又给他们送了一次，何平很是感激，从来没人关心过她，这使她心里暖洋洋的。

也许是因为这些吧，建平就认为何平与王伟不干净，总是指桑骂槐，看着灶炕里的火，他也旁敲侧击："火这么旺，就是喷上水也浇不灭；就像人搞破鞋，入了这个道谁也治不了。"

何平不理他，做完饭进屋上了炕就与孩子看电视，屁股还没坐稳，他就怒气冲冲地进来。

"你和王伟什么时候搞上的？"

何平装哑，不吭声。

"我要是证实了你俩有事儿，你看我让你俩都不能好过。"

何平还不吱声，他更生气了。

"你说，什么时候搞上的？"

"早搞上啦，怎的？"

"好啊，我去找他！"

"去吧，精神病。"

他冲出去还没过陈艳家，就又返了回来。你倒去找啊，看谁丢人，何平心想。她也豁出去了，让他打去吧，他不怕臭名昭著就行。那破鞋那么好搞吗？他回家接着质问，何平缓下口气，安抚他说：

"我怎么能跟他，他哪点儿好？"

晚饭是陆陆续续吃的。吃完饭，建平还不肯罢休，依然纠缠着，何平来到客厅，他跟到客厅骂，并且是八百年的谷七百年的糠又搬出来，说什么何平结婚前写的小说里的红艳，想让人抱，你就说想让人玩儿得了呗，语言极其下流，不堪入耳。见他如此放肆，何平也火了。幸好小说并没发表，早销毁了，不然他总拿出来当笑料。

两人吵着骂着，建平总觉得自己做了乌龟王八，怒火中烧的样子，还在逼问何平。何平当然不会承认——别说搞破鞋，连个异性朋友都没有。于是，两人又动手打了起来，他们互相薅着对方的头发不肯撒手，在地上滚着，当何平听到外屋有呼呼的脚步声，她赶紧撒了手。当邻居冲进来时，建平还薅着何平的头发不肯撒手，王伟很是生气地过来拽起了他。

何平被陈艳扶了起来，拍拍身上的灰，而萧建平好像累坏了，坐到沙发上，喘着粗气（他是打人累的），大家劝解着。他流下了眼泪，好像很委屈，边哭边说："她第一个孩子就四十八天，人家大夫说有三个月啦，那一个多月哪儿来的？"他还提这事儿。

"这点儿事儿你咋还过不去啦！"刘海波都替他愁的慌，"那是大夫弄错了呗！"

"他就是魔鬼，我跟他的那天我是堂堂正正的大姑娘，我又不是特殊的女人。"她没好意思说我是处女，"自己不要脸总怀疑别人。"

大家劝解着，何平几次欲言又止，想说：晚上你还骂我跟的王伟，可瞅了王伟两眼没说。王伟还在那训斥着建平，他比建平小点儿。现在王伟来了，你倒问啊，何平心想。现在建平只字不提，似乎忘了——忘了也是装的。

他们吵架是家常便饭，如果不是人脑袋打成狗脑袋，邻居们都不会过来。在这当中也有人进到里屋去看看孩子，孩子很可怜地坐在炕上，好像知道家里发生了战争。这个孩子命也不好，从小就经历着家庭的战火，使她小小年纪就没尝过什么是甜蜜幸福的生活，家庭给她带来的只有恐惧和不安。

大家劝了几句，见他们两口子消停了也就走了。人一走，建平又来劲儿了，猛拍一下沙发，吓得何平一哆嗦，他吼道：

"你赶紧滚，我看着你就生气，到哪儿都招风。"

何平蓬头垢面的，一听他向外撵她，就到柜上把一个小皮箱拎下来，又到柜里去拿衣服，还没等她转过身，建平像恶狼一样，从一个抽屉里拿出个螺

丝刀，疯狗般向小皮箱连捅数刀。这个小皮箱是在四姐家那儿买的，棕色的，挺洋气，很有纪念意义。他捅完小皮箱，又把那两个大皮箱也拽下来，又是一阵狂捅。何平这时傻眼了，想阻拦已来不及了，心疼的泪水"哗哗"而下。你拿东西砸什么伐子！一气之下，什么也不拿了，空手离开了家。

随后，建平像个恶狗一样去前面找张新权，把张新权找到家就滔滔不绝地讲着何平如何不忠，如何不贤，如何不守妇道，像个怨妇似的抖落着那不是事实的、自己编造的传说。什么车站鹊桥会，什么她娘家那个校长陈佳玉如何关心她了，"你说，世上有无缘无故的爱吗？"他质问着老同学。老同学就耐心地劝解着他，说何平不是那种人。他又提到何平现在学校的谢校长，怎么给他开批斗会，学着谢校长的山东腔："'我看何老师嫁给你白瞎了！'嫁给我白瞎嫁给他！"他话题一转，"说不定这贱货又去找他去了！"

"要不这样，"张新权说，"把王伟叫来，咱今天到学校去抓，抓不到你以后就老老实实过日子。"

建平答应了，张新权把王伟叫来，建平叮嘱孩子在家看电视，三个人像侦察兵一样来到小学校。寒暑假单位都有值宿的，今天校长室里是副校长在那儿值班。张新权让建平进屋去看看，他不肯，让王伟进，王伟也不去，无奈张新权装作路过此地的样子，进屋与这个副校长搭讪，他边说话边扫视着屋里的一切犄角旮旯。几个柜子都是书柜的样子，上面放书，下面也藏不下个人。唠了几句，他借口说还有事儿就走了。

出来后，两个人蹑手蹑脚地凑过来，问发现了什么情况，张新权做了个手势，意思回去再说，因为周围人家都亮着灯，不便说话。三个人像做贼似的，悄悄溜了回去。

回到建平家，孩子已经可怜巴巴地睡着了，他们进了客厅，一坐下，张新权就像个演说家一样，学着怎么进屋与人搭讪，怎么一点点观察屋里每个角落，说何平肯定没在那儿！后来他猛然像想起了什么，说："床底下我忘看了！可也不好意思翻啊！"

"这关键的地方你怎么不看看！"王伟埋怨道。

建平一副很失落的样子，似乎错过了好机会。在他脑子里，何平离开家，就是去找情人了。

"你看建平那熊样，你自己倒进去呀！怕啥的，就说路过这儿，看到你在

屋来看看你。"张新权看看王伟，又撇撇嘴，"你看看你俩那点儿出息，关键时刻掉链子。"

"这娘们儿，黑灯瞎火的能上哪儿去呢？"王伟一副担心的样子，"不会再寻短见吧？"

"死不了，死了才好呢！"建平说。

"要不你说，再去哪儿捉奸？"张新权有点儿开玩笑地说。

"不管了，乐跟谁跟谁！"建平言。

三个人像谈论国家大事似的，你一言我一语地猜测着，唠到很晚才散。

何平离开家就似孤魂野鬼一般，向北面检查站走去。上了大路就向西而去，来到一座桥上，四处黑黢黢的，一时使她心惊肉跳：别说有黑熊有狼，可能还有鬼！她不敢再往前走，下了桥，桥下的水乌黑乌黑的，又怕水面上出现水怪，她匆匆上了桥，惊慌失措地向回走。上哪儿去呢？这种凄风苦雨的日子什么时候是个头呢？满天的繁星向她眨着眼，却不能给她指条明路。与一个颠顶之徒共枕，此种煎熬何时了！

她惦记着孩子：可别闹啊，那牲口会打你的。想想他也很少打孩子。在她走过中学的时候，看见建平正与张新权、王伟走过井边，向中学院里而去，他们谁也没注意谁。想来想去，她决定去丁校长家。

一进丁校长家门，严姐就看出她是又被打了，赶紧热情地把她让进来。何平向严姐诉说着心中的委屈，表示要在这儿住一宿——她是万般无奈。

第二天，早上一起来她就悄悄向严姐告辞回家了。显然回到家里又要挨一顿臭骂。

"搞够了？这回让你搞够，我带孩子回家。"

已是大年二十九了，果然，建平做好饭，和孩子吃完，收拾收拾抱着孩子就走了。他们走后，何平觉得心里乱糟糟的，空落落的。自己在家过年？还是跟他去？一时没了主意。大过年的上谁家也不能空着手啊！想来想去她也决定走。于是把水缸里的水都掏干净，泼到了外面，把剩的饭放进碗橱里，把家收拾收拾，带了一条秋天时买的新毛毯，还有秋天捡的一些山核桃，回了娘家。

弟弟思想比较封建，认为女人出嫁后回娘家过年不吉利，显然不欢迎她回来，她极力地讨好弟弟、弟媳。母亲在一旁夸着何平拿的毛毯好看，她怕小

儿子不高兴向外撵六姑娘，大过年的上哪儿去！弟媳不冷不热的样子，不生气也没高兴。明摆着，六姐他们又打仗了。

弟弟家又添了一个小男孩，比萧悫小，母亲整天看着。大年三十这天，家里其乐融融，一大早弟弟就带着媳妇孩子在外面放鞭炮，何平与母亲坐在屋里。外面到处是过节的气氛，而何平心里一点儿节日气息都没有，她牵挂着孩子，忧心忡忡。弟弟家的两个孩子屋里屋外地跑着，玩得十分高兴。何平白天有时去妹妹家坐坐，有时也在妹妹家吃，像个流浪者。妹妹家也是个小男孩，和弟弟家的小男孩一般大。

在这天寒地冻的日子里，何平整日心如刀绞，这日子怎么过？什么时候是个头？有时晚上和母亲唠到很晚，母亲觉得她的生活是暗无天日，神人也没招。"那小萧（母亲总是这样称呼萧建平）就是个神经病，那书都读哪儿去啦？读驴马经啦？那破鞋那么好搞？"有时母亲怀疑："是不是他妈不正经被他看见过，所以他总觉得女人不正经！"

在人家，特别是人家并不欢迎你，你又不想在此停留，又没地方去，这种煎熬难以形容。何平希望建平能来看看母亲，这也是起码的礼貌，她等到大年初三也不见建平的影子。如果建平来了，也能给自己一个台阶下，好跟他走。挨到初四，还没来，她实在等不下去了，初五一大早就步行去了婆婆家。

一路上，北风呼啸，到处白雪皑皑，左右的山林连绵不断，寒风萧瑟。本是山区，又是新年里，大路上很少有车辆和人迹。当前后空荡荡时，她并不觉得害怕，倒是有种神仙之感。这时的自己很轻松，放眼望去，哪儿都是那么安静，远处高高的山脉永远是那么让人遐想，茫茫宇宙使她想到：在那看不到尽头的地方可能真有天宫。我是不是在天上犯了错误，触犯了天条，被投下人间受罪！自己清清白白一个人，可建平像个魔怔，整天疑神疑鬼，难道是你们让他这样折磨我吗？要折磨我到啥时候？

她走了两个多小时，来到了婆婆的村子。街道上很多孩子在放烟花，一团节日气息。进了婆婆家，萧悫第一个扑上来："妈妈！"见到孩子，她心里一阵酸溜溜的，像久别重逢一样。

公公脸上露出了笑容，婆婆也面带微笑。看到何平来了，公公到炕里取出一个布袋子——里面装的是白瓜子，就出了屋。建杰也在屋，屋里气氛有点儿紧张，建平坐在炕沿上，阴冷着脸，建杰媳妇坐在炕里向嫂子打着招呼，他

们是去年结的婚，建军还没结婚。建杰媳妇怀孕了，好像很快要生了。婆婆招呼她坐到炕上。建平冒出一句话：

"你来干啥？"

"什么话！"建杰不高兴的样子。他很有正义感，看不惯大哥整日疑神疑鬼那一出。

何平抱着孩子，屁股刚落到炕沿上，婆婆带着歉意的语气说："大家都忙，也没上你妈家接你。"这显然是站不住脚的借口，搪塞一下而已。听着好听，但何平心里并不舒服。

不一会儿，建霞家的小小子跟着妈妈来了，萧悫一看到哥哥，立刻挣脱妈妈，两个小家伙向外跑去。建霞与嫂子打完招呼便坐下了。

屋里气氛有点儿尴尬，建霞故意找话与大家搭讪，屋里显得和谐许多。不一会儿，公公用一个衬衫盒端来刚炒好的白瓜子，放在何平身边，转身出去了。

"嗑吧，爹特意给你炒的。"建平带着强硬的声调。

何平抓了一把，就把这瓜子盒放到大家都够得着的地方。这时，建平阴阳怪气的似乎是关心，又像是奚落地说："还是我们关心你吧！"

何平瞅了瞅他，像遇到救星一样对婆婆说："他一天疑神疑鬼，像个神精病，整天不是打就是骂。"

"他脾气不好，你担待点儿他。"婆婆的语气并不向着她。

"他常常动手打人，像个暴徒。"

"他在家时也常打弟弟，也没见把谁打坏。"婆婆语气有些不高兴，"他打人根本不疼。"

"没打你身上！"建国说。母亲没理他。

因为有弟媳妇在场，建平挺能装，不吭声。

"他对我一点儿都不好，"何平想在婆婆这讨点儿公道，"我生孩子连一百个鸡蛋都没吃上，他没给我买一两肉……"

没等她把话说完，婆婆起来愤怒地说："我生小三儿时连八十个鸡蛋都没吃上呢！"摔门而去。

好尴尬的场面。

他们在婆婆家也就又待了两天，就回家了。

三十一、一念之差

婚姻就像一面镜子，一旦碎了，怎么拼粘都不会是原来的样子。特别是一而再再而三地碎，有些碎片都不知跑到哪儿去了，只能糊弄粘上对付用而已，用一天算一天。

苦难的日子让何平每天身心憔悴，她盼孩子快快长大，好离开这个战火纷飞的家。萧悫别看人小，一脸严肃面孔，很像父亲，总是紧锁眉头。

春天来了，万物复苏，到处都是欣欣然的景象，人们好像燃起一切希望。春天也是抓钱的好时节，人们开始跑山，采摘山货谋利。其实，上班族也就利用休息日或起早贪黑采点山野菜。

人家忙着赚钱，何平也着急，而建平像个老爷，他不急，也不眼红。他一向不爱干活，不管干啥——大活小活，一干就酸叽拉臭的。何平不敢要求他和同事一起起早贪黑上山，只能自己跟别人搭伴儿上山。在金钱的诱惑下，她早把去年上山时的恐惧忘得一干二净，什么黑瞎子老虎，豁出去了，挣钱要紧。

一次回到家，建平旁敲侧击地问："大岗村有一个人，被上山采人参的人撞上，这个女的四仰八叉躺在那正让人玩儿呢！后来那个人回来，别人问他采没采到人参，他说：'采到了，四品叶'。"人参论几品叶，叶数越多越值钱。

何平不理他，忙着手里的野菜，他就凑上来说：

"你没看到四品叶？"

"看到你了，在野战！"

他把手伸进何平怀里，何平不理他，他说："这一摸，你腿就软了，随便让人玩儿。和我你不就是吗？"他纯属聊闲。

"滚！"何平把他手拽了出去，"不要脸，还觍着脸说。"

他感到很没趣。吃过午饭，建平就去睡午觉了，孩子在玩儿，何平屋里屋外地忙着。因为上一次山衣服就很脏，于是她开始用脸盆一盆一盆地洗着，洗完了又去缝破袜子，总是有干不完的活。等建平睡好了，来到客厅，见何平在缝破袜子，就说：

"你不休息一会儿？"

"不累。"

"你是不是跟老谢上山了？"他好像恍然大悟，"那老谢就是个色狼！和校长在一起，你不得主动投怀送抱啊！"

"你有病啊？"

"我有病？听说那老谢在大岗村的时候，领着那姜丽梅采蘑菇，却往苞米地里钻，你说能干啥？他就是个臊仙！"

"他好不好跟我有什么关系！"

"我看你们学校那些女老师，都被他收拾了！"

何平不爱听他絮叨，整天就这些话题。于是拿起针线和袜子进了里屋，他也随后跟了过来。真是几天不打仗他就难受。

"不爱听别做呀！"

"你是不是要死？闲的。"何平翻了脸，"我做啥了？你看到我和哪个男的在一起了？"

"你勾搭老邵你忘了？老谢为啥给我开批斗会？让你和我离婚，不是睡你方便吗！"

"你就是精神病，他只是拿出老父亲的姿态教育你要好好过，别一天总打仗。"

"哎哟，挺向着他。我看，你就是他小老婆。"

说着，两人又打了起来。何平没心思缝袜子了，把针线都放了起来。她哪是他的对手，又弄了一身伤，冲出了家门。她刚急匆匆地走到学生与老师宿舍的房山头，碰到了同事姜丽梅的妹妹，她一时觉得活得没意思，就对她说：

"丽红，告诉你老师，好好看孩子，我走了！"泪水泉涌一般下来。

当人想死的时候，也就是一念之差。何平觉得活得没意思，与丽红打声招呼就匆匆而去。一路上她心如刀绞，思绪万千，如涨潮的巨浪跌宕起伏：我死了孩子怎么办？孩子一定吃不好穿不好，还得受后妈的打骂，建平更得虐待这孩子。她想象着孩子穿着破烂不堪的衣服，饭桌不敢上，吃着人家的剩饭。她莽莽撞撞地走着，也不管路上的行人认识不认识自己，连瞅都不瞅一眼，东倒西歪地没有目的地向前走。

她从一个小岔道口进去，慌慌而行，当踏上公路，公路上有几辆车从身边而过，她真想让车撞死得了。大脑一时膨胀，她故意走到路中间，这时过来一辆大车，正好刚拐过弯，司机开得不快。

"你找死啊！"司机一个急刹车，好像吓坏了。

何平没吭声，躲过车继续向前走。司机带着猜疑的口气自言自语："精神病？疯子？"然后开走了。

她沿路绕过一弯又一弯，这山区就是这样，道路左拐右扭，别说十八弯，这里还有三十六拐。她见到一个向右拐的岔道就闯了进去，又绕过一个水坑，又登上一个小丘，一时感到很疲乏，就找了一个干爽的地方躺下了。虽然这是一个柳暗花明的季节，到处是青山绿水、莺歌燕舞，可田野里禾苗还没有遮盖住地面。

别看是下午，阳光挺足，暖洋洋的。她昏昏沉沉躺在地上，真希望自己在梦中什么也不知道，也没什么感觉的时候被黑瞎子吃了，那样也挺好。她认为自己命不好，怎么碰到了这么个人，他哪是人啊，分明是魔鬼在世——也许是前世得罪了上天，是他安排我受罚。

何平的一席话，让丽红觉得不对劲儿，就急忙去找老师说明情况。萧建平说：

"没事儿，死不了，死了更好！"

"老师，你不能这样，快去找找何老师吧，要是出事儿怎么办！"她焦虑地看看老师，老师没有慌的意思，她又急着说："我去找我姐，晚了就出事儿了。"

萧建平平时很喜欢把女学生招到家来，每当女学生来家，他是满嘴之乎者也，什么古今中外、天文地理，他句句讲得有声有色，让女学生佩服得五体

投地。他从不把男学生往家领。

丽红急三火四地离开老师家，就去找她姐。来到姐姐家说明情况，姜老师觉得事情不妙，于是又找来两个老师，向何平走的方向找去。当然，建平嘴上说死了就死了，可他还是找来两个女学生看孩子，也出去寻找何平。他清楚，即使何平真的死了，她娘家也不会怎么样，一堆土包子，掀不了什么大浪。大家漫无目的地到处翻找，什么大桥下、小河里、大树上……仔仔细细地搜索着，可连个人影也没见到。找了一大阵，大家也就泄气了。姜老师是个热心人，她慌忙中忘换鞋了，穿个半高跟鞋出来，还在山坡上、树林中翻找，山里坑坑洼洼，她一不留神，一下把鞋跟崴掉了，脚脖子也扭得很疼，她揉了揉脚不碍事儿，可也失去了找人的信心。

大家有时坐在一起唠唠嗑，如果没有萧建平在场，大家就会窃窃私语："萧老师真能打老婆，往死里打，可吓人啦！听说他有个相好的，还不断给人写信。"另一个说："男人有外遇就往死里打老婆，有能耐和别人过去呗！"那一个说："听说那个女的结婚了。"大家议论纷纷。

大家找了好一阵，天也不早了，就都心不甘地怏怏而回。

太阳快下山了，何平才从地上爬起来，感到周围死一般的寂静。她磨磨蹭蹭地向回去的路上挪着脚步，感觉自己像在梦里一样，等晃悠到家，天空已布满星辰。她一进屋，孩子正在看电视，就喊："妈妈。"

萧建平小声嘀咕着："还有脸回来。"

何平没理他，径直进了小客厅。孩子在里屋闹着要找妈妈，被建平一顿呵斥，也没了声音。何平在小客厅的床上躺下，全身感到一阵温暖。外面大地潮湿，冷风飕飕，自己像个孤魂野鬼一样。她多么希望有个不吵不闹的家，有个关心体贴自己的丈夫。当初之所以决心嫁他，就是想过安稳日子。他长得老气横秋，以为他一定会珍惜自己，把自己当个宝，可事与愿违。那时，她是一点儿没相中他，只是因为他当时有份工作，并且觉得自己也不小了。那时她也想，他虽然老，以后肯定对自己好，别人也会羡慕自己，这一生也是幸福的。

半夜里，何平正在梦中，建平悄悄地溜进来，钻进她的被子里。她不理他，他就强行摸索，没一会儿，她也不反抗了，任他摆布。这种事情常常发生。他摸透了她的心理，只要他手伸进她怀里，她就会像个小猫咪一样听话，任他撒欢儿。

第二天，大家都心平气和。何平来到学校，姜丽梅就过来抱怨。

"昨天我都让你吓死了，找你的时候鞋跟崴掉了。我什么树趟子、小河沟到处找你。以后打仗哪儿也不去，就在家打，才不走呢！"

何平腼腆地笑着，知道自己昨天一时想不开，给大家添了麻烦，她感到很愧疚。姜老师是个聪明人，赶紧又把话题转向一边，和其他老师闲聊去了。

萧建平每天在学校里除了工作，与同事是有说有笑，他的话题很少是谈论教学，大多时候都是男女关系问题，不是说这个女老师与丁校长关系暧昧，就是那个女老师曾经谈了几个男朋友，说得眉飞色舞。可他一回到家里，就是另一副面孔，噘着鼻子皱着眉，看哪儿都不顺眼，可一到晚上他就不闲着，性欲大发。

两人一样的工作，可家里洗洗涮涮、缝缝补补、做饭扫地的活通通都是何平一人承担。每天送孩子接孩子也都是她一人的事儿，忙得她脚打后脑勺。当然建平只承担挑水劈柴的活儿，孩子大点儿了，很多时候这柴也是何平劈的。建平习惯了，每天吃完饭不是看书就是看电视，这电视显然他说了算。

在这个家庭中，只要建平不找事儿，何平就觉得舒心，哪天建平不挑事儿、不骂杂，何平就觉得他很可爱。在建平心里，朴玉的音容笑貌永远在他脑海里浮现。朴玉会撒娇，这一点比何平强百倍。是啊，哪个女人不想对自己爱的丈夫撒娇，可面对一个对自己整日非打即骂的男人，你再贱，这娇也撒不起来。

星期天，有时候好多女孩子来家里找萧老师，萧建平带着她们不是在客厅就是在炕上谈笑风生，何平只能腾出地方供他们师生尽情畅谈。这个时候的建平，就如鱼得水，潇潇洒洒，俨然一个大教授，知古通今，天文地理、国内国外没有他不晓得的。有时说几句日语，更让学生对他崇拜得五体投地。他的日语是自学的，婚前跟着收音机学的，谁也不知他会多少，但家里日语书不少。何平常听他说两句什么："こんにちは；ありがとうでざいます。"她也听不懂，像听小鸟叫，但也觉得他挺了不起。

时间一天天过去，很快又进入了署假，每年寒暑假合同工老师都考试，忙完考试，她又忙着洗被褥。

一天，何平用自行车带了很多要洗的衣物，到检查站东面的一个小河去

洗，临走时叮嘱建平一个小时后去接她，可快到两个小时了也不见他的人影。

何平走后，建平和孩子在家看电视，有时他也看书，到了一个小时，他告诉孩子乖乖在家看电视，爸妈一会儿就回来，孩子很听话，他就锁上门，来到了操场。他转悠半天，不知怎么去找何平，于是问邻居，邻居说："过了检查站，往东一百米就看到了。"他很教条，过了检查站，就用步开始数，一步大概是多少米，走了一百四十步，算一算也够一百米了，左右看看也没看到能洗衣服的小河，就回来了。邻居看到他，问：

"萧老师，这么快回来了？媳妇呢？"

"没找到，按照你们说的，我数了，一百米只多不少。"

"你真是个书呆子，不会再往前走走啊！"几个邻居嘲笑着。

当然，何平回来不大高兴，但她决不敢发火，只能听大家带着善意的语气说建平真是个书呆子。建平也爱听大家说他书呆子，也就罢了。

每天不管有多累，建平也很少心疼她，晚上孩子一睡建平就爬上来，有时何平说太累了，早晨的吧，可他不干，像个强奸犯一样，三下两下把她扒个精光。有时他觉得不痛快，嫌里面的 T 形环扎得慌。

虽然 T 形环扎得慌，建平每天也不闲着。这不，下学期开学没多久，何平又觉得身体不对劲儿，都过月了月经还没来，等了两个月还没来，建平说：

"医生不是说了吗，T 形环肯定保险，这回要是怀孕肯定和我没关系。"

"你缺八辈子德了！"何平嘴都气歪了，"那要是保险对谁都保险，就对你保险对别人不保险吗？真是无稽之谈。"

"怎么所有的避孕工具对你都不好用？"他吼起来，"你不瞎搞能总怀孕吗？别人怎么不像你？"他想起了朴玉。

何平嘴比较笨，也想不到他说的别人是谁，光顾生气去了。也是，怎么这么倒霉，啥措施都不管用。

建平在屋里连摔带砸地直撒疯，到厨房把木桦子踢得到处飞，也不怕撅折了脚趾头，嘴里还骂骂咧咧："倒八辈子血霉啦，越穷越有事儿。这日子没法过。"

也是，这身体不争气，怎么年年怀孕，她也恨自己，挨骂活该。所以不管建平怎么发火，她就是低个头不吭声，活像个受气虫。

现在孩子夜里不那么哭了，有时爸爸妈妈吵架，她就乖乖地坐在炕上看

书，也不知她能不能看懂书里的内容，常常一个人在那儿自言自语，有时也翘起二郎腿专心致志地翻着看着，很像那么回事儿。这孩子一百天那天，妈妈在她身边放了很多东西，她只抓书，何平觉得这孩子将来肯定会有出息。

可想而知，何平又去县里做了流产，医院里做流产的老太太都心疼她，这是怎么搞的，怎么什么办法都不行呢？等做完流产摘了环，老太太唉声叹气地说："你丈夫也不小心点儿，以后就用避孕套吧！"

三十二、好心恶报

这次做完人流回来，建平还像以往一样，没有一丝心疼媳妇的样子，就像自己吃了多大亏似的。何平从县城回来拎了不少东西，像个身体强壮的人似的，回到家里依然做饭，他怕建平那不堪入耳的辱骂，整日惊恐万分。当她看到家里堆了许多脏衣服，也不敢动声色。他不敢说让他洗，只能等自己身体恢复后自己洗。

她还像以往一样，做完人流第二天就上班了。没几天建杰来了，说父亲身体不好，到县里检查情况不妙，肝出了问题，两人都很忧愁，现在只是吃些医生开的药，准备到大医院去看。建杰现在在县里上班，家里也添了个小姑娘。

建杰走后，建平心神不宁，整日惦记父亲的病情，于是，到了周末一家三口就赶回了家。回家后听说父亲一开始在永河镇住了些天院，干输水不见好，就到了县里。因为儿女都上班，在镇里医院时，就自己一人照顾自己，老伴在家，家里有鸡、鸭、猪，离不开人。小妹在乡下教书，小弟在别的乡也上班了。

每次回去，何平都和婆婆一起做饭，吃完饭，婆婆饭碗一推，两腿一盘，就开始卷旱烟抽烟，等何平收拾完厨房，她也抽完了。每次吃完饭，公公都要吃好几样药。星期天下午他们准备回去时，看到厨房锅里摆好了地瓜、面瓜，婆婆说：

"你爹出去时让我烧火，知道你爱吃面瓜。"她点着了火。

"妈，我们一会儿就得走，你不用烀了！来不及了，你们晚上吃吧！"何平心里暖暖的，很是感动，很少有人关心她。

因此，在何平心里，公公是最心疼她的人，她很想为公公做点什么事，可心有余力不足。

回到家里没多久，建平总说自己肚子疼，于是请了假去县里检查，医生说是阑尾炎，需要住院做手术，因此就住了院，把阑尾割了。当时做手术的时候，建杰的大姨姐在场，她是医院护士长，看到阑尾一点儿炎症都没有，可已经割下去了，说啥也没用了。

因为有孩子在身边，再加上自己又不能总请假，毕竟不是正式老师，所以她只能在建平手术那天把孩子送给了乡下婆婆，才去照料建平。那天晚上，由于刚做完手术，建平疼得翻来覆去，何平因为白天去了趟婆婆家，所以很疲倦，她也不能总坐着陪他，有时躺在床上问他需要什么，他说什么也不需要，刀口疼。麻药过了劲儿，肯定刀口疼。一个病房里好几张床，何平和衣而睡，临近的那张床也是个和他们年龄相仿的男子，长得挺帅。在何平合眼而睡的时候，建平锁着眉没好眼神儿地看着何平，心里气得鼓鼓的，而他那边是个老头。他眼睛一直盯着何平床那边的男子，何平一合眼他就"哎哟哎哟"地呻吟，何平赶紧坐起来问：

"太疼打一针麻药吧？"

"不用，麻药打多了不好。"他还挺爱惜身体。

"那怎么办？"

"挺着呗！"其实他想要和何平换换床，何平哪懂他的心思。

坐了一小会儿，何平太困又躺下了。可没等睡着，又听到建平"哎——哎——"的痛苦的声音，何平又起来了，睡眼惺忪地问："还疼？"

"没事儿，你睡吧！"他没好声地回答。

何平哪有心思再睡，索性舍命陪君子，快天亮才肯眯了一觉。

这一宿，整个屋谁也没睡好，就听萧建平呻吟了。他一个是刀口疼，一个是担心何平那边病床的男人会伸手去摸何平。何平没有等他出院就回去上班了。因为建平二弟、三弟都在城里，他们能照顾他。等建平出院后，回到家里就向她发火。

"你是真不要脸，在医院你能和那个男的挨着床睡，他一伸手就能摸到你奶子。你是不是巴不得人家摸你？"

"你真能扒瞎，那个人的床离我老远呢，他得多长胳膊？再说我穿着衣服呢，他能摸着啥！"

"你就不会和我换换床吗？"

"你疼得那样，我哪敢折腾你！你不会直接跟我说！"

"我怎么说？"

"就说和我换下床呗！能怎么地！再说，你那边不也是个老头吗？都一样。"

"那个老头快死了，能干什么？"

"啊，快死了就让我挨着他睡？"

听何平这么一说，他反而乐了。他也知道自己言语不妥。从他回来，何平什么也不用他干，挑水劈柴都是自己的活，生怕抻坏了他的刀口，他会埋怨死她。有时他还磨叨在医院里何平如何挨着那个男人睡，如何不检点，就是想勾引男人。何平忍着不理他，任他满嘴跑火车。

建平刀口长好后，两人周末去接孩子。来到婆婆家，孩子见到妈妈亲热得不得了。中午建霞一家三口也来了，萧�一见到小表哥就撒了欢地跑去和哥哥玩儿。

大家吃过午饭，婆婆就郑重地对何平说：

"何平，我可跟你说，建平做了阑尾手术，这是身体泄了元气，你得把他身体养好。每天早晨给他冲个鸡蛋水，好好补补身体。如果身体补不上来，是一辈子的事儿。如果有重活不能让他干。"

"就他们家能有什么重活。"公公插嘴说。

"本来从医院回来挑水劈柴我都没让他干。我知道。"

这时建平出去了，婆婆又悄声说："他脾气不好，你少惹他，你惹他他能不打你吗？"

"我真的从不敢惹他，每次都是他喋喋不休找碴儿。"

"你这样说就不对了，他怎么能平白无故找碴儿。人们不是说吗，一个巴掌拍不响。"

婆婆说话尖刻，是个刁蛮人，不次于电视剧里的容嬷嬷，她不许任何人指责他的孩子。婆婆年轻时常常因为自家孩子和人家孩子打仗，去找人家，说人家的孩子不是。那时她可不说一个巴掌拍不响。

何平知道再说下去婆婆会说出更难听的话，她就不再吭声。公公好像不爱听老伴说话，起身出去了。这时，建平又回来了，一进屋就说：

"我小肚子还疼，是不是手术没做好，肠子黏连了？"

"没准儿。"妹夫王海说，"得赶紧出去看看，咱这小县城都是些庸医。"

"那就去佳木斯吧。"何平说。

"出去好好看看吧，看了也放心。"建霞一脸担心的样子。

"那也得等放寒假。我俩都是班主任，这学期不能再请假了。特别是何平，还是个合同工，总请假再被人辞了！"建平话一转，"也没章程，转不了干，给机会时自己不努力，整天和她妈唠。"

"不唠也考不上。"何平说。

"完犊子！别的可行。"

建霞一看哥嫂火药味挺浓，赶紧岔开话题，说得回去了，家里有些树条子得剁出来。

星期天，他们返回了自己家。回到家，第一件事何平就是去买鸡蛋和白糖，每天早晨起来首先烧水给建平冲碗白糖鸡蛋水，然后再做饭。有时建平说，肚子还总是疼，是不是得了什么癌症，何平就安慰他，哪来那么多癌症，净瞎琢磨。所以，有时建平再磨叨何平在医院勾引邻床的病友，何平都不吭声，她怕他真的得了癌症，有个三长两短，以后后悔没让着他。

天气渐渐冷了，树叶也都落得差不多了，有时一到星期天建平班的女学生就来家找老师讨论问题，当然老师也喜欢她们，可很少见男学生来家找他。他和学生在一起是眉开眼笑，何平看在眼里心里也舒坦。就是他从没对她这么开心地笑过。

一天下班，建平夹着一本书回来，一进屋就打开书，对何平说：

"你看潘春欣多有心计，在一片落叶上给我写了一些心语：'师，你是我黑夜里的明灯，照耀着我前行……'"

"这学生挺好玩儿。"何平打断他的兴致。何平认为学生都是纯洁的，不会有肮脏龌龊的思想。

"潘春欣这个学生有出息。"他说着，把那片心形的落叶又夹进书里，满面喜滋滋的。

是啊，潘春欣这个学生和其他学生不一样，她很有心眼儿，从不在老师家吃饭，有时看何平在外收衣服，就跑过来帮忙，但送到屋里就立刻走了，不像其他女学生，老师一留吃饭就在那儿吃了。

进入冬天，何平准备给建平换件新棉袄，因为这两年男人时髦穿缎子面的带着铜钱印花样子的、类似过去大地主穿的绸缎料棉袄，她不想让他太落伍。因此在一个星期天，一家三口去了县城，买了缎料，去了裁缝铺，量了尺寸，没几天何平就把棉袄取了回来。

虽然冰天雪地，但何平尽量不让建平干一点儿累活，星期天往往自己要劈出一周要烧的柴，空闲时常出去到周围的林子里拖树枝，让建平在家陪孩子，周围人都说她很能干。

是啊，这一趟房的媳妇中，也就她常出去到树林里捡树枝，那些家都是男人干的多，女人很少干粗活。从建平阑尾手术以后，虽然仗打得少了，但建平旁敲侧击、敲山震虎的毛病还是没改，空闲时常常还是攻击她，什么孩子长得像陈佳玉啦，又像张玉良啦，每每这时气得何平肺欲炸。有时看着电视里的女人不正经，他也在谩骂：

"贱货，就欠打！"

有时看到电视里哪个男人有情人，他就把头抬得高高的，以一种很自豪的样子说："那个黄脸婆就是不够档次。"他虽是在说电视剧里的人物，何平明白是在说她不如朴玉。但她装傻不吭声，就去一边看书学习。

何平每月工资不足一百元，有一天，一看家里没鸡蛋了，可手里也没钱，她不想让建平明天早上喝不上鸡蛋水，就去了张新权家。张新权的媳妇老实厚道，她家的孩子和萧悫一年生的，比萧悫小半年。他媳妇没工作，但常年跑山，一年也不少挣钱。张新权和建平同一年出生，又是同一个月的，但他比建平早出生十天，所以何平称他媳妇嫂子。何平去借五十块钱，从嫂子手里接过钱也没数，拿起就走，可到学校一数，多了五十元，就立刻把这五十元又给嫂子送了回去。等她回家把这事儿说给建平听，建平阴阳怪气地说：

"我看你是看上张新权了吧！"

"你整天不说这些是不是活不了？"

"我看你就没安分过。"

"我又没和他单独接触过，我看上他什么？"

"张新权别看是我的同学，他最能搞女人，嫂子也是他的学生，让他搞得不知流了多少次产了。"

"那嫂子就比他小两岁呀？"

"那时缺老师，他初中没毕业就回村子教学了。后来他转正了，又调到别的村子教学，因为他会来事儿，又调进乡政府管教育，后来把一个中学生也搞怀孕了，差点儿没丢了工作，他父亲给人女方家两千块钱才了事。"他一副瞧不起人的腔调，好像自己有多正经。

而何平倒觉得张新权这人真不错，不像他说的那样。因为人家现在在县教委上班，夫妻挺和睦。有时他们去他家，看到他们生活挺美满，从没听说人家夫妻打过仗拌过嘴。

"他不好嫂子还跟他？"

"她没工作呀，赖着他呗。"

"我看张新权不像那种人，多慈善的面孔。"

"看好他啦？他是比我长得好，可他不一定要你啊，只能玩玩你。"

"你精神病？我今天跟这个明天跟那个的，烦死人！"

"你说话的意思不是你喜欢人家吗？"

"我喜欢他干什么？人家有老婆！"

"给人家当小啊！"

"你像个魔鬼。"何平气得不知说什么好。为了给他买鸡蛋，自己厚着脸皮去借钱，他一点儿不领情不说，还想歪她，实在令人恼火。

吃过晚饭后，何平不理他，到小客厅去学习，学累了就进屋睡觉，孩子也跟她一起睡下。等他看够电视，也钻进何平被窝，进来就乱摸，何平不让，他就火了，坐起来就把何平薅起来，顺势把她挤进墙角。何平睡眼惺忪的，就听他在骂：

"怎么，想人家啦？想也白想。还不让我碰了，我偏碰。"说着就把手往何平胸里伸，何平不让，他就起身给何平几记耳光，扇得何平睁不开眼睛，而他却怒发冲冠，气急败坏，俨如发怒的狮子。

何平哪里知道他会如此嚣张，以为自己使使小性子，他会说点儿暧昧的话，哄哄她，她也就任他而为了。再说，半夜三更的，又和邻居一砖之隔，他

会顾忌点儿影响。真是做梦都没想到，他这么令人恐怖。她摸摸耳朵，火辣辣地疼，因此也急了，爬起来就去挠他，两人打做一团。可想而知，何平是败将。但各自都伤痕累累。

第二天，何平照照镜子，两个耳朵是青的。为了孩子饭还得做，她把昨天买的鸡蛋洗了些，准备煮了吃。她刚把鸡蛋扔进锅，建平像个疯子一样从小屋出来，把她搡到一边，拿过一个盆，把锅里的鸡蛋抓出来一个个打到盆里，又把外面的鸡蛋拿过来一些，也一一打进盆里，气得何平呼呼直喘。没等他打完，何平进屋拿了些书就走了。

中午下班，何平领着孩子回来，一进屋，就看到锅里蒸鸡蛋糕的空盆也没刷，扔在锅里，何平那个气啊！那么多鸡蛋，有二十来个，是准备每天早晨给他冲鸡蛋水的，他给蒸了一大半，也没撑死他。为了孩子，她忍气吞声，还得刷盆刷锅做饭。这一生，她多么渴望有一天能把鸡蛋吃个够，那就没枉活一生。

可想而知，一开支她就赶紧把借的钱还上。没几天，她又买回了鸡蛋，每天给他冲鸡蛋水。她表面上似乎忘了过去的伤痛，总是幻想建平从此能真心爱她，别再对她拳脚相加，过去的让它永远埋进深壑。她费尽心思讨好他，常常晚上给他端来热乎乎的洗脚水，等他洗完再把脏水倒了。从结婚，每次换衣服、袜子都是何平给他拿到身边，偶尔一次让他自己拿这些，他是找不到的，然后就是一顿骂，骂何平放什么东西没条理。但有时看何平兢兢业业伺候他，他也开玩笑说：

"伺候老公不白伺候，老公晚上伺候你，那活儿也是很辛苦的。"

何平就会说："用不着你伺候，那是你自己的欲望。"

建平常常说办那事儿也是很损耗体力的，要不怎么女人比男人寿命长呢！因此，何平心里总认为他挺辛苦，所以尽量不让他干活。建平时常说小肚子还丝丝拉拉疼，是不是得了什么绝症！大夫说是阑尾，可阑尾也割了下去，怎么还疼？是不是和父亲一样，也要得癌症？每每这时，他情绪就很低落。

可算熬到了寒假，他们把孩子送给了婆婆，就去佳木斯。他们带着忐忑不安的心情在医院里做检查。只见一个大机器，建平躺在下面，那机器在身上来来回回地扫描着。建平感到好奇，问医生这东西就能看出病吗？医生说这是德国进口的，只要你身体里有毛病，就能看出来。

果然，第二天他们去取结果，医生说："没大事儿，就是肠炎，我给你开

点儿药拿回去吃。"

建平说:"开始是肚子疼,我们那小县城的大夫说我是阑尾发炎了,就把阑尾给我割了。可我回家后肚子还疼,我以为肠子黏连了呢!那不白割掉阑尾了!"

医生笑笑,他也诙谐地笑了。

他们拿了药,离开了医院,建平有些如释重负,脸上挂上了笑容,何平说:"我说没大事儿嘛!看把你吓的。"

"哼,你巴不得我死呢。"

"我盼你死干什么,我能得到什么?"

"可以随便搞啊,这个眼中钉终于除了。"

"我在想你是人是鬼!"

"在你心里我永远都是鬼。因为你没看上我,所以你到处放臊。"他从来不带少说一句的,处处抢风头站上风。

"活该,你就是做王八的命。"气得何平也胡说。她就不明白,自己这么本分,可他总猜疑。

"你说,你都是怎么跟他们搞的?"他倒火了,"我就知道你不是个好饼。"

何平不理他,进了一家商店,买了一些吃的,是给孩子、婆婆、公公买的,就径直准备回旅店。在大街上,她不想和他吵,太丢人。没走多远,建平像疯狗一样冲上来,一脚把她踹倒在地,扬长而去。

何平惊魂未定地倒在地上,路人用诧异的眼光看着她,她赶紧去捡撒在路上的吃的,一时也不顾什么车辆,还好这时车辆不多,大家帮她捡完,她不住地向人家道谢。

她拎着东西,心里却在翻江倒海。是啊,自己也不该说气话,自己也不是那种人,气他干什么。可他也不嫌磕碜,大街上就打老婆。她像一个无家可归的幽魂,不想回旅店,可也没地方去。她一步一停地走着,忽然想起医生说他没大病,就是肠炎,她心里好像安稳不少。

等何平回到旅店,干开门拽不开,她再好好看看,没错,她用力又敲了敲,半天门才开。何平看到建平,没理他就进了屋。

三十三、惊涛骇浪的新年

马上要过年了，在外上班的孩子也都回来了，大家聚在一起其乐融融，当大家谈起大哥的肠炎病时，建杰看了一眼媳妇，笑着说：

"我大姨姐说，我大哥做阑尾手术那天，她就站在旁边，那阑尾一点儿炎症都没有。"

"这些庸医，拿人生命开玩笑，得告他们。"建国说。

"告什么告，也没证据了。"建杰说。

"那阑尾是对人身体有益的。"建军说，"它是个免疫器官，有抗癌作用。"

大哥瞪圆了眼睛听着，似乎就跟自己马上要得癌症似的，而母亲坐在炕上不高兴了，盘着腿抽着旱烟说："那阑尾啥用也没有，割掉更好。"

"是的，"建军觉得自己说话不妥，赶紧顺着母亲说，"其实阑尾啥用也没有，就是一段闲肠子。"

"人身体泄了元气，一定得补上去。"婆婆看着何平，"要么一辈子身体都虚。"

"是，"建霞说，"人身体一旦泄了元气，一时半会儿都补不上去。"

"我表哥徐老四，割完阑尾不到一周，就截木头、劈柴火，啥事儿没有。"妹夫王海说。

"现在没事儿，以后就该有事儿了。"丈母娘不乐意听了，"别以为阑尾手术是小事儿。何平，你呢以后少惹他，你们别总打架，好好过。"

"哎呀妈呀，"建杰不乐意听了，"妈呀，你那啥儿子，谁敢惹他，他不惹

人家就烧高香了。是吧，大哥？"

"去。"建平自豪的样子，似乎欺负老婆很威风，很荣耀。

大家一笑了之。

建杰媳妇没工作，可人家是城里姑娘，婆婆从不使唤她干活，人家也不干，总是撒个腿坐在炕上。婆婆虽然不使唤她干什么，也是因为建杰惯媳妇，她没辙，但她对这个三儿媳妇老大不愿意。有时三儿媳妇要出去散步，三儿子赶忙过去给系上鞋带，给媳妇穿上大衣，像对孩子一样给媳妇扣上衣扣，婆婆看在眼里那个气。等他们出了屋，婆婆自言自语地说：

"给人家生个儿子。"

而何平心里羡慕得要死。

这天，家里杀猪。他们家杀猪从不找外人给杀，怕人家吃，都是自己动手。大清早，他们一家儿子、姑爷一齐动手，把猪抓到绑上，建平不敢杀，建军也不敢，建杰说我上。因为父亲身体不好，否则也不用别人杀。等杀完猪，何平与三弟媳妇才敢出去看。建平早就说，他家过年杀猪都是他爹杀，他妈会敌肠子。大家忙活大半天，等把猪收拾完，该冻的冻，该烀的烀，屋里才消停下来。

东北，每家过年杀猪的时候，都要切上好多酸菜，酸菜里放上血筋、大肥肉片、心、肝、肺、肠子等，屋里热气腾腾的。因为是建杰杀的猪，所以建杰总是有权利先尝尝锅里的肉啊、肠啊，看看熟没熟。建杰是个活跃分子，心肠也好，像他父亲。当他尝到锅里的东西都熟了的时候，他喜滋滋地用筷子挑出一根小肠，又拿刀在锅里割了一小块肝，把这两样在菜板上切巴切巴就端进屋里，送到媳妇面前。媳妇美滋滋地接过筷子吃起来，宛如身边没有别人。婆婆在厨房里忙活着，而她倒像个婆婆坐在炕上先吃第一口，大家看着很不顺眼，但谁也不敢吭声。婆婆向屋里瞥了一眼那个气呀，自言自语地说：

"从来也没看到他这样孝敬过他妈！"

"赶上娘娘了。"建霞撇着嘴在切白菜，"建杰就是个怕老婆的料。"她声音不大。

何平在屋里剥蒜，看到建杰对媳妇疼爱有加，心里羡慕死了，不停地扫视老三媳妇香滋滋地吃着，心想：建平死了八辈子再托生也不能对我这么好。生孩子时，就因为把他那两个鸡蛋吃了，不知被他骂了多少回。自己做月子

时，他就整日摔摔打打，并且还暴打自己。

屋里的人出出进进，好像没人在意建杰两口子，其实大家早已看在眼里，建国很是不屑地一撇嘴，出去了。

要吃饭的时候，大家忙里忙外，建杰媳妇专拣轻活干，在桌边摆摆筷子，排排凳子，等到吃饭的时候，建杰首先挑好吃的给媳妇和自己的孩子往碗里夹，而何平只想让建平多吃点儿好的，因为他不是泄了元气吗，得好好补补。当然，建平也给自己的孩子夹好吃的。其他人大口马哈地吃着，何平一向很谦让，从来都是把好吃好喝的让给别人吃。公公看在眼里，很是不舒服，就夹了一块排骨给何平，婆婆立马不高兴地说：

"人家不嫌你埋汰？"

公公没理她，何平没吭声，其他人像没听见，其实谁都心知肚明。但婆婆对孩子辈的都挺好，特别是对大姑娘家的王旭冉，那亲的眼神都不一样，可比对那两个孙子好，常常在厨房里见到小旭冉，就背着那两个孙女偷偷塞到他嘴里一块肉。

晚上，婆婆说："建平，等你们走，给你们拿两块肉。"

建平没吭声，大家也听出母亲的意思。其实，建平就想在家过年。因为年年学校大院里，过年的时候就他们一家，其他人家都投奔老人过年去了，他感到很没面子。何平不那么认为，她觉得日子过自己的，不在婆婆家过年倒挺好，省得整天忙活做饭，活儿都是她的。

第二天，她偷偷地与建平商量，到县里给公公买件衣服，因为公公身体不好，过年了，得给他换件新衣服。所以，何平去了县里，不但给公公买了件毛衣，还给婆婆买了双鞋，给几个孩子买了点儿吃的。当然，建平与孩子的新衣也是要买的。

看这个架式，他们好像要在这儿过年。婆婆不喜欢人多，有时吃完饭就出去串门子了，建杰媳妇也就能帮着往下捡捡筷子碗，那小姑子一手不伸，吃完饭，碗筷一放一推，起身回自己的房间了，什么也不干，一切活儿都是何平干。有时大小姑子来了碰上，就帮她一起干。

公公每天要吃很多药，有时拿药的时候，建杰媳妇就赶紧帮公公看看药瓶或药盒说明，再小心翼翼帮着倒药，放到公公的手里，极其会来事儿，净干

面子活，和电视剧《闯关东》里的朱家大儿媳妇太像了。

这天，公公说很想吃鱼，于是，婆婆从仓房拿出两条冻鲫鱼缓上，然后又串门子去了。鱼缓好，何平就把鱼收拾出来，然后就在炉子上把鱼炖上。等婆婆回来，何平已把鱼做好了。婆婆咧嘴笑了，公公也很开心，看着二老欢心，何平心里乐开了花。公公边吃边说：

"做得不错，挺鲜灵。"

当公公夹开鱼肚时，何平看到鱼肚里有血丝，心里就不好受，说："没炖熟。"

"没事儿，挺好吃。"公公就是个宽宏大量的人。

晚上，大家谈论着过完年怎么出去给公公治病，儿女们想让父亲到哈尔滨或北京去看看，而母亲的意思是在本县看就行，她的意思是走哪儿看都是那样，大城市看病也好不到哪儿去。而儿女们却不那么认为，二儿子说：

"听说郑州有个老中医，看好很多得肝病的人。"

"是吗？"大家好像看到了救星。

"是啊。"老二接着说，"我不是在报纸上看到个征婚的吗，那个姑娘也在郑州，我和她通信了，也见到她照片了，人长得不错，正好，过完年带咱爹去看看。"

"行啊。"大家也都为老二的婚事发愁，人家老三的孩子都快会走了。

因为县里的大夫说，父亲得的是肝癌，拍的片子显示肝已很小了，癌细胞有点儿扩散。大家谁也没在父亲面前提过一个"癌"字，都说是肝炎，而父亲上过学，他看到大夫给他拿的药都是治肝癌的。他常常看着药瓶上的说明书发呆，觉得自己活不长了。

父亲蹲在炕里的墙角边，显然他很难受，但他不吭一声。在大家停下话匣子的时候，父亲开口了：

"我在死之前能去趟北京，看看天安门就知足了。病不治了。"

说得大家心里酸酸的，都七嘴八舌地说：

"又不是什么严重的病，好好吃药就好了。"何平说。

"现在科学很发达，肝病很容易治好。"王海说。

"等治好病，就让你去北京。"建平说。

"我想先看看北京天安门。"父亲此时似乎心情挺好。

这时，母亲却一脸不高兴地说："看不看能怎么的，我长这么大就去过牡丹江。"

她是个铁公鸡，把钱看得可死了。这些年，父亲养猱头挣了一些钱，可钱都揣进了母亲兜里。

大家都晓得母亲的意思，不想让父亲出去治病，怕花钱，觉得这病是治不好的，花了也打水漂了。可儿女们都想了却父亲的心愿。

建军有他的心思，他执意要带父亲出去看病。他说："妈，咱家猱头不是刚卖一万多吗？又不是没钱。过完年，我带我爹出去看病。"

"行。"大家响应着。

母亲坐在炕头，这时也不知是从哪儿掏出一沓百元大钞，狠狠地"吧唧"一下，这一沓钱，从炕头处溜到炕梢柜底下。在这种尴尬的局面下，大家都闭上了嘴，建杰去把钱从柜底下掏了出来。

过了片刻，母亲话题一转，说："建平，等你们啥时候走，给你们拿两块肉。"这话，这两天说好几遍了。

"明天就走。"建平气呼呼地说，母亲分明在撵他们。

因此，第二天腊月二十八，他们就回了自己家。这天，他们先到县里买了些年货，然后就回了幸福乡。

大年三十这天，何平早早地就起来了，先把鱼缓上，这是三十少不了的菜，年年有余（鱼）嘛！鸡是不能做的，拉饥荒的意思。她又炒了些花生，去了红皮，然后做了个花生挂霜，又准备了两个荤菜，菜快做好了，突然来个人，让建平快去乡政府接个电话，说他弟弟打来的，吓得建平脸都变了色，急忙向乡政府跑去。

不一会儿，建平回来了，说："简单做点儿得了，我得回家，咱爹病重了，要不建军不能大三十打来电话让我回去。"

"大三十也没车呀！"

"我骑自行车回去。"

"刚刚下了一宿小雪，怎么骑？"

"那我也得回去。外面起风了，道上不会积太厚的雪，被风一刮，不会太难骑。"

他们急急忙忙地吃饭，边吃何平心里边嘀咕，让他一个人走，路上太危险了，这崇山峻岭，树马狼林，又是大过年，路上一个人影也没有，出来个野兽吃了他可咋办！人多也就把野兽吓跑了。可陪他回去，孩子冻坏了怎么办？快吃完饭了，她狠狠心，说："我陪你回去吧！"

"不用，别把孩子冻坏了。"

"给她多穿些，脚找个旧大棉袄给她包上。"

他想了想，脸上露出从没有过的喜悦："那好吧！"

于是他们收拾收拾，把水缸里的水都泼到了外面，带上自行车的气管子，还有一些吃的，把孩子包裹好，就出门了。这一路，他们历尽艰辛，遇到上下坡路还能骑，平路就不行了，路早就被积雪堵住了，他们就得像老黄牛一样，撅个屁股拼命推着自行车，有时累得上气不接下气的，就停下来吃点儿东西，再看看孩子小脚冻没冻着。

从幸福乡到婆婆家得有一百多里路。为了陪建平，何平累得半死，有时嗓子眼儿都疼，大口大口地喘着粗气，还得着急赶路，建平常常骑到前面，就和孩子在前面等她。看着何平那么吃力，他一时心里感到愧疚，觉得以前那么虐待她是不对的，不该总想着朴玉，其实她是很爱他的。当何平骑到他身边时，他带着感动的语气说：

"就冲今天你这么对我，我以后保证对你好。以前都是我不对，我会补偿你。"他看看她，"以后我一定不再让你受委屈了。"

开天辟地头一次听他说这么暖人心的话，不由得一股热泪涌上心头，何平边擦眼泪边说："快走吧，天黑了。"

这时，也就刚走一半的路。他们是走一段骑一段，边走边看看孩子冻没冻着。当然，只要能骑还是要骑的。他们大汗直流，后背像背个锅盖，俨然一个大乌龟在骑车；由于后背出的汗太多，棉袄已冻成一个硬盖。

天已很黑了，山林里不时传出"哗啦啦"的恐怖的声音，令人毛骨悚然，因此，何平唱起歌来，什么《好人一生平安》《美酒加咖啡》《爱的奉献》等，有时也把歌唱串吧了。

建平说："你呀，选错职业了，当年该去学唱歌，你的歌比歌唱家唱得都好听。"

"是吗？"

"你要学唱歌，肯定唱红大江南北。"

"都说我唱歌好听。"她也不谦虚。

"要不你去学唱歌吧？"

"好呀！"

"唱红了，也就把我踹了。"

"说啥哪？我是那样人吗！"

这是他们一生最艰难的时刻，也是何平感到最幸福的时候。一路上，两人笑着说着，孩子也不时发出甜甜的笑声。也许在这黑灯瞎火的时候，建平故意在找乐，以驱走周围的野兽。他心眼儿就是多。

当他们穿过两个村庄，建平说："这会儿快到永河了。"

他们像走二万五千里长征一样长途跋涉，出门的时候没想到路途会这么艰难，大雪路让人推着都难行。又到一个村庄时，何平借着遥远的灯光看看手表，八点多了。这时，孩子在爸爸的车上喊饿，两人哄着孩子，说到了舅舅家就可以吃饭了。这黑咕隆咚的，也没法吃呀。

孩子在自行车上，一会儿就要睡着，两人不断地喊着："宝贝，别睡，快到地方了！"

"萧悫，到大舅家看电视，看动画片。"

孩子很乖，不时地搭着腔。

大哥有点儿钱，在永河镇盖了三间大砖房，但是他很看不起他们。没办法，天太晚了，只能到他家去。大姐夫几年前出车祸去世了，大姐很快改嫁到外县了，据说找了一个退休的老头，相差有十岁，老头对她很好。

他们终于进了永河镇，何平长长地吁了一口气："我的妈呀，终于活着看着人啦。"

"哎，可吓死了！"建平也如释重负。

当他们敲开大哥家的门，进了屋，大哥大嫂瞪圆了眼睛，愣了半天，三个孩子也围上来。他家两个女儿一个儿子，儿子上初中了，两个姑娘初中没毕业就不念了。二女儿帮他们看过萧悫。大嫂赶紧把孩子抱到炕里，让两个姑娘去煮饺子。就这样，在大哥家过的三十。第二天，吃过早饭，建平让何平给三个孩子每人十元压岁钱，而大哥大嫂没一个提给萧悫压岁钱。是啊，大年初一的也麻烦了人家。

因此，他们急忙向大哥大嫂告辞，匆匆赶回家。一进屋，二人就张望着，看看父亲怎样了，而父亲好好地坐在炕里。建平那个气呀，可当着父亲的面不好说什么。这时候母亲走进来，一看到母亲，建平满肚子的火可有地方发了。

"本来我们就没想回去，"建平看看几个弟弟，"可咱妈，一天说好几遍'等你们走给你们拿两块肉'，那不明摆着撵我们吗？"

"我什么时候撵你们啦！"母亲底气不足地说。

"你那不是撵是干什么？都二十八了，我们要走，你说一句留我们的话了吗？"建平看看父亲，"大年三十打电话让我们回来，差点儿没把孩子冻死！昨天晚上到我大舅哥家都十点多了！"

屋里此时鸦雀无声，萧悫进屋就上炕找三叔家的小妹妹去了。小妹妹快会走了，长得和她一样很可爱，萧悫喜欢得不得了。

在这个家里，几个弟弟和妹妹什么事儿都要和大哥商量的，也不都是大哥矫情，他挺有智慧和计谋。弟弟们把他叫回来，还是商量父亲的病该到哪儿去治疗的问题。可他们在大年三十打电话，建平还以为父亲病危了呢，吓坏了，所以一百多里路，顶风冒雪地带着老婆孩子昼夜兼程往回赶。

也是怕父亲上火，建平强忍着心中怒火，压着气说："哪年过年，我们那一趟房就剩我们一家，那些家都回老人身边过年。谁家老人不愿意让儿女在身边过年？就你硌眼。"

他本来还有更难听的话，但碍于兄弟媳妇在身边，不好说什么。母亲支支吾吾的。其实建平说得一点儿没错，她就是不想让他们在家过年。

大哥说得不是没有道理，所以弟弟们谁也没吭声。

经过几天的磋商，最后决定还是由建军带父亲出去看病。听说有个人得了肝癌，是吃中药吃好的。其实还有后半截的话，大家没在父亲面前说。这个人治好了肝癌，却得了胃癌。不是有这样一句话吗：是药三分毒，你治好了这样，就要坏了那样。

这四个儿子中，父亲最喜欢的是二儿子，顶属老二长得帅，也顶属老二关心父亲，一会儿给父亲拿药，一会儿帮父亲倒水，其他孩子也想帮，可靠不上前。父亲没病时，小姑娘建丽每天什么都不干，而且还爱发脾气，就没让父亲省过心，可自从父亲得了重病，她毛了鸭子了，到处找偏方看药书，又弄中药，天天给父亲烧开水，亲自给父亲洗脚。每天她给父亲揉脚时，父亲脸上就

会露出一丝幸福的笑容，同时也猜到自己得的可能不是一般的病。

自从回到这个家，何平每天忙里忙外的，而三弟媳妇别说有了孩子，就是没生孩子时也什么都不干，能帮着扫扫地就不错了，谁也不敢说啥，因为人家丈夫疼媳妇。如果自己丈夫不拿你当回事儿，别人更不把你当回事儿。所以有活，婆婆都是指使何平去干，不敢使唤三儿媳妇。有时做饭时，婆婆会对何平说："你去削几个土豆""你去切酸菜""你去把炉子生着"，何平都会心甘情愿地去做。

有时看到公公吃完药，在对着脏水桶很痛苦地漱口，何平感到自己无能为力，真希望公公能吃点儿什么灵丹妙药，快点儿恢复健康，每天乐乐呵呵地生活。

婆婆每天吃完饭，碗筷一推，腿一盘，拽过烟笸箩，开始卷旱烟。卷完，一伸舌头，舔一下卷好的烟纸边用手一缅，这旱烟就卷成了，又用手一揪多余的烟尾巴，把烟向嘴里一插，"哧"的一下划着火柴，点着烟，这鼻子、嘴都在向外飘着烟雾。这一出，那气质，不次于电视剧中的容嬷嬷。有时边抽边和三儿媳妇在炕上唠着嗑，觉得何平在厨房干得差不多了，就会向厨房喊一嗓子："何平，�五大碗面，把面发上。"

何平任劳任怨，干完活回到屋里，公公会把好吃的放到她身边。当然，萧悫也常常依偎在爷爷身旁，两条小腿搭在一起，专心致志地看着小人书。

萧悫小时候，有一次要拉屎，建平要给孩子擦屁股，婆婆说："一个女孩，拉屎撒尿应该妈妈管，怎么能让老爷们儿干。"所以，何平很听命，这些活不敢让建平干，而这会儿三儿子也生的女孩，这孩子除了吃奶在母亲怀里，其他时间都在父亲怀里。每天拉屎撒尿都是三儿子的事儿，而她屁也不敢放一个。这真是"马老实有人骑，人老实被人欺"。

三十四、悲喜交加

开学前两天他们回到家，而没几天，学校就下发了县教委的文件，以工代干的老师可以参加全省转干考试。听到这个消息，何平心里别提多难受了。因为身边凡是吃国库粮的都买转工了，婆婆给建丽、建国买了转粮、转工，可自己没有钱，又不好意思向婆婆借，建平也不提这茬儿，她只能听天由命。她回到班里，给学生留了作业，流着眼泪回去找建平，建平也犯愁，想了想说：

"你去县委找大哥（大表哥），咱豁出去了，先买国库粮和转工，再报名考试。找大哥买国库粮和转工能便宜很多。"

何平回学校请了假，就向后面检查站而去，刚到检查站没一会儿，建平骑着车子兴高采烈地奔她而来。

"你不用找大哥买国库粮了，派出所刚给我送来一份名额，你靠我的转粮指标。"两人从来没这么开心过，脸上乐开了花。

因此，何平来到县委找到大表哥，说明来意，大表哥说：

"年前我刚给教育局二百个转工指标，这样我再给二十个转工指标。"大表哥想了想，"你把简历写下来。"大表哥把纸和笔递给她。他给教育局长打了个电话，请他来一趟，教育局长很快就到了。大表哥向他说明意思，又把何平的简历给了他，让他帮着把名报了。

就这样，事情顺顺利利地办妥了。回到家，她把经过对建平说了一遍，两人别提有多开心了，好像是老天安排的，好事儿都赶在了一天。这次通知来得突然，并且时间短，在四月中旬就考。何平每天和衣而睡，有时睡一觉半夜

起来也背题。建平每天给她搜集政治新闻，并且叮嘱她：

"你要珍惜这次机会。"这时，他也能主动做饭看孩子了，何平除了上班就一门心思学习。

这段时间两人都很紧张，仗打得少多了。很快就到了考试的时候，这次，无论语文、数学、政治，何平都感到这些题是她平时做过的，因为没下考试通知之前，她每天也在学习。建平常对她说："机会是给那些有准备的人准备的。"

没出一周，考试成绩出来了，好快啊！何平考了全县第六名，与第一名差三分，省里给了他们县十个转正指标。何平欣喜不已！

建平买了瓶白酒，何平炒了几个菜，两个人那个兴奋劲儿，好像一对多么恩爱的夫妻，你尊我敬，孩子也很快乐。

但是好景不长，幸福中学这两年换了好几任校长，别看他们老师不多，那都是仙儿——刺儿头。这不，又调来个梁校长，不到四十岁，能力倒有，可爱沾花惹草。从他来以后，学校规章制度定了不少，无论教学上还是考勤上都很严，致使有些老师对他不满意。有时几个老师忙里偷闲侃会儿大山，他也要撂下脸子加以训斥，然后在大会上旁敲侧击："有些老师，上班时间不好好工作，侃大山。这不是娱乐场所，以后上班时间不能乱串办公室！"

"那研究教学问题呢？"谭玉良一脸傲慢的样子，"也不能去请教？"

因为平时就他和萧建平、刘海波常在一起侃大山，是学校里有名的猛虎大将，也别说，他们在教学上也是顶呱呱的实力派，没人能比。梁校长显然是在说他们。这时，梁校长被问得半天不知说什么好，顿了顿说："这是制度，上班时间不能串办公室。"

"这是国家定的制度？"萧建平问道。

气得梁校长脸红脖子粗，说："国有国法，家有家规。"

很快散会了，萧建平对谭玉良说："小谭，别耗子腰里别把枪，就起了打猫的心思。"

"你小子就是魏延！"谭玉良不屑地说。

"我是魏徵。"萧建平自豪地说。

"我看，你俩是替天行道。"刘海波瞅瞅其他老师笑着说。

"你们三个，一丘之貉。"王伟是教导主任，他几次想竞争当校长，可很

多人不捧他，他也不得罪人，还尽量拉拢这些人。

从这次会议后，他们对这个梁校长又加了层敌意。特别是萧建平，发现这个梁校长常常去学校食堂，和陈艳那是有说有笑，并且还发现梁校长总爱去刘海波家。有时刘海波不在家，他更是去得勤。萧建平与刘海波家一墙之隔，这天，梁校长派刘海波去县里学习，萧建平回来对何平说："今天晚上我要去捉奸，老梁肯定来找陈艳。"

吃过晚饭，看了会儿电视，建平就让何平和孩子先睡，他在窗前门后窥探，有时悄悄把窗帘掀开一条小缝，有时弓腰离开窗户，大气不敢出地躲到墙角里，他似乎也怕打扰老婆孩子睡觉，何平看着很不舒服——人家偷情关你什么事儿？狗拿耗子多管闲事。她不敢说，只是在心里寻思寻思而已。

何平正在梦中，孩子突然哭起来，这时，建平正瞄到梁校长蹑手蹑脚向陈艳家走去，快走到房门口，而就在此时，屋里电灯亮了。因为孩子哭，何平也忘了建平在偷窥，稀里糊涂拽着了灯，建平像被电打了一样，"噌"地一下缩下头，梁校长在外也看到了萧建平家窗旁似乎有个人影"嗖"地一下不见了，但他瞬间感到是自己的错觉，贼一样钻进了陈艳家。

何平可遭殃了。

"你是不是跟老梁串通好了？"建平回到屋压低声音瞪着恶狠狠的眼睛，"真巧，他刚过来你就给他通风报信，我看你俩就有勾当。"

何平没理他，去抱孩子，孩子一直在哭。

"扔出去得了，"他狠狠地用眼睛剜了一下孩子，"野种，没一点儿地方像我。"

其实这孩子大眼睛高鼻梁特像他，他昧着良心信口雌黄。何平不爱理他，顺口说道："野种好，可能你也是野种。"

他冲上来就是一耳光，何平嚷道："你不说是野种吗？那就是野种。"

这半夜三更两人就打了起来，孩子像梦游一样，依然哭着。这个孩子夜里闹，建平从来不管。本想背着孩子到操场上转一转，可建平在监视偷听人家老娘们偷情，她只能抱着孩子在炕上。她心里也在懊悔，怎么稀里糊涂把灯拽着了呢！两人打了一会儿，建平像有心事，到北面客厅耳朵贴着两家的一砖之墙，竖着脑袋，竭尽全力、聚精会神地听着那边的动静。

夜深了，孩子也哭够了，何平也太乏了，就和孩子睡着了。不知什么时

候，何平迷迷糊糊地感到建平爬到了身上。他真是偷听人家偷情自己却来了性欲。刚刚打了媳妇，却还想这事儿，太不要脸了，禽兽一般。何平心里那个气啊，但也只能任他摆布。

事隔没几天，再一次评课的时候，梁校长对萧建平不带教案进课堂进行了批评。

"萧老师，你平时讲课就不带教案进课堂吗？这么多人去听课，你对学生前途太不负责任了。我们教书育人，对知识是来不得半点儿疏忽的。"

这一句激怒了萧建平，他拍桌而起："你说我误人子弟呗？"

"你跟谁说话呢？"

"就跟你。"

"你不就仗着你家有人吗？"

"有人比偷人强！"

"你什么意思？"

"什么意思你不知道？"

"你以为谁治不了你！"

"我让你治我。"萧建平几步蹿到梁校长跟前，一拳打过去，打得梁校长鼻子瞬间流出了血。

这时大家都上来拉架，课也不用评了，也有在窃窃私语的："咱校长跟谁了？""不知道。""是不是陈艳啊，他俩挺近乎。"大家七嘴八舌地猜着。

王伟拿来毛巾给校长擦鼻子，老校长丁学海也过来劝阻，梁校长这时很狼狈。其实萧建平在他眼里就是个钉子，在这个学校里，只有萧建平威胁着他校长这个位子，他本想给他一个下马威，没想到碰了一鼻子血，他擦完鼻子向外走去，大家也跟在身后。他蹦着脚要到县里去告萧建平，他在操场上正指着萧建平叫嚣：

"我到县里告你去，这个学校有你没我！"

这时，何平下班走进校园里，看着梁校长一副叛徒的头型，狼狈不堪的样子，正和自己的丈夫叫板，心里"咯噔"一下："建平怎么能打校长呢，吃了熊心豹子胆啦！"

"你干什么呀？家里打外面打！"何平带着孩子走过去对建平埋怨道。

萧建平一脸怒气，其他老师不知如何是好。学生宿舍外面还有一小部分

学生，大家都惊慌失措的样子。看着梁校长向大路奔去，何平不知如何是好，心里似乎装进了一颗定时炸弹，随时随地都要爆炸，炸得她人仰马翻。

经梁校长上教委这么一告，教委决定把萧建平调到七星镇中学去，可七星镇校长不要，说："那是个刺儿头，我摆弄不了他。"教委又决定把他调到前锋乡中学，前锋乡中学校长也不要，说："那是个战争贩子，我那庙小，装不了那么大的佛。"结果哪个学校都不敢要萧建平。

梁校长这边告，萧建平这边也撺弄刘海波告他搞破鞋。并且萧建平把哪月哪天夜里梁校长去陈艳那偷情，记得清清楚楚。教委对老梁的告状不是太感兴趣，倒是对萧建平和刘海波的告状十分热心，亲自派人来调查好几次。萧建平像讲评书一样，一遍遍学着梁校长那天晚上怎么去陈艳家。当然，萧建平也知道别的中学校长不敢要他，他就去找大表哥，被大表哥一顿训斥。因为是在大表哥家里，这时大表嫂不乐意了。

"建平的事儿你不管我管，他们也是在整人。"

"到哪儿都闹事儿，没让人省过心。"

"我不能被他们调出幸福乡，那可丢大人了。"萧建平蔫头耷脑的。

因此，教委最后把梁校长调到了幸福乡中心小学任副校长，对萧建平提出口头批评，并且给他们学校又派来个新校长。当然，至于梁校长和陈艳的桃色事件，也是不了了之。没按在床上，谁也不能承认。

儿女们走后，父亲的身体一日不如一日。这天，建军从城里回来，与父亲商量着，如何带父亲去郑州，他们商量来商量去，最后决定建军带上父亲的病历一人去，这样还能省些钱，显然，路费都是母亲掏的。虽然他去相亲，可带回来好多中药。

建军回来后，向母亲讲述着姑娘如何看好他，可她哥哥对他持怀疑态度，姑娘听她哥的，不敢跟他走，他还说自己带去的都是名贵酒，这亲没相成，还瞎了酒钱，但也不算白去，找到了那个老中医。老中医听了他的叙述，看了病历，说这病能治好，就给抓了十副中药，说吃完以后再照着他开的药方连吃两个月，病情就控制了，然后再找他换下一个药方吃，就会痊愈。

父亲听了很欣慰，因此建军立刻把中药泡上，说这药得泡上四个小时才

能熬。当然，熬药的活是老父亲自己干，他年轻时学过医术，懂点儿熬药的技巧，母亲一副漠不关心的样子。在她心里，钱比丈夫重要。每天父亲喝着难以下咽的中药，为了生存，他每天自己泡药、熬药，艰难痛苦地喝药，大清早还要出去锻炼。建军每天教他气功，说这样病慢慢就好了。

父亲每天天不亮就出去，回来时像个圣诞老人，而母亲很少去关心照顾他。北方的二月天气还比较冷，加上是山区，据说春天山区早上会漂浮着一些有毒气体，它会伤害人们的身体，山区里的早晨是不宜锻炼的，但这些谁也不懂。

每天泡药、煎药、喝药，又练气功，父亲的身体不但不见好，反而一天不如一天。这时，西药他也在吃。

建军在家陪了父亲几天也回城上班去了，家里就剩母亲和建丽，建丽在别的村子教学，早出晚归，这时的父亲不像年前了，有时建丽给他洗脚，他也觉得不耐烦。四月份建军又给他抓了一些中药拿回来，他说：

"不吃了，吃了也没用。"

"爹，中药是慢功夫，你得坚持吃。气功也得坚持练，好多人得了难治之病都是练气功练好的，气功很神奇。"他在家陪了父亲几天，又走了。

有时家里就剩父母，父亲会愁眉苦脸地自言自语："都走了，没人管我。"

"不是还有我吗！"老伴儿说，"他们不都有工作吗！"

本来父亲是个很通情达理的人，癌症折磨得他整日吃不好睡不好，他现在就希望儿女们都能围在他身边，能多给他一些关心，他就满足了。

母亲将父亲的情况告诉建霞，因此建霞每天都和丈夫带着孩子过来看看，陪父亲唠唠嗑，安慰安慰他。父亲年龄不大，才五十九岁。

这次建军抓回来的药，父亲没吃几副，说什么也不吃了，他也煎够了，老伴也不帮着煎，他心里有气，但他不说。

天渐渐地暖和了，而父亲的病一天天加重，也许是因为他每天早晨早早地去锻炼，山上的晨雾对人体有害。这天早晨他怎么也起不来，吃饭的时候，老伴把他搀了起来，他一再摇头，意思是不吃了，老伴说："你不吃饭，怎么吃药？"

他强忍着身体的剧痛，吃了几口饭，老伴儿又把药拿来，他一一地把药吃下。

这下母亲毛了鸭子了，去找建霞，建霞托人捎信让建军回来，因此建军、

建杰都匆匆赶回来，把父亲带到县里，送进医院做了全面检查。片子出来后，哥俩儿去见医生，医生说：

"癌细胞已经扩散，挺不了几个月。"

听到这惊人的消息，哥俩儿眼泪簌簌而下。

"怎么会这么快？"建杰说。

"像你父亲这样的，"医生说，"不用住院，住院也没用。"

其实父亲很想住院，他不想死，他希望有奇迹出现。两人带着片子回到建军的住地，都装着笑脸对父亲说：

"大夫说没大事儿，回去按时吃药。"

他们暗地里找人把消息告诉了大哥，建平一听也慌了神，有些手足无措，到学校找何平，两人决定放学后坐晚上的车去城里。

当他们来到县里，天已黑了，再找到建军住的地方已经更晚了。建军见到大哥一家都来了，脸色有点儿不好看，心想：你来就行，带嫂子和孩子干什么。父亲很憔悴地躺在炕上，何平拿出水果，让孩子给爷爷吃，萧悫很乖地跑到爷爷身边。

"爷爷吃。"萧悫向爷爷嘴里放香蕉，爷爷脸上露出了一丝笑容。

"爹，平时多吃些水果对身体有好处。"何平说。

建军沉沉个脸子没说什么，他们简单地吃了些剩饭，然后哥俩儿就出去了。因为对于父亲的病，是在县里住院还是回家养，他们也没主意，只能找大哥商量。经过磋商，最后还是决定把父亲送回家。因为工作不允许，再加上建平在学校刚闹完事儿，也不能请假，现在只有夹着尾巴做人，照顾父亲的任务只能交给建军、建杰了，建国在一个挺远的乡政府上班，一般情况他们也不找他。

就这样，父亲又被送回了家。父亲是个聪明人，他从儿女的举动中早已看出自己的病没救了，因此，每天情绪很低落，吃得很少，有时睡觉翻身都很吃力。

建丽听说癞蛤蟆能治肝癌，也不知是真是假，就到处捉癞蛤蟆，扒皮，给父亲用，后来又听说潮虫能治肝癌，大家又开始在缸下、砖下四处捉潮虫，也不知建丽怎么给父亲用的。不管怎么治，父亲的病就是不见好。有时老伴儿

收拾完菜园子回到屋，他就会说：

"你种的这些菜我是吃不着了！"

"怎么吃不着，别瞎琢磨。"

父亲有时站在院里，望着远处的青山和蓝天，百感交集，老伴儿看到他很累的样子，就给他搬来凳子。看着满院的鸡鸭鹅，还有条狗，他感到很失落，说："孩子们都不管我呀！反正我也是要死的人了……"

"都上班，没时间——忙。想谁啦，我让他们回来！"

"不用，别打扰他们。"

三十五、虫子惹的祸

春天里，大家的确都很忙。建平他们正是采薇菜的时候，据说薇菜营养价值很高，出口日本，每年这时大家都起早贪黑地拼着命采，好多赚点儿钱。

人家都是男人上山采菜，女人在家揉菜看孩子，而何平家恰恰相反。也是因为建平去了几趟山，采回的菜像老鹰叼的似的——一丁点儿。每天撸完菜，吃完饭，再收拾完，何平还要把面发上，第二天还得起大早蒸馒头，为的是上山好带。每天都要带上两三个大馒头和几块咸菜，把这些往麻袋里一放，麻袋四个角是用绳子扎好的，然后把麻袋向身后一背，俨然小学生背着书包。早上四五点钟就要坐上车，如果到山上晚了，就被先到的人把菜采了。等晌午又回来了，鞋和裤子都呱呱湿——其实，早晨一进山，露水就已把鞋和裤子浸湿了。这里山上小鹿、狍子、山鸡、蛇、虫子随处可见。何平不怕蛇，觉得蛇像泥鳅鱼，她非常怕虫子。要不是为了挣点儿钱，打死她也不进山。这就是人为财死，鸟为食亡。在山里常常看到一些大蛇小蛇到处穿梭，爬树或盘成一盘头在中间立着。其实，蛇只要你不伤害它它是不会攻击你的，但是这虫子太讨厌了，你不招它它也往你身上爬。像鬼一样，神不知鬼不觉地钻进你的衣服里。

这天，何平没采到多少薇菜，因为去的地儿都被人采过了。她很快把菜用开水炸完、撸完，算是轻松了很多，便发上面早早地休息了。

第二天，何平早早地蒸上馒头，然后进屋上炕叠被。她刚伸手去拽被头，就见一条大虫子趴在那儿，敢情她搂着虫子睡了一宿，她"啊"地一声翻到炕里，真像见到了鬼，建平听到这惊恐声，一下从外面蹿进屋里。

"怎么了？"

"妈呀，虫子！"她手指着，却不敢去看虫子。

"在哪儿？！"

"那儿——"她失魂落魄地指着炕边的被子。

"哎呀，我以为见到鬼了呢！"建平拿过一张纸，用纸捏着那条虫子，丢到外面用脚碾死。

这时，孩子也被吓醒，睁着睡眼，何平赶紧说：

"宝贝，睡吧。"然后她小心地叠着被子。

建平走进来，嬉皮笑脸地说："昨天没采多少菜，是不是也做了四品叶了？要不虫子怎么能钻进衣服里。"

何平看看孩子，怕影响孩子睡觉，就下炕穿上鞋来到外屋。本来就吓得一身冷汗，这时也不知哪里来的胆子，骂道："你就是魔鬼在世，整天不是这个破鞋就那个破鞋，其实就自己干着破鞋事儿。"

"不管怎么说，他们还是让我抓住了！"他说的是梁校长与陈艳。

自从他告人家梁校长与陈艳偷情后，陈艳很少搭理他们。虽然一墙之隔，有时他们打得人仰马翻，陈艳也不让刘海波过来拉架，她说："出人命更好，何老师就贱，三条脚的蛤蟆不好找，两条腿的人有得是。那是人过的日子吗？天天打得鼻眼青。他自己不要脸，怀疑这个怀疑那个。哪天打出人命，把他枪崩了才好呢！"

"你就是个不要脸的人，像个丑八怪似的，那张脸比你爹还老，让人看了就恶心。"何平说。

"不恶心你能搞破鞋吗？"他说着，就抡起拳脚向何平打来。

何平也不示弱，去薅他头发，两人从厨房打到客厅，那真是战火纷飞，每次打架都是以何平失败而告终。不管他们怎么打，陈艳他们只是看笑话，也是，建平捉人家奸，就是不道德。虽然建平描述着梁校长如何轻手轻脚去偷情，但是刘海波从不和媳妇打仗。他家一女孩一男孩，都已上小学，过得挺幸福。刘海波听媳妇的，虽然听人说梁校长惦记他媳妇，他也顶多给媳妇几天脸子看，不会大吵大骂的。

他们都打累了，如战后的英雄，都趾高气扬。何平是遍体鳞伤，不管身体怎么剧痛，她决不在建平面前皱一下眉，只是背地里偷偷啜泣。

　　这时锅里的馒头早过了掀锅时间。何平坐在地上，建平坐在沙发上，他一起身，何平以为又来打她，吓得一抱脑袋，建平向外而去。何平扑啦扑啦身上的灰，拿起平时拎的小兜，也向外而去。显然，今天山也不上了。

　　离开中学大院，她也不知该往何处去。来到检查站，她登上了去婆婆家的客车。其实，她也惦记公公的身体，希望有奇迹出现。

　　来到婆婆家，公公已卧床不起，听婆婆说，公公连翻身都需要人，并且身体已出现褥疮，很遭罪。看到公公那痛苦的面孔，她感到万般无奈。

　　当她来到菜园里，看到建国在备垄种菜。建国看到大嫂眼眶发青，就说："又打仗了？你看咱爹这身体，你们还有心打仗。"

　　何平不知说什么好，只是说："你请假了？"

　　"嗯。"

　　然后何平来到婆婆身边，婆婆在割韭菜，她也蹲下帮着择菜。

　　"你爹这些日子总在念叨谁也不回来看他，建军回来陪他一段时间，可人家有班呀，也不能总在家陪他。这不，建国也请假回来了。他说他遭不起这罪了，都怕他寻短见。建军在家时，几次看到他到仓房找东西，都尾随后面看着他，他就生气，说：'看着我干什么？'唉，愁人啊！"

　　何平只是听着，也不知该说什么好。婆婆看看她那乌眼青的脸，只是唉声叹气。如果不是面部青一块紫一块，也许她今天又上山采菜去了。可这张损样的脸，坐上车又要被人当新闻讲。她陪婆婆抱柴做饭。

　　因为每年这个季节学校都串休，为的是让大家搞点儿福利。这一趟出来，她就像个没头的苍蝇，无处可去。中午吃饭的时候，公公只是坐起来吃了几口。他看看这个大儿媳妇，脸上的愁容才稍稍舒展了些。

　　下午，何平临走时对公公说："爹，你好好养病，暑假我再来看您。"

　　"嗯。"公公有气无力地答应着。

　　这一趟，也是她最后一次见到公公。

　　婆婆给她拿了些葱和韭菜，她下午坐车就回来了。真是茫茫人生路，没有一条她可行之路。走，往哪儿走？孩子怎么办？苦恼之至！

　　春色铺满人间，可愁思淹没俏脸；花草欣然舒放，可苦海紧箍周身。太阳已下山，她慢慢腾腾地向家挪动着脚步。那个家有她牵肠挂肚的孩子，也

有残害她的人。在这如醉的春光里，到处欣欣然，小河潺潺，鱼鸟争欢，而何平却没有一丝喜悦。从检查站到家的途中有个小桥，她伫立桥头，思绪万千。

良久，远处来人了，她才向家走去。不愿回也得回那个家啊！她把菜放在厨房，进了客厅，孩子就进来了。

"妈妈。"孩子唯唯诺诺的样子。

何平刚拉过孩子，建平就恶狠狠地进来了。

"怎么，找他诉苦去啦？"他阴阳怪气的。

"对，诉苦去了，我就喜欢他，看见你就恶心。"

这个他在哪儿呢？他俩谁也不知道。何平心想：要是有个鬼和我相好也行啊！她心里那个气呀！

"不恶心你能搞破鞋吗！"

"搞破鞋也是跟你学的。"

"我那是爱情！"

"你那是奸情。"

"朴玉长得漂亮，比你有才，会写诗，你会吗？吹牛吧！还作家呢，家里坐着吧！"

"她长得再漂亮也是个武大郎个儿，一张大饼子脸。"何平寻思寻思，"她好你怎么不和她过？又不是没给你机会。"

"你不没看好我吗？我就不让你好过。"

孩子吓得偎在妈妈腿上，邻居听得一清二楚，他们只是看热闹，拉不起架——他们三天两头打。

"瞅你那死德行，缺德带冒烟儿。"她指的是他捉邻居媳妇奸，"不会得好病死的。"

"得好病也不能死。"他早已把大年三十对她说的话忘得一干二净。

"你就是个畜生。"

"对，我就是畜生。"说着，他气急败坏地冲过来扇了何平一耳光。

早晨的怒火还没平息，何平早豁出命去了，挪开孩子，冲上去就和他拼，两人打作一团，吓得孩子哇哇大哭。建平把她摁在地上，左右开弓，然后薅起她的头发，摁着脑袋向水泥地上猛磕，似乎像电影里的八路军在痛打日本鬼

子，真是照死里打。何平的头被磕得嗡嗡直响，一时什么知觉都没了。孩子看着父亲拼命打妈妈，没好动静地哭，邻居实在听不下去了，跑了出来，他们进屋的时候，建平还在薅着何平的头向水泥地上磕，气得刘海波和王伟上去薅起他衣服，一下把他揉到沙发上。

"你是人吗？有这么打媳妇的吗？"王伟说。

"你也太不像话了，打伤人哪！"刘海波呵斥道。

"没见你们这么打仗的，吓死人！"陈艳一脸惊慌的样子。

"多大的事儿，至于这么往死里打？"小张大夫不解地说。

大家七嘴八舌地谴责着建平，也有过去哄孩子的，也有来扶何平的。何平被扶起来，昏昏沉沉地还没站稳，一侧身，看到高低柜的镜子，就猛然砸去，这一砸，还没等她醒过神，右手腕上的血"哧哧"地喷了出来。一时，吓得大家慌了手脚，多亏小张大夫在场，她说："谁有鞋带，赶紧解下来，扎到她胳膊上。"

大家七手八脚地找鞋带，有人解下自己鞋上的鞋带给何平扎上。王伟叫上刘海波，两人跑着上街里去找车。别说，人不该死终有救。王伟他们刚匆匆赶到老供销社门口，就见一个叫纪师傅的拉着上山采薇菜的人刚进院把车息了火，向门口没走几步就遇到了王伟他们。王伟说明情况，纪师傅二话没说，立刻去起车。他们上了车，就向中学开去。这时，中学院中又聚集了很多大人孩子在惊恐地观望。天这时有些擦黑了。

车开进院里，大家把何平弄上车厢，建平把孩子交给小张大夫，就沉着脸和几个男老师上了车。车走后，陈艳对大家说：

"会不会出人命啊？流那么多血。"

"不知道，挺吓人。"大家七嘴八舌地议论着。

二十多分钟后，车开进了县医院。建平给了司机四十块钱，说："谢谢你了。"

"快看人去吧！"纪师傅说。

建平转身匆匆跟上背何平的老师。

"真是造孽呀！这么好的媳妇给他白瞎了。"纪师傅边说边上车开车走了。

这天，县医院外科主任值班。他是这个县里的外科大拿，姓李，医术很高。此时，到处都已灯火通明，大家慌慌张张把何平送到二楼外科值班室，

李大夫问明情况，就安排其他值班大夫、护士立刻把何平送进手术室。建平始终是一副死娘的脸。

上了手术台，护士就给她打上了麻醉药，没多长时间，大夫们就过来了。李大夫边看伤口边与其他大夫惊讶地说：

"这动脉与静脉血管都折了！肌腱也折了。"他停了停，"这动静脉能接上，可肌腱没法接。哎，这伤得不轻啊！"医生、护士边说边精心缝接与处理伤口。

跟车护送何平的几个老师被安排在一个大病房里。何平走出手术室时，感到房屋都在旋转，眼前模模糊糊，似乎像在做梦，手术室外空无一人，没有一个人在为她担心。走廊里阴森森的，一个大夫、护士的影子都看不到，他们什么时候从手术室走的她全然不知。一时，她只感到头很大很沉，好像坠进了深渊。不知过了多长时间，她睁开眼睛，发现自己倚墙坐在地上。她艰难地爬起来，扶着墙，慢慢挪着脚步向跟前的病房张望，心想："上哪个屋去呀？"挪过几个办公室，看到一个开着门的病房，她才松了口气。

当她挪到那个病房门口，向里一看，见几个熟悉的身影和衣躺在病床上，就轻轻地挪了进去。其他人都睡着了，只有刘海波听到点儿声音坐了起来，看看她，也没吭声，就又躺下了。何平向门口那张准备好的病床慢慢移了过去。他没看到建平在哪儿躺着，屋里似乎没有，也许精神恍惚没看清。她爬上床，就什么也不知道了。

第二天，何平还在昏睡中，就听建平在吼。何平挣扎着坐起来，定睛一看，建平抱着孩子站在病房门口咆哮。他起早回去又回来的。

"明天咱俩就去离婚，这日子没法过，这家让你败祸完了。"

显然，这场仗花了家里不少钱。何平再看看其他床，这些人什么时候走的，她全然不知。

"药费我都交完了，医生说可以出院，七天后来拆线。"

孩子挣脱开爸爸的怀抱，跑到妈妈身边。此时，何平才意识到自己右手与胳膊都打上了石膏，想抱孩子抱不了。她看着孩子，孩子可怜巴巴地看着她。

"第一个孩子就不知道是谁的呢！"萧建平又开始了，"找我当替罪羊，你以为我好欺负呗？"

"跟你那一天我是处女！"何平心如刀绞，肺欲炸裂。

"处女膜那玩意儿能缝。"

"你看到谁缝了?"她顿了顿,"都穷掉底了,谁能缝得起!再说,我看那么多书,没听说那东西还能缝。"

"别说没用的,我这个替罪羊已经为你做够贡献了,明天咱俩就把婚离了。"他说着,把十元钱撇到何平跟前,抱起孩子扬长而去。

这仗吵到了医院。何平泪水哗哗而下,呆呆地坐在那里。可能是农忙,病房里除了她一个病人都没有。想想昨天那一幕,建平薅着她的头发,像摔西瓜一样把她的头向水泥地上磕,是那么凶狠,那么猖狂,俨然要磕碎她的脑壳。离就离吧,她想。

她下了床,用左手把被子叠好,又拢拢头发,拿起那十元钱,像战场上下来的伤病员,脖子上吊着绷带,孤苦伶仃地离开了医院。走上大街,她才感到肚子空空的,于是在一家馒头铺买了两个馒头,狼吞虎咽地吃了。这时,她真想喝口水,可舍不得钱买水,心想:忍忍,一会儿到家了。

到了客运站,也没见到那爷俩的影。其实,那爷俩已经坐上刚发出去的车走了,何平只能等下一趟开往幸福乡方向的车了。买好票,她心里七上八下、忐忑不安地站在窗前等车,不知回到家里会是什么局面,她设想着一幕幕恐惧的场面,但也幻想建平能改头换面,对她体贴入微,心疼倍至。可这个想法一出现,就被她否了。

当她坐车回到家里,刚走到门口,几个邻居就围了过来,七嘴八舌地说:"昨天你一上车,把我们吓坏了,怕有个好歹的。"陈艳说:"我还问小张'能不能有危险'?小张说'不好说'。没事儿就好,以后别干傻事儿了。看你遭这个罪。"

这两年校园里又添了两家老师,这种场合,那个跟了王伟的老师只要小张出场,她就不敢露面。

大家关心了几句,就让何平进屋休息了。就在何平开门的瞬间,不知谁说了句:"真可怜。"何平心里酸酸的。是啊,身边一个亲人也没有,自己像个野鬼,没人疼没人爱。她进了屋,建平和孩子好像刚吃完饭,她首先奔水瓢而去,从水缸里舀了一瓢水迫不及待地"咕咚咕咚"喝了大半瓢,感到痛快极了。

建平阴沉个脸,孩子扑向妈妈,让建平叫了过去。他一时似乎有了恻隐之心,对何平说:"上炕上去吧!"

何平心里突突地跳着，真怕他大吼一声："咱离婚去！"这一声，吓了她一哆嗦，但她立刻缓过神来，向屋里而去，上了炕。建平没再提离婚的事儿。

虽然右手不能动，可左手是好的，中午何平就照样做饭收拾屋子。这两天她好像过了好几年。

三十六、魔难之年

采菜的季节过去了，何平脖子上吊个胳膊照样上班。每天批作业用左手还凑合，可备课就费劲了，左手写起字来笨拙得很，写出的字不如幼儿班的孩子。

到了七天拆线的时候，显然是何平一人去的县城，那个李主任说："那天是按创伤收的你手术费，没按接血管收，你少花不少钱。"

"太谢谢你了，李大夫，你的恩我会记一辈子。"

"不用，这是我的职责。"李大夫边拆线边说。

何平眼睛盯着手臂上那两排显眼的针窟窿眼儿，说："这针眼儿能长合吗？"

"能。回去别碰水，等针眼儿愈合了就没事儿了。"

"大难不死，以后我会报答你的。"何平一时不知用什么感谢的话来表达。

"不用不用，回去好好养，别抻着。"

后来，李主任给她开了一些吃的与擦的药，她千恩万谢地离开了医院。

她拿着药匆匆地坐车赶回学校，因为没到放学时间，她放心不下学生。拆掉石膏，她感到全身像去掉了枷锁，但右手后面的三个手指伸不直，五个手指怎么也合不拢，右手比左手薄了很多。其实右手已造成终生残疾，肌腱已断，无法接上，那三个手指终生使不了劲儿。

她用左手备课，显然字不成形，后来学校可怜她，说不用她备课了，她心里感激涕零。是啊，从没人心疼过她。有个四姐对她好，可在千里之外，四姐哪里知道她受这么多苦与难。她只要有时间就抻抻那几个弯曲的手指。有时洗衣服，她就用左手使劲儿，如果右手沾了水，她就马上用毛巾擦擦。建平从

没把她当成病人，好像她还是个健康的人。

右手针眼儿还没痊愈，何平又感到身体不适，月经过了半个多月了，还没来。她月经一向很准的，她知道这是又有了。唉，又要挨骂了。他又要吹胡子瞪眼睛吼了，不知又要骂出什么龌龊的话。

果不其然，当何平把这事儿一说，建平立刻火了。

"越穷越有事儿。"吓得孩子跑进了炕里。"让你生一年能生两个。这家都让你弄穷了"。

"我流产票子都能报。"何平怯生生的，"我也不愿意，我还遭罪呢！"

"我就是倒霉，跟你就没过上好日子。"

何平声不敢吱。是啊，怎么这么不争气，一年做一个，这要让生这六年不得生七八个孩子啦！

"赶上猪啦！"建平气哼哼的，"不知道是谁的呢！我的种能那么好使？"他话题一转，"人家说啦，能搞破鞋的人就爱怀孕。"他是一天不打仗就像缺点儿什么。

"你放屁。"何平火了，但也不太敢发火，"你有病！我愿意呀？"

"前几天你就跑出去过，又拿我当替罪羊。"

"那次走我是去了你妈家。"

"别拿我家当挡箭牌。"建平一副怒气冲天的样子，顺手把电视前的一个杯子摔在地上，扬长而去，吓得何平与孩子一哆嗦。

他走后，何平赶紧下地把碎杯子扫了扫扔到了外面。

没几天，何平蔫了吧唧地一人去了县里，做了这最后一次流产，然后又是一人孤苦伶仃而归。回来后，建平每天沉个脸子，似乎何平做错了什么事儿，说话也没有好声调。因为孩子有时夜里还哭，每当这时建平都要骂："野种，就是能作人。"何平也不理他，只是生闷气。建平却照睡不误，而何平就要背着孩子满操场走，孩子睡了，才肯回屋。这孩子从小哭到大，他父亲从不管。

人家孩子晚上哭白天睡，而萧悫夜里哭，白天却没觉，真是奇才。何平每天精疲力竭。她好强，虽然学校允许她可以不备课了，但她照样用左手备简案，不让自己在这一项上有缺憾。时间长了，她又能用右手写字了。虽然右手只有两个手指好用，那也比左手写出的字好看。

小产没几天，突然传来噩耗，公公早晨喝农药自尽了。建军带着单位车

来接他们。于是，他俩急忙请假回去奔丧。

回到婆家，院里已搭好灵棚。来到公公遗体前，何平放声恸哭。这哭声有对公公的死的悲伤，也有对自己无法言表的苦难的悲伤。本以为两个小姑子也会陪她哭，可只见她俩有眼泪而无声音。老人常说：如果谁家死了人，没有哭声，那下辈子孙就要出哑巴。从何平进婆婆家到公公出殡，就没再听到哭声——只见他们有眼泪。

这天是农历四月二十七，公公死的日子不好，犯七，不能停三天，所以第二天就火化了。因为死得突然，骨灰放在了殡仪馆。祖坟在山上。后来他们给父亲下葬时，给所有祖宗也立了碑。父亲的棺材里有两个格，父亲骨灰盒放在了左边，说等母亲百年后骨灰放在右边。母亲听到这个格局之后很生气，说：

"没等死呢，位子都给我安排好了。我不去那个地方！"

大家不作声，显然母亲对此事很忌讳。其实她挺长寿。

何平有苦总是埋在心里，这几天总是感到胃里像塞了一团草，堵得慌。刚做完流产没几天，多么想好好休息一下，可事情一件接一件。她多么想得到他的关心，哪怕说上一句心疼的话心里也会安慰些。

在幸福乡这些年，他们是灾难不断，于是两人商量，何平先离开这里，慢慢地建平也会离开这里。建平弯弯肠子多，给何平出主意去找大表哥，看看能不能调进城里，如果不成去别的乡也可以。因此，何平去城里找了大表哥。大表哥对何平印象好，也觉得他们是该挪个地方了，就给教育局长打了电话，商量是否能给何平安排进城，如果有难度调到邻近县的乡里也可以。

副县长的话教育局长肯定照办，就这样，何平顺顺利利地调到了另一个小乡。孩子跟着她也颠沛流离。有时星期天，她带着孩子骑着自行车要走一百来里路赶回建平这儿，常常黑灯瞎火的到家。有时骑到半路，孩子在车后面就闹：

"妈妈，车颠肚子疼，妈妈，车颠肚子疼……"

可没办法，交通不方便，道路不平。如果是白天，可以让孩子下来走走，如果是夜里，只能一边哄孩子一边拼命向前蹬，眼睛都不敢向道两旁树林斜视，生怕看到什么黑影，心怦怦跳个不停，那种恐惧无法形容。

公公去世不久，这孩子夜里奇迹般地不哭了。何平几乎每周都回家，这

时她也依恋着他。虽然一周见一次面，但两人到一起除了夜里格外亲热，白天建平仍要恶语伤人。何平多么希望他能像夜里那样对她好。

很快进入暑期，一天，何平收拾屋子，无意中发现建平在一个大日记本里写了许多爱情诗，她心里一阵酸楚——显然这些诗不是写给她的，他的心还在别人那儿。

海

你是一片海

我是一片海

你跃过来

我翻过去

就是一片海

你是一片海

我是一片海

漫过礁石

绕过小屿

就是一片海

伴随

攀岩在陡壁上

荆棘遍野

划伤骨肉

心中，你伴随着我

犹如伤药

安抚我遍体的伤口

……

翻着那一页页诗篇，何平不解其意，只感到自己极其渺小，又觉得悲哀——他是写给谁的？可转念一想，他一定是无聊，写着玩儿呢。可怜的女

人，真是：梦里飞天，净想美事儿。她认为他是爱她的。

去年寒假里，婆婆在城里买了个房子，那时也是因为公公生病总去城里，再加上建军没地儿住。因此，建平决定先把家搬到城里，这样何平回家还能近些，要不两人正好城东一个城西一个。所以在这个暑假里，他们就把家搬到了城里和建军一起住了。

何平好强，她让建平在家看孩子，就买了两个纺织筐去城边扣大棚的人家上了黄瓜、西红柿到乡下去卖，有时也到市场上上一些肉类或水果到乡下去卖。这也是生活所迫，因为这时常常几个月不开支，有时开支不是用过期奶粉抵工资，就是用国家债券顶工资，使他们生活十分窘迫。

一次，何平到一个网滩去上鱼，回来到市场就卖掉了，赚了六十多元钱，把她乐坏了，有点儿飘飘然。她虽然已转正，但月工资不到三百元。因此，下午她又骑着车子跑了来回七十多里的路去上了一次鱼，这回赚了二十来块钱。

这一个暑假，她整日东跑西颠贩卖各种食品，的确赚了点儿钱。虽然累点儿，也比在家整日听着建平没完没了的谩骂要舒坦。

有时她到街上卖东西，建平看到她就赶紧躲到一边，好像何平会给他丢脸似的。靠劳动挣钱是光荣的。而他，有时让他干点儿啥，不是摔盆就是砸碗，打天骂地。不管何平每天怎么累，孩子与他的脏衣服他都不会洗，何平心里不乐意，但也不抱怨，尽量利用早晚的时间把那些脏衣服洗出来。在她心里，只要他不聊骚打仗，就阿弥陀佛了。

其实，寄人篱下的生活不好过。虽然住的房子是婆婆买的，但与建军一起住，也是不大方便。何平梦想自己有个房子，哪怕再破只要能住人就行。

现在何平每天也敢吃饱饭了，因为自己能额外赚钱了。有时看到建军一脸不高兴的样子，她就偷偷地与建平商量："等咱俩有一个调进来，就借钱买一个房子。"

建平奸笑着说："你那四千块钱拿出来，咱不就可以少借点儿吗？"

何平愣了一下，立刻明白过来，说："你还想着那四千块钱？是不是没有那四千块钱你当初不会要我？"

"差不多。"他像是开玩笑又像是真的。

"我要是真有那四千块钱不早就拿出来了吗？"何平心想：真不要脸，我怎么找了这么个爱吃软饭的男人，一点儿骨气没有。

三十七、阴谋

新学期开始，他们各自回到自己的学校。进入金秋时节，天气整日阴沉沉的，秋雨绵绵，何平有时两周回一趟家。

一次，她周一早晨回学校，可细雨绵绵，为了省点儿钱，她没有坐车，因为即使坐车也坐不到终点，也还得走十多里路。所以，她给孩子穿好雨衣，自己也穿上雨衣，骑着车子走了。可自行车骑到半路，车轱辘总被泥巴糊得死死的，她便骑一会儿，再找来木棍抠抠车轱辘上的泥巴，后来实在骑不动了，她便推着，可推着自行车粘的泥巴更厚实了，没办法，她让孩子下来走，她扛着车子走。这一路三十多里，没骑上一半，还累得她气喘吁吁。

孩子没走几步，小脚已被泥巴粘成两个大秤砣，直叫唤："妈妈，我走不动！妈妈，你背我。"

"车子还骑妈妈呢！"何平放下车子，给孩子把鞋上的泥巴抠掉。可没走几步，孩子又叫唤：

"妈妈，我走不动了……"

看着孩子跟着自己遭罪，何平心里说不出什么滋味。她真后悔，早晨不如不骑车子，走着现在也到学校了。看看表，快到十点钟了。唉，到学校也得中午，她心想。

这个乡的中心校长做事十分霸道，她规定的制度是"不管什么原因，只要请假，每天就扣五元钱"。按她定的制度，显然，这个月要被校长扣去五元钱，何平心里挺上火。

望望天空，再看看这泥泞不堪的路，再瞅瞅哭哭啼啼的孩子，她一时不知如何是好。这车子犹如泰山一般，再也扛不动了。扔掉？不可能。这可是家里的大件值钱的东西。她想了想，反正路边壕沟也不深，并且壕沟那面是成片的玉米地，她狠了狠心，扛起车子，翻过壕沟，把车子藏进了玉米地。

她深一脚浅一脚地回到道上，瞅瞅前后没人，把放在草棵里的兜子挎到身上，背起孩子向前走去。来到学校都快十二点了。

下午上班，她对校长说明了原因，校长没有露出一丝怜悯之情。其实，她利用星期天来回贩卖各种吃食，校长心里就不舒服，但也没制止。因为何平从没有因为贩卖东西而耽误工作。

后来天一好，路面一干，何平立马去把车子找到骑了回来。一次，她利用中午时间到街里去卖水果，为了讨价还价，言语之间和一个妇女弄得不太愉快。那个妇女没走出几步就和另一个妇女说：

"还老师呢，成小贩子啦。就是个破鞋！"

何平听得清清楚楚，虽然当时她没有愤怒，但心里翻江倒海地难受。这些都是他造成的。清清白白一生，却背个破鞋的名声，一时她陷入痛苦之中。她直直地望着那个妇女，另一个妇女好像怕打架，把那个妇女强行拽着，快速向远处走去，她边拽那个妇女边偷眼回身看何平，骂人的妇女似乎自己多么正直，一副泼妇的样子。何平望着她们走得无影无踪，还站在那里生气。老天爷，你为什么要用这样肮脏的行为惩罚我？别说搞破鞋，我连个异性朋友都没有，也从没有过不轨行为，可他总侮辱我，这是为什么？

显然，水果也没卖多少，涨了一肚子气回到寝室。她来到这个中心学校，学校就让她担任班主任，所以她常常去班里待着。因此，她把水果送回寝室，就带着孩子去了班里。班里有个脚踏琴，她常常去练琴，虽然弹得不专业，但她每次都很自我陶醉地弹，来释放自己的苦闷。孩子很听话，只要给她两本书，她就会认真地在那翻着。

真是好事不出门，坏事传千里，才来这里没多长时间，这里的百姓都说她是破鞋，挂着个破鞋招牌却没尝过破鞋是什么滋味，真是冤枉之至。

何平心如刀绞，翻着学生的音乐书，一首一首地练着这些曲子，其实她弹得很不熟练，只是在发泄忧愁。

从此，她再没上街卖过东西，而是把剩余的东西分的分，赠的赠，吃的

吃。她清楚，一个带着孩子的女人，到一个偏远的地方工作，显然有一些不可告人的秘密，可她怎么去诉说自己的苦衷？苍天什么时候能给她一个公道？

现在她两三个星期没回城里，星期天一大早，建平就骑着车子来了。他是第一次来到这里，见到建平，何平感到很惊讶，但内心还是很欢喜的。孩子似乎没什么高兴的样子——因为他平时总是阴阳怪气的，孩子不喜欢他。他对孩子从来没称过一声心肝宝贝。

午饭是在食堂吃的。女寝一共三个人，一个大姑娘周末被男朋友接走了，另一个吃过午饭就去了办公室，显然是在给他们腾地方。男老师也剩两个，其余回家了。

回到寝室，建平对何平说："我觉得那两个男老师看我像看敌人，那种态度——"

本来吃饭时，何平把他向那两个男老师介绍了，那两个男老师点点头。他们都是小伙子，嘴也不会说什么。再说，都知道他俩夫妻不和，打仗远近闻名，谁敢和他们近乎。都知道何老师的丈夫是个疑心病，也不清楚何老师是真不正经还是被冤枉的，只有何老师自己晓得。凡是住宿的都是年轻姑娘、小伙，根本没有离家带孩子的，何平的到来，也是这里的一大新闻。

听着建平阴阳怪气的话，何平当没听见，他似乎认为何平真没听见，话题一转，说："咱出去溜达溜达？"

也是，半个多月没见了，何平真想他，把刚才的不快抛到了脑后，说："好。"

于是，一家三口走出学校，向江边走去。这个小乡位于乌苏里江畔，一侧傍山，景色优美。当他们走上江岸，江边有许多渔船和人，建平故作紧张地说：

"可别让你丈夫看见！"他似乎有意让别人听到，然后诡秘地一笑。

何平气得半死，说："你不知道，我丈夫早死了！"

何平多么渴望他能说：老婆，半个多月没见，我真想死你了！我爱你！这真是越渴望得到什么，越得不到。一次次听到的是让她撕心裂肺的语言。何平沉默不语，她不想一见面就打。在路边，她折了一些野花，转身给了乖乖在身后跟着的女儿。

江水滔滔，渔民们有的在收网，有的在闲聊，有的在修渔船，江面上还

有撒网的渔民。这里青山绿水，真是美不胜收。

这时，建平抱起女儿走下江堤，何平迟疑了一下也跟着下去了。到了下面建平放下孩子，孩子就去水边捡小石子，建平说：

"这里景色好美啊！真是谈情说爱的好地方。"

何平心想：整天就情啊爱啊的，得不到的永远是爱情，得到的就是臭狗屎。可她微微一笑，说："爱情是美好的，可爱情之花插在狗屎上，也是臭气熏天。"

"哼，你永远也读不懂我。"他似乎觉得自己很了不起，俨如一个不凡之人。他撇着嘴冷冷一笑。

何平心想：你那么行，怎么还在这个小旮旯待着，夜郎自大。她哪里知晓，建平脑子里又浮现出与朴玉曾在一个小桥下相拥的情景——那个甜蜜。

因为言语不和，他们带着孩子悻悻而归。

晚饭一过，女大师傅就笑容满面地对何平说："何老师，晚上小齐就到我家去住，你们两口子好好亲热亲热。"小齐是同宿舍的女老师。女大师傅是个热心肠，她的年龄与何平相仿。

"都老夫老妻了，亲热啥！"建平搭讪着，"我是过来看看孩子。"

"就嘴硬，"女大师傅是个开朗之人，笑眯眯地说，"久别胜新婚嘛！"

何平虽然脸上挂着笑容，可心里十分不悦。她真想听到建平说：我既想孩子也想媳妇。

回到寝室，孩子上炕去玩儿了，何平拿起教案备课，建平拿过一本何平闲时看的小说翻阅着。何平满心想和他亲热，可一次次烈火刚点起，就被他一瓢尿似的语言浇灭了。建平不时地用嘲讽的语气说：

"这书，都是没文化的人看的。没事儿读点儿诗，看看名著。"他又话锋一转，"诗你也看不懂啊！"

"你懂，你有文化，有水平。"

"肯定比你学问大。"

是的，他考过大学，但是外语面试的时候他放弃了，老师说他把前途当儿戏。当时外语面试就去读读报纸，很简单的。后来他后悔莫及。他多次与何平口若悬河、器宇轩昂地说：

"我曾经想到，我一定能上大学，一定能出国。如果我从国外回来，一出

机舱我就会扬起手臂，向大家招手致意。"他得意地比划着。

孩子有个习惯，玩儿的时候总是自己跟自己说话，可能大人忙总不理她吧，她自己有说有笑地一会儿看书，一会儿玩玩带来的小娃娃，很可爱。妈妈常常备课，看到她有趣地玩，就会很开心。天黑了，孩子自己就睡了。

建平从来没亲过孩子，他见孩子睡得甜甜的，就左看看右看看，似乎要从孩子脸上看出点文章。何平以为他是在稀罕孩子。他放下书，好像找到了新大陆，对何平说："这孩子我怎么看都不像我，没有一点儿像我的地方。"

何平放下笔，满肚子气，说："你是来打仗的还是来看我们的？你红口白牙埋汰人埋汰惯了，这孩子眼睛不像你吗？"她多么希望孩子一睡，他能来和自己亲热，可总是事与愿违。她看看孩子，接着气愤地说："你真像个魔鬼——魔鬼转世。"

"是啊，你要看我顺眼就不能这么长时间没回去了！你要看上我就不会出那么多事儿。"

"我有啥事儿？你看到啦？"

"那三个月怎么回事儿？"

"我跟你那天是处女，你这样说话不昧良心吗！你读书读驴马经啦！"

"那玩意儿说明不了问题，也许是你来事儿了呢？"他不屑一顾的样子。

何平气得要疯，又怕吵声太大隔壁男老师听到，也怕惊醒孩子。她真想暴跳起来掀破天，可她还是忍住了，说："你到底是人是鬼？我说什么你能信我？"

建平上炕放好枕头和被子就躺下了，看着他那死样，何平又气又可怜他。她哪有心思再备课，起身出了屋。

外面已经很黑了，她便向街里走去。当她来到女大师傅家，一搭门，没搭开，她就轻轻去敲窗。女大师傅待人热情，常叫她们到家吃饭。很快门开了，女大师傅说：

"本以为给你俩腾地方，让你俩好好亲热亲热，怎么吵架啦？"

"他就不是个人。"何平进了屋。

因为都睡觉了，何平进到一个小屋，三个女人唠了一会儿。女大师傅人很精，不去追问她为什么吵架，她明天还得起早去食堂做饭，也就很快都睡了。

　　第二天一大早，何平回到寝室一看，屋内空空，再跑到大道上去看，远远的就见建平驮着孩子骑车已走很远，她急忙返回骑车去追，想把孩子追回来，因为孩子在这儿上幼儿园。可追出七八里，怎么也追不上，无奈只好返回。

　　所以，周末一到，她就骑着车子回去了。回家一看，孩子没在家，让他送到孩子奶奶家去了，何平好像忘掉了与他的不快，就忙着做饭。建军一个人，显然一切东西都是她买的。吃过晚饭，建平就像火烧屁股一样到厨房里转悠，何平还没有收拾完，他就到何平身边动手动脚，撩得何平碗还没刷完，就撂下与他进了卧室。一进屋，建平就像恶狼猛虎一样扑了上来，没等何平脱完衣服，他就三下五除二地把何平内衣扒得四处都是。这一夜，他是一点儿没消停，而天一亮，他就死猪般酣然大睡，而何平还得起来生火做饭。

　　吃过饭，何平就忙着收拾屋子，洗衣服。正在她洗衣服时，收水费和收电费的又来了，这个屋子虽然他们很少回来住，可也不能太计较了。一算，水电费共计四十多元，好像已经欠了好几个月了。建平不大高兴，可也没说什么，建军只是说了句："我来交吧！"他也就是说说而已，根本没想掏钱。寄人篱下嘛，就得受点儿气。这样的事后来还有几次，何平感到很窝囊。这是婆婆买的房子，可她总觉得像住着建军的房子，方方面面算起来，这比租房子还贵。而建军不领情不道谢，把他们当冤大头了。本来那些水电费都是他用的。

　　十月一一到，他俩就回乡下接孩子去了。孩子在奶奶家，奶奶并不十分宠爱她，有什么好吃的奶奶都是要多给旭冉哥。可能是她比旭冉哥小，奶奶以为她不懂事儿，常常都不避她，给旭冉哥四块糖，就给她两块糖，吃饭时也是，把肉给旭冉哥多夹，给她也夹，都是蔬菜多。奶奶还对她和声细语地说：

　　"大孙女，多吃点儿蔬菜对身体有好处。"

　　所以，孩子一见到爸爸妈妈就要回家，何平心想：哪有家啊，这种颠沛流离的生活不知能到什么时候。因此，他们只在婆婆那儿住了两天就带孩子回来了。

　　假日一过，他们都各自奔赴自己的岗位。他俩每周都回来，当天气渐渐冷了，何平就两周一回来，因为她怕冻坏孩子。

　　也许距离产生美吧，这几个月里建平不那么找碴儿了，也是因为他们见的面少。建平只有在发泄兽欲时，才对她体贴入微、疼爱有加，一旦提起裤子，他就是另外一个人。何平对他琢磨不透。他如果平时也对她这么好，那她

觉得自己就是世上最幸福的人，哪怕为他去死都值得。可惜，她从没听到一句他对她爱的誓言。

北方，进入十二月份就寒风刺骨，有时何平满心想回去，又怕冻坏孩子，得不偿失，就放弃了，周末就和同事们打扑克。一次，校中学主任带来个男的，三四十岁，身材魁梧，长相帅气，不像等闲之辈，他也与他们一起玩儿。玩儿了两次，有一天那个男人来了以后并没有玩儿，而是站到了何平身后，把一只手放在她肩上。其实何平早已感到他站在身后，就不高兴地耸耸两肩，几下把他的手耸耷掉下去了。何平又若无其事地和大家玩儿，她也不想让他没面子。何平的表现大家都看在眼里，也都装没事儿人似的。

校中学主任也是有家之人，他也不知道何平是真正经还是假正经。他也是从幸福乡中学调来的，知道她很受气，没少挨丈夫打。这个世界就这么小。他希望何平有外遇，要不白做一回女人，这是他背地里对自己媳妇说的。

一次，校中学主任来到她们寝室，和她们玩儿的时候说：

"你们知道蓝广臣有多少钱？"

"能有多少钱，一个管渔业的。"一个住宿的男老师说。

"咱们县长恐怕都没他有钱。全县的渔业都归他管，油水老大啦。"中学主任瞅瞅何平。

何平没抬眼皮，知道他是说给她听的。她想：他就是有一千万，或者他是国家领导人，我也不稀罕。她真是穷横穷横的。因为在一起玩儿了几次，她也知道那个身材魁梧帅气的人叫蓝广臣。

后来何平又碰到他几次，他总是热情洋溢地向她打招呼：

"何老师，干什么去？"

"何老师，你真漂亮啊！"

吓得何平头都不敢抬眼都不敢睁，真怕建平出现在身边，那自己就完蛋了。

人都是有自尊心的，这人见何平根本对他不感兴趣，也就不再来她们寝室了。本来，她们寝室有两个大姑娘，男寝室的几个光棍儿也是惦记这两个姑娘，所以常到她们寝室打扑克，后来真有个男老师与小齐老师成了一家。

转眼就要到期末考试了，这个周末何平没有回家，一个是天冷，一个是寄人篱下，再一个马上就放假了，想等放假一起回去。可没想到，上午她正在

寝室辅导孩子认字呢，建平推门进来了，何平一惊，孩子脸上也露出了灿烂的笑容。

他一来，小齐老师就热情地说：

"姐夫，你坐，我正好要上学校去。"于是，她起来收拾一下身边的书本就出去了。

小齐走后，建平一脸不高兴地坐到了炕沿上。孩子只是望着他，并没有扑过去。何平向他解释着为什么没回去，他不作声，何平不知他葫芦里卖的什么药，自己又哪儿做错啦？她脑子里翻江倒海，对他察言观色。

每次日子久了不见，她都想扑过去，与他相拥相吻，好好亲热亲热，可一见到他那张冰窖似的死脸，一腔热血也都变成了血栓。何平真希望他能抱起孩子亲一亲，可他从没有过，这让何平心里很不舒服。等何平解释完，他开口了。

"我来有事儿。"他一脸严肃的样子，"去年，你在幸福中学操场是不是和王伟说，你喜欢他？"

"你说啥呢？"何平一惊，"你胡说，你是不是有病？"

"我看你有病！"建平火了，"前几天王伟亲自跟我说的。他说，你在操场上对他说，你喜欢他，咱俩要是一家多好！你还知不知道廉耻？"

"他胡说！"何平本来对他的话是半信半疑，这会儿看他的样子不像是假的，就继续辩解，"他吃饱撑的？他是扒瞎，我魂儿也不会跟他说！他是存心造谣诬蔑。"

"你敢和他对质吗？"

"怎么不敢，我没说我怕什么！"

"就怕你不敢去。"

"要不咱们现在就走！"何平有些激动，"我亲自问问他。"

"那好，这不马上考试了吗，考完试你立刻去幸福中学，咱俩一起去找他。就怕你不敢见他。"

"我怕什么，我又没说。"何平感到莫大的冤枉，真是肚子气得鼓鼓的，恨不得立刻去找王伟，看他怎么说；同时心里也在担心，他要是硬说自己说了，那可怎么办？她的心坠入了深渊，就像外面白雪皑皑的世界，感到万物都已冻僵。

建平没在这儿吃午饭就快快而去。

这几天，何平如坐针毡，只盼快点儿考完试，然后立刻去幸福中学。她惴惴不安地熬着每一分每一秒，不知等待她的是什么结果。

终于考完试了，批完卷，学生也彻底放假了，学校才给老师们放假。何平带着孩子风尘仆仆地赶到幸福中学，到的时候已天黑。北方冬天白天特别短，四五点就黑天了。见到建平，她第一句话就是：

"咱们去王伟家。"

"赶趟儿，"他话说得很轻巧，把人弄来了，他却不急了，"你先帮我把政治卷批了。"

于是，何平照着答案很快帮他把学生的政治卷批完了。这里学生不多，所以考卷就少。批完，何平说："咱们去吧！"

"我在炉子上做点儿饭给你们吃。"

"我不饿。"

"孩子饿啊！"

孩子一进屋，就跑到其他办公桌前玩儿去了。他做了点儿挂面，一家三口在办公室吃完，何平说："这会儿可以去了吧？"

"这么晚去，人家肯定不高兴，明天再去。"

何平看看手表，快七点了，冬天都睡得早，即使不睡得早，七点钟了也是比较晚了。她无可奈何地只好作罢。

建平是睡在办公室，因此，这一宿一家三口就挤在这张床上。第二天，天没亮何平就起来了，她有心事睡不着，又怕去了王伟家惹得人家两口子发生矛盾，可为了清白自己就得去，不去不就证明自己说了嘛！她心里忐忑不安。她生上炉子，就到建平的办公桌前去看他桌上摆的几本书。建平很敏感，一睁眼看到她坐到他桌前，立刻穿衣下床。其实，他抽屉里写了许多情诗，但肯定不是给何平的，他做贼心虚。

何平以为他也早早起来是要和她去王伟家，可建平来到他身边，说：

"这有几本《妇女之友》，你看看。"他从另一张桌子上拿过几本刊物，好像挺关注她。

何平哪有心思看，一时又感到他对自己挺好，说："不看了，咱早点儿吃

饭，好去王伟家。"

"我想了，不去了。"他一副深沉的样子，"本来王伟就怕小张，咱一去，小张肯定又要怀疑王伟和你有事儿，越说越说不清。"他故弄玄虚地说，"有些事儿不说什么都没有，你一说，没有别人也以为你有。"

何平是进也不是退也不是，去，怕惹麻烦；不去，怕以后建平总拿这话埋汰她。她真是苦恼之至。他又说：

"现在的人都爱看别人家的笑话。"他瞅瞅何平，"咱的笑话还少吗？如果你没说，那就是王伟故意挑拨离间。他这人就是个小人，咱认识他就行了，以后别搭理他。"

"我又不在这儿，上哪儿搭理他去。"

"怎么，你还想天天见他？"

"你有病！一会儿他上班来我就问问他，我魂儿跟他说了还是鬼儿跟他说了！"

"你还嫌我得罪的人少吗？"

何平一时感到很窝囊，不知如何是好，孩子被他俩吵醒了，自己乖乖地穿上衣服。建平后来缓和语气说：

"赶紧做点儿饭吃了，去后面检查站，有早车。要么等上班时间大家都来了，看着不好看。"

三十八、进城

在这个寒假里，两人商量着怎么能把一方调进城里。其实点子都是建平出的，并且这时他大表哥的亲弟弟也当上了人事局局长，他觉得这是求他们办事最好的机会，教委领导哪个不巴结他们哥俩。因此，何平按照建平出的主意，去找大表哥、二表哥。大表哥身材魁梧，一米八九的个儿，别看他是副县长，对人总是平易近人。他说：

"你们不能总分居着，"他一副庄严而和蔼的口气，"我找找教委，先把你调回来。"

何平满心欢喜，觉得大表哥像个老父亲一样慈祥。

"孩子是不是也快上学了？"

"嗯。"

大表哥很忙，这时又有人敲门，何平就向大表哥告辞。

于是，两人盼着。年前，何平买了丰厚的礼物去大表哥、二表哥家串门，他们对何平都很热情。两个表嫂都是开明人，何平与她们很是说得来。他们都住着深宅大院，很是显赫。

何平回到家，对建平说：

"我这辈子如果能住上高高的红砖瓦房，就心满意足了！"

"能，老了就住上了。"建平笑笑。

这个假期，过着寄人篱下的日子，他改变了不少，不再陈谷子烂芝麻地埋汰何平了。只要他不侮辱她，让她干什么她都不嫌累。对她来说，累点儿也

比受欺辱强。

过完年，建平让何平再去见大表哥，可何平去了县委，大表哥的秘书说："刘县长去市里开会了。"因为她去了几趟县委，这个秘书知道她是谁。她就蹗蹗地回了家，向建平报告情况。建平也去过几次找大表哥，大表哥对他总是一副教训人的腔调："你走到哪儿打到哪儿，别的中学校长都不敢要你。你能不能改改你的脾气？听说你总打媳妇，何平哪点儿不好？配你都白瞎了。"

他这时候很乖，一声不吭，他不敢顶撞大表哥。他去一趟大表哥就给他上一次政治课，他有些惧怕大表哥，所以一般的事情他都指使何平去。这会儿大表哥不在家，他就指使何平去找二表哥。

二表哥没有大表哥身材高，但有点儿胖。何平感到他说话也没大表哥和蔼，一副不太关心人的样子。何平来到他办公室，他很客气地让何平坐下，何平说：

"二哥，快开学了，不知我这学期能不能调回来。大哥出门开会去了，他说这学期差不多能帮我调回来。教委吴局长的儿子年前结婚，我去随了一千元的礼，不知他能不能帮忙。"

"要是能调回来他就告诉大哥啦。"

"建平让我找你打听打听，看看有没有希望。"

"你要是催的话，恐怕人家把你那一千块钱退回来了，以后更难办。"

"我们也不知该怎么办，所以来找你商量商量。"

"回去等着吧！开学该上班上班。"二表哥一副事不关己高高挂起的样子。

官场上的事情，何平怎么会懂。大表哥在办的事儿，二表哥肯定不会再插手。因此，何平告辞回家赶紧传达。两个人心里都是十五个吊桶打水——七上八下。

在这寄人篱下的日子里，建平很少挑衅，只要他不挑事端，何平永远都不会同他打仗。每天她怀里都像揣个兔子，对建平察颜观色，建平高兴，她就开心，建平生气，她就如惊弓之鸟，惴惴不安，大气不敢喘。

一次，两人上街买菜，何平想买那水灵鲜嫩的茄子与茼蒿，只是贵那么一点点，而建平就坚决要买那老一些、有点儿蔫的菜，并且嘴里振振有词："你什么家庭？一点儿不知过日子，省一点儿是一点儿。吃不穷喝不穷，算计不到就受穷。"

何平心想：只知省不知挣。看他那穷酸相，就让人瞧不起。何平不敢违抗，看他手里拿着那发蔫的茼蒿，她就感到自己像和个乞丐在一起，心里有说不出的别扭——真是当今的葛朗台。

回到家，建平就开始收拾菜，其实那茼蒿茎早已像干柴一样，等他收拾完，却扔掉一半，何平颦着眉没作声。

开学那天，何平又去见大表哥，大表哥说："你去教委找蓝主任，她给你安排去哪个小学。"如接到大学录取通知书，她心花怒放，感到满世界都流光溢彩。她谢过大表哥，就满面桃花地去了教委。到了教委，找到蓝主任，蓝主任说："何平，一小的李校长申请要你，你到第一小学报到去吧，这是调令。"因此，何平又谢过蓝主任，去了第一小学。

她找到校长，说明了情况，李校长热情地接待了她，并且说："听说你调进了城，我向教委申请要的你。你是个有才华的人，难得。"何平谦虚地回答着："哪有才。"

从此，她就在这所学校教了下去。当她回家把这个捷报告诉建平，建平乐得手舞足蹈，从没见他如此狂喜。高兴之后，一家三口到集市上买了一些肉和菜，做了一桌佳肴，建平买了瓶白酒，与建军畅饮，孩子只顾吃，这气氛比过年还欣喜。当然，建平有他的如意算盘，这样他就可以顺理成章地找大表哥，让大表哥也把他调进城了。

不久，大表哥把他安排去了林业局上班，每天两人为工作而忙碌，孩子上幼儿班，一家人倒也太平，只是过着寄人篱下的生活有些不自在。他们住着婆婆买的房子，建杰却住在丈母娘家，因此建杰媳妇时常与他报怨："凭什么大哥大嫂他们住在老太太买的房里，而我住娘家。等我找老太太说说去。"建杰就低三下四地哄劝，"大哥大嫂也是暂时住那儿，不会长住的。"

一天，建杰来到他们家，进屋就有些不顺心地说："这房子早晚要惹事端。"

何平看看他，什么也没说，心里明白几分，建平也没吭声。是啊，作为老大是不该占便宜的，便宜应该给小的们。建杰走后，何平说：

"建杰话里有话，一定是媳妇说什么了。咱不能再住这房子了，谁乐意住谁住，咱不能占便宜，因为咱是老大。"

"那上哪儿住去？"

"想办法买个小房，狗窝也行，能住人就行。"

"哪来的钱，抢去？"

"不还有两千块钱吗？"

"两千块钱能买什么？真能买个狗窝。"

"狗窝能住人我都去住，住在这里早晚是个事儿，你看，建军每天回来嘟噜个脸子，我可不想在这住了。"

"又不是他的房子。"建军没在家，他们才敢放声说话。他又诡秘地一笑，"你那四千块钱拿出来就够了。"

"什么？"何平怔住了，转而明白了，"哎呀妈呀，你还想那四千块钱呢！是不是没有那四千块钱你都不能要我？"

"照那么说吧！"

"我要有那四千块钱早拿出来了，我哪有那心计。"她边说边感到心里酸楚，敢情你是为了那四千块钱和我在一起，你是丝毫不爱我喽！一时，何平的心像被捅进一把刀，在汩汩滴血。

建平进了城，就常常忆起和朴玉在一起时那甜美的时光。有时他在想，如果此时和朴玉一起生活，定不是现在这个穷酸相，至少她父母能帮一下，而何平父母就差穷得没衣服穿了。想到此他就上火，世上没有后悔药。

何平更上火，本以为找一个相貌不扬、家境穷困潦倒之人，会珍惜自己，慢慢会爱上自己，这一生也就足矣。可她错了，萧建平是个夜郎之人。何平也许书看多了，渴望爱情，可不曾尝过点滴爱味。

从即日起，每天她起早贪黑四处看房子。当然，深宅大院她想都不敢想，只敢去那偏僻之处问津。建平在林业局上班，有时还进山，回来就像个泥猴。他习惯了，从不洗衣服。有时何平下班还要走街串巷去看房子，累得半死，也要起早把他那堆脏衣服洗出来。

一次，夜已深了，孩子睡了，建平踉踉跄跄地回来，一进屋，就把衣服脱个精光，口中含含糊糊地说："喝多了，他们非逼我喝，我可能要死了。"

何平吓坏了，赶紧去烧水，还没点着火，他又说：

"我可能拉裤兜里了！"

何平又赶紧去查看裤头，果然如此。建平进屋一头栽进炕里，像死猪一样鼾睡过去。何平给他盖好被子，又去外面找来一块小木片，收拾着裤头上的

屎，然后又开始洗。这时他们已买了个铝的洗衣盆，等她洗完这一堆衣服，建平已进入梦乡。

第二天，建平看着院子里媳妇洗的衣服，只感到自己身体轻松不少，却对媳妇没有一丝感激之情。但他还记得昨天拉裤兜里了。何平很想听到他几句感谢之言，可就是得不到，似乎她是应该服务于他。

这里的春天来得晚，四月末才能冰雪融尽。这些日子何平天天犄角旮旯地串，只想买一个能住人的房子。后来，在一趟很旧的破房子中打听到有一家要卖房子。何平哪晓得小市民的狡诈，一问，主人说："卖，七千块钱。"何平多了句嘴："带仓房吗？"那个女人穷馊馊的样子，看样子这辈子富不了——刀螂脖子细长腿，不是受穷就是短命鬼。她眼珠一转，说："不带，带就加三百。其实哪有卖房子不带仓房的。于是，他们很快就以七千三百块钱买下了这个房子。

这个房前后都像水晶宫一样，处处是汪洋，他们是用砖、木头搭的栈道搬的家。不管怎么说，自己有家了。没几天，建杰他们就搬进了婆婆那房子。买下这房子借了婆婆五千块，当然，他们省吃俭用，二年后就还上了。像建平那么抠门儿，十天半拉月家里都吃不上一次肉，肯定二年就攒够了。

进入夏天，一日，天气炎热，何平要买个冰棍，建平撂个脸子说："什么家庭不知道，一屁眼子债还想享受，真是没心没肺。"

何平没敢吱声，灰溜溜地出去找活做去了。说也巧，这个星期天，吃过早饭，建平就没了影，接近中午，何平把孩子锁在家，带着一些脏衣服去江边，她刚把自行车停在岸边，就见建平在那儿边赏江景边津津有味地吃冰棍呢！何平走过去，讥讽着说：

"不让我们吃，你自己偷着吃。"

"这是水平啊！"他自得的样子。

何平没再说什么，怕他生气，转身去洗衣服了。她就是这样，从来都不会得理不饶人。其实，不管建平怎样对她，她都不忍心伤害他，她都是惯着他。

一学期翻过去，新学期又开始了，孩子也要步入小学。学校安排她带班，可自己孩子由谁来教呢？一共三个班，那两个老师都是官宦挚亲，平时考试都

不及格。这年头，什么人都能教学。把孩子给谁教都怕他们给误了前程，最后还是决定自己教。

何平干工作是兢兢业业，每天要求学生几点到校她必提前到。因为有了自己的窝，两人生活还算安稳。只要建平不起刺，这个家就太平。

一天，建平从二表哥那儿回来，手里拿了一本书，因为二表哥告诉他，公检法要招人，全省统一考试，让他提前准备，这本书就是考试的提纲，他很是高兴。于是，他天天翻阅法律方面的书，常常看至深夜。不久，果然有了通知，公检法都招人。他是欣喜若狂，不知报哪个单位好，他喜欢检察院，但没敢报，听说人员已内定，怕白考，最后斟酌来斟酌去，决定报法院。

他向单位请了一个月的长假，来了个背水一战。何平每天像伺候儿子一样伺候他，早晨一个鸡蛋水端到他眼皮底下，衣服脱下立马给他洗了，饭菜完全依他，鸡蛋都很少给孩子吃。建平每天比考大学的学生还用功，起早贪黑地看、背，常常屋里屋外目中无人地背，如饥似渴地学习。何平很是仰慕他，一时觉得他很高大，很了不起。

经过一个月的奋战，终于上了考场，结果笔试他考了全县第二名，第一名是正规军大学生，他很不服气。一个月后他又进行了面试，最终笔试与面试折中，他总成绩是全县第一名。那天他看到成绩后，狂喜着奔回家，一进门，何平正蹲在灶炕门前烧火，他一下抱住她，吓得何平"啊"的一声。他欢呼道："我考上啦！我考上啦！"

这振奋人心的消息，让何平感到像是在做梦，她把木柈向灶炕里推了推，又进屋拿出手电筒，说："你带我再去看看呗！"

两人兴致勃勃地来到法院，这时，天空已布满星星。两人登上几个台阶，一张大红榜挂在大门右侧，用手电一照，萧建平笔试 87.5 分，面试 89 分，总分 88.25 分，位于榜首。当然笔试与面试他们都是在市里考的。面试前，建平是借建杰的皮衣服去的，因为自己没有像样的衣服。

悬在半空中的石头终于落地了，建平这一个多月的努力奋战终于有了成果。当然，这一个多月的工资也被林业局扣掉了，一分没给发，还好他考上了。没几天，他也就到法院上班了。

这段时间虽然累点儿，何平也感到心情舒畅。入冬了，家舍前后如滑冰场。特别是前面，有一片大水泡，是盖房时挖掘造成的。两人工作都很认真，

每天忙忙碌碌。一天，何平对建平说："家里马上没柴烧了。"

"我这几天太忙。"建平说，"你到劳务市场找个车，去筷子厂拉车废料。"

于是这天下午，何平上完一节课，请了假，把家里钥匙给了孩子，又嘱咐孩子一些安全问题，就到劳务市场雇了辆四轮车，到筷子厂买废料。交完钱，她就一个人拼命装车，有时又爬到车上去踩踩废料，这样能多装些。这活根本不是一人干的。她车上车下地奔劳，虽然天气很冷，可她却汗流浃背，而这时建平在单位办公室正在给朴玉写着情诗。

> 曾经一度的消沉；
>
> 阴暗笼罩着我——
>
> 你，水晶般的眸子，
>
> 缠住了我的时光！
>
> 冰封了我多年的血肉，春风
>
> 再次吹拂于我；是你
>
> 如花的容颜融化了我，
>
> 我盼天光，重现美玉——
>
> ……

再来看何平，姣好的容颜怎么也不是干这活的女人。开四轮车的人便问她："你丈夫呢？他怎么不来？"他以为她没丈夫。

"啊，他太忙，没时间。"

开四轮车的人实在不忍，便让她在车上，他在车下装。善良之人有之，何平很是感激，当他们把废料拉到家，夜色早已降临，并且天空飘起了小雪。孩子一人在家看电视，见妈妈回来，赶紧打开门闩。

"妈妈，我饿了。"

"好，宝贝，妈妈马上做。"

她立刻抱柴做饭。因为废料堆在门前类似滑冰场的大泡子上，并且下着雪，她怕雪越下越大把废料埋上，于是换了件旧衣服，拿起大洗衣盆，把废料一盆一盆向院内运，边运边进屋看看灶炕里的柴烧没烧出灶外。做好饭她让孩子先吃，自己继续向院内端废料，她趔趔趄趄地正向院内走，突然看到建平像

个将军似的进了院。

他目不斜视地说了声："我喝多了。"又有些心事重重。他进屋没有去卧室，而是进了小客厅，见孩子看电视，就厉声喝道："烦死了，关了！"就躺到了床上，一点儿没有醉酒的样子。

孩子吓得慌忙关了电视，乖乖地去了卧室。看着屋里的一切，何平心里酸溜溜的。当她端完废料，已夜里九点多钟。进屋一看日历，是十二月九号。这时，建平瞪着圆溜溜的眼睛似乎在想着什么。她什么也没说，去厨房吃饭去了。

当何平与孩子入睡，他起身找出纸笔，开始挥笔抒情，一首一首地又写起情诗与信，追忆过去与朴玉的甜美，悔恨当初没有在一起。苦难的时候需要何平陪伴，日子有点儿起色他便想起情人。他眉头紧锁地写着，俨然自己是个大人物。何平累得躺下就睡了，建平写到很晚才睡。第二天，他就把这些情诗寄给了朴玉。

朴玉夫妻也是刚调进城，她在一所初中任教，丈夫在一所高中任教。二人生活也不融洽，常吵架。建平以为自己身居高层，朴玉还会像以前那样爱他，其实他错矣。这时，朴玉的丈夫也考进了法院，不比他差。再说，她丈夫是名牌大学生，一表人才，并且比朴玉小一岁。

从此，建平每天阴沉个面孔，弄得家里气氛很紧张。有时一进家门就不顺心，不是客厅地不干净，就是窗台没擦，挑毛拣刺儿。一天，他一进客厅，孩子正欣欣然地听着《大灰狼的故事》，他就打开电视，让孩子关掉录音机，录音机在高低柜上，孩子是够不到的，是妈妈给她放的。

建平大喝一声："别听啦！"而孩子还在听，他从床上一跃而起，喊里咔嚓从录音机里掏出磁带，"啪"地一下摔在地上，磁带稀碎。

听到这爆炸声，何平赶紧向屋冲，孩子吓得"哇"地一声哭起来。

"你要诈尸啊？"何平护着孩子。

"天天听，天天听，听不够。"他大怒，"一个野种，我越看越生气。哪哪都不像我，我看她长得越来越像张玉良。"

"我看你就是个野种。整天衣来伸手饭来张口还不顺心，拿孩子砸筷子。"

"不愿意搁这儿就滚，有的是人愿意伺候我。我就看这杂种不像我。"

"做 DNA 去！"

"你敢吗？"他阴森森地说，似乎这孩子就不是他的。

"怎么不敢？"一听他说孩子是野种，何平就十分恼火。怎么侮辱她都行，侮辱孩子就不行。

孩子吓坏了，偎在妈妈身边。建平仍是恼羞成怒的样子，其实他就是心理变态，朴玉的影子整天萦绕在脑海里，家里的一切他看着都烦心。他仍咆哮着。

"第一个孩子不知跟谁搞的呢，拿我当替罪羊。"

"你放屁，我是堂堂正正的大姑娘，从跟你那天之前也不能怀孕啊！早知道你这样，就把那个孩子留下啦！"

"你敢吗？"他轻蔑的样子。

"我怎么不敢？你就是个疑心病。自己不正经，认为谁都不正经。跟你我后八辈子悔。"

没等她话音落，他一撇子扇过来，两人撕打在一起，孩子在一边哭叫着："不要打妈妈，别打妈妈……"

他骑在何平身上，像打敌人一样，拳头雨点儿般落下来，孩子几次欲上前拽他，都被他如狼的目光震慑回来。这种生死仗，以前常打，直至两人精疲力竭，才都善罢甘休。

三十九、朴玉的出现

一天，何平在街上碰到一个远房亲戚，两口子大包小包地拎着很多年货闲聊，他说他准备回母亲家过年，问何平有什么要捎的没有，何平喜出望外地说："有。"这个亲戚的母亲家与何平母亲家是邻居。他比何平小几岁，在一所中学任教。

何平回到家，也忘了几天前的挨揍，乐盈盈地对建平说："高建伟回他妈妈家过年，正好我妈腊月二十七过生日，我买些东西让他给捎回去。"

"买三十块钱的就行。"他阴沉个脸。

"太少了，买五十块钱的，还要过年呢！"

"你那也是妈？生孩子都不管你，一毛不拔，买三十块钱的就不少了。"他寻思寻思又说，"不行，超过三十块钱我和你没完。"他一副严厉的样子。

"她还给你个姑娘呢！"

"我妈还给你个儿子呢！"

"你就是矫情，不是物。百善孝为先。"

"你那妈，不行春风还想下秋雨，净想好事儿。"

"你妈好，你爹有病她有钱都不往出掏，白跟她过一辈子。真为你爹悲哀！"

"你看你妈那样——"他像小丑似的学着岳母弯弯的罗圈腿，嘲笑着。

"那也比你妈好骂人强。"

"那是她本事，我看你什么捎东西，看人家高建伟长得帅，是想黏糊人。"

"你有病，他叫我姨呢！"

"叫姨怎么啦，照样搞。"他睚眦着。

何平不愿理他，拎起包就要向外走，他一个健步跨过去，一下把包薅过去，把何平弄个趔趄，何平去夺，怎么也夺不过来，气得她拎起地上一只鞋砸向卧室窗户，玻璃稀里哗啦落了下来，孩子早被他俩的"战争"吓得跑到了犄角旮旯。建平过来忿怒地扭她的胳膊，只听何平的胳膊"咯咯"作响，建平没有一丝担心，仍然把她的胳膊向后死命地掰，分明要把它掰下来。一阵阵剧疼，她也咬紧牙关不叫一声。直到她瘫坐在地上，没一丝战斗的能力，建平才穷凶极恶地撒了手。

这场战争打得落花流水，最后，别说五十元的东西，连三十元也没买成。右手本来就半残废，现在更是雪上加霜。虽然右胳膊疼痛难忍，可残局最后还是何平收拾。她用右胳膊给孩子做饭，建平像僵尸一样躺在客厅床上看书。他从来打完仗，即使翌日何平不收拾，他也丝毫不会动，直搁到第三天，何平实在无奈，只好收拾。为了孩子，她什么都得忍气吞声。

因为右胳膊已不能动，等孩子吃完饭，她收拾一下，去了医院。医生给她拽拽、捏捏、摇摇，何平直感到右肩撕心地疼，她说："是不是骨头折啦？"

医生说："没有，肌肉拉伤了，吃点儿消炎药，贴几帖止疼膏药，慢慢养吧！"

于是，何平买了些药回去，吃的吃，贴的帖，但是右肩造成终生遗憾，变成了肩周炎，疼痛伴随她到老。

这凿碎的玻璃还得找人来镶，真是一场战争一场穷。这天她找人镶完玻璃，又匆匆去了街里，当她拎着东西正走出菜市场，就听有人喊她：

"何老师，又看到你啦，真想天天见到你。"

何平一愣，侧头一看，是蓝广臣。我的妈呀，把她吓坏了，多亏建平没在身边，否则死定了。她的心怦怦直跳，这不是不正经吗？蓝广臣魁梧帅气，可他长得再好也是有家室的，与他交往，就意味着背叛。虽然建平对她不好，可在她心里，这一生只能有这一个丈夫——虽然从没称过他丈夫。

"怎么，进城就不认识我了？架子大啦！"他笑容可掬。

"哪里，"她腼腆着，"你也办年货？"

"是啊……"

"你忙吧，我走了。"没等他再说下去，吓得何平真像偷了汉子似的慌慌

张张地走了。

蓝广臣若有所思地目送着她。后来他们又碰到了几次，每次何平都不正视他一眼，匆匆打声招呼而过。

在何平的脑子里，既然有了家庭就要互相忠诚，不能有背叛的思想，否则就是龌龊，就该被人唾弃。

大年三十，家家都喜气洋洋，外面不时地传来鞭炮声。何平也做了几个菜，因为买的鱼是冻鱼，在收拾鱼时，可能胆没有摘出来，在鱼要做好时，何平一尝：好苦。建平一听鱼胆忘摘出来了，大动干戈，边吵边把铲子、水瓢、刷子一股脑撒进锅里。

"这年不带好的，大年三十就把鱼弄得那么苦，明年就是个倒霉年。不知那心整天都想啥了，心不在焉。"

何平萎靡不振的，是啊，脑子想啥了，不怪人发火，她一声不敢吱，否则又是硝烟四起。她把鱼单独弄出来又重做了一下。这个年过得一塌糊涂。何平和孩子悄悄地把鱼放上桌子，提心吊胆地吃了一口，她也不敢叫建平上桌吃饭，建平默默地来到桌前，提起一瓶啤酒，愁眉苦脸地独自边饮边吃。

何平像受气的小狗，只能遛墙根活动，当然电视也不敢看，只能屋里屋外地忙活着。饺子是她一人默默地包的。半夜吃接神饺子时，建平叫上孩子，孩子溜溜地跟了去，爷俩儿到外面放鞭炮，之后，才见建平脸上浮出几丝笑容。

这个年很快就过去了。自从进城，冬天都是烧炉子，一入冬就要买煤。每天点炉子，扒煤灰，这些活都是何平的，建平一手不伸。严寒的北方，常常是风飕飕，雪飘飘，烟雾袅袅。但是建平乐于收拾雪，他觉得雪天让人有无尽的遐想，有诗情画意，他总是自命不凡。

正月一过，北方冰雪渐渐地消融，天渐渐地变蓝。一天，建平告诉何平，这时冰棱花已出现，很惬意的。他说冰棱花傲雪，美不胜收。于是，一个周末，一家三口来到一座小山上，很快就见到一朵朵娇嫩鲜黄的小花，使人欣喜，使人迷醉。

这时，建平很有感慨，扶在一棵小树上若有所思。片刻，他诗兴大发，吟道：

冰凌花

你是报春使者

你是人间信鸽

你那娇艳笑脸

扯醒沉睡大地

不管山麓巉岩

旷野隔镩河畔

你娉婷妖娆

馨气四野

掀翻冰与雪

笑看山与川

脚踏冰凌间

百花你先艳

建平咏完，何平也喜上眉梢，觉得他真了不起，能即兴作诗。她帮孩子采了几朵冰凌花，孩子兴奋得不得了。后来，建平把这首诗进行了修改，在一个诗刊上发表了，还得了稿费。何平鼓励他继续写诗，因为可以赚到稿费啊！

春天到了，到处都欣欣然，学校周围那亭亭的杨树像守护神一样激昂地挺立着，那整齐的榆树墙，姹紫嫣红的花坛，美不胜收。春天虽然美好，可何平从没用心去欣赏它们，每天两点一线地奔忙（学校至家里），她把全部心思用在了这两个地方。每天起早贪黑做饭洗衣服，辅导孩子，伺候丈夫，到学校更是埋头苦干，一刻不闲地批作业、备课，更累的是班级还要弄什么各种墙报，每周还得写什么学习笔记、政治笔记、书法几篇、绘画几张，班级还要有什么后进生记录、队会记录、班会记录等，要求繁多，少了哪一项年终考核都要扣分。何平常常在家备课、批作文。

虽然忙碌，但春天还是美好的，每天在教室里也能闻到鸟的欢声，使人心沸腾。坐在办公室的闲人更是蠢蠢欲动，俨如动物发情。有时，建平回到家

向何平津津乐道地说，某某局长，找了个貌美如花的小妍，可比他黄脸婆媳妇强百倍；要么，就他们某某领导今天带着本院某女，没下班就见他们开车出去了，肯定吃饭去了，他俩关系保证不正常；要不，某某女局长跟的某某副县长。在他眼里，男人搞外遇是件光荣之举，女人搞外遇或被丈夫遗弃都是卑贱之流。好像妓院里那些貌美如花的雉妓都是佳人，而安分守己的婆娘都是贱人。

其实，这时他每天在朝思暮想着朴玉，并且也给朴玉寄去数封情诗，追忆他们美好温馨的过去。他梦想着再次牵起朴玉的手，重温往昔旧梦，哪怕不成一家，偶尔相聚也是幸福。多少次冥冥之中他拥着朴玉，爱抚着她。

在这个家中，只要他不吼不打，这个世界就是太平的。

一天课间操，何平正跟在学生后面做操，一个男中学生走到她身边说：

"你是何老师吧，朴玉老师让我叫你去一趟我们学校。"

何平一愣，一时心里很矛盾，但转念一想，说："我有课去不了，她要是有事儿的话，你告诉她来我班级找我吧！"

她撒了谎，可她讨厌朴玉，怎么能听她的——她让我上她学校我就去？

果然，没多长时间，何平在办公室就看到朴玉衣装娇艳蹿哒蹿哒地来了，她便走出办公室。

情敌相见，都眼冒寒光，像一对斗鸡。

"找我有事儿吗？"

"是的。"朴玉一副受害者的样子。

"说吧。"何平又一时对她怜悯起来。也是因为听说她婚姻也不幸福，婆婆看不上她，夫妻也常打架。何平把她带到自己班——学生都上体育课去了。

两人坐下后，何平一头雾水，朴玉从皮包里掏出两封信给何平，何平接过来打开其中一封一看，这不是建平的字吗？她热血一下涌上头顶，怎么回事儿？朴玉一言不语。

玉：

　　你是我这一生唯一爱的女人，我不会爱第二个女人。你让我朝朝暮暮魂欲断，悔恨之心日日缠绕着我，多么想永生永世与你缠绵，即使做牛做马心也甘。你清澈明亮而美如仙的眼睛，永生镌嵌吾心……

兄：建平

十二月九日

心再大也看不下去了，什么"不会爱第二个女人"？不爱我为什么和我在一起生活？她强忍着怒火，故作大度，又去看第二封信，朴玉一副"受灾"的样子。第二封信是在一张大白纸上写的几首诗。

海

你是一片海

我是一片海

你跃过来

我涌过去

就是一片海

……

无言

久久无言，你长长的眼睫

垂下很静很静的夜晚

远方，白杨树排成齐整的队列

走向初夏，朦胧中

伸展的枝柯萌发着欣喜的不安

……

这一首首诗，宛如一幕幕惊天动地的海浪，拍打着何平的心田。"十二月九日"，对啊，这个日期怎么这么眼熟，是啊，那天雪花纷飞，她像个爷们儿似的装车，往家搬运废料。那天建平说他喝多了，一手没伸，是她一人顶风冒雪一大盆一大盆向院里运废料。这一首首情诗，如一把把利剑穿过胸膛。和自己一起生活的男人根本从没爱过自己，却爱着别的女人，可悲，可叹！也是可

耻的婚姻。那首《无言》是艳齐诗人写的《久久无言》，被他偷来用。

心已炸飞，其他几首何平一目十行瞭过，若无其事地对朴玉说：

"这两封信是要给我吗？"

"不是。我还有很多他给我写的信，你想看，下午可以到我办公室，我在四楼。"

"好，下午我去找你。"何平把手里的两封信给了她。

朴玉悄悄地离去了，而何平五脏都咆哮了。要么建平怎么总和她打仗，要么他怎么总看不上自己，要么他怎么整日不顺心，要么他整日哭丧个脸，原来他一直想着她。

中午回到家，何平按捺不住自己的情绪，边做饭边对他说：

"真不知道你从来没爱过我。朴玉是你一生一世唯一爱的女人，你不会爱第二个女人，为啥要祸害我？"

"对啊，我就爱她不爱你。"

"那好，咱离婚吧！这种死亡的婚姻我也不要。"她还想说：这种没有爱情的婚姻我不要。但是，她觉得对他谈"爱情"两字有伤尊严。向一个不爱自己的人要爱情，那不是痴人说梦吗？

"离就离，你去起诉我吧。"

"好，我不想和你打，已经没有意义了。"

"你不早就说等你转了正就和我离吗？有骨气就离，我还巴不得呢！"

这话是说过，那也是在气头上，她早忘了。两人打了一中午，做好饭，孩子吃完就上学去了，建平一顿饭不会少，何平只会鼓气，没有胃口。她觉得生活很迷茫，这没有爱情的婚姻迟早要熄灭，她不甘，她冥冥中认为他是胡搞，对自己还是有爱的，总有一天他会说：我是爱你的，对别人都是谎言。这个傻丫头，其实往昔的事情早已证明一切，只是她自欺欺人。

下午，何平哪有心思上课，安排好学生就去了朴玉的中学。到了她办公室，朴玉拿出小钥匙，打开一个抽屉，里面满满的都是信，她翻了两下拿了一些出来，又把抽屉锁上，与何平下了楼。

两人来到一个花坛边坐下，朴玉把这些信递给了她。其实，何平早已没心思看内容，她只想看看信瓤里的字是不是建平写的。一封封打开后，果然都是建平的字迹，其中一封很刺眼：

玉：

　　甜蜜的往昔整日萦绕心头，忘不掉我们共度的那二十日。我悔，我捶胸顿足，如果能再给我一次机会，我会百倍补偿，给你幸福，给你快乐。你甜甜的笑脸，嵌进我全部的世界。这几年，我如在黑夜里爬行，没有爱没有乐，寂寞是我的生活。

　　……

这声声巨雷，让何平措手不及，还有什么可看下去的，那二十天是他们第一次离婚时她与建平在一起的日子。想想朴玉也不容易，之所以今天来找她，她也是对建平恨透了，从而也奚落了何平——他不爱你。

"你们什么时候又勾搭上的？"

"我从没给他写过信，不信你回去问他，在他那儿找不到我一封信。"

"我挺同情你，你也不容易。我知道你过得也不幸福，都是他害的。"

朴玉眼圈红了，泪水簌簌而下，她想起了和建平在一起的那二十日，他狠心地悄悄走了，是她不能饶恕的。

"如果你想和他过，我什么都不会说，我愿意退出。"她很想说：他既然从没爱过我，我就该放弃这桩婚姻，可她说不出"爱"字，她不想重复那句能伤死她几十次的语言。

"你认为可能吗？当初他选择了你，说明他爱你。"

被她这么一说，何平觉得也是。其实不然，那时萧建平知道何平怀孕了，他是怕前一窝后一块的，这一生不好过。

"听说你身体不好，你也别伤心。"

这么一安慰，朴玉更伤心了，泪水又潸潸而下。

"你应该好好出去看看病，为了孩子也得好好活着。"何平没有心思再去看那些信，她怕自己控制不住会气疯。

"我肚里长了个瘤子，始终也没治，可能活不了几年了。"

"也许没那么严重，出去好好看看。"

"看了，医生也不好确定。"

"那就说明什么事儿都没有。"

突然，下课铃声响了，学生纷纷涌出教室，朴玉擦擦眼睛。何平想把这

些信拿走，但朴玉不肯，何平也没强要，把这些信还给了她。

室外太嘈杂，出来的老师、学生都把目光投向了她俩。何平懂得她的心思，她想好好和丈夫过日子，不想让建平骚扰她。临别，何平说：

"谢谢你，你的意思我懂。"

朴玉一副可怜相，倒让何平觉得她是受害者。

那一封封一首首如利剑般的信与诗，已把何平刺得遍体鳞伤。这没有爱情的婚姻过得还有何意义？不过离了孩子怎么办？她总结着：坐月子时他就没把自己当做人，每天吃着大头菜炒土豆片，连个肉腥都见不到，想喝点儿粥他都不给做，使孩子没奶吃。婆婆拿的鸡蛋他也很少做，他说："书上说了，人每天只能消化一两个鸡蛋，吃多了也是白瞎。"就因为生孩子那天她把他的那份鸡蛋吃了，被他骂了半年："我对你够意思，我把我的那份鸡蛋都给你吃了。陈佳玉与张玉良怎么没来伺候你？""这孩子三角眼长得就像陈佳玉，钩钩头发像张玉良。"其实，陈佳玉也不是三角眼，张玉良也不是钩钩头发，是他一派胡言。归根到底，就是因为没有爱情。有时她不满地提起坐月子时他如何虐待她，他会理直气壮地说："红军二万五千里长征时还没这些吃的呢！"

她头脑里翻江倒海，那句"我不会爱第二个女人"刻进了骨髓，心被他炸飞了。"不爱我，就别和我在一起。"她心里一遍一遍地重复着这句话。小的时候妈妈就说她命不好，正月二十八日生，一生都是巴巴唧唧的命，怎么那么准啊！自从和他一起生活，无论在吃的上穿的上，她都倾注所有给他穿给他吃，而自己却不舍得穿不舍得吃，就是希望他在外面体体面面的，每天开心。对他，她比对女儿还好。在单位，哪个女的都比她穿得好。

下午下班，她顺道在一个小商店买了一瓶白酒，带着孩子幽灵般地回了家。她心如刀绞，简单地做了点儿饭，就先和孩子吃上了。孩子很乖，看出妈妈今天心情不好，写完作业就像个小大人似的在看书，妈妈端上饭她就到桌边悄悄地吃。何平边吃边拎着酒瓶喝，喝了几口，心酸的泪水如雨而下，女儿胆怯地劝道：

"妈妈，你别喝啦！"

"姑娘，妈妈命不好啊！让你跟着我受罪。对不起啦！"又是咕咚咕咚几口。

"妈妈，你别喝啦。"孩子吓得不停地劝着。

"让妈妈喝，妈妈不舍得你才和你爸过这些年。"她又喝了几口，一瓶酒就剩下了半瓶。"悲哀，你懂吗？妈爱你爸，你爸却从没爱过你妈。我俩是动物的结合。"她望着酒瓶，"酒是好东西，它能让人忘掉烦恼，可也带不来快乐。"

她多么希望建平这个时候能回来，看到她如此伤心会心疼她。而建平这时正在自己的办公室等待天黑去找朴玉。他不明白，朴玉为什么要找何平，目的是什么？所以他下午来到单位就往朴玉学校打了电话，朴玉来到校长室接了他的电话，他温和地说："下班你别走，我去你办公室找你有事儿。"

何平已把一瓶酒喝完，也没见到建平回来，她情不自禁地唱起了歌，什么《美酒加咖啡》《小城故事》《北国之春》《好人一生平安》《路边的野花不要采》《角落之歌》等，直唱得孩子去了卧室睡觉，她还余兴未了。因为建平说过："你选错职业啦，应该去唱歌，一定能唱红。"她也觉得自己歌唱得好。

当建平来到朴玉办公室，朴玉站了起来，向他身边走了几步，他以为朴玉要往他怀里扑，心里乐开了花，刚要闭上眼伸出胳臂，朴玉却停下了，说：

"你是因为我找何平你才找我的吧？"

"嗯。你不该找她，我爱你那是我的权利，你不该把我给你的信给她看。"

"我也是告诉她，你爱的是我，不是她。她见到我总像见到了敌人。有一次她见到我，从我身边过，却骂我'不要脸，破鞋'。气得我回家把一帘子包子都扣到了地上。"

"你早跟我说我会教训她的，她就是欠打。"

"打人是不对的。"她话题一转，"下午我们又见面了。"

"她没对你怎么地吧？"

"我俩谈得挺好。我这样做也是在告诉你，以后不要再给我写信了，好好和她过吧！"

"可我爱的是你，我也相信你爱我。"

"但是我已经有家了，我丈夫对我很好，我还有个儿子，希望你以后别再打扰我的生活。"她停了停，"你能说你一点儿不爱她吗？我们不是没在一起生活过，可那时你不还是选择了她！"她落下了心酸的泪，"你走后，你顾及过我的感受吗？因为你，我把我爸爸气病了。一次，他落着泪说：'女儿，外人

都说你破坏了别人家庭，你能不能听爸爸的话，离开那个姓萧的，你要什么爸爸都给你买。'我爸如今已不在了，所以请你以后不要再给我写信，咱俩就当普通朋友吧！"

萧建平一脸不甘心的样。而何平在家里引吭高歌，有时从这首歌一下跃到那首歌上，自己还似"小丑"一般自嘲取乐，笑里藏苦。

建平回到家，见屋里一片狼藉，酒气熏天，何平歌声传四方。他骂道："嚎什么嚎？当你是歌唱家啊！"

何平停下歌声，目光呆滞地望着他，他全然不晓，坐到桌旁吃起饭来。何平真想给他热热饭，可手脚不灵便了，便醉醺醺地说：

"佩服你，给她写了满满登登一抽屉情书。要么你怎么总跟我打仗，找别扭，原来如此。"

建平不理她，她就在那儿滔滔不绝。

"你和她生活了二十天，却又分手，什么原因啊？现在你又总缠着人家，想干什么？"

"看不上你！"

"看不上我别过呀！"何平酒劲儿上来了，却没有吐的意思，只是亢奋，"你爱人家，可人家有家啦，你那不是要搞破鞋吗？"

"你住嘴！"他心里很烦，因为朴玉今天的举动泼灭了他爱的火焰。

"我偏说。不爱我，为什么和我结婚，就为了你的性欲？那和禽兽还有两样吗？"她泪水潸潸而下，"你不会爱第二个女人，那第二个女人是谁？你分明是在搞破鞋，却天天辱骂我"。

"我那是爱情。"

"她有家你有家，你俩还在谈爱情，那是奸情！"

"你也不用作了，我俩以后什么都不会有了。"

"你倒想有。"何平冷笑着，"你玩儿了人家二十天又不要人家，现在还想和人家好。她要真爱你能把你给她写的那些信给我看吗？还有那些诗！"

"有几首是我在幸福中学时想写给孟露的，那时孟露坐在我对面，根本不是给她的。"他倒像喝醉了。

何平气得哭笑不得，他什么时候又惦记上了孟露，孟露比何平还大呢，

但人很会说话。

"你要死啊？谁都勾搭！"

"勾搭谁不也是跟你过吗？"

"你太不要脸，爱着朴玉，如今让人给撅了一鼻子屎。"

"我爱她个屁！当初也是她说她肚里长个瘤子，我才放弃她，我不想娶个病秧子。"

"你那也叫爱情啊？狗屎爱情。"

四十、折磨

　　这场爱与情的风浪很快过去了。对何平来说，这是耻辱的事件，这是人生莫大的悲哀。自己的丈夫，却爱着别的女人，这令自己颜面扫地，哪有什么人格可言，外人会用鄙夷的眼色蔑视她：世上没男人啦！在她心里，她欺骗自己：建平是爱我的，他只是瞎胡闹，不会动真感情的。但每每想起这些心里还是很压抑，常常自己在家唱闷歌。有时周末她想和他带孩子出去玩玩，转念一想：让朴玉看见，不笑掉大牙——和一个不爱你的男人过，还臭什么美？地球上就没你这样不知耻的女人！所以，话到嘴边却立马逮个歌就唱：

　　"悠悠岁月，欲说当年好困惑。亦真亦幻难取舍，悲欢离合都曾经有过。这样执着究竟为什么？漫漫人生路……"没等她唱完，建平就火了。

　　"又想起谁了？想人就和他过去！"

　　何平不理他，真是贼喊捉贼。她闭上嘴，话到嘴边又咽了回去。天下就有这样可恶的人。

　　孩子一向很乖，一会儿看书一会儿打开电视看动画片，建平伸手就去换台，"嘎嘣嘎嘣"按了好几下，换了一个他自己想看的台，就愁眉苦脸地看上了，吓得孩子跑到一边去看小人书。何平这几天话甚少，也不爱理他，不是备课就是找活儿做，谁都心知肚明。

　　一天下班后，孩子要听《小红帽的故事》，何平就给她放磁带，孩子美滋滋地在屋里听，何平到厨房做饭，没一会儿建平回来了。他拿了几本书，坐下

没看几眼，就怒气冲天地骂道：

"野种，整天听这些没用的东西，烦死啦！"他一边瞪着孩子一边冲到柜上收录机前，掏出磁带狠命地摔到地上，磁带粉碎，孩子那快活劲儿立即一扫而光，吓得仓皇跑到厨房找妈妈。何平透过门窗早看在眼里，干生气，她最听不得他骂孩子野种。

"妈妈，啥叫野种？"

"他就是野种。"

何平心里那个气，这样的日子什么时候是个头啊！做完饭，她骑着车子带着孩子去江边散心。她不是来赏两岸风景的，而是出来消愁的。孩子受了惊吓，悄悄地跟在妈妈身边，像受伤的小鸟。她给孩子买了些小吃，算是给孩子压惊。

江边散步的人不少，人家是吃完饭出来消食的，悠哉乐哉的，而何平是迈着沉重的脚步漫步在江岸上。她呆呆地望着茫茫的江水，无尽的愁思萦绕心头。猛然间想到孩子，只见孩子在陡坡石堤上向江里翻滚，她扔下车子向孩子扑去，孩子眼看落入水中，她说时迟那时快，一下抓住了孩子。唉，吓死了，孩子也吓坏了。人不顺心，喝凉水都塞牙。

这惊心动魂的一瞬，让何平清醒了很多。什么都不是重要的，孩子平平安安是她的夙愿。于是，她带着孩子回去了。

刚跨进家门，建平手里拿着书，阴阳怪气地说："向相好的诉苦去啦？"

何平没理他，看了一眼杯盘狼藉的饭桌。他从来都是衣来伸手饭来张口，何平俨如保姆，就是再累也得收拾饭桌、做饭、洗碗、洗衣服，这些都是责无旁贷的。被孩子这一吓，魂儿还没收回来呢！她让孩子又吃了点儿饭，自己也陪着孩子吃。

"怎么，没人管饭？"建平挑衅着，"就白陪人玩儿！"又嗤之以鼻地笑笑。

何平多么想扇他两个耳光，可是打不过。忍忍吧！为了孩子。孩子因为在外吃了些，所以也不饿，吃了几口就下桌了。何平气都气饱了，也是吃了点儿就不吃了，收拾完桌子就去收拾厨房。每天上课批作业就很辛苦，再加上建平整日像中邪了似的无事生非，就没过过一天安生日子。

孩子回自己屋睡觉去了，何平也有气无力地回屋睡觉了。可刚躺下，建平就进来了。何平把脸扭向一边，他脱了衣服也要往何平被窝里钻，何平却把

被子狠狠地向里搋了搋，他没拽动，就狠命地用脚踹了何平一下，何平没理他，他就满嘴污言秽语地骂了起来。也不知他骂了多长时间，俨如催眠曲，何平进入了梦乡。

早晨睁开眼睛起来，他还骂：

"我看你跟谢志刚搞破鞋就是真事儿（谢志刚是乡下那个谢校长），他都是你爹的岁数了你也不嫌恶。要不他怎么那么向着你。"七百年的糠八百年的谷他又翻出来骂，并且那都是子虚乌有。

何平不理他，起床就做饭。孩子得吃饭，何平在做饭他就在骂。

"我看这孩子越长越像张玉良，等有钱了，我就去做亲子鉴定，如果不是我的，你就得赔偿我。"

"你去做吧，谁拦着你啦！"

"我怕把你吓死！"

"你就是个疑心病，谁不说这孩子长得像她姑。"

"我是疑心病？你别做那些事儿啊！你连中学生半大小子都勾引，真不要脸，拿出奶子就喂孩子。"

"我是在喂孩子时他闯进来的。你撒谎能得好死吗？你不扒瞎你活不了？"

这一早上，两人吵得不可开交，孩子早被他俩的吵声弄醒。她穿好衣服，洗完脸，何平就给她端上饭菜。孩子很快吃完了，何平又给她梳梳头，孩子背着书包走了。

何平饭也没吃，骑着车子上班去了。其实，她多么希望建平能喊一声："你吃点儿饭再走。"这个想象也就在她脑子里一闪而过——因为他从来没有关心过她。

中午放学的铃声响了，她向班里走去。每天都是如此，放学后她要到班里看看学生锁没锁门，因为第四节课几乎不是班主任的课。来到班里，学生陆续地走光了，萧悫也自己回家了。她看看讲桌上有作业，就批了起来。当校园里静下来时，作业也批得差不多了，她这才回家。

萧悫回家开了门进屋就看电视，爸爸回来她也不作声，仍看她的。在她心里，爸爸是不爱妈妈的，所以总找碴儿打仗。自从进城之后，动手打架次数少了，但吵架次数多了。

"你妈呢？"

"不知道。"

"又死哪儿鬼混去了。"他拿起客厅床上的枕头摔了一下，"走哪儿都不带安分守己的。"然后躺到床上。

过了一会儿，何平骑着车子回来了，她惦记孩子，一进屋就开始做饭。她饭还没做好，建平从床上"噌"地一下坐了起来，吓了孩子一跳，他来到厨房。

"放学了，学校没人了，就可以搞了。李明亮（李校长）下乡的时候就强奸过人，他就是个色狼。你是走哪儿搞到哪儿。他知道你不正经，你俩是一拍即合。"

"你有病啊，大白天搞！"

"那你竟在黑天搞啦？"他像着了魔怔，"你不是说他欣赏你有才吗？那是看好你啦。你有啥才？我怎么没看出来！当作家？你就是幼儿班水平。还整天练字呢，学人朴玉的字体，你能赶上人家吗？"

"她好你跟她过呀，可惜你爱她她不爱你！纠缠人家让人家弄一脸灰，丢尽人。"

提到这个茬儿，萧建平沉不住气了，他恼羞成怒，上去就是两杵子，打得何平一个趔趄，然后就是拳打脚踢，孩子跑出来却靠不上前，只是哭。何平的右胳膊本来去年就被他扭伤，已落下病根，每天都在疼痛，她只能用左胳膊同他挣扎。他们都打得精疲力尽，这才罢休。

何平从地上爬起来，右胳膊像掉了一样撕心地疼，孩子过来拍打她身上的泥土。她用湿毛巾擦擦身上的泥土——下午还得面对学生，不能太狼狈。

她收拾收拾头和脸，午饭又没吃上，背着兜走了。萧建平一顿饭不能少，何平走后，他就把何平做好的饭端出来，和孩子大口马哈地吃上了。边吃嘴里还在不停地骂。

"到下班时间不下班在外鬼混，没良心，工作都是我给的。"

晚上下班，何平回到家一看，桌子都没收拾，她默默地边做饭边收拾。直到她与孩子吃完饭，建平也没回来。

想起朴玉，建平心情就烦燥，自己有对不起她的地方，所以她反目，他不怪她。所以今天他约了几个不错的同事，下了班就去喝酒了。他一向很少喝酒的，今天他是狂饮，同事劝他少喝，他说："没事儿，酒逢知己千杯少。酒

是好东西，越喝越痛快。"

其实大家都能看出他是心情不好，所以也一同陪他畅饮。当大家都觉得喝高了，才有人提意圆桌。走出饭店，一个同事悄悄地对其他人说："听说建平的媳妇不正经，在乡下就不着调，他心里苦。"

"你们没见到他媳妇，"另一个人说，"长得可漂亮啦。"

建平走远了，又一个同事说："好像建平也有相好的。"

建平摇摇晃晃地回到了家，一开门就学着谢校长那一口山东腔喊："何平，何平，我想你啦！"

本来他没回来，何平就没睡着，听到他那不是人的调儿，气得半死。他一进卧室就把灯打开，何平把脸扭向一边。

"怎么，讨厌我？讨厌我也得让我玩儿。"

"不要脸。"

他脱巴脱巴上了炕，用命令的口吻说："让不让？"

"不让。"

"那你也别睡，"他把何平搊起来，"我知道你讨厌我，要不你也不能走哪儿搞到哪儿。"

何平被他搋在墙角，闻到他满嘴酒气，不愿理他。

"你说，他们那玩意儿比我的好啊？"

"下流、无耻、流氓。"

"李明亮又看上你了是不是？他才是老流氓。"

"自己不正经怀疑这个怀疑那个，怎么不敢再找朴玉啦！"

"她是爱我的，你永远都读不懂我们。我们那是爱情。"

"奸情还差不多。"

建平根本没有睡的意思，而何平已经很困了，她刚要躺下又被他搋到墙角："想睡，没门儿。"

两人争着吵着，一个要睡一个不让睡，何平无奈，穿上衣服拎起包就要走，建平穿着裤衩追到门外，拽着何平的胳膊，何平甩掉他，冲进了夜色。

学校教室是平房。半夜里，住旅店还得花钱，于是她来到了班里。接连几天她住在教室，因为她教的班级有几个本校老师家的孩子，很快学校一些老师知道了，其中张立平是最热心的老师，她比何平大一岁。她找到校长，又和

几个平时与何平走得很近的老师一商量，大家买上一些菜肴，一放学就找到何平，说要到她家去吃饭。何平知道她们的好意，说："改天请你们。"大家说："不用你请，我们自己带菜。"再加上有校长在中间，何平只有顺从地带她们回家。

萧建平热情地招待大家，他有说有笑，一副通情达理的样子。大家七手八脚把菜做好，他便一遍遍自我检讨："都是我不好，让大家见笑了。"

立平的话最多，她是再婚者，也是前夫有了外遇，她也不肯落后，也找了个情人，所以后来离婚了，和她的情人结了婚，现在婚姻也不是太幸福。在饭桌上她比校长话多，一口一个建平叫得可亲了，好像早就认识，弄得萧建平不好意思。

"建平，你就是个大才子，我真崇拜你，要不你怎么能娶到这么美丽的何老师！你们是郎才女貌，天生一对儿。"

"是啊，我和你嫂子也整天打。"校长端起酒杯，"来，咱们喝一大口。"这是白酒，李校长也爱喝酒，他接着说，"没有不打仗的家庭，打完就拉倒。"

"建平，你那么有才有素质，以后要多让着点儿何老师，我们每天上班是很累的。"立平嘴会说，"你男子汉大丈夫，得会哄媳妇才行。我们女人，其实给两句好话就不知姓啥了。"

"你说得对，我这人脾气不好，以后改。"建平很诚恳的样子。

"咱们是哥们儿，"校长又拿起酒杯，"你们夫妻都是有才的人，我欣赏。"

"有什么才，赶不上校长你有才。"建平答着。

"你表哥可了不起，是副县长，我看他还能提。"李校长一副巴结的样子。

"我大哥、二哥都有出息，"建平停了停，"我二哥别看现在是人事局局长，他智商高得很，肯定还能提。"

"你很快也能提起来，将来做了大官可别忘了我。"

"李校长，你真能开玩笑，你现在就是校长，过两年就是局长、县长，也可能更高，我算啥呀，一个毛贼。"

"你俩都做大官才好呢！"一个老师插嘴说，"将来有什么事儿找你俩可方便了。"

大家说着笑着，孩子早吃完看动画片去了，何平很少言语，她心里乱得很。同事们这么关心她，她心里是感激不尽。这时，立平举起酒杯眉飞色舞

地说：

"建平，我提议，你和何老师碰下杯，我们大家赞助，好不好？"

"好。"建平很爽快，像个知书达理的人，"媳妇，咱俩也共同谢谢大家。"他起身与何平碰了下杯，"我家何老师有你们这些好朋友好姐妹，我真是万分高兴。谢谢大家，我都喝了，你们随意。"他一仰脖，大半杯白酒下了肚。

李校长觉得大家谈得很融洽，最后提议圆桌，大家异口同声赞成。

这样分分合合的日子不知发生了多少次，他们家常常是战火连天，硝烟弥漫。只要萧建平晚上不在家吃饭，那夜里回来第一声准是那个谢校长的山东腔："何平，何平，我想你啦。"何平躺在炕上气得肚子都炸了，俨然自己真跟老谢搞过外遇被他抓住了，导致他总侮辱她。可天知道，自己这一辈子清清白白，从没有过非分之想，也没有异性朋友。

何平常常是好了伤疤忘了疼，每次给建平洗完衣服，都要用熨斗把他的衣服熨得板板整整。当然，给建平买鞋都买好的，有时买回来建平不满意她再回去换，有时甚至换三四次。她与孩子的衣服都是买那最便宜的。

苦难的日子一天天地熬着，孩子小学这几年，何平偷偷地吃过安眠药，她受够了这种人不人鬼不鬼的日子，她想默默地离开这个世界。都说好死不如赖活着，可整日提心吊胆地活着，心惊胆战地度日，什么时候是个头？

这年秋天，一个周六，建平又想起了何平那莫须有的四千块钱。

"你那四千块钱留着干啥？你是不是还有个儿子呀？"

"我要有儿子就是前世积德了！"

"你那是没本事，生个丫头片子。"他瞅瞅孩子，孩子在那儿看书，他瞪了孩子一眼。

"那是你没积德。"

"跟你过倒老鼻子霉了，要啥没啥。人家媳妇搞破鞋还能挣点儿钱，你——净倒搭。"

"你要死啊，我跟谁搞破鞋去？我跟你房无一间地无一垄，我没说什么你还挑我，你还是男人吗？你看人家孙艳丽（她的同事），丈夫能挣钱，盖了一座高高的大砖房，我这辈子能住上吗？"

他们现在这个小破房是别人二十多年前盖的，一看就是贫民之家，就这

样何平也很满足，她从不攀比，今天是被他逼的，火气也大发。

"我跟你那叫结婚吗？都是旧家具，都是七十年代的家具，哪个女人像我？一辈子就这么跟了你。你还这么对我，你不怕遭雷劈？我有四千块钱还住这破房子？！"

"嫌我无能你走哇！别人也就是玩玩你。"

"我倒八辈子霉跟了你，你看看你那豆秆子家具、六十年代的沙发，寒碜透顶。你活不起别活……"

两人吵着吵着又打了起来，建平不知从哪儿拿出一把尖刀，对着沙发狂捅一气，沙发立刻像被冲锋枪扫射了一样开了花。他歇斯底里的样子，吓得孩子跑出了客厅。何平从一个抽屉里拿了一瓶药也冲出了家门。她太心疼沙发了，那是家里的大件啊。

她踉踉跄跄地像幽灵一样穿过街道，冲出城市，奔西北的田野而去。这时的庄稼都已收割完，她跃过一个丘陵又一个丘陵，直累得跑不动了才躺在一片枯草丛上。

天空灰蒙蒙的，远处是连绵的群山，山角下有村庄，袅袅的炊烟盘旋在山坡上空，人间似乎很美好。何平从兜里掏出那瓶药，倒出一把向嘴里塞去——这是安眠药。这药买了一两年了，那时总失眠。她吞下几粒，又掉了一地，她思绪万千——这日子怎么过？如果死了孩子不得受气呀！有后妈就有后爹，何况她那爹从来没把她当心肝宝贝。她想象着孩子被父亲抽打的情景，不禁泪水流了下来。

旷野里一片静谧，偶尔能看见一只老鼠做贼似的蹿出来，又跑得无影无踪。她突然感到有点儿困，心又突突地跳，暗想：不能死在这里，否则恐怕一冬天都不会有人发现，不得被野狼吃了！于是，她挣扎着狂奔出旷野，狼狈地回了家，一头钻进卧室，直睡到翌日中午。

四十一、品质的差异

寒假里的一天，婆婆把儿女都叫回了家，老二建军要订婚，大家都很高兴，可婆婆不同意在她这里会亲家。她说："现在哪有在男方家订亲的，都在女方家。"大家都不敢吭声，其实婆婆既怕花钱也怕受累，她是一点儿亏不吃的。

显然，建军订婚是在丈母娘家，刁婆婆也没参加，是二表嫂与建平、何平代表家长出席的，当然建霞夫妻也参加了。建军的对象在乡下，离县城不远，开车二十来分钟就到了。过了正月，他们旅行结的婚。媳妇王雪梅是学医的，比建军小七八岁，暂时工作没落实，人长得不错，胖乎乎的挺可爱。

而春天一到，建丽又要订婚，婆婆又把大家叫回来，这回该在女方家订婚了吧？而婆婆说："现在哪有在女方家订亲的，都在男方家。再说，我一个老婆子，啥也没有，你们想怎么办就怎么办！"因此，建丽是在男方家订的亲，到了暑假也结婚了。

建军他们第二年就生了一个大胖小子，紧接着建丽也生了个大胖小子。建丽家在榆树乡。

雪梅坐月子的时候，何平每次去看她，都见建军笑容满面地炕上炕下伺候着媳妇，她心里很不是滋味。自己生孩子时，建平从外面挑水回来，门大敞四开，水桶摔得震天响，别说鸡呀、肉呀，蛋也很少吃到，粥也喝不到。哎，都是人，全世界就这么一个狼心狗肺的男人让自己碰上了——可能上辈子做啥伤天害理的事儿了，老天在惩罚自己。

每当她看到自己那大小皮箱像被冲锋枪扫射似的开花裂瓣，心就痛。每

天两点一线地奔波，回家还要辅导孩子，做饭收拾家，冬天还得生炉子，这些建平一手不伸。何平从不指望他，任劳任怨，只要他不找碴儿打仗就行。有时她感到腰酸背疼，常常疼得睡不好觉，后来到医院一检查，胆囊炎，还有肾结石。她知道自己每天很少喝水，只顾埋头备课、批作业，就是上厕所都很少去，能憋多久就憋多久，现在病找上门来了。建平还总怀疑她搞外遇，上厕所的时间都没有，哪有时间搞外遇？

自从得了胆囊炎和肾结石，她就没断过药，有时怕忘了吃药，她在办公桌上也放瓶药。当然，舒筋活血的膏药右肩也是常贴，有时学生会对她说："老师，你身上有膏药味。"

何平虽然每天工作很忙碌，但是寒暑假都回家看母亲。母亲腿不好，并且有痔疮，她很是心疼，常常背着建平偷偷给母亲买药捎回去。母亲爱吃肉，有时妹妹来，她就偷偷地买上一只烧鸡或一块猪头肉给母亲捎回去。她恨自己没本事，不能挣大钱让母亲享福。有时她也偷偷地给母亲买双鞋、买双袜子、买条衬裤让妹妹捎回去。

这年中秋节，正好单位搞福利分月饼，何平买了些苹果，把一个纸箱塞得满满的，正好妹妹又来她办公室，她就让妹妹捎给母亲。

母亲是腊月二十七的生日，从那次因为给母亲买东西打仗后，何平再也不敢和建平商量给母亲过生日的事儿了。因此，今年临近母亲的生日，她就让妹妹提前捎去一百元钱给母亲。可是，第二年母亲就去世了。她觉得对不起母亲，从没亲自给她过过生日，要她这样的女儿有何用？她常常暗暗谴责自己。

母亲去世后的一个周末，她心情烦乱，买了瓶北大荒白酒，回家做了两个菜，就喝起闷酒。一般周末建平都不回家吃饭，正是她潇洒的时候。她边唱边喝，无上的洒脱。什么《渴望》《四季歌》《北国之春》等，唱得她激情奔放。这些歌曲，此时都变成了她的哀歌。她唱《渴望》歌曲，孩子也跟她唱，并且唱得很好听，亲亲的、甜甜的。

她一瓶酒下肚，建平也醉醺醺地回来了。她像做梦一样诉说着自己心里的苦闷，她说这两年多亏偷偷给母亲买了点儿东西，否则自己都不能安生。并且说去年母亲过生日时偷偷给了她一百块钱，要不自己更是不孝。而建平一听，就炸了庙。

"什么，你背着我给你妈钱？能背着我给你妈钱就能搞破鞋。能背着我给

你妈钱，你说你什么事儿干不出来？！"

"我妈生我，我就该孝顺。"

"那也叫妈呀？生孩子都不管你。"

"那也是妈！她不是孩子多管不过来吗！"

"你妈生你们就像生猪羔子一样，一窝豆杵子。"

"那又怎么样？你现在就是给她个金山，她也花不了啦。"何平痛哭起来，"都是因为你，我不孝顺，给我妈买什么都不行。你就是太自私。"她醉醺醺地嚷着，手舞足蹈地比划着。

萧建平虽说喝了点儿酒，但头脑清醒，他本来平时话就多，这会儿可让他抓住把柄了。

"我说家里这些年钱怎么总不够花，敢情背着我都给你娘家了。"说着，扬手就去打何平，何平喝得东倒西歪，不管怎么打，她也不还手，还笑哈哈地说：

"打得好，该打，和个畜生过，永远都不带好的。"说着，便哇哇地吐了一地，一肚子委屈无处诉。她泪流满面回了卧室，倒头便睡了。

第二天一大早建平就先起来，嘴里不住地嘟囔着骂着：

"往娘家偷钱，这日子能好？还喝酒作，败坏我呗！就没见到女人这么能喝酒的，能喝酒的女人就没有正经的。"说着，把桌上的酒瓶摔在地上，吓得孩子从梦中惊醒，直往被窝里钻，她让父母打仗吓破了胆。何平也被惊醒了，一看自己一宿没脱衣服，起来一看，自己昨晚吐了一地，建平根本没给她收拾。于是，她从厨房撮来灰盖在吐的东西上，连同碎酒瓶也都收拾了出去。建平还在骂：

"你给你妈偷过多少钱？"

"就那一次，现在你给她她也花不着了。"何平好后悔，这点儿秘密喝点儿酒全吐出来了。

"能偷着给你妈钱，就能搞破鞋！"

何平任他骂也不敢太顶嘴，自己的确背着他给母亲钱了，谁叫自己酒后吐真言呢！这个把柄落在人家手里，建平想起来就骂她。一个周日，张新权来家里串门，他也把家搬进了城里，买了个不错的房子。一进门，他们寒暄后，新权说：

"你该换个房了，前面一个大水泡子出入也不方便。"

"哪有钱换，饥荒刚还完。这个败家的媳妇，背着我去年给他妈一百块钱，这样的女人什么事儿干不出来？不知背着我给她娘家捣腾多少呢！"

"就那一次，"何平插嘴说，"现在你给她她也花不着了。"

"这就是你的不对了，"张新权说，"建平，给老人钱是应该的，你怎么能这样呢。我们从结婚每年都给我岳母二百块钱。孝敬父母是天经地义的，这咱可不能再说啦，让人听了会笑话你的。"

"我们从结婚第一年没孩子时开始，每年都给他父母二百块钱养老费，但一分钱不给我父母。"何平插了一句。

"我结婚我妈拿钱了，你妈拿钱啦？"建平怒不可遏的样子。

"你这是不讲理，他们不是没有吗！"新权说。

建平梗梗个脖子，何平不再言语，给他们烧水沏茶。新权对建平语重心长地说：

"以后改改你的脾气，何平还有工作呢，像你嫂子没工作我们不也得过吗！"

"嫂子每年上山养蜂也不少抓钱。"新权岳母家在乡下，媳妇一到春天就跟岳父上山养蜂，她媳妇也愿意跑山，每年不少挣钱。

"能挣几个，就是对付生活呗。"

两人唠着唠着就唠起了各自的领导，新权说，他们领导很好，能够关心职工，为职工着想，也是他的领导催他赶紧把家搬来，省得总往乡下跑太辛苦。建平也说自己的领导不错，每年都能给职工搞不少福利，并且他们领导重视人才。两人又谈起各自的前程。新权说：

"你很快就能提起来，你有你大表哥、二表哥呢！"

"他俩，正统得很，他们要肯帮忙我不早进城了？最后不还是靠我自己。"

"是，你大表哥太正统，真是口碑甚佳。"

"他是典型的父母官。"

何平与孩子在小声地看着电视。这时，建平吩咐何平去买些菜和酒，留新权在家吃饭。他与新权不管是谁，到了对方家，常常在一起喝小酒聊人生，看国外，论本国，说当今，谈将来，俨然国家大臣，一副为国鞠躬尽瘁的样子。

虽然战争不断，但是日子一点点熬到了孩子上初中。一天，孩子对父亲说："爸爸，咱家的房子太寒酸了，我都不敢把同学往家领。"

"是寒酸。"爸爸说。

于是，建平与何平商量买一个好一点儿的房子。只要一有时间，何平就四处寻找卖房的人家，但建平从不跟着看房，他说你看中行。离街里近一点儿的又太贵，买不起，衡量来衡量去，在城边上买了一个大玻璃砖房。在搬家前，何平就把那像冲锋枪扫射过的大小皮箱塞进了一个大菜窑里，卖这破房子时连那豆杵子家具也一起带上了。当然，搬新房子时他们换了新家具。

这个房子好是好，就是地方有点儿偏，就连卖豆腐的都不曾靠近这里，连郊区都不如。

这时，工资长了点儿，日子好过了些，但何平对自己仍是节衣缩食。孩子刚上初中，第一个期中试考得很糟，何平参加家长会一看，孩子在全校三百多学生中排九十多名，要想上好的高中怎么也得在全校排五十名之前。何平感到痛心，回到家里坐在沙发上痛哭起来，心想：完了，这孩子没有出息了，将来干啥呀！卖服装？摆地摊儿？算是完蛋了。她在哭，孩子就怯生生地安慰她。

"妈，你别哭啦，以后我好好学习，以后都听你的。"

她没有抱怨孩子，只觉得自己做得不好，平时对孩子关心不够，孩子是好孩子。所以，从这天开始，她每天陪孩子到九点多，辅导孩子做功课。孩子很听话，每天认认真真地学习，母亲让背啥就背啥，并且每天何平一起床就把英语磁带打开，播放英语。她是一点儿听不懂，孩子肯定能听懂，这是对照孩子英语书买的。

期末考试，孩子考了全年级第一，娘俩儿乐得欢呼雀跃。何平要奖励孩子，孩子说：

"我要《柯南》那套书。"

于是，她带着孩子到书店买了一套《柯南》，有三十多本，好像还没买全，花了不少钱。可是为了满足孩子，她心里也高兴。

人家孩子考试考好了不是要吃的就是要玩儿的，而萧悫不同，从小就爱看书。上小学就是，谁有新书，她就想方设法借来看，而她看书绝对不会折一个角，损一个皮。有的孩子头上长两个旋，而萧悫头上一个旋，脑门右侧一个

旋，总像头发没梳利索，右面一绺头发总是立着，爸爸说她是独角龙。有了这些书，萧悫整天埋在书里，常常看得不亦乐乎，开心之至。有时她看得高兴，就跑到妈妈身边把乐趣讲一遍——自己边讲边乐得前仰后合，妈妈也陪她乐。

假期里，何平每天把屋子烧得暖呼呼的，孩子每天穿着小衬衣，建平就会板着脸说："这煤不是花钱来的？"何平不理他。

每天扒炉灰、生炉子、做饭、洗衣……样样都是何平一人的事儿，她从没一句怨言。只有下雪天，建平和孩子到外面扫雪，孩子堆雪人、挖雪洞，爷俩儿干得热火朝天。

临近年根，何平给孩子、丈夫从里到外，从上到下换上了新衣服，这是她成家以来每年必须要做的事儿。她穿的裤头、衬裤很多都是建平穿旧的。建平也让她买新的，可她说："我穿什么都一样，谁也看不到。"

每年这个时候，建平饭局较多，常常喝到三更半夜，进屋就学那个谢校长的山东腔："何平，我想你啦！何平……"

何平躺在炕上肚子都气爆了！又不愿和他吵，怕影响孩子睡觉，只能忍着。他喊够了，才肯进屋骂骂咧咧地上炕睡觉，俨然何平搞过外遇被他抓住过。而第二天他又像没事儿似的，何平心里很是憋气。凭啥呀？总受这份气。

苦难的日子也要一天天过，每天何平忙忙碌碌办年货，给老人、亲戚送礼，给自己和建平领导送礼，这就是生活吧。

大年三十晚上，建平带着孩子到外面放鞭炮，放够了回来看电视，何平一人忙着做菜、剁馅儿包饺子。她从不敢叫建平帮她包饺子，如果建平主动过来，他就会边包边说："你说，你和张玉良在一起过会怎样？陈佳玉会骚扰你们生活吗？你们会过得很甜蜜吧！你是真看好人家啦！"

"滚，去死吧！你不打仗就活不了。"

"说到你痛处啦！怕说别作呀！"

"你就是个活生生的魔鬼在世，不为了孩子我跟你个恶魔过。过年你都不让人过消停。"

"我说啥了，不就说点儿实话吗？孩子，孩子不知道谁的呢！"

"你赶紧给我滚出去，我不用你包。"何平听不得他侮辱孩子，宛如利箭穿心，泪水哗哗而下。

建平把面团一摔，转身气呼呼地出去了，似乎他还有理了。

这样的年不知过了几个，何平都是被泪水泡过来的。为了孩子，饭还是要做下去的，饺子里还是要放钱的，接神饺子还是要煮的。血泪咽进肚里，也要把热腾腾的菜与饺子端上桌子。

人家开开心心过新年，而她可能没过过一个愉快年。为了孩子只能把一切苦水咽到肚里。上天为什么这么不公，自己哪点儿不好配不上他，整日要受他的侮辱。

新学期开学了，有时萧悫上晚自习回来晚，他们都得接孩子，因为住的地方太偏僻了，孩子害怕。这天，建平让何平去接，说自己不想动弹，于是何平去接了。可在回来的路上突然发现路边一个变压器着火了，这时身边还有两个中学生，其中一个孩子说："怎么办？快打电话叫消防车。"慌乱中何平看到路西侧有个板厂，她就跑过去，向打更的人说明了情况。电话打过去不一会儿，消防车就来了，避免了一场火灾与停电。

回家后，她把这一切向建平一说，建平撂下脸子骂道：

"我看你是找理由去勾引打更的，我不了解你？摸着找个机会去搞，这是你的本性。"他说着说着吼了起来，简直像个神精病。

"我是好心，变压器着火爆炸了，咱这片儿都得停电。"

"停电关你啥事儿？狗拿耗子多管闲事！"

"停电咱这儿也得天天摸黑。"

"你俩天天吵，烦死啦，我还得写作业呢。"萧悫不满地说。

"你赶紧带你的野种走，省得我看着就生气。"

"你就是野种。"

"不要脸还害怕人说。"建平说着扭起了何平的右胳膊。

何平"妈呀"一声，右肩撕心裂肺地疼起来。这右肩自从那年被他扭伤，就没有一天不疼的，可她在建平面前就是不叫疼，她不想看到他幸灾乐祸的样子。一怒之下，她拿起包冲出了家门。

黑黢黢的夜空，她像一个无家可归的野鬼在街道上游荡。走累了，她想到了自己的班级，和往常一样，她在班里住了一宿。

第二天，她正在班里上课，萧悫来了，说是班主任老师让她去一趟。于

是她来到中学，萧悫的班主任说：

"何老师，你给萧悫买的那些《柯南》的书在我们班级疯狂地传看，学生上课都不听课，都在下面偷看《柯南》。"

"啊，是吗！我给她买的。等我回家把这些书收起来，不再让她看了。对不起老师，以后不会再让她把闲书带到学校了。"

"学生可以看课外书，但不能在学校看，这样会让她上课不专心听讲，影响她学习成绩。"这是个年轻老师。

何平一再赔着不是，表示以后好好配合老师，不再给老师添麻烦，老师也表扬了萧悫如何聪明，将来肯定有出息。

因此，何平回家后把《柯南》那三十多本书统统收起来，萧悫也没反对，她就给书店退了回去。当然，书店老板和她很熟，这书好卖。

建平有时出差或不在家吃饭，何平便不做荤的。在她脑子里，男人是一家之主，就是天，只有男人在家时才能做好饭。有时萧悫抱怨：

"妈，我爸爸一不在家你就糊弄饭，大咸菜，能不能做点儿好的——咋吃！"

何平看看饭桌，的确都是剩饭剩菜和大咸菜，萧悫撇着嘴，她心里也不好受——谁让家里困难呢！萧悫常常在父亲面前说："你不在家，我妈就糊弄饭，都是大咸菜。"

"大咸菜能吃上就不错了。"父亲半开玩笑地说。

萧悫初中这几年，当然娘俩儿也有被撵出来的时候。那天，建平喝多了，进屋就美滋滋地说：

"今天朴玉为我献歌，你知道吗？她调教委去了，你何平有本事也调教委去呀！"

其实是教委需要一个懂微机的人，朴玉在中学是教微机的，再加上自己托人才进去的。

"你除了能跟一些小校长搞破鞋，你还能有啥本事！"说着，把何平从炕上薅了起来，"你不是看不上我吗，我也不爱你。人家教育局长都说了，朴玉像个花仙子，你说人家长得好不好？"他一副得意的样子。

何平那个气呀！坐在炕上看着他喋喋不休地夸着朴玉。他说够了又话题一转，指着何平说：

"你第一个孩子就是陈佳玉的，我看这个也是。你看这个小王八蛋长得没

有像我的地方。如果不是我的，等我做了亲子鉴定，你就得赔偿我，并且赶紧带她滚！"

"我看你长得还不像你爹呢，你也是野种！"

"这可说不准，只有我妈知道。"

"你就是个疑心病，魔鬼在世，谁跟你过都不带好的。"

"你滚，看我能不能和别人过好！"他说着就把何平往炕下搂。

他俩吵着，孩子走进来，不高兴地说："能不能让人睡觉了？"

"都给我滚，带着你的野种滚！"他咆哮着。

看样子今天是甭想睡了。于是何平穿上衣服，孩子也回屋穿好衣服，她不想带孩子，可孩子偏要跟，因此娘俩离开了家。

大街上一片静默，她带着孩子走了三四家旅店，才找到一个比较便宜的。可是，孩子得上学呀。第二天一大早，她又带着孩子回去了。当然，她们娘俩一离开家，建平一人在家也继续撒疯，直到呼噜响起他才闭上了嘴。

有时，建平回来大吵大骂，何平气得肺欲裂，但为了不影响孩子第二天上学，她也就忍气吞声，硬着头皮做着垂死的忍受。

萧悫很争气，每次考试都在全校大榜前十名，而这也是让何平感到欣慰的地方。

这时，城里楼房林立而起，学校也搬进了新的教学楼。他们也想买楼，可钱还是不够。建平单位盖家属楼，个人拿三万即可，可三万家里也没有。建平大表嫂听说他单位盖楼，要主动借他钱，他觉得借钱丢人，可总和老婆打仗他不嫌丢人。机会错过了，也等于损失了钱财，真是过了这个村就没那个店了。而第二年，他们双方单位职工几乎都快住上楼了，他也想买楼。但他从不出屋，指使何平满街去看楼，后来终于看中了一套，张口五万多，此楼居于街心，位置好，二人去交了钱，他们也住进了楼房。当然，又是向母亲借了一万多。从此，他们又是节衣缩食，勒紧腰带攒了一年多，才算把饥荒还上。

这时，县里招聘干部，建国顺利地考上了。在这之前，经人介绍他谈了个对象，在乡下一个政府上班。本来建国在乡政府也是个临时工，两人处得挺好，而建国一考到县里，进了政府，就对这个对象不满意了，觉得人家长得老气又囤，就想分手。有时对象想见他，他就推托工作忙，不让人家来，后来他

干脆提出了分手，可姑娘说什么也不干，又找未来婆婆，又找大姑姐、大伯嫂说情，可建国就是觉得她不称心，不如意。

建国的对象是个中专生，貌不出众，年岁也不小了，二十八九岁，当然建国也三十来岁了。她叫王丽华，家里条件非常优越。一天，她来到何平所在学校，在教室外对大伯嫂无可奈何地说：

"大嫂，建国不要我我就告他去。其实，他和我结婚，我妈就给婚房。他是高升了，眼眶高了就不想要我了。以前他对我可好了！"

"不会的，"何平不知说什么好，"建国不是那样人，等我们说说他。"

第二天，何平找来建国，说：

"你知道吗，女人有福带全家。你没觉得你认识丽华以后工作步步高升吗，就是她带来的福气。再说，她家庭条件也好，结婚都不用你买楼。你别像陈世美似的，喜新厌旧。"何平当然不会说丽华要告他。

"大嫂，你看她长得都没你年轻，还不会打扮，几件像样的衣服还是我给她买的。"

"以前你怎么不嫌恶，现在地位高了你想甩人！"

"那倒不是。"

"不是就赶紧结婚，都不小了。"

在大家的劝说下，建国才同意结婚，当然这又是在女方家订的亲。婆婆说了："现在订婚都在女方家，没有在男方家的。"她是最能算计的婆婆。

很快建国就结了婚，第二年生了个女儿，但两人感情始终不融洽，建国呵斥丽华像呵斥小狗，但丽华脾气好，从不顶嘴，严重了就默默地啜泣。

很快，萧悫也上高中了。

时代在变化，科技在发展，建平单位以前只是大领导办公室有电脑，现在他们科级干部屋里也安上了电脑，并且这东西不但能办公还能上网聊天、斗地主、玩游戏。建平聪明，这些跟小年轻们一学就会。他因为工作干得好，早提拔上副科级了，并且晋升为庭长。他很快迷恋上了上网聊天。他觉得这东西太好了，什么梦想要看的黄色东西尽饱眼福，并且可以天南海北地聊。他每天早出晚归，除了吃饭是他的活，洗衣做饭买菜收拾屋子压根和他没什么关系，那真就是爷。何平从不指望他，她觉得男人是干大事业的，不该拖累他。母亲

一辈子就是这样，但母亲没工作。

建平自从有了电脑，工作更繁忙了。他胆子小，领导严厉指出：上班时间不准玩游戏、斗地主、聊天，他就等下班以后玩儿，常常夜里十点之后才回家，谎称和朋友喝酒去了。

何平始终担任班主任，每天起早贪黑。她要求学生每天七点到校，她也是七点必到校。由于她工作认真、出色，在当地也是很有名的优秀教师，她班的学生都是有头有脑家的子弟，平民家的也是托人挖门子才能进她的班。

萧悫每天上晚自习回来很晚。一天，外面下着大雨，建平因为打雷就关了电脑拔了插头，泡了碗早已备好的方便面，吃完打车回家了。

因为外面下着大雨，何平惦记孩子也没能睡觉，而建平回到家说喝多了，脱吧脱吧进了被窝。自从住了楼，他晚上回来很少再骂人了。这时，家里早安了电话。突然，电话铃响了，萧悫焦急地说：

"妈，雨太大了，我回不去家了！"

"好，我让你爸爸打车去接你。你别着急。"她放下电话，"建平，你去接孩子呗，十点多了，外面雨大孩子回不来了！"

"我难受，你去吧。"一副死猪的样子。

何平看出他没喝多——喝什么多，哪喝酒了？一点酒味儿也没有。无奈，她拿上雨具，顶风冒雨地在外好不容易等来一个出租车，上车她便对司机说：

"上高级中学接孩子。"

"这么晚了，你一个女人出来接孩子，让你家男人出来呀！多危险。"

"他喝酒刚回来，喝多了。"

来到高级中学校门口，大门已关，只有人行出口。何平叮嘱司机等她，就打伞进校园找孩子。这时，正好模模糊糊好像有群学生匆匆由北面教室奔南面宿舍而去，何平喊道：

"萧悫，萧悫……"

"妈！"萧悫激动的声音。

"真感动，萧悫，你妈冒大雨来接你。"一个女生惊叹道。

"你把自行车放这儿吧，"何平喊道，"我打车来的。"

"老妈，谢谢你！"萧悫高兴地说。然后听着孩子热情地与同学作别。

何平迎上去给孩子披上雨衣。

四十二、盛情的家长

随着社会的进步，科学的发展，这个边陲小城楼房群起，街道由沙石路变成柏油路，又由柏油路变成水泥路。家家不但有电话，而且好多人还有了手机，建平也买了。手机款式多样，有一种叫做小灵通的手机最便宜，一二百块钱，后来何平也买了一个。

这年建平的二表哥突发脑溢血去世了，当时大家听到恶讯都非常震惊。他是县里人事局局长，人很正直，是个少言寡语的人。本来市委要提拔他到外县当副县长的，人就突然离世了。哎，这让很多人感到活着的重要性。大树底下好乘凉，这对建平打击很大，着实老实一阵子，仿佛自己的夜空里失去了一颗明亮的星。不久，大家的心也平静下来，生活依旧。

建平每天痴迷于电脑，电脑几乎成了他生活的全部。有时和网友聊天聊到半夜，他谎称自己是个单身，早已离婚，老婆作风不正——也不怕遭雷劈，红口白牙在网上埋汰自己的媳妇。因此，几个单身的异性像狼一样迷恋上了他，并且常常发视频给他，渴望见他一面。有时人家邀他打开视频，他说没有，这倒是真话。有时他发个很帅的男子照片，说这就是他。他很狡猾，不管对方怎么要他手机号，他都不会告诉人家，他怕引火上身。

有个某县地税局女局长，是个单身，常和他聊得火热。一次公差，他带着他的一个手下去见这个网友局长。因为他怀疑她的身份。这个女局长虽然比他大，但也有几分姿色，盛情款待了他。他感到女局长果然没说谎。

何平是个班主任，每天工作忙忙碌碌，常常把学生的作文、学习笔记等

拿回家里看，光教学不累，可附加的内容太多。每周绘画楷书要有，政治笔记要有，后进生发展过程要写，班队会要有记录，教委下达要向某某人学习，要每师每周都有心得体会，要有记录……这些都要上交检查的。真是领导多了职工累呀，鞭子多了群羊苦。领导们都想出风头，大展宏图。

何平既要工作，又要做家庭保姆的活，这使她每天心力憔悴。

一个周六的下午，天空阴云密布，电闪雷鸣，屋里顿时阴暗下来。可这时建平非要冒雨出去散步，说要体验雨中情趣，并且让何平陪他。外面雨中有风，何平感到莫名其妙。其实，这时建平迷恋上一个网友，是佳木斯市的一个编辑，他们约好每周六网上相见的。可这大雨天不能开电脑，和网友不能相会，使他此时心情烦躁，有些抓狂。无奈，何平只好撑伞陪他在风雨中飘摇。

外面虽没达到狂风暴雨的程度，但风雨也不小。路上偶尔有两个箭一般飞驰的自行车，再就是慢腾腾的车辆。何平里倒歪斜地跟在他身后。雨越下越大，雨伞常常被风掀得左右摇摆。他们都穿着凉鞋，雨水早已没过脚脖。建平有时回头看看何平，时不时地风趣道：

"风雨隔我情，雨丝系情怀。"

何平走了一段，便央求道："雨太大了，咱别往前走了！"

因此，两人湿漉漉地回了家。周六高中上课，萧悫不在家。建平回到屋把湿衣服一脱，何平便像保姆一样给他找衣服，找慢了他便训斥道：

"那衣服、裤子不分开放？一天窝窝囊囊的，一点儿条理都没有。以后我的衣服别和你们的放在一起。"

何平把衣服找给他，又去洗他的衣服和鞋，一整天她都没有闲着的时候。建平换完衣服，拿本书倚在床上看起来。

萧悫上了高中后，学习总是感到很吃力。在初中时，她是个宠儿，迈进高中大门，她有种失落感。期中试她又像刚进入初中时一样，很糟糕。何平抽时间去找她的班主任谈，找她的物理、化学、英语老师谈，希望能给萧悫补补课，因为这些科萧悫考得太差。何平平时省吃俭用，可对孩子她是肯下血本的。她趁老师不注意，给这些老师书里塞二百块钱，等离开时她让老师回去翻开书看看。可有的老师不吃她这一套，常常在班里挖苦学生：

"有的学生不努力，总想走歪门邪道。知识不是能用金钱买到的！要想学

习好，就得下苦功夫。"

每个学生都感到不自在，觉得老师是在说自己。何平给老师塞钱萧悫并不知晓，这个老师也没有对她额外关照。

萧建平对孩子从来都是不管不问，只会讽刺挖苦。一天，在饭桌上，孩子正吃着饭，他阴阳怪气地说：

"你要是能考个全校第一，我都不姓萧，我都三天不吃饭。"

萧悫不理他，没吃完饭就背着书包要走，何平赶紧尾随出去给她二十块钱，叮嘱道：

"别吃零食，中午、晚上在学校要吃菜。"

在这个家庭里，孩子从没得到过父爱。何平对孩子的学习总是牵肠挂肚，孩子要找老师补数学，她就又去找孩子班主任，帮助联系个数学老师。

一天，全校班主任要聚餐，放学前每个老师都向爱人做了请示，大家高高兴兴地来到了一家饭店。当他们一行刚步入饭店，随后又进来一伙公安人员，其中为首的是一个班主任郭老师的老公，他是公安某科室的一个大科长。这些人见到自己头儿的夫人都嫂子长嫂子短的打着招呼，殷勤备至，并且这里还有个何平班的学生家长——狄峻，也向何平热情地打着招呼。大家寒暄过后，各进各的餐厅。

不愧是科长夫人，人长得俊俏，也能说会道，她两个屋穿梭地敬酒，那些公安人员更是会来事儿，每个人都到老师们的屋中敬酒。老师们的屋中除了这个科长夫人能张罗，张立平更是爱开玩笑，饭桌上有了她，气氛就是不一样，她频频举杯："祝大家每天都开心快乐。"如果哪个公安一进来敬酒，她就号召这些老师回敬他们去，并且还安排几个酒量好的去公安那边敬酒，她说："咱也不能太被动。"

中间科长发话，给老师们的屋再加两个菜。不一会儿，服务员给老师们屋又添了俩菜，说："这是别人给你们加的菜，不算你们的账上。"

这个情大家得谢。于是，立平带着何平去敬酒，何平不爱出头，但她有酒量。家长也过来敬酒了，无奈只能听立平的。立平说："你家长都过来敬酒了，咱也不能失礼。"

这种愉快的场面让大家兴奋不已。公安那面传话来，吃完要一起去歌厅，

谁也不能走。大家酒足饭饱后，看看公安那面的餐桌上、地上，酒瓶如林，菜盘里的菜依旧，几乎没大动，他们光喝酒了；再看看老师的餐桌上，酒瓶寥寥无几，各个盘见底。

出了饭店何平就想回家，可那个家长走过来热情地对她说："何老师坐我们的车，难得遇到你。一会儿把萧庭长也叫来。"

"不行，"何平说，"孩子上高中，回来得吃饭。"

可这个家长再三邀请，无奈，她只好跟着大家一起去了歌厅。到了歌厅，这个家长就给萧建平打电话。

"萧庭长，我是狄峻，今天我们科长带我们出来聚聚，正好碰到何老师他们。你也出来和我们玩玩吧，就在你家附近'月亮湾歌厅'。"

"不行，孩子上晚自习没带钥匙，我得等孩子。"他啥时关心过孩子，整日脑子里就是女人身上那点儿事儿。

"啊，那咱改天再聚。"

"谢谢老弟！"萧建平放下手机骂道，"妈的，老子是那么好请的吗！"

于是，大家纷纷走进歌厅唱的唱，跳的跳，都尽情地潇洒，只有何平坐在角落里默默地边欣赏大家唱歌跳舞边吃着小吃。很快狄峻走过来邀请她跳舞，她百般拒绝——因为她真不会跳舞，可家长执意请她跳，真是赶鸭子上架，她都不知手该怎么放，总低头怕踩了人家的脚，没跳两分钟，家长看她的确不会跳，也就只好随她了。

何平坐在歌厅如坐在过山车上——心悬悬的，她趁大家在跳迪斯科的时候，悄悄地溜出了歌厅，一看手表，九点多了，慌慌张张回了家。她刚到家，孩子也很快回来了。她问孩子要吃什么，孩子说："什么也不吃。"

建平躺在床上根本没睡，等何平上了床，他把屁股一撅，一下把何平挤到床下。何平大气不敢出，爬起来靠床边躺下，怕他跳起来大吼大叫，使整座楼都不得安宁，也影响孩子休息。

第二天，何平早早起来给孩子做饭，孩子吃完就匆匆走了。建平起床后始终一声不吭，何平与他搭讪他像没听见似的，这种气氛使人心神不宁。何平叫他吃饭他也像没听见，何平感到事情不妙，忐忑不安地端起饭碗，刚吃两口，就听客厅"嘎巴"一声响，她"噌"地一下起来，一看，建平把客厅里孩子买的金鱼缸摔在地上，可怜的金鱼在地上挣扎着。他喘着大气，气急败坏的样子像个疯狗，还不住地骂着：

"叫你搞叫你搞，见了男人拿不动腿，又去黏糊狄峻，不搞破鞋就得死！……"

他又到阳台把一盆开得正盛的木菊花连根薅起，摔进客厅，甩得泥土到处都是。见此情景，何平心惊肉跳，放下碗筷就去穿衣服，她不想和他辩解什么，她穿好衣服刚拎起皮包，建平一个健步冲过来，夺过皮包掏出手机拼命地摔在地上，"嘎巴"一声，手机粉身碎骨。

"你就是个精神病！"她夺过皮包，拎起地上那根木菊花，蹬上鞋离开了家。这棵木菊好不容易养活开花，就被他摧残了。

何平走后，他一人在屋还发疯骂着："不要脸，谁都搞，给我戴绿帽子，我也不让你好过。"

满屋狼藉。他这人不管生多大的气，饭一顿不少吃，骂够了就去厨房吃饭。

何平刚进学校大门，就有几个老师问：

"何老师，你拿的是树是花啊？"

"是花。"

"这么大！像棵树。"

"别人不要的，我栽班级里。"她笑呵呵地撒着谎。

中午回家一看，满屋仍是狼藉一片，建平根本没收拾——他是只有作的份。何平很快把家收拾完了，但建平回来依然骂声不断。

"那狄峻什么玩意儿，搞女人老手，他只能玩玩你，你就往上贴。"

"你妄口胡舌。他从来不上学校去，昨天也是碰上了郭玉杰的老公。"何平像想起了什么，"饭店就是郭玉杰订的，她肯定和她老公串通了，要不那么巧到了一个饭店！"

何平不愿理他，进厨房做饭去了。他依然像个冤大头似的愁眉苦脸，嘟嘟囔囔骂骂咧咧进了卧室看电视去了。家里的电视早已由黑白换成了彩电。没几天，何平又买了个手机。

这一次歌厅进的，招来无尽烦恼，何平八辈子不想再进歌厅了。而建平常常喝完酒就泡歌厅，不管和哪个女人跳舞、唱歌他都心飘飘，步履轻盈，笑容可掬，常常陶醉在女人的笑容里。有一次，他和几个朋友竟然玩到凌晨四点。何平睡醒发现他没回来，以为出事儿了，赶紧打他手机，打通了没人接。

她穿上衣服找遍小城，才发现他和几个朋友在一个小巷中的小歌厅里引吭高歌呢！何平才放心悄悄地回了家。

愁思涂满胸，祛不尽哀怨。转眼已入冬，何平每天心在煎熬，但工作还要做。一天晚上，学校领导请班主任吃饭，饭桌上属张立平和郭玉杰张罗得欢，每次聚餐缺了这两人一点儿不热闹，有了她俩那可不一样，笑声不断，开心不尽。立平看到何老师鼻子下起了泡，并且上了药，她话匣子就打开了。

"何老师，啥时变成小野美子了！"

逗得大家哈哈大笑，何平解释是上火了。她又说：

"来，我们大家和小野美子干一杯。"校长也举杯，大家嘻嘻哈哈地畅饮。他们喝的都是白酒，有几个女老师虽然举杯，也只是抿抿酒杯，被立平和玉杰看到又是一顿指责。其实她们真的不能喝，被人指责没办法，只好像喝毒药一样龇鼻瞪眼地喝一小口。

由于心情不好，酒过三巡，一向腼腆的何平也主动举杯，先和校长喝，又和各位主任、班主任频频举杯。她说：

"今天开心，从来没这么开心过，我们喝。人生能有几回欢，大家快乐我先干！我干了以后你们都干。"一杯三两的白酒一仰头下了肚。大家傻眼了，不能喝的叫苦不迭，校长也傻了，说：

"这样吧，不能喝的喝一口，能喝的喝半杯，行吧？"

几位男领导喝了半杯，其他人有喝一大口的，有喝一小口的。大家互相敬酒，立平和玉杰不断地给大家斟酒。别看立平张罗得欢，关键时刻她是护着何平的。玉杰要多给何平倒酒，立平不让，她懂何平的心。

快八点了，几个女老师的家人打来电话问询，校长觉得不早了，就提意圆桌。何平是第一个走出的饭店，她直奔江边而去。大家看出何平心情不好，喝得有些多，校长让立平给萧建平打电话，正好前几天立平求萧建平办事儿存有建平的手机号，于是立平拨通了电话。

"你好，平平吗？我是张立平，何平的同事。"逗得其他老师和校长都在笑，"何老师有点儿喝多了，刚回去，你多关照关照。"

"张老师啊，谢谢你。"萧建平被这肉麻的称呼弄得十分不好意思，"没事儿，她能喝，你放心吧。"

于是，立平友好地挂断电话，大家才纷纷散去。

何平的确喝得有些多，东摇西晃地在大街上行走，她不想回那个家，可又舍不下孩子，她经过自家楼下，向江边而去。街道上还有路灯，而下了江岸却是黑沉沉的，天空不见月亮，几颗星星也睡眼惺忪。

这些天，建平总是阴沉个脸，不是这儿不对就是那儿不对，骂她是家常便饭，她心里总是压抑。她深一脚浅一脚地在昏暗阴霾的江面跋涉，头脑一片茫然。当她跟头把式地一气穿过江心登上对岸，她才感到大事不好——这不是国外了吗？被老毛子抓去这辈子可能再也见不到女儿了！一时惊慌，她连滚带爬向回翻滚，直累得嗓子眼儿冒烟儿、胸腔着火，看看周围死一样沉寂，可还没爬到江心，她想：怎么穿跃过去的？

等她回到对岸的国土上已是深夜，全身冷飕飕——已出了一身汗。街道上空无一人，她踉跄地到了家，那爷俩已经入睡了。

四十三、本性难移

进入寒假，何平也没得休息，有几个孩子来家里补习，而狄峻夫妻工作太忙也把儿子送来补习。其实他家孩子平时学习很好，用不着补习的，可家长对孩子要求特别严，也是望子成龙。

给学生补完课也过年了。婆婆前两年也搬进了城里，自己单过，但逢年过节与周末大家常常去看她。有时家里别人送的鸡鸭鱼肉，何平自己不舍得吃就给她拿去。一次，建平嫌她太孝顺，不高兴地说：

"别忘了你是在哪生的孩子！"

何平瞅瞅他，什么也没说，依然把东西送给婆婆。她认为虽然老的不仁，但自己不能不义，百事孝为先，人都有老的时候。何平并不常去看她，因为和她话不投机半句多，但只要孩子休息或放假她都让孩子去看奶奶。她对孩子说："去奶奶家别空手，不管买啥你奶奶都会高兴的。就是一两块钱的东西也好，吃的用的玩儿的都行。"所以萧悫记住了妈妈的话。

她太了解婆婆了，她的好吃的，给媳妇、姑爷吃都心疼，就自己儿子、姑娘吃她舒心。有时何平跟她诉苦，说建平对自己不好，她就一脸不高兴。

"你多关心关心他，晚上回来晚了，给他做他爱吃的东西或冲杯蜂蜜水，多感化感化他。"

何平心想：他整天又打又骂的，我还得哄他——他骂我对，打我对？她对婆婆苦笑一下，说："我上一天班太累了，没精力呀！"婆婆总拿她家庭妇女般的生活说事儿。想在婆婆面前讨个公道得个安慰，那是做梦。

过了年，建平常去母亲家，母亲住平房。这是大年初六，小弟建国的生日，建平临走时叮嘱她说：

"今天建国的生日，一会儿你买点儿东西过去。"

因此，何平带着孩子上街买了些吃的，并让孩子给小叔买个精美的礼物，去了婆婆家。

萧悫见到小叔就把礼物赠上："小叔，生日快乐。"

"谢谢大侄女。"小叔眉开眼笑地收下。

大家赞不绝口地夸着萧悫懂事儿，并夸她长得漂亮像妈妈，建平美滋滋地应和着："没看谁的孩子。"大姑撇撇嘴儿，大姑父边擀饺子皮边乐哈哈地说：

"就是，大哥长得帅，孩子肯定错不了。"他是个和事佬。

是的，建平自从当了小官，胖了许多，脸上皱纹少多了，肚子也挺起来了。

大家说笑着，其乐融融，何平很快洗完手也加入了包饺子行列。四大金刚陪母亲炕上唠嗑，建杰媳妇偎在婆婆身边，其实婆婆并不喜欢她。她常常给婆婆拿个小棉垫垫在婆婆屁股下面，或拿个小被盖在婆婆脚上。婆婆那么刁，有时她刚把小被给婆婆盖上，婆婆就把这些东西扯到了一边："不用。"她不吃那一套。

建丽从不加入干活的行列，但结了婚在自己家非常能干，她大哥背地里说她心眼儿不好使，找的丈夫老实得要命，真是一扁担压不出个屁，但能干体力活，也能吃饭，常常一人吃两三个人的饭，那还是没敞开肚皮吃。岳母总是用鄙视的眼神看他。他们结婚后，经过大哥与建国的努力，在他本乡给他找了个看自来水水房的工作，但也挣不了几个钱，好在他有土地。建丽已下岗，在本村开个小商店。建军媳妇本来学医的，也开了一个诊所，建杰媳妇还是无业游民，建国媳妇也调进了城里。屋里几个孩子在看电视，当然都依着小的。这萧家四大金刚差点儿没生出萧四小姐，多亏老二媳妇争气，生了个男丁，要么萧家就断了香火。

婆婆一点儿不偏爱孙子，在她眼里只有大外孙子才是个宝。孙子也不亲近她，常常吃完饭就走了，他是姥姥、姥爷看大的。小外孙子很淘，常常把她的屋子翻个乱糟糟。女孩大的小的都很乖。

每次大家在一起都是大姑娘和大姑爷做饭，其他人都是配角。大姑爷很

孝顺，总是妈长妈短地叫着。大家热火朝天地包着饺子，建霞这时已提前退休了，她边包边问嫂子："过完年不给学生补课了？"她两口子早就调进城，她和何平一个单位。

两人虽然声音不大，可建平耳朵尖，阴阳怪气地说："你嫂子可下力，整天给人狄峻的儿子补课。"

"你说的是人话吗？我给那么多孩子补课，怎么就给狄峻儿子一个补课了！"

大家七嘴八舌地谴责着建平："大哥，怎么说话呢！"

建平倒来了劲："人家都说你天天放学领着狄峻的儿子给人孩子补课，你图啥？"

这真是妄口胡舌，瞪眼扒瞎，故意捏造，也不怕遭天谴，是人都能听出他在诽谤。何平气疯了，守着妹妹、妹夫、弟弟、弟媳妇们竟然无中生有地侮辱她，还是人吗？世上有这样的丈夫吗？都不配做人。

"狄长林是个学习很优秀的学生，他根本不用补课，平时从来没补过课。就是假期她父母上班太忙，也是怕他在家整天看电视，他妈妈才把他送到我这的。"

"人家别人都说，狄峻常上学校去，我看你就是看好人家啦！"

"你扒瞎不怕被雷霹死？狄峻真的从来很少上学校，一年都见不到他两次。"

"记得挺清楚，我看你俩就有事儿。别让我抓住把柄，让我抓住整死你们。等狄峻落我手里，我就弄死他。"他咬牙切齿像个小丑。

"咱俩谁搞破鞋谁出门让车撞死。"何平说。

"谁让她来的？"婆婆不高兴了，听话音她儿子就是个破鞋，但也不许别人骂。

"萧建平让我来的！"何平也火了。哪有这样的婆婆，不压事儿倒挑事儿。

屋里一片寂静，空气中散发着火药味。二弟、三弟、小弟都不高兴了："干什么呀，大过年的，要打回家打去。"三弟说："大哥你也是，说的什么呀！"……

何平直感到自己找了这么个下地狱的丢尽了人的男人，一辈子抬不起头。她手也没洗冲出了屋。大家看着萧悫在场，都没敢说什么。萧建平还侃侃而谈。

"不正经还害怕人说，那狄峻什么玩意儿，公安有名的嫖客，还和他得瑟。"

"你守着这么些人羞辱她，这事儿搁谁谁也不干。"建杰说。

"我就看不上她。"

"看不上还一起过个啥劲儿。"

"你们也不是不知道，那是没办法。"他意味深长。

"那算个啥，"建杰媳妇接过来，"多大个事儿呀！"其实她就作风不正。

萧悫白了她一眼，她闭上了嘴。她男朋友男同学可多了，常聚会喝酒，但丈夫宠她爱她，从不敢说半个不字。

冰天雪地的北方，寒风刺骨。何平泪流满面地回了家，越想越气，在家侮辱谩骂就算了，还到外面埋汰去，这是丈夫吗？就是恶魔！这日子没法过。于是她收拾收拾东西到外面租了个小厢房，屋子房东给烧，她又买了点儿木柈，第二天就去打听办理离婚的事儿。结果，民政值班人员说："现在都在过年，过了十五才上班。"

她租的小屋阴暗又贼冷，但消停又安静，没有骂声。她每天买点儿馒头与咸菜度日，白天到班里去看书。她惦记孩子，但她知道孩子饿不着冻不着。一天，她猜测建平一定到单位去上网了，就回家把住址告诉了孩子。孩子到她那住了一宿，说："妈，你这像旧社会。"就再也没去。

过了正月十五，各单位都已上班，学校也开学了，何平便约建平去办离婚手续。

何平说："咱俩谁要孩子谁就要楼。"

"当然孩子归我，"建平说，"但是咱俩得签个协议，以后双方谁也不要纠缠谁。"

"哈哈，还有留恋地狱的？"

建平懂法，什么都要弄个书面语言，因此，两人带上协议去办了离婚。

第二天，建平就找朋友喝酒，晚上喝个烂醉，回家就又吼又骂。

"何平，你个臊货，跟老谢搞破鞋。你以为我喜欢你？贱货，我从来没爱过你！我当初就是为了你那四千块钱。大骗子！"他酒后吐真言，絮絮叨叨地骂着。萧悫在屋里学习，实在听不下去了，就走了出来。

"你有完没完了？她在你骂，她不在你还骂！谁能跟你过？！"

"小王八羔子，你个野种，我怎么看你都不像我。"

"不像你才好呢！像你丑死了。"

"滚，滚，去找你那破鞋妈。"

"给我钱我就走。"

他顺手从兜里掏出一张百元大票撇了出去，很潇洒的样子一挥手："滚，都滚。"

萧悫拿着这张百元大钞，背起书包走了，这家没法待。萧悫没有去找妈妈，而是三更半夜地去了网吧，她在网吧打了一宿游戏，第二天上课直打瞌睡，老师们一再点她的名："萧悫，别睡着了。""萧悫，不能睡觉，听课。"她咧嘴笑笑。

中午，她去找妈妈，说了原因，这可把何平愁坏了，怎么办？自己租的屋又窄又冷，萧悫上高中，需要好的学习环境。她思来想去，决心借钱买楼，给孩子一个安定的住所。她起早贪黑，求朋友找家长为她打听卖楼的消息，没出两天，一个家长给她联系了一个卖楼的，离她的学校也近，虽是顶楼，但价钱不低，为了孩子，她豁出去了。她说：

"你们能在正月二十八之前给我倒出房子吗？"

对方犹豫了一阵，男的看看女的，女的想了想说："行。"

就这样何平先交了订金，就四处借钱，什么朋友、亲戚、家长，她硬着头皮去借，别说，谁也没让她白张嘴，很快顺利地把钱凑够了，并且通知了孩子，在正月二十八这天搬了进去。

她手里原来有点儿钱，又借了三四万，对于她来说这是个天文数字，她愁得睡不着觉。要是光靠工资再供孩子上学猴年也还不上。无奈，她招了几个高价住宿生——别人家每月二百，她是五百，但她包辅导学习。很快招了五个小学生，每天她起早贪黑，买菜、做饭、辅导，整天累得筋疲力尽。

一天傍晚，何平正在给学生辅导，突然听到敲门声，她去打开门，吓了一跳——建平。

"啊！你怎么来了？"他消息可挺灵通了，在这之前，几个亲戚来这楼里看过她。

"怎么，不许我来？"他面带微笑，"我来看孩子。"

"孩子上晚自习还没回来。"何平没给他拿拖鞋，他自己找了双拖鞋换上了。

学生们都愣愣地看着他俩。

"他是我姑娘的爸爸，你们写作业吧，别看了。"她又对建平说，"星期天我让孩子去看你。"

建平像没听着，各个屋参观了一遍，说："挺有章程。"他说着进了何平卧室，看样子好像喝酒了，进了卧室就躺了下去，并且说："我休息一会儿。"

何平进退两难，撵他还是不撵他？随他吧！等学生睡了觉，她又等孩子回来，看看孩子想吃什么。当然，孩子屋里每天晚上她都给准备了些水果点心。

九点多钟，孩子回来了。一进屋就看到了父亲的鞋，她惊讶地问："妈，我爸来啦？"

"嗯。"紧接着何平问，"你想吃啥？"

"啥也不想吃。"萧惹笑笑，好像对父亲的到来并不反感。

因此，连复婚手续也没办，他们又到了一起。第二天，建平对何平阴阳怪气地说："我不愁找媳妇，有个叫李邈的，佳木斯的，这些天说啥要嫁给我。"

"网友？"何平用不屑的口气问。

"对呀。不只她一个，还有个富婆，她丈夫外面有二奶，常年不在家，她多少次邀请我去。还有哈尔滨的一个女编辑……"

"是吗！那就和她们过呗！"不等他说完，何平打断他的话，起身做饭去了。

没几天，他们把原来的楼卖了，这样也还上了饥荒。家中里里外外都是何平张罗，建平就是现代的老爷。当何平去结算那个楼座机话费的时候，吓了她一跳：四百五十多元！她立刻给建平打电话，问是不是弄错了。可建平蛮有理地说："都是我打的。那时不是想找媳妇吗！"然后，立刻温和地说："你别给李邈打电话，"因为座机是何平安的，他怕何平调电话单子，"我已不理她了，这几天她肯定在找我，我把手机号换了，她找不到我。"

现在的单身女人疯了，离了男人活不了。何平没理他，把电话单子调了出来，看着电话单子，何平想象着建平每天都和网友打电话，一打一个多小时。平时抠得要死的他，真是在疯狂地找女人，这让她心里一阵阵酸楚。

一个周末，萧惹要给同学打电话，把妈妈的手机拿去了。下午，何平正

在厨房收拾菜准备做饭，萧悫拿着手机出来喊："爸爸，你的电话。"

原来，是高局长约爸爸出去吃饭，这个电话惹来不尽的烦恼。高局长的姐姐开了个按摩店，因为何平的胳膊在多年前被建平扭伤，常年疼，她常去这个店按摩，也认识他。

建平放下电话就火了，他也不管家里有没有学生，推开厨房门就吼："这才几天啊，你们就勾搭上了。他是找你的，约你出去吃饭，看是孩子接的，就试探我在不在。"

这突如其来的质问使何平有点儿丈二和尚摸不着头脑："这又怎么啦？"

"装！你啥时跟高猛搞上的？他知道咱俩离婚了，就来找你。找我怎么不打我电话？！"

"我怎么知道？"

其实，高局长在电话里说得很清楚，给他打电话是空号，是通过她姐姐打听到何老师的手机号，好不容易找到他。

"那高猛情人多了，'美味香'的楚丽肯定是他情人，他常去她家饭店吃饭，那眼神就不正常。今天又是去她家饭店。"

守着学生他就胡说八道，何平实在不愿理他。他整天满脑子都是谁跟谁搞破鞋，谁看好他了，从不想想怎么能把日子过好。狗到啥时也改不了吃屎，真是至理名言。

"那高猛也是通过你我才知道他干什么的。"其实何平早认识他，"再说，他比我小，我怎么能和他有事儿？！"

"唉呀，挺自卑。就你这样的人才好勾搭。"

"你赶紧滚吧，看到你我就上火。我还做饭呢！"

建平骂骂咧咧地出去了。从此，这个家又不得安宁。有时建平半夜三更回来就骂："那老谢都是你爹啦，你也不嫌恶；中学生你也勾搭，守着人家把奶子拿出来喂孩子；狄峻那嫖娼老手你也巴结；这高猛年轻，会玩儿，能让你舒服，你更往上贴……"整天这些污言秽语塞满了她的耳朵。

为了让孩子不分神，安安稳稳地考上大学，她只能忍。一天半夜，十一点多了，建平回来进卧室就把她从床上薅起来。

"你说，你跟高猛搞了几次？"

她睡眼惺忪的，正做梦呢，以为地震了，吓得慌忙问："咋的啦？"

"你跟高猛到底搞过几次？我看你俩就不对劲儿。你如果能从楼上跳下去，我就承认你是清白的。"

他推开阳台门，又去打开阳台窗户，怒吼着。这可是七楼，他站在阳台上还在吼："你也没那尿，就知道搞破鞋。你说你没搞，电话都打家里来了。你从这楼上跳下去，"他伸着胳膊向外指着，"我就承认你是清白的……"

半夜三更他在吼着，左邻右舍都被他吵醒，楼下的姑娘也在读高中，爬起来找父母。

"爸、妈，楼上又发神经了，让不让人睡觉啊！"

"忍着点儿吧，何老师和你姑是一个学校的，她俩关系还好。"

左边的邻居和他们年龄相仿，也早被他吵醒，听着萧建平丧心病狂的咆哮，男的跳起来："世上没男人啦，何老师怎么找了这么个王八蛋。我去教训教训他，这不把人往死里逼吗！"说着就要穿衣服，媳妇按住了他，"你没听到啊，他说何老师不正经。正经他能天天骂吗？你看何老师那么漂亮，她俩就不般配。"

"那也没有这么天天干的，我非得削他一顿不可，就该让他当王八。"媳妇按住了他。

萧建平还在发疯，像个疯狗似的又找到何平的手机，边骂边把手机撇出了窗外。何平心如刀绞，苦不堪言，大半夜，她只能无力地解释："高猛，他一定是问他姐姐才知道我的手机号，再说，你换号了，他打到我手机上有什么不正常！"

被萧建平逼的，她站了起来向阳台走去，建平赶紧让开门，示意让她跳楼，在这千钧一发之时，她想到了孩子，转身穿上衣服，去楼下找手机，萧建平还在骂：

"也没那个决心，证明你们就是一对狗男女，我也没冤枉你。等高猛落我手里，弄死他。"然后，脱下衣服躺下了。

何平摸黑在楼下找了半天也没找到。这是主大街，人行道两侧是干枯密麻的绿化带。过了十二点，路灯也关了。第二天她起早又去找，也没找到，后来又买了个便宜手机。

四十四、网恋

东北的春天还是冰天雪地，只有进入夏季，到处才是欣欣向荣的景象。这时的小城，被新来的县领导大胆改革变得面貌一新。特别是江边一棵解放前的古树，也被连根铲除，百姓怨声载道。

那天，只见一个五十岁左右的男子，提个孙悟空似的大棒子，冲到铲古树的人面前厉声喝道："不许挖，这树是古树，有历史意义，你们不能毁坏它。"

"我们说的也不算啊！"一个劳动者说，"这事儿县长说了算，我们就是干活的。"其他人也附和着。

那个男子看着倒下的古树，泪水夺眶而出，看热闹的百姓也发出一阵阵惋惜的声音。

为了城镇建设，县长下令，每个职工从六月的工资里扣除二百元搞城镇建设。这时建平的单位要盖家属楼，要求交五万元，可是那个楼卖了，刨去还饥荒，也就剩下四万多块，萧悫常常今天交这个费，明天交那个费，也多亏带了几个高价住宿生，否则日子太艰难了。显然，他们又借了点儿钱。这些年，都是靠借钱度过来的，什么时候能不为钱发愁呢？！

一个周六，正好萧悫说中午不回来了，建平今天好像心情特别好，其实这些天他和潘春欣——他的学生，在网上聊得火热。一天下楼，他发现潘春欣也住这栋楼，并且潘春欣要了他的手机号，两人常联系，这几天发展到天天网聊。今天是周六，潘春欣得照顾上小学的儿子，又有丈夫在家，她上不了网。

两人现在邪念萌发，都在家勤快无比，让另一半感到温馨备至。

　　周边县在春季给职工每月涨了三四百元工资，而他们县领导把涨工资的钱挪为搞城镇建设。秋天，周边县又涨工资了，他们县还是不涨。于是，几个退了休的老干部找到了县里，县有关领导说："给你们涨工资，拿什么搞城镇建设？""搞城镇建设也不能不让百姓吃饭吧？"一个退休老人说。"你们吃不上饭了吗？应该为县里想想。"真是权力压死人啊！谁也不敢说：搞城镇建设用得着那么多钱吗？

　　日子过得越紧巴事儿越多，弟弟金瑞的女儿要结婚，他们应邀参加了婚礼。因为孩子是嫁到了永河镇里，所以，吃过饭他们就去了客运站。一打听，中午的客车刚过去，建平的脸立刻拉了下来，一出屋就跺脚骂：

　　"跟你丢老人了，连个车都买不起。"

　　何平不敢言语，毕竟是在外面，像个受气包。萧悫说话了：

　　"爸，你别自己没章程怨别人。"

　　建平气呼呼地走上大道，突然一辆小车停了下来：

　　"老师，你要到哪去，我送你。"

　　是建平的学生。建平被这突如其来的问话弄得措手不及，赶紧把冷若冰霜的脸挤出点儿笑意，愣了一下说："把我们送到太和村吧（金瑞那个村）。"

　　因此他们又回到了太和村待了两个来小时，金瑞又用小四轮车把他们送回了镇里，这顿折腾。

　　不管何平怎么做，建平看着都不顺眼。每天吃过晚饭，就匆匆去了单位，和潘春欣聊得火热。建平的网名叫秋天，潘春欣的网名叫枫叶。建平告诉她自己早已离婚了，他从没爱过何平，曾经爱过另一个女人，并且说："她（何平）背叛我，我很寒心。"他也不怕遭雷霹。

　　"上学的时候，就听说她不正经。那时我就很同情你，真想为你解除痛苦。"潘春欣一副贱样，"我能有今天的工作，和你那时的鼓励是分不开的。"

　　"她三番五次出轨，我和她过够了。"这个遭千刀的，他又话题一转，"现在你想做什么也不晚，教你的时候我就很喜欢你，就知道你一定有出息。"是呀，一个农村孩子，能有份工作就很了不起了。

　　"我知道。还记得我给你的那片枫叶吗？它代表我的心。"

　　"那片枫叶至今我还珍藏着，也许这是上天的安排。"他意味深长。

潘春欣为了进城，嫁给了一个武大郎样子的丈夫——庄永强。他们夫妻都在镇里的一个卫生院上班，潘春欣是护士。如果说庄永强像武大郎，那她就是潘金莲，但她可没潘金莲的美貌，萧建平也没西门庆潇洒帅气。

一天，潘春欣像中了大奖，给萧建平打来电话。

"老师，我让他去哈尔滨进修去了。正好单位给个进修的名额，我鼓动他去了。"

两人都欣喜若狂，下午，建平就给何平打电话："晚上公安局王科长请吃饭，我不回去了。"

因此，下班后两人找了一个隐蔽的小胡同的小饭店，要了一个小屋，又要了两个菜，几瓶啤酒，开怀对饮。喝了两杯下肚，潘春欣又给老师斟酒，并且有意把身子靠过去，而萧建平顺势拿过酒瓶把她搂进怀里。

从此，他俩短信频频，建平每天都给她发一些暧昧短信，什么"心肝，我爱你""乖乖，我又想你啦，还想让你陪我喝酒……"每次潘春欣接到他的短信都心花怒放。她不正常的举动引来了周围人的注意，一次，她刚打开短信就伸过来两个头，吓得她赶紧向卫生间跑去，看完再出来。一次，有两个中年护士说：

"春欣，是老公的短信还是情人的短信？这么神秘！我们看你这段时间老公不在家倒打扮得漂亮了，是不是有情人啦？"

他们每天都缠绵在狗打连环上。建平这时从院里申请了一台小车，有时他们在阴暗的小巷里吃完饭，建平就拉着她到城外的树林里。两人比年轻人热恋还狂热，经常在这幽谷深巷中出没。

有时夜深了，何平担心他，就给他打电话，他就会拿起手机骂道："你打什么电话，以后不要给我打电话！"这还是接电话了，使何平有些放心，人没出事儿；有时下半夜了，实在担心，这时又是寒冬腊月，怕他冻死在哪儿，可常常打电话关机，但天亮之前他肯定回来。何平总以为他饭局多，喝完酒又去歌厅了。鬼知道他去干什么了！

因为是寒冬腊月，接近过年，给他送礼的也不少，毕竟建平在单位是个大庭长，平时求他办事儿的也不少，他一个原则：不收钱，吃吃喝喝可以，送点儿小礼可以，但是茅台金银他不收。

周日，建平在家收拾一只狍子，收拾完把整装一点儿的该冻的冻上，剩点儿碎肉与小骨头放在一边。这时，手机响起来，他赶紧擦擦手，乐颠颠地穿好衣服匆匆走了。还没等何平问他干什么去，人已经没影了。

因为只有周日孩子才在家，所以何平把那些小肉块与骨头烀上了，她想让孩子吃点儿，平时孩子太辛苦，中午晚上都是在学校吃饭。可孩子不爱吃狍子肉，何平也不吃，虽然是野生的，但太难吃了——像柴禾。

到了半夜，建平回来了，何平正在睡觉，他端着一盆狍子肉，他怒目圆睁，咆哮着："我妈就不像你，背着丈夫偷吃东西！"

何平吓坏了，还没等坐起来，一盆狍子肉扣在被子上，盆也摔到了床上。

"你吃喝嫖赌占全了，谁跟你过谁倒霉。"

"我也不吃狍子肉啊！孩子今天不是在家吗，我想让她吃点儿。"何平泪水哗哗而下。

"你跟高猛勾搭搞破鞋——也不是没人看上我，爱我的女人多了！"他骂完转身到另一个屋睡觉去了。大半夜的，何平收拾一床的狍子肉，又扒被罩又换床单，第二天一大早就洗。

他每天都要回家找点儿麻烦，不是这儿不对就是那儿不对。一次换洗衣服，何平递给他一条衬裤，他愣说不是他的，硬说这家有野男人来过，大吵大骂，何平起誓发愿地证明自己清白。真是贼喊捉贼。

快过年了，庄永强也回来了，建平在家的时间也多了。一天晚上，太阳从西边出来了，萧悫上晚自习回来，他要给孩子做锅包肉，萧悫快活得不得了。

"爸，这些天你出差啦？我得有半个月没看到你了！"

"没有，爸爸整天喝酒，回来得晚。"

"你做的饭比我妈做的好吃。"

"我什么智商，你妈那是猪脑袋。"

何平看着萧悫吃得开心，也不愿搭腔，怕影响孩子食欲。再说，建平什么时候做过饭？他就是活菩萨，供他还来不及呢！他现在是与潘春欣网聊不上闹心，才要给孩子做饭。

有一天，建平从母亲家回来，皮笑肉不笑地说："有个人愿意嫁给我，她比我小很多。"

"那好，你们就过吧！"

"建丽不同意。"建丽为了儿子上学，这时也在城里买房搬进城了。

何平心里很不是滋味，敢情你又和别人扯上了！和他打不起，再说又是过年期间，得给孩子一个安静的家。过一天算一天吧。

正月十五一过，庄永强又进修走了。一个周六的晚上，萧悫回来挺早，她看妈妈在做饭，就去要父亲手里的遥控器，父亲不给，她偏要，两人就吵了起来。真不愧爷俩，谁也不让着谁。

"你给我滚，我就不给你，能怎么地？"

"我就要。我很少看电视，你什么父亲？你不配！"

"就不配了，我没你这样的女儿！"

"我也没你这样的爸。没住你房子，你滚！"

"你不学习看什么电视？"

"我就看一会儿不行吗？老师让我们看新闻联播。"

"你赶紧滚出去！"

爷俩越吵越激烈，吵到了客厅，吓得住宿的学生忙到厨房喊老师。

"家里有学生你俩吵什么呀？"何平慌忙跑出来。

"你个野种，我不养你，给我滚。"

"妈，你说让我俩谁滚？让我滚我就走！"

这可难坏了何平，两个人都很重要，可两人都在叫嚣，无奈还是孩子重要。

"姑娘，你进屋让他滚。你俩也不嫌丢人。"她只是平息一下事端，并不是真心让他走。

建平气急败坏地把遥控器摔在地上，穿上衣服走了。第二天，何平又买了一个遥控器。这遥控器不知被这爷俩摔坏几次了。

第二天、第三天建平都没有回来，何平想他一定住在母亲那儿。每天做饭、洗衣、买菜又辅导学生，忙得她昏天黑地。第四天建平打来电话，让她把他的一些换洗衣服收拾一下，他抽时间回来取。何平感到事情不妙。

建平离开家后，就把潘春欣叫了出去，两人又是一顿喝。喝够了，潘春欣也不管儿子在不在家，就把老师带回了家。两人一唠就是半夜，但建平从不待到天亮。为了进城，她嫁给了武大郎，如今为了势力，她又要嫁给个爹一样的人。她喜欢坐在建平开的车里，感到特有面子。在农村人眼里，山沟沟里的

女人能找个当官的男人，真让人羡慕死啦。

星期天，潘春欣要去乡下看望一个亲戚，建平就开车送她，一路两人有说有笑。建平爱夸耀自己，他说："最起码我个儿高，长得帅，我比武大郎好吧？"

"你真坏！"她撒着娇。

"我的楼今年能交工，"他话题一转，"可我没有装修的钱。"

"我背着他攒了三万块钱，差不多够用。"

"够。等住进新楼，我们就幸幸福福过日子，让别人羡慕。"

"只要和你在一起，我永远都是幸福的！"

"教你的时候我就喜欢你，你不嫌我老就行。"

"我照顾你一辈子。"

"你离了婚咱俩就结婚，我永远不让你受委屈。别看我从前打她，那是因为我不爱她。从前我爱过一个女人，但现在我爱的是你。她诅咒我得被车撞死……"

话没说完，就被潘春欣捂住了嘴："她咋那么缺德，她咋不被车撞死。"

真是断章取义，你不搞外遇不就不会被车撞死吗！

因此，两人勾画着婚后的美好蓝图。这些天潘春欣给老公打电话，提出离婚，庄永强不答应。他猜到是潘春欣有了外遇，就也不学习了，跑回来哭天抢地地求岳父岳母，并很快知道媳妇看上了她的老师。

"爸、妈，那萧建平都多大岁数啦，他就是不正经。他打老婆都出名，狗改不了吃屎，我不能让春欣去跳火炕。"

"他不爱他老婆。别看他们住在一起，他们早离婚了。那个何老师搞破鞋，他看不上她。"

"他正经吗？"父亲严厉地说，"那么大岁数的人整天上网，不务正业，就不是个好玩意儿！"潘父早就听出他们是在电脑上玩出邪念的。

"女儿，你让我省点儿心吧。当初我不同意你和永强在一起，你非要嫁。"母亲也劝，"那姓萧的肯定不是什么好东西，都多大岁数啦。"

"孩子怎么办？缺爹少娘的！"父亲说。

"再说，他也有孩子。"母亲说。

"那萧建平的哥们儿都不正经，他今天能抛弃他那么漂亮的老婆，明天就

能抛弃你。"庄永强说，"他整天网恋，不知玩儿了多少女人。她老婆就知道挣钱。能埋汰自己老婆的人，肯定心眼儿不好。"

"他对我好，上学的时候他就喜欢我，他永远都不会伤害我，我了解他。"她也太不把老公放在眼里了。

庄永强这两天杀人的心都有。这几天他是吃不好睡不好，老婆就是要离婚。他想用儿子要挟她，离婚儿子不归她，她爽快地答应了。无奈，他用家产相逼，她也爽快地答应了。

"我什么都不要，净身出户，行了吧！"她是王八吃秤砣，铁了心了。她与何平净身出户是两个性质。

庄永强感到莫大的耻辱，老婆公开被人抢走，这个王八是当定了。突然间他有了想法：让你们过，我非杀了你个西门庆。主意已定，他答应了潘春欣，两人去民政局办了离婚手续。

四十五、第三次复婚

相拥乐开怀，孤单泪满襟。庄永强拿着离婚证班也不上了，回家就磨刀。潘春欣回去收拾东西，看他磨刀霍霍，东西也不收拾了，急忙出来给建平打电话。

"老公，"太不要脸了，这"老师"又改成"老公"了，叫得这么亲，"庄永强在家磨刀呢，你小心点儿。"

"宝贝，别怕，他个武大郎我能一脚踹死他。"他嘴上虽这么说，可心里不免有些恐慌。

庄永强手在磨刀，心也在踟蹰：儿子、工作、生命、财产都没了。他俨然看到了自己被枪毙的场面。因此，他放下刀，决定去找何平。

"何老师，你站一下。"他在楼下大门口等了好久了，"想和你谈点儿事。"

何平带着学生还没进大门，就被他叫住。何平不认识他，让学生先进院里。

"我是潘春欣的丈夫，我不和你绕弯子了，萧建平破坏人家庭，让人老婆离婚，品质败坏，你应该告他去。"

"是不是跟的潘春欣？"

"不是。"这个王八头，都啥时候了还瞒。

"他跟我姑娘打仗，就走了。"

"我呢，有三个条件：第一，我给你准备材料，你去省里告他，单位就得开除他公职。"

"不过了我也不会告他，再说我俩都离婚了。"

"第二，他说他从来没爱过你，他得爱孩子吧！你家孩子不是学习好吗？我让她上不了大学。"

此时，何平像在做梦。一向整天骂她搞破鞋的人怎么能去破坏他人家庭！怎么能做出这种伤天害理的事儿！杀父之仇夺妻之恨，这是大逆不道天理难容的！

"第三，你把他弄回去，就凭你这样的美人，叫他回去他是能回去的。他埋汰你不正经，你还天天拼命挣钱，赚了个啥？"

庄永强的一番话，使她有些精神恍惚，这是真的吗？才出去几天啊，就和人搞上啦！她直感到心在阵阵作疼，好像有把尖刀刺进了心脏。她带着学生进了家，草草地做了点儿饭，让学生们先吃着，就给建平打电话。

"建平，生几天气就行了呗！你怎么不回家呀？难道你真和别人过啦？"

"过不过和你没关系，咱俩现在一分钱关系都没有，你不要再打扰我。"

何平还想说什么，那边手机挂了，她心在膨胀，哪有心情吃饭。学生吃完饭，她还得辅导学生写作业，住着高楼她离不开家，不放心学生。等接下来再怎么打建平都不接电话了。

第二天，她上了一节课就请假去了法院，建平冷若冰霜地说："你就死了那份心吧，我不会和你在一起了。"

"你真要和别人过？"她拿不准他是不是真的跟潘春欣，"庄永强昨天找我，难道你跟的是潘春欣？你都是他爹的岁数啦！"她已打听到潘春欣丈夫叫啥。

"这你管不着，那个武大郎找你干什么？看上你啦？那你俩正好过呗！"他净说挨揍的话，也不怕下地狱。

何平把庄永强向她提出的三个条件跟他说了一遍，他一副无所谓的样子。何平心潮澎湃，女儿上高二，下学期马上高三面临高考，不能影响孩子。她从没求过他，今天为了孩子她低三下四求他。

"我今天就是求你回家，即使你要和别人过，也得等孩子上了大学再说，不为我想也得为孩子想吧！"

"我为她想谁为我想？我肯定不回去了。"

"我以后什么都听你的，你想怎么的就怎么的。"

"我就是跳乌苏里江也不回去了！"他毅然决然，拍着桌子站了起来。

"你不回来，我就自杀。"何平泪水哗哗而下，看样子建平铁了心了。她感到天旋地转，天似乎塌了下来。以前总打仗，离婚——复婚——离婚，也没像现在这样。建平仍是不动声色。

她决定不招住宿的学生了，回家就给这些家长打电话，把这些学生很快都送了出去，然后去了婆婆家。婆婆这次说了点儿公道话。

"这个潘春欣也太不要脸了，知道人有家还死缠着建平。我也说建平，她有孩子，就你那脾气你能容纳她的孩子吗？他说她不要孩子，那孩子能一趟不去找他妈吗？可他不听啊！"婆婆哭丧个脸。

"他那天和萧悫吵起来了，这孩子也不懂事儿，因为她上高二了，马上要高考，那天我就向着孩子了，建平就甩脸子走了。我哪知道他会和别人搞上。"

"这事儿也不能都怨一个，你对他好他也不会去找别人。"这搞外遇还有理了。

"还得怎么对他好？他衣不洗饭不做，也不用他收拾屋子，也不用他刷碗，他衣服、袜子放在哪都不知道。"

"这也不是男人干的活呀！"婆婆不乐意了。

"可我俩一样上班呀！"

"他每天晚上回来晚，你给他冲杯蜂蜜水，多感化感化他。"

"可他常常下半夜回来，我等不起。昨天要不是庄永强找我，我什么都不知道。"这个大傻瓜，"他年前是跟我说过，有人愿意嫁他，可我以为他开玩笑，谁知道是真的！妈，你不该留他在家住！"

"他就这几天在我这住了……"婆婆感到失言，其实头几天建平住在潘春欣家，这几天庄永强回来了，他才住到了母亲这儿。

人真不好揣摩，天天骂老婆搞外遇的人，自己整日在外偷情，天理何在？何平不傻，什么都明白了。婆婆是说服不了建平的，她惶恐不安地走了。

她盘算着，庄永强会怎么不让萧悫上不了大学：把萧悫弄伤？抢劫？再就不敢想了。晚上萧悫回来，她就叮嘱她上下学路上要小心，并且把事情简单地对孩子说了一下，孩子说：

"妈，你给我买个电棍吧！"

"那东西不是随便卖的，没有公安局的手续是买不到的。"

"妈，他走了更好，咱俩过，你别让他回来。"

何平什么也说不出，心里有不尽的难言。而建平下了班就去接潘春欣，当然他不敢到潘春欣单位门口接，而是在一个庄永强不走的路口等她，可他从没接过何平。他俩虽然相聚心切，可到了一起不免有些不快。他们找了一个僻静的小巷，吃了点儿饭喝了两瓶啤酒，趁着天黑，就开车出了城，车在一条僻静的山路上熄了灯……

两人亲热过后不免有些伤感，庄永强作的厉害，让他俩不得安宁。

庄永强打听到何平的手机号，第二天就又约何平了解情况，何平如实相告。他没辙了，可还很嘴硬，说："就凭你的长相，做他工作他肯定能回来。你也有错，你撺他干什么？"他什么都知道，可见潘春欣也是个虎了吧唧的玩意儿。

"那也是没办法的情况下，我也不是真撺他。他主意已定，我是没招了。"

"他这种人能抢占别人的老婆，就是社会的败类，我不会让他有好下场。"他恨之入骨的样子，眼里冒着杀气。

"我家孩子本来就讨厌她爸，他与我们母女无关。你要有章程就冲他去，我就不相信正义压不了邪！"何平一时气愤，心想：你杀了他才好呢！但又不忍心说出口。

庄永强好像有了主意，转身走了。他有些丧心病狂，去了法院。他很有礼貌地见了法院院长。

"您好，院长，我叫庄永强，是名医生，今天来求您给个公道。"

"你是告状吗？"院长以为是来告状的。

"萧建平霸占我妻子，整天网聊，用肮脏的短信勾引我妻子，"他有些义愤填膺，"他就是社会的败类，应该开除他公职。他逼我妻子离婚，他就是当今的西门庆。"潘春欣有时忘删短信，都被他看到了。

"真有此事？"院长笑笑，感到他真像武大郎。

"他现在就是仗着有点儿权力公开和我妻子在一起，如果您解决不了这个问题，我就到省里告他去。他和他妻子始终是离婚没离家。"

"他是我的部下，我肯定得管。你先别急，等我问问他，他不像这种人啊！"

"他道貌岸然，看似文质彬彬，净做男盗女娼之事，社会影响极坏，这种人就该开除公职！他打老婆都是出了名的，臭名昭著。"

"如果你说的属实，我一定严厉批评他——他怎么能胡来。"

"他破坏人家庭，十恶不赦，我真想杀了他。"

"别，别感情用事，我会让他撒手的。你别太气愤，别做出让自己后悔的事儿，你还年轻。"

"谢谢院长，给您添麻烦啦。"他恭恭敬敬地告辞。

庄永强一走，院长就打电话把萧建平叫来。

"建平，你怎么搞的，怎么能霸占人家有夫之妇呢？你挺聪明的人怎么干糊涂事儿！刚才庄永强来啦，难道是真的？"

"他们都离婚了！"

"那也是你的原因，你不能把事情闹大，会闹出人命的！因为这事儿出人命的还少吗？我怎么没听说你离婚？"

"我早离婚了！"

"你离婚没离家吧？！就在外面胡来，如果把事情闹大，我可不吓唬你，庄永强到省里告你，情况属实的话，就得开除你公职。为了一个女人你值吗？"

"他媳妇不爱他，你看他那熊样。"

"爱不爱那是人家的事儿，那女人能背叛自己的丈夫，将来也能背叛你！我看你们年岁差不少啊！你是不是都快到人家父亲的岁数啦？"

"我曾经是他媳妇的老师。"

"师生恋！"

建平笑笑，不以为然的样子。

"我作为你的领导，也是你的大哥，奉劝你今天就回家，马上把屁股擦干净。"

萧建平俨然当头挨一棒。心想：庄永强你个武大郎，把事情弄到院长这来了，我以后就睡你老婆，让你当一辈子王八。

"你也是，要找也不能找那有夫之妇啊！"院长觉得口误，赶紧改口，"其实你有妻子，什么样的都不能找。赶紧回家好好过日子，别玩火啦！"院长像个老大哥一样语重心长地劝说，并且让他把何平叫到他办公室来。

很快何平就到了。这一上午，院长净为萧建平办案了。何平谨慎地向院长打着招呼，院长热情地一伸手，说：

"你请坐。"然后看看何平，说："我让建平今天回家，你呢对他好点儿。

庄永强刚才找我啦，你们别把事情弄大了，我看他也不是个省油的灯，他什么事情都能干出来。"

"谢谢你院长，让你费心啦。"

"这是我应该做的，建平是我手下，我没有管理好他。"

"给您添麻烦啦！我也有错。"何平心里很乱，她觉得自己男人出轨，说明自己也不好，也很没面子。

"过日子就要互相包容，没什么对错。"其实，院长对自己的手下了如指掌，知道建平臭名昭著，对妻子不好，爱搞外遇，但他工作上很出色。

何平低着头不吭声，满肚子委屈谁人知。他希望建平回来，不能让女儿有意外。这几天，女儿上学放学她不是亲自跟着就是目送，惶惶不可终日。院长的一番话让她像见了救星。她再次谢过院长，才悄悄地告辞。

果然，晚上建平回来了，脸色并不好看，何平大气不敢出。萧悫上完晚自习回来，看到爸爸回来什么也没说，只是与母亲对视了一下。

第二天，庄永强又找到何平——他真是阴魂不散。要求何平和建平赶紧办复婚手续，并且说："你们办了复婚手续，咱们就一切太平。民政我有亲戚。"言外之意是你们复了婚我就会知道。

因此，何平做建平的工作去照相，建平很不情愿，照完相就一人扬长而去。何平通过她的搭档——数学老师，也是学校的教导主任，办了复婚手续。民政这人是教导主任的表妹。当然，为了酬谢人家，何平花了三四百元给人家买了一个皮包。

庄永强得知何平复婚了，也和潘春欣复了婚，所以他又放心大胆地去进修了。这个傻狗子，没有生活经验，他就不知道什么是四大没脸：喝酒的嘴，破鞋的腿，要钱的爪子，大烟鬼。还有四大破：粘帘子的豆包，冻坏了的茄子，济公的扇子，大破鞋。这些，都是人们在生活中总结出来的至理名言。

法院的家属楼没交工之前，一天，建平好像心情挺好，对何平说："等我的楼交了工，你想怎么装就怎么装。"何平一时有些受宠若惊，兴奋地搂住了他的腰。

他说："你要总是这么乖多好。"

何平立刻想起了朴玉、潘春欣，愉悦的心情一下落进了冰窑，撒开了手。

于是，楼真的交了工，他全然忘了之前说的话，何平要装白色的，他要装棕色的，何平也不敢反对，人家的楼，他想装什么色就装什么色吧。如今，饥荒也都还上了，何平手里也攒了点儿钱。

一天，他俩从新楼回来，刚走进大门，潘春欣从何平身边匆匆而过。在这一瞬间，何平小声骂道："不要脸，破鞋。"潘春欣没听清，就听个"气死我了"。

萧建平更是什么也没听到，但他敢肯定何平没说好话。其实，庄永强走后，潘春欣常常把他叫到家里，两人一唠就是半夜。建平也几次在何平面前说："我让他庄永强这个武大郎当一辈子王八，我就玩儿他老婆。"何平只是生闷气，不敢吭声。他虽然那样说，可今天在何平与潘春欣之间，他却心疼潘春欣。他几步蹿上七楼，鞋也没脱，等何平一进屋，他猛地一脚，把何平踢进学生曾经住的屋，然后就是暴风骤雨般拳打脚踢，边打边骂："叫你骂，叫你骂，你接着骂……"直累得他气喘吁吁。

何平抱着头，不住地撕心裂肺地叫着，却也没换来他心慈手软。拳脚来得太猛烈，没有她还手余地。何平只顾保护脑袋，右胳膊曾经被他扭伤，今天又一次被他那穿着大皮鞋的脚踹得崩裂似的疼。她觉得头都碎了，胳膊、腿都快掉了。最后，他又像对待敌人一样，照着她死人一样不动的后背又是一脚，才回卧室。

何平全身伤痕累累，脑门也乌青，几次挣扎着都没站起来。建平回到卧室就心急如焚地给潘春欣发短信：

"欣，你别生气，我把她揍了。我都想踹死她，这个贱货，敢伤害我的心肝，她找死。"

"你别打她，"潘春欣回过短信，"她也没说啥，就说'气死我了'，你打她干啥？"还算有点儿人心。

"我感觉她是骂你！要是骂你的话我还揍她。"

"她也挺可怜，你从来没爱过她，要是我早走了。"

"今天晚上我去你那，给我做啥饭？"

"好，你来吧，还给你准备酒。"

两个不着调的人，天黑后又凑到了一起，他们见不得阳光。建平走后，何平爬着到了床边，龇牙咧嘴攀着床沿坐到了床上。她哪有食欲，心里翻江倒

海，直等孩子回来给孩子做了点儿饭，才回卧室。

萧悫看出母亲又挨揍了，几次欲言又止，还是没说什么，吃了饭就回自己房间了。

第二天上班，何平刚要抬腿骑自行车，腿折了一样的疼，只好又把自行车锁上。到了单位，有的同事问：

"何老师，头怎么了？"

"撞门上啦！"她急忙进了班级。

四十六、玩火的下场

这几天何平没有去新楼，建平很不高兴，整天阴沉个脸子，他告诉装潢的师傅："你们缺什么、用什么，就麻烦你们自己去买吧，等我老婆来让她给你们钱。她这几天身体不大好。"

何平这些天感到腰酸背疼，全身碰哪哪都疼，有时学生不小心碰到她胳膊、腿，她也龇牙咧嘴"哎哟"一声。每天课要上，作业要批，课要备，女儿要管，心里还惦记着新楼装潢。

虽说是春天了，只是积雪少了点儿，东北不进五月天气是不会转暖的。身体稍稍好一点儿，她便又去监管新楼装潢。有时星期天萧悫上街，她便尾随其后。因为萧悫有时回来晚了，就对她说："妈，我去网吧查了点儿资料。"今天问她出去干什么，萧悫说："问那么多干什么！"这孩子从不撒谎，一听就有问题。她前脚走何平就后脚跟上，又怕她看见，上街拐了一个岔道，何平再追过去，连影也没了，她找遍了小城的网吧，也不见萧悫的影子，只好败兴而归。

中午萧悫回来，幸灾乐祸地笑着说：

"妈，跟踪我了？你能找到我吗？就你那智商。"

"敢情你是看见我啦，姑娘，你可不能上网，高二啦，没时间啦。"

"我上网都是干正事儿，不是你想的那样。"

何平像特务一样跟踪了几次孩子，也找不到去处，后来也就不再跟踪了，顺其自然了。新楼很快也装完了，但要放放屋里的甲醛味儿，他们没有立刻搬进去。

一天，何平正在讲课，手机响了，一个和她要好的朋友郝姐——也是她曾经教过的学生的家长对她说："何老师，庄永强在外进修不在家，你没感到萧建平这几天不对劲儿吗？你留点儿心。"

"他每天下半夜回来，都说在外喝酒。"她忽然有些醒悟，"是啊，他喝酒回来身上却没酒味。"

"我的傻妹妹，你太粗心啦。"

放下电话后，何平想到潘春欣的儿子在三年级一班，就走出教室，正好三年级一班的班主任刘老师在上课，并且平时她们关系很好，她就敲敲门，小刘乐呵呵地出来了。

"有事儿，何老师？"

"你给我悄悄问问庄欣悦，他爸是不是在外进修？他在家住还是在他姥姥家住？"她早已知道潘春欣的儿子叫什么。

"是不是姐夫看上了他妈？"好事不出门，坏事传千里。萧建平搞外遇的事儿学校老师早有耳闻了。这么点儿个小县城，他萧建平常带着潘春欣下饭店，后背都被人指出了窟窿，自己还掩耳盗铃呢！刘老师进了教室很快就又出来了，"他爸不在家，他和他妈妈在家住。"

"好，谢谢你。"

何平这一天都坐立不安，建平为了潘春欣打他不择手段，可见他们感情有多深。是啊，建平借着和她生气的理由，总是下半夜两三点钟回来。她还记得年前一个夜里，都下半夜三点多了他还不回来，打电话关机，她怕他冻死在外面，就给建霞打电话，建霞气哼哼地说："嫂子，你不用找他，冻死拉倒。"她就觉得话不对。外面刮着大烟炮，她顶风冒雪，大街小巷地找，一个好心的出租车司机说："我认识你何老师，我不是坏人，你上车吧！这天嘎嘎冷，能冻死人。"可她也没坐车。而建平四点多回来了，她才放心。而五点来钟天还没大亮，建平的手机就哇哇响，她觉得他刚躺下，别惊动他，刚要去拿他的手机，建平像诈尸了似的，一高从床上坐起，抢过手机关了机。后来她把夜里找他的经过对他说了一遍，而建平厉声骂道："什么担心我，你就是想勾引野男人！"

她心神不安地熬到天黑，联系上郝姐，俩人来到一家烧烤店，要了瓶白酒，点了些肉串，郝姐说她不能喝，何平只给她倒了半杯。郝姐看出她心情不

好，也同情她，就陪她喝了点儿。郝姐的亲家母和潘春欣一个单位，而且一个办公室，潘春欣的一举一动她了如指掌，并且她都当新闻传达给郝姐。郝姐说：

"潘春欣在单位说，萧建平从来没爱过你，曾经爱过一个女人，是你要自杀他才和你在一起的。你俩在一起真没啥意思啦！"

"事情也不完全是这样，"何平一时感到很丢人，自己赖着一个不爱自己的男人，"那是庄永强把他逼回来的。"她就一五一十地把事情经过说了一遍，当然没把自己用自杀逼萧建平而萧建平没在乎她的事说出来，这是让她很没尊严的。

"你说老天爷就这么不公平，你配他都白瞎了，他还出轨。自古以来红颜薄命啊！"

"也许我在天上犯了罪，老天把我发配人间受罪。"她一扬头喝下一杯白酒，又斟满一杯。

"少喝点儿。"

"没事儿，一瓶都没事儿。"本以为找个丑点儿、老点儿的能幸福一辈子，可事与愿违，悲哀呀。她想想这些年，辛酸的泪水悄然而下。

"没人心疼可要自己照顾好自己。潘春欣别看岁数小，可素质没法跟你比，萧建平跟她说啥，她都往出说，傻得很。"

"可他喜欢。"何平用纸巾擦擦泪水，又喝了一口酒，吃点儿肉串，也督促郝姐多吃肉串，接着说，"我命不好，我妈活着时就说我，'就这么个驴马精，让你碰上了'，我父亲活着时也说我，'这样的男人少有，你和他过下去，最后就得疯'。"

"摊上了就得想开，好好活着，活出样来，好男人有得是，非得一棵树吊死？"

话是这么说，可何平就是放不下他，她觉得离开他无法生存。虽然多次离婚，那也是气头上，她感觉他不会离开她。但今年，她彻彻底底地了解了建平——他果然没爱过自己，心在别人那里，她的心完全碎了，有时借酒消愁。她吃得少喝得多。

"你不用上火，为一个不爱自己的男人上火不值得。要学会爱惜自己，要是没有个好身体，到时候人家更不拿你当人啦！何况萧建平那种人。"

何平此时伤心的泪止不住地流，可还硬撑："我真不明白，他天天骂我跟人搞破鞋，而自己在搞破鞋，也许是我哪做得不好？"

"他就是缺八辈子德了，霸占人家妻子。人不都说吗，'宁拆一座庙，不拆一桩婚'，杀父之仇夺妻之恨，那庄永强早晚都得收拾他！"

一瓶白酒喝完，何平还要来一瓶，被郝姐强行制止，她胃已火烧火燎。郝姐劝她想开，并要送她回家，她笑着说："看我像喝多了吗？这些酒没事儿。"她很清醒的样子，结了账。她心里有事儿，今天就想看看建平是不是真的在潘春欣家。

她蹒跚地回了家，没等进院就在草坪上哇哇吐起来，吐完感到轻松许多。她早已了解到潘春欣住在这个楼的五单元202室，所以她回到自家楼下，就观望潘春欣家，黑乎乎的没灯光，就上楼站在阳台上瞭望。不一会儿，萧悫回来了，她给孩子简单地做了点儿饭，萧悫吃完就进自己卧室了。

她虽然浑身难受，但她敢断定建平现在就和潘春欣在一起。想到这里她义愤填膺，又下楼去了新楼，新楼无人，她又匆匆而回。这一个来回也有半个多小时，她回来在楼的前面看了看潘春欣家，还是黑乎乎的没灯光，就又上了楼。这时已夜里十点多了，她刚站到后阳台上，就见建平在后潘春欣在前奔五单元而去，很快202室小屋亮了灯，又马上熄了灯。

何平下楼去了五单元，在门后听了听什么也没听到，就在外面等。她像幽灵一样在楼前楼后观看潘春欣的家。她多想在潘春欣家前面看到客厅的灯光！可仍然黑乎乎。

她不想半夜三更弄得沸沸扬扬，不想让别人知道自己和一个爱搞外遇的男人生活，那样自己一辈子也抬不起头，丢不尽人。

黑夜万籁俱寂，冷风飕飕，小草还没有探出头，这时无一家明灯，人们都在梦乡。潘春欣白天听儿子回来说老师问他爸爸在不在家的事儿，所以心里有些不安，两人亲热够，她便对萧建平说：

"你早点儿回去，白天何老师去我儿子班了，我儿子的老师问他，他爸爸在不在家，肯定她觉出什么啦。"

"她是猪头，不用管她。"

"你还是早点儿回去吧！小心点儿。"

萧建平很不情愿地穿好衣服，潘春欣悄悄地把他送出门。萧建平一出屋

就把手机开了机，他刚跨出楼门何平就看到了手机的亮光，也是借着酒劲儿，她怒火中烧，冲了过去，飞起一脚踢在他要害处，连连踹了几脚，萧建平被他骂作猪头一样的女人一顿踹，躺在地上捂着裤裆直打滚，也不敢高声大叫。何平趁势去抢手机，而他死死握着手机不撒手，两人争抢了一会儿，他猛然把手机向墙上摔去，"啪"的一声，手机粉碎。

何平起身去敲潘春欣家的门，等了一会儿，潘春欣才打开门，她吓坏了。何平进了那个小屋，一眼就看到他俩用过的卫生纸还脏兮兮地堆在床上，扬起手给了她一耳光。

"你真不要脸，他都赶上你爹岁数啦。你这么爱搞破鞋，将来你儿子长大了都没法做人，有你这么个不要脸的妈！"

潘春欣头不敢抬，任凭何平怎么数落，只是说："我真不想理他，可他总缠着我。今天我不出去，他打了三次电话，说求求我啦，我才出去。"

"你也不是什么好饼。萧建平说了，就是玩儿你，让庄永强永远当王八，你这个不要脸的贱货。"何平气得心都要跳出来了。

这时，另一个房间的灯亮了，庄欣悦早被屋里的吵声惊醒，这一宿他也没睡好。他虽人小，但他知道妈妈带回个野男人，心里很不高兴，他也知道这个野男人要抢走妈妈。何平来到他的房间，见床上都是玩具，问道：

"庄欣悦，你咋不睡觉呢？"

庄欣悦可怜巴巴地抬头看看她，知道是学校老师，就又低下头去玩玩具。何平对潘春欣说：

"你看看，多好的孩子，你不好好过日子，不安守本分，将来孩子都会讨厌你。"她转过话题，"萧建平被我踢得快死了。"

"那我去看看行吗？"她恬不知耻地问。

"借你个胆！"何平厉声喝道，吓得她赶紧闭上嘴。

萧建平见何平进了屋，摸黑满地爬找到手机碎片揣进兜里，一副丧家犬样。他那惹祸的家伙早没了雄气，正在流着血。直到何平从潘春欣家出来，他才狼狈不堪地从地上爬起来。何平给建霞和建国打电话，说："你大哥和潘春欣偷情被我抓到了，我把他快踢死了，你们来看看吧，怎么办？"

他一步一挪地上了自家楼，何平又起了测隐之心，要去扶他，他一挣，

她只好先上楼给他开门。他进了卧室就栽到床上，不住地呻吟，何平吓坏了，见他脸色也很难看，真怕他死了。

建霞、建国很快都来了，见到大哥如此惨状，又气又心疼。建国说："上医院吧，别出人命！"然后话题一转，"大嫂，你也太狠了，这要出人命你也好不了。"别看自家人不着调，关键时候还是向着自家人。

"黑天瞎火的，我是乱踢的，也看不到哪是哪，没想到这么严重。"何平有些难过。

建霞有正义感，小声嘟囔着："一脚踢死得了！"

"那赶紧上医院吧！"何平慌神了，怕出意外，"等到天亮恐怕他就不行了。怎么办？"

"行，送医院。"建霞、建国说。

可建平想了想说什么也不去，他停止了呻吟，只是皱着眉头，说："我不去本县医院——那样我就成了县里的新闻人物了！"

"那去哈尔滨。"建国急眼了。

"我手里的钱不够，怎么办？"何平很焦急。

"我回家取。"建国转身就走了。

不一会儿，建国拿来一万块钱。建国现在是一个乡里的书记，常出门，家里当然有闲钱。他为啥官升得快，他岳父岳母家开饭店、宾馆，他有坚强的后盾。建国把钱交给大嫂，大家就要找车，这时建平好像缓过来了，有了点儿精神，说：

"天亮再说吧！没事儿了，你俩回去吧。"

何平真怕他死了，并不是怕自己坐牢，而是心里放不下他。建霞、建国看他好像没事儿了，大嫂也说：

"你俩回去吧，有事儿我再通知你们。"

她俩走后，建平褪下裤头，裤裆里有点儿血迹。何平本以为他穿着厚毛裤，不至于把他踢坏，看到这种情况，她心疼得落下泪来。

"我是真心爱你的，可你从来没爱过我，却爱朴玉、潘春欣。不知你到底真爱谁。"

"我爱她个腿，我就是让庄永强当王八。这下以后你也用不了了。"

"只要你啥事儿没有，用不了才好呢！省得它以后惹祸。"

　　萧悫白天学习，晚上又回来得晚，家里不正常的声音并没有使她起来，因为父母半夜打仗是常事，她习惯了，当然大家也是怕吵到她，都是悄悄在大卧室里言语。

　　何平躺了一小会儿，并没有真睡，这一宿把她折腾够呛，熬到五点就又起床做饭，单独给建平做了几个荷包蛋端进卧室——他穿不了裤子，只能卧在床上吃。

　　萧悫吃完饭就上学去了，何平给自己的搭档数学老师打电话，让他上前两节课，她有事儿。然后她在建平的安排下，去了法院向领导请假，说他二姨病危，走得匆忙，只能她来告假，接着就去药店买云南白药，又风风火火回来给他上药。上完药，建国又打来电话问："我大哥怎么样？"

　　"没事儿了，我给他上了云南白药。你放心吧！等星期天我把钱给你。"

　　"你要把我大哥踢死了，我就让你蹲笆篱子。"建国虽然带着笑腔，可语调也不客气，真是手足情深啊。

　　"我懂法，"她看看建平，想说，"我亲眼看到他半夜从人家家里出来，肯定没干好事儿，法律也不会枪毙我的。"但她不想伤害建平，便说，"法律不是你家的，你说的不算。"

　　平时，过年过节何平常常把小叔子、小姑子们叫家里吃饭，他们对这个大嫂还是尊敬的。建国在那边笑笑，说：

　　"不和你说啦，我还有事儿呢！"

　　一周后，建平那见不得人的东西好了，何平又给他买了个比较贵的手机，他也上班了，他们也很快搬进了新楼。住进新楼，建平每天都不开心，因为每天下楼看不到潘春欣了。何平每天几乎七点就走了，她是班主任，要求学生几点到校她肯定就几点到。而其他单位都是八点上班，每天何平一走，他就和潘春欣短信相约。有几次，早上刚要吃饭，建平的手机就响了，他乐颠颠地蹬上鞋饭也不吃就下楼了，不管何平怎么叫他吃点儿饭，他都像没听见，到潘春欣那儿吃早饭去了。如今，他很难见到潘春欣，只能电话联系。

　　一天，庄欣悦悄悄给爸爸打电话，说学校何老师有一天来家里了，因此，庄永强也不进修了，提前回了家。他猜到家里发生了什么，但他不敢质问潘春欣，每天和老婆形影不离，致使萧建平每天心烦意乱，总回家找茬。不是地不干净了，就是衣服有褶没给他熨了。吓得何平常常给他洗完衣服就拿到干洗店

去熨，早晨做完饭就擦地，一天忙个冒烟儿，俨然家庭主妇。

他爱吃咸鸭蛋，她就去街里买回二百个鲜的鸭蛋自己腌上。有时下班回来，建平要喝啤酒，她就颠颠去附近小店拎回几瓶。

一天早上，建平要穿黑色的裤子，何平找了半天，他就嫌时间长了，骂道：

"猪头，放什么东西一点儿逻辑没有，你让我回来干啥？赶紧把那假结婚证给我换回来！"

"我让你回来你也没回来呀！不是庄永强把你逼回来的吗？"何平也不高兴了。

"我能找个比我小十六七岁的，"他指潘春欣，"你能找个比你小的吗？你只能找老谢、老邵那样的爹！"

"你以为谁都像你似的爱搞破鞋！"何平也急眼了。

"那是本事，听说谢晓亮（老谢的儿子）在学校啥也不是，都是你这个小妈在擎着他。"

"你不怕做损就扒瞎吧，人家刚来一年就获得县级优秀教师荣誉，干得比我好。"

"那都是你的功劳。"他是恶意捏造，也不怕下地狱。

谢晓亮刚调来一年多，他蔫老实，工作兢兢业业，任劳任怨，很得领导赏识。他与何平也不是一个学年组的，他们是井水不碰河水，根本不搭边。何平肺都气炸了，把裤子甩给他，骂道：

"你不会得好病死的，天下就没你这样的畜生！"

"得好病也不会死。"

"你快和潘春欣过去吧，我不会再找你。"

"潘春欣再白给我我都不稀罕要，我就是玩儿她，给庄永强戴绿帽子。"

"就看庄永强有没有骨气，有骨气早晚他会杀了你。"

"我捏死他像捏只小鸡儿。"别看萧建平这么说，心里真怕庄永强会宰了他。

从这天起，萧建平偷偷买来一把刀，这都是搞外遇带来的恐惧。这把刀他不是藏在被子下，就是藏在抽屉里，这让何平也感到惊骇——他要杀谁？

四十七、彷徨的日子

　　建平头脑聪明狡猾，萧悫在家的时候他很少找茬，有时何平菜做得不如意，他就会说："猪头，这菜做得像猪食。"萧悫也会跟着起哄："猪头啊。"两人会心一笑，气得何平总是让他俩先吃，自己去刷锅收拾灶台。有时他俩先吃，萧悫过意不去，就说：

　　"妈，你能不能和我们一起吃饭！一吃饭你就有活干。"

　　"你们先吃吧，我不着急，什么时候吃都行。"

　　"要不怎么说她是猪头呢！和正常人不一样。"建平边说边嘲笑着。

　　何平有时不理他，有时就会说："我看你才是猪头。"

　　等萧悫上学一走，建平来劲了，牢骚满腹。

　　"这个家让你过的，总是赶不上人家，上网都得去单位。人家女的搞破鞋都能挣点儿钱，而你，净让人白玩儿。"

　　"看样子你没少给人家钱呗！"她指潘春欣。

　　"她也不少花钱。"潘春欣和他在一起，常常饭钱都是潘春欣算账。

　　"那她倒贴呀！也太下贱啦。"

　　萧建平常常大言不惭地说媳妇没把家过好，敢情他就是吃软饭的，而何平就上这个当。为了拢住他晚上不出去，何平向同事立平借了三千块钱，买了台电脑。这台电脑常常被他独占，当然，萧悫不惯着他，有时查资料他就很不情愿地让开，何平是摸都不敢摸，有时她也想碰电脑，建平就厉声说："你不就是想搞破鞋吗？要么你玩什么电脑！"

下月开了工资何平赶紧把饥荒堵上。后来把那个楼卖了，生活也好过了。建平每天痴迷于网络，常常半夜三更也起来上网，何平不理解，网络有什么让他迷恋的？他常常欣然向何平炫耀。

"佳木斯那个富婆，老公在外有二奶常年不在家，多次让我去。"他就这么放肆地说。

何平不搭腔，不敢再说"那你就跟人过呗"，她装聋。

"哈尔滨那个编辑，人长得真漂亮，离婚的，多少次让我去。一次我骗她，说我去哈尔滨了，她说她开车接我去。"

"你真有魅力。"何平讽刺地说。他整天说的都是男女关系那些事儿。

一天夜里，何平起夜上厕所，发现电脑开着，就过去动了一下鼠标，电脑上弹出个方框，上面写着："你把衣服掀起来，我看看你皮肤白不白，你好俊啊！"然后就是一张流着口水的图片。还有好多内容没来得急看呢，建平从床上一下蹿起来，把她推到一边。网络就那么吸引人吗？就是闲的。

何平是个粗线条的人，你不挑事儿她决不惹你。她让建平吓怕了，就怕他发火。一个星期天，建平和她出去玩儿，当走进南山公园，建平故意鬼头鬼脑地说："别让你丈夫看见。"有时去散步，他也故意放慢了脚步，贼头贼脑地说："别让你丈夫看见咱俩在一起。"真是什么样的人就能想到什么样的事儿。和他一起出来玩儿，他总要给你添堵。

有一天，建平下班回来，进屋阴阳怪气地说："你不心疼我有人心疼我。"然后放下一堆药。

"你怎么啦？你也没说你哪儿不好啊！你什么时候不舒服我不是第一时间给你买回药！"

他是夜里上网着凉了，浑身有点儿不舒服，上班时他就又撩拨潘春欣，发短信说自己感冒了，也没人心疼。于是，潘春欣买了药给他送来，并且对他说："你好好和她过吧，咱俩以后不要再联系了。"

建平过来把门反锁上，一把搂住她，落下了心酸的泪："我爱你。"他是被这一堆药感动到了，而媳妇给他买了一百次一千次药他也不感动。

"你多保重，我还得上班。以后不要再给我发短信了，他总翻我手机。"她也落下泪，"这些药你看着说明吃。"

这时，建平有些不好意思，的确，平时他哪不舒服了何平马上给他买药，

端水送饭，关心备至。因此，他从一堆药中拿出两盒金嗓子喉宝递给她，说："你嗓子不好，给你。"

何平这几年嗓子就不好，班里学生近六十人，每天总不停地说话，她也常跑医院，也去过哈尔滨治这个嗓子疼，但只能缓解。此时，建平给她这丁点儿的关心，让她受宠若惊，忙接过药，不经意地说了句："你们又勾搭上啦？"

"我们那是爱情！"他翻脸不认人，自己有妻有孩子还在谈和别的女人是爱情，简直无稽之谈。

"你还觍脸说，把搞破鞋当爱情，真无耻。"

"我就看不上你，赶紧把那假结婚证给我换回来！"这些话他多次在何平面前说，何平心如刀剜。

是啊，这个结婚证是托人弄回来的，倒阻碍他的爱情了："你不想过等孩子上了大学咱俩再离。"

"和你在一起生不如死。"他还沉浸在和潘春欣拥抱的幸福中，"不用等，你去法院起诉我就行，咱俩非得有一纸文书不可，否则总纠缠不清。"

这种苦难的日子使何平感到身心疲惫。

有多少人懂得时间是宝贵的？婚姻让所有成家的人烦恼，这个殿堂，有人乐于装点，有人不满毁弃。乐在逍遥，毁在自焚。

一天，建平打回电话说晚上不回来吃了，她心里又感到不安，就约上郝姐去吃烧烤，仍然要了瓶白酒，一些肉串。一杯酒下肚，她伤心的泪水又如连雨天下来了。

"郝姐，你说我是不是命不好，潘春欣给他买一次药他就感动得要死，而我给他买了一辈子药他都不感谢我。"

"这就是家花不如野花香，你不会贱，妓女在嫖客眼里都是佳人。"

"有时我真想和他亲近亲近，可是一想到朴玉、潘春欣和他的那些拳脚，我什么兴趣都没了！"

"你姐夫从没打过我，我生孩子吃了十只鸡，出月子胖得像个肥贼似的。"郝姐吃着肉串。

这就勾起了何平心酸的往事，她向郝姐诉说着自己是如何做月子的，说得郝姐不住地抹眼泪，跺着脚骂：

"畜生！别说他搞破鞋不能和他过，就凭他这么缺德也不和他过！"

"可现在不是我不想和他过，是他不想和我过。"她把半杯酒一饮而尽，又斟满一杯，并要给郝姐倒，郝姐连忙起身用手挡住。

"我真喝不了，就这些，你也别喝多了。"

"没事儿。我整天和他在一起提心吊胆，就怕哪做错了他又暴跳如雷。他总藏着一把刀，吓死人！"她吃得少喝得多。

"我觉得你俩在一起一点儿意义都没有了，他心里根本没你。"

女人没有找对男人是一生的痛苦，更何况潘春欣的嘴像大喇叭，满世界宣传萧建平如何不爱何平，这让她很抬不起头来。丢人啊！她总觉得离不开建平，怕离开他自己会想死他。但在郝姐面前不能这么说，怕郝姐笑话她没骨气，她只好说："等孩子上了大学再说吧！其实，我现在想好了，就算他不正经，只要回家不打仗，我也能过下去。"

"那可不行，这是原则问题。"看样子郝姐夫是个本分人。

一瓶酒喝完，郝姐就劝她早点儿回家。何平仍是故作镇定地结了账，相互辞别。

何平醉醺醺地到了家，一看建平在上网，萧悫也回来了，在自己的小屋里。她借着酒劲儿，来到建平身边，真想搂着他的腰亲热亲热，可建平的拳脚很快浮现在眼前。她多么希望有瓶忘情水，让她喝下把以前的事情都忘掉！当她一走过来，建平就收起了和网友热聊的一幕，冷笑着说：

"向情人诉苦去啦？"

"诉个腿！你不爱我我还不爱你呢！"这是她违心说的，"怎么看见我不聊啦？有什么怕人的？"

"我还没说你呢，给你打电话为什么不接？怕把你的情人吓阳痿了吧！"

他什么时候关心过她！何平赶紧从皮兜里拿出手机一看，是有一个未接来电，她喝得五迷三道的，根本没听见，今天吃了熊心豹子胆了，她骂道："你搞破鞋却总骂我，你就是个魔鬼。你天天回来把手机藏起来，你没鬼藏什么手机？！"

是的，自从住进新楼，建平每天中午回来手机不离身，晚上回来就把手机藏起来，有时找不到还让何平帮他找，就是洗澡，他也把手机带到卫生间，让人看了就别扭。

都说婚姻本身就是互相约束的，萧建平约束别人自己放荡，这让何平憋着一肚子火，今天终于爆发了。

“你整天电脑把着，电视占着，你一手遮天，欺人太甚！我让你看！”

因为建平坐在电脑前，她只能拿电视撒气。她转身进了客厅，搬起电视摔在地上，只听“砬哧”一声，电视屏幕朝下落在地上，电视报废了。她又拿起暖瓶摔在地上，暖瓶在地上开了花，她又拿起茶几上的几个茶杯摔了下去。

这时萧懿从屋里出来，不高兴地说：“你作什么？”

看着孩子她老实下来，而建平倒像个好人了。此时他已关了电脑，一声不吭地坐在那里。他很狡猾，给孩子留下了好印象，所以后来孩子认为妈妈在作。她从不把建平那些见不得人的事儿对孩子说。

当然，第二天还得她自己打扫战场，孩子也不爱理她。吃完早饭，孩子上学一走，建平说：

“你不是不想过吗？赶紧把那假结婚证给我换回来，你就滚出我家。省了咱俩谁看谁都不顺眼。”

她傻眼了，后悔昨天喝那么多酒干什么！损失了三千块钱。来到学校她忧心忡忡。上完自己的课，她就到办公室批作业。正在批作业，就听和自己一个学年级组的小谷说：

“我早晨来上班，看见东面道南一个楼下门市上方写着‘才子家园’售楼处，要在咱学校跟前盖楼啦。这个位置好，离超市近，离广场也近。”

大家七嘴八舌地谈论着，有的说让她妈在这儿买个楼，有的说把自己的楼卖了到这儿买一个，上班方便。因此，何平回家也忘了早晨的不愉快，跟建平说了这些话，说买个小一点儿的楼，留着将来退了休给学生补课。很快两人到了售楼处，选了一个最小的五十平米，订了下来，紧接着交了三万订金。

订下这个楼，何平心里有自己的小算盘。与建平在一起整日提心吊胆，一点儿安全感都没有，如果哪一天建平再要和别人过，自己就是再有千般不舍也要离开他。有时她发自内心地对他说：

“你要真的不想和我过就如实告诉我，千万别杀了我或者药死我！我给你腾地方。”

“你还有这么好心？”他嗤之以鼻。

当然，没几天何平又买回一台彩电。

四十八、人却清廉

这个毕业班终于送出去了，萧悫也上高三了，可何平感到自己的身体好像透支了，每天骑自行车像长跑，累得嗓子与胸腔疼。

这学期她向学校申请不再带班：第一，嗓子多年疼痛不好，几家医院都是建议禁声；第二，孩子上高三了要多费心。因此，学校分配她去教毕业班数学。

虽然在学校不用那么操心了，但家里依旧叫人活泼不得。一天，建平起早出差，何平做好饭，他吃完天不亮就走了。萧悫现在学习紧中午也不回来，于是她让同事给她申请个QQ号，中午吃完饭她就学上网。可啥也不会呀！她就给关系不错的张晓艳打电话——张晓艳就比她大一岁，提前退休了。

张晓艳教她如何上网，如何加好友，如何删除等一系列知识。她聪明，一学就会，加了几个好友聊起来，晚上吃完饭她又打开电脑，觉得很稀奇，就像在梦中一样，一会儿可以和这人聊聊，一会儿又可以和那人聊聊，一切都那么缥缈。每当加一个人她又不知从何聊起，只能像查户口似的，问人什么地方的，什么工作，家里几口人？人家问她啥她都如实相告，她是个大实在人。

晚上九点钟了，她正玩得兴致，房门突然开了，建平拎了一些东西回来了。何平一看到他赶紧离开电脑，给他腾地方。何平起身没走几步，就见建平勃然大怒。

"我走一天你就不安分守己，偷着上网想搞破鞋。你上网干什么？不就想偷情吗？你姐搞，你妹妹搞，你也搞呗！"

"我姐和我妹妹根本不是那种人！我五姐离婚是因为我五姐夫有外遇，我妹妹是因为我妹夫太懒。"是呀，五姐和妹妹这两年也离婚了。

"她俩也不能闲着，你妹妹得搞二十个，别人都说你妹妹不正经。"他又开始扒瞎，"你家姐妹没有好玩意儿。"

"你枉口胡舌不怕丧天良！你天天玩儿行，我玩儿就不行！"

"对，你玩儿就不行。"其实他网上有许多和网友暧昧的语言，但何平没摸过电脑，什么也不懂，更不会去查。"你跟老头子搞外遇，中学生孩子也不放过，这又搞到网上去，你永远都不会改好！"

真是贼喊捉贼呀，什么眼睛气不瞎。何平像个被吓坏的小狗，灰溜溜地退到客厅。夜深了，她不想和他打，怕影响楼内安静。

天已经冷了，但何平不想回卧室睡觉，她怕建平回到卧室见到她又该骂那些他编造的陈糠烂谷子。于是，她到厨房一张床上去睡。厨房很大，比卧室大。孩子回来她给孩子做了点儿饭，孩子吃完饭就回自己的卧室了。

第二天，孩子吃完早饭就上学去了，建平又开场了。

"以后电脑不许你碰，你想搞也得忍着点儿。老谢的儿子在学校不都是靠你这个小妈关照吗？"他转脸又狞笑着，"谢晓亮该管你叫妈呀！"他又像想起了什么，猛然又惊讶地说："陈佳玉的姑娘不也调到了一小吗，你怎么没跟我说？还瞒着我！"都调来两年了，他才知道，"这下你有一对儿女在你身边。"

这个世界就这么小，你怕什么就会有什么。何平不愿理他，因为他说的都是鬼话。她收拾完厨房，来到客厅，建平跟到客厅。

"我知道你讨厌我，要不你能总琢磨搞破鞋吗？你是老的少的都不嫌恶。"

"你别以为自己是什么人别人就是什么人，你让人离婚你不缺德？我不说你也就罢了！世上没你这么缺德的，破坏人家庭。"

"那武大郎就爱当王八呀！我就爱她怎么地！就不爱你。"他又转过话题，"你上网问人住哪儿，干什么的，不就是想和人搞吗！"

敢情他查看她上网记录，那不都是一些平常话吗，有什么见不得人的？何平也火了。

"我像你呢，净做下三滥的事儿——让人掀起衣服要看人皮肤，下流无耻。"

"我看得多啦，你们学校的郭玉杰和小谷，说我要给她们买条裤子就和我上床。你们老师哪有好饼。"太不要脸了，自己不好反咬别人一口。

"她们知道你是萧建平？"

"不知道，我都是用的假照片。我说我是佳木斯的一个宾馆老板，她们就信。就你，上网得让人骗死。"

这一宿睡在厨房，虽然用的电褥子，但是厨房温度很低，冻得她直咳嗽。不带班了，她觉得轻松许多，但身体越来越差。还没到上班时间，可不想再听建平谩骂，她收拾收拾地也没擦就走了。建平还在后边骂。

"去那么早干什么？又看上人王涛啦？人家年轻，不会看上你这个黄脸婆的！"王涛是新调来的校长。

何平气得要死，可打不起呀！她骑了一会儿车子，感到累得腔子疼受不了，就下来推着走一会儿再骑。一连几天，她咳嗽不止，同事给她出偏方：鸭梨和川贝加冰糖上锅蒸治咳嗽。于是，她买来鸭梨削成片，川贝捣碎，加冰糖、水上锅蒸，吃了几天，一点儿不见好。

从那天起，建平就把电脑的房间锁上了，何平再也不能进电脑屋了。他锁了一段时间，看何平没有上网的意思，就不再锁了。

何平在厨房睡了几天就回卧室了，厨房太冷。这是单位盖的楼，离街里比较远，但孩子上高中离学校近。热电厂正好在他们相反的位置，所以他们这楼供暖温度很差，每天屋里平均温度也就十一二度，何平给孩子买了电暖风，怕孩子晚上学习冷。

没几天，她咳嗽得嗓子说不出话，偏方换了好几样也不见好，她就去小诊所输了几天水，好点儿就不输了，她舍不得花钱。因为总吵架，她输水也是利用没课的时候去输的，她也不和建平说。因为她天天咳嗽建平也是不管不问，一点儿不心疼她。可刚好没几天她又咳嗽不止，为了能省点儿钱，她到建军媳妇的诊所去输。

建平每天晚上回来，仍然是鬼鬼祟祟藏手机，何平都懒得理他，他有时见何平瞅他，就奸笑着说：

"瞅什么瞅，像个奸臣似的。"

何平眼睛一抹嗒，脸扭向一边。别说，一天他喝多了，把手机藏哪也忘了，让何平帮着找，家翻了个底朝天也没找到，气得他只好先上班去了。

他整天神神秘秘，鬼头鬼脑，何平看到他那个样子心就累，不知他手机

里都有什么秘密。因此，何平上完自己的课就请假说有事儿早早回来翻找，明面上能翻的都翻到了，什么床下、鞋柜、鞋里、衣柜、厨房、卫生间都翻遍了，最后在一个花盆后面找到了。

何平很快打开了他的手机，翻开短信：

"你是我今生遇到的最可爱最美丽的女人，你的举止言谈让我魂牵梦绕。如果咱俩能够在一起，我永生都不会伤害你，把你视为我的眼珠。你的手，暖我的心，你的肌肤让我销魂。"

何平已意识到什么，他肯定又睡了一个女人。接着又翻到另一条短信：

"能和你永远在一起我就不枉活今生。我是你的避风港，我是你的小舟，更是你雨天里的大伞……"

何平仰天长叹，这又和谁勾搭上啦？她心碎了，悲哀呀！他根本没想和自己白头偕老。要是长得帅也行，一脸褶子，但就会哄女人。身材不错，业务也棒，法律上很精通，这些年在单位红得发紫，常常县里的领导遇到法律上的难题也要请他去研究决定。

她心潮翻滚，这日子恐怕过不长了。还没等她再往下看，建平像幽灵一样回来了。

"你翻我手机干什么？"他厉声喝道，一个箭步过去抢下手机。

"没鬼你怕什么？"何平很伤心，"你又和谁勾搭上了？你那么想和她们在一起吗？"

"管不着，你没资格管我，那是我的自由。"

"婚姻是互相约束的，你能约束别人为什么不能约束自己？"

"我那是玩儿她们。任何女人和我在一起，我要想拿下就一定能拿下。但我只是玩儿玩儿，不会动真格的。"

何平不想把事情弄大，因为孩子在上高三，她只能忍。为了能让孩子考个好学校，不管孩子要求她做什么，她都认真去做。

萧悫是个用功的孩子，每天起早贪黑地学、背。她让妈妈去买咖啡，何平就给她买回最好的。她说上课时总困，喝了咖啡就不困了。因此，每天早饭后何平给她冲杯咖啡，有时晚上她也要喝，何平说那样不好，影响睡眠对身体不好。有时萧悫说数学有的地方没学好，让她去找老师补课，她就去找萧悫的数学老师，数学老师说："萧悫要是补课，全班都得补课，并告诉她，不会的

题就到办公室找我。"那是个中年女老师，对人和蔼可亲。

所以这次期中试一过，萧悫兴高采烈地回来，一开房门就喊：

"妈，我爸在家吗？他得改姓。"因为萧建平曾经讥讽过她："如果你能考个全年级组第一，我都不姓萧，三天不吃饭。"这次她果然考了全年级组文科第一。

看着萧悫这么高兴，何平乐坏了，建平也喜上眉梢，他说："改，改，只要你能给我考个第一，让我干什么都行。"

何平拿出五十元钱给萧悫，说："奖励你的。"

建平又破天荒地忙着给萧悫做饭，其实他很会做饭，但就是不做。这会儿他也不说萧悫是野种了，边做边炫耀着说："我的姑娘肯定错不了，龙王爷的女儿，生下会浮水。"

"这回可给你爸长脸了，你爸这一辈子什么都想冒个尖儿，事事都想出风头。"何平说。

"你爸要是没能耐县里能提我正科级吗？"这倒是不假。

"你就是抠，要不副院长早当上了。"何平说。

"不抠你有钱吗？我又不想贪。送钱的人都想再捞回来。"

别看建平好色，但他不贪，平时不管谁求他，只要能办到的他一定给办，所以人缘好。但他有点儿像《乡村爱情》电视剧里的谢广坤，孩子这次考得好，他在单位里不管到哪个办公室，不出两句话，就开始广播："我女儿这回期中试考了学年组第一，可给她爸长脸啦。"要不就说："我女儿让我改姓，因为以前我说过，你要什么时候能给我考个全校第一我就不姓萧，这回她真考了个第一。"当然别人也会说："那就改吧！"大家一笑了之。

萧悫这孩子懂事儿，常常把妈妈给她的吃饭钱或是零花钱攒起来，攒够四五十元就又给妈妈，从不乱花钱。她学习好，学校老师、校长都很器重她。这孩子不爱美，她的身材与妈妈的身材差不多，她常常穿妈妈的衣服。她的衣柜里有的衣服标签还没摘，可她穿的衬衣袖子都开花了。

一天，吃饭的时候，何平看着她开花的衬衣袖子说：

"姑娘，咱家就那么困难吗？你衣服都破成这样了还穿？！"

"这衣服洗完不能扔，穿啥不行，得劲儿就行。"

萧悫学习成绩优秀，生活简朴，品德高尚。何平常常教育她："不是自己

的东西一根针一分钱都不要拿。"所以她捡到东西都交给老师。一次，她在校园门口捡到五十元钱，交给了老师，学校广播一播出这个消息，就有三四个学生去认领。萧悫回家把这件事对妈妈说了，妈妈说：

"人的品质是不一样的，要么怎么会有好人坏人之分呢！"

"那有的人也太不要脸了，不是自己的却去冒充，多丢人。"

因为她各方面表现都优秀，所以期末学校授予她"省级三好学生"称号。虽然她各方面表现好，但党却入不上，于是萧悫找爸爸诉苦。

于是，萧建平就宴请她的校长，可是谈了半天，校长很为难地说：

"党员指标都是戴帽下来的，我真是没办法。这些不是县里官员的子女就是亲戚，要不就是教委的子女或亲戚，我想想办法吧。"

"你费点儿心，咱孩子也争气，不会给你丢脸的。萧悫很想入这个党，她也很上进。"

校长说想办法，可萧悫直到高考完也没入上这个党，这让何平感到很生气，白花好几百宴请这个校长了。

当然，萧悫被评为省级三好学生，建平逢人又是一顿炫耀："我姑娘，被评为'省级三好学生'，像她爸。这孩子脑门上长个旋，是个独角龙，我觉得她将来肯定比她爸有出息。"

"萧庭长这么了不起，孩子肯定大有作为。"他的手下奉承着，"这就是龙养龙凤养凤，老鼠的儿子生下会打洞。"

"是啊，我姑娘好强，像我。"建平美滋滋的，"我上中学那会儿，可赶不上我姑娘，天天总迟到，每天老师就让我在前面门口站着，时间长了我也站习惯了。"他口若悬河，"那时我小个儿不丁点儿，总受欺负，后来不知道吃啥了，长成现在一米七八的个子，以前的同学见我都很惊讶！"

新年将至，给建平送礼的人也不少，但他有个原则，三头五百的可以，但他从不收现金。一天，一个年轻人给他送来两瓶茅台酒，他坚决拒收。他说：

"你的事儿我肯定给你办，你的条件我也了解，赶紧把这些拿回去退了。"

"萧庭长，我知道你廉洁，可过年了这是我的一点儿心意，你不能驳我面子。"

"咱哥俩不是认识一天半天啦，拿回去退了，你的事儿我肯定帮忙，你放心。"

两人争扯半天，建平还是让年轻人把酒拿走了。何平从屋里出来，觉得他让人把东西拿回去很过意不去，不给年轻人面子，就说：

"你也是，人家都把东西拿来了，你让人把东西拿走，多不好！"

"妇人之见，你要当官就是个贪官。他原来在法院开车，后来去了别的单位，这不开车撞人了吗，把人撞得挺严重，自己也折了两根肋骨，你没看他直不起腰的样子，媳妇身体也不好。"他倒挺体谅别人，"我能忍心收他的东西吗！"

后来，又有人到家给他送来五千块钱，也是他帮了人家大忙，人家给予答谢，可他急头白脸地和人撕吧半天，把人推走了。

人走后，何平说："你前任的庭长刘来友，人家现在住着别墅，儿子开着小车，你再看看咱家，真是天壤之别。"

"你啥意思，想让我收呗。受贿五千块钱够立案，你想让我蹲笆篱子！"

"像你这样的官现在可能一万个里面也找不出一个啦！我不是那个意思，你自己的事儿要自己把握好。"

"公检法我是有了名的不黑，那些贪心的，早晚会出事儿。"

……

和往年一样，何平虽然每天总咳嗽，但是还要给这爷俩从里到外，从上到下换上新的，而自己只买个红裤头、红袜子，建平就会数落她。

"就差你一个啦，买件新衣服！"

"年前贵，年后会很便宜。"所以，她都是年后给自己换新衣服。

四十九、积劳成疾

新年一过没几天萧悫就开学了，因为面临高考，学校抓得很紧，这时她每天都很焦躁，不是这不对就是那不对，爸妈只能忍着。一天，吃早饭的时候，她赌气冒烟儿地说：

"我那台灯都几年啦，也不换一个。"然后，她摔下筷子就走了。

她的话就是圣旨，建平小声对何平说："给她买个好的。"何平点点头。于是，何平买了一个带着小表的大台灯，花了一百多块钱，很精美，放到她房间。

萧悫晚上回来看到新台灯，脸上露出了笑容。有时晚上她要喝咖啡，何平劝说："晚上喝咖啡会失眠的，影响休息，别喝了。"

"让你冲你就冲，啰嗦什么。"她有点儿不耐烦。

何平就得乖乖给她烧开水冲咖啡。为了让她吃得满意，何平换着样做饭，但常常饺子多些，萧悫就不高兴了。

"妈，你能不能不天天吃饺子，烦死人啦！"

"就是，山珍海味天天吃也够，猪头。"建平奚落着，"你以为你小时候呢，八辈子吃不上一顿饺子。"

"猪头。"萧悫也跟着起哄。

"我是猪头，你们和我一起生活，那不说明你俩也是猪吗？"

这个家里里外外什么活都是何平一人干，建平吃完饭不是上网就是看电视，有时也看一些法律方面的书。这一冬天何平身体不大好，有时忘了擦地，建平就骂：

"谁家老娘们儿像你，屋子也不收拾，埋汰的。你看这茶几，一层灰。"然后嘟嘟囔囔去拿笤帚扫地，扫完又擦，何平本来嗓子不好，就一声不吭，像个受气包。

萧悫一模考试考得挺好，仍然是遥遥领先，校长一次请客，在酒桌上对萧建平说："萧悫一模考试我在网上看了，排在全市文科第二，考清华、北大有希望。"因此，建平回家把这好消息告诉了何平，何平很是高兴。二模考试，萧悫仍然如此。可这时的何平感到身体一天不如一天，就是每天输水也不见好，日夜咳嗽不止，有时半夜咳嗽得死去活来，建平就发火。

"你能不能让人睡觉啦？不能憋着点儿吗？"

何平只好灰溜溜地到那冷如冰窖的厨房去睡。

因为建平在单位业绩突出，被评为市级"五·一劳动模范"。市里要召开隆重的"五·一劳动模范表彰大会"，虽然何平身体不好，但她还是把建平的衬衣、西装都拿到干洗店熨得板板整整。

建平这时和市里法院的一个女秘书孙丽聊得很投缘。这次去市里，孙丽单独请他吃了饭，并且给他重新打扮一番。说：

"你这身衣服搭配毛衣不得体，吃完饭我领你去买一件。"

"不用，不用，这样就行。"他推辞着，心里乐开了花。

"不好看，听我的。上台全市人在电视上都能看到你。"孙丽媚笑着。

"我那媳妇就是乡巴佬，她没有审美观，哪像你在院长身边，见识广。"

于是，两人吃完饭，孙丽带他去了百货大楼，买了件四百多元的蓝色毛衣，又买了一条三百元的腰带，就去了一家宾馆。的确，建平身价倍增，真是人靠衣服马靠鞍，狗配铃铛跑得欢。建平这时有些飘飘然，不知如何感谢孙丽。他说：

"你什么时候到我们那去，我请你吃开江鱼。我们那儿土特产很多，我给你拿一些。"

"过几天也许真去，不会少麻烦你的。"

孙丽虽说已四十多岁，但着装典雅，人长得也漂亮，看上去也就三十来岁——她安静地坐在床上，端详着建平，建平有贼心没贼胆，他懂女人心，但他也怕坏了名声，赶紧起身说："我还有事儿，改日一定好好谢谢你。"

　　于是，两人离开宾馆，孙丽有些失落地先打车离去，建平才打车走。

　　而何平在家眼巴巴地盼着市里的新闻。终于盼到了颁奖这一天，她像打了兴奋剂一样端坐在电视机前。当看到"佳木斯市法律系统五·一劳动模范授奖大会"字幕一出现，她就目不转睛地看着电视，仿佛在等待国家主席出场。当建平登上领奖台时，她感到建平简直太帅气了，谁也没他酷，没他有气质。只见主席台上一位领导给他脖子上挂了一块金牌似的奖牌，又有人递上一个水晶奖杯。何平想：这些一定很值钱。后来又有小朋友来献花。

　　等建平凯旋归来，一一给她展示奖牌、奖杯，两人乐得嘴都抿不上。何平问他：

　　"这奖牌是金的吧？"

　　"不是，可能镀了一层金。"

　　"那这奖杯一定是真水晶，很值钱。"

　　"不是。你就认钱，掉钱眼里啦！就是一个普通类似玻璃的东西。"

　　"是不是有奖金啊？"

　　"你能不能不总想钱？没有。"

　　"不可能，这么隆重的大会，又挂奖牌又送奖杯的，一定有奖金。怎么不给五千？"

　　"还五万呢！五分也没有，真的，荣誉比什么都重要。"其实，奖金是有的，他给孙丽买了项链。因为孙丽给他花了不少钱，他也不能逊色。

　　何平像泄了气的皮球，霜打的茄子。而建平兴致不减，还是那么兴奋。其实他一进屋，何平就发现了他的毛衣、腰带换了，可没容她问，建平就向她讲述授奖大会的过程，并说自己在登上讲台的时候，两腿都发抖，差点儿没吓尿裤子。何平说："我看你挺镇静啊！"

　　"看出来就丢大人啦。"接下来他便说孙丽如何要给他买毛衣、腰带，他百般不肯，最后盛情难却。

　　何平什么反应也没有，后来他的胆子越来越大了。有时晚上他也不避何平，与孙丽视频聊天，两人如知己般。何平也不到他身边去。孙丽的丈夫在一个普通单位是一个普通的职员，爱赌博，也爱沾花惹草，但她公公是个老中医，别看退休了，每年依然不少挣钱，并且就她丈夫一个儿子，所以她家境很富裕。

　　听建平说，她公公一出手就是二十万二十万地给他们钱，所以她不会与

丈夫离婚。何平明白他的意思，但有时也会说：

"你跟这样有素质又有长相的人过多有面子。"她在视频上见过孙丽，也是建平让她看的。潘春欣与孙丽比，那就是土豆与苹果，没有可比性。

"我说过让她嫁给我，她说她驾驭不了我。"

何平气得一声不吭，转身走了。

没几天，孙丽单位真来此县春游来了。建平安排何平去买蜂蜜、鹿茸、花粉等土特产，何平虽然身体不适，但也要按照建平的吩咐一趟趟为他的网友去买东西。

孙丽来了就主动要求去建平家看看，因为她知道建平不喜欢他的妻子，认为他的妻子一定是个丑八怪，拿不出手，所以她自信满满地去了建平家。在视频上何平没有与她正脸相对，何平嘴上不说，心里觉得他们关系不正常，都心怀鬼胎。

孙丽来到何平家，何平早就做好了招待她的准备。但让孙丽没有想到的是，建平媳妇虽然四十好几了，却如此端庄美丽。她说：

"嫂子，你是怎么保养的，皮肤这么好，又这么漂亮，建平怎么把你骗到手的？"她是个爽快之人，也是个玩世不恭的人。

"我从不保养，都黄脸婆了，漂亮啥。"

"嫂子真年轻，建平你得好好对嫂子，嫂子一看就是一个贤惠的人。"她俩网上无话不说。

何平热情地一会儿给她倒茶，一会儿给她拿水果，建平倒像个陪客，有时也插一句："我老萧也不赖，'五·一劳动模范'。"

"是的，郎才女貌嘛！"孙丽笑容可掬地说。

"你也很漂亮，一看就知是个才女。"何平夸赞着。

孙丽没待多大会儿，就风风火火地走了。这几天建平都不着家，只要孙丽一呼，他就立马到。孙丽这一趟来，何平花了不少钱，她不想让建平欠她人情，所以也出手很大方。

为了招待这个孙丽，何平头天从建平办公室搬了两趟花，并且都是大花盆，每盆都得六七十斤重，本来嗓子就不好，她来回搬花盆累得直咳嗽。虽然前后楼没多远，她也歇好几歇。这些花也是她不带班后从自己班级搬到了建平办公室的。

　　东北五月份那是早晚穿棉午穿纱，夜晚还要睡着电褥子。春天，街道两旁刚栽活的树木，又开始挖掉换别的树种，主街两旁见不到胳膊粗的树木。这回新栽的树木的确不是北方树木，很新奇特别，北方没有。小城虽小，到处楼房林立，街道如公园一般。

　　孙丽走没几天，何平感到身体支撑不住了，又开始吃药输水，并且腰也疼得厉害，就是批作业，她都是一条腿跪在椅子上批。一次校长走进他们办公室，见她如此架势，惊讶地说：

　　"这是怎么啦？不坐着批！"

　　"腰疼坐不下。"

　　"那赶紧上医院看看。"

　　"没事儿，我帖着膏药，几天就好啦。"

　　她这么敬业，使校长很感动，在教师开会的时候特意表扬了她，说她带病坚持工作，不肯耽误学生一节课，在腰疼难忍的情况下，跪在椅子上给学生批作业，让人十分敬佩。

　　对于她的身体，建平一点儿不关心，每天家务还是一手不伸，有时见她龇牙咧嘴的，就不高兴地说：

　　"有点儿病就能装。"

　　何平知道他不心疼自己，她就一声不吭忍着。这一冬，她去诊所输水，就是星期天建平也没有去看过她一次，更别说陪护了。

　　转过来周一的早晨，何平起来做饭，洗手的时候一照镜子，妈呀，脸肿得像个倭瓜，眼睛就剩一条缝了。她赶紧跑进卧室给建平看，建平还没睡醒，因为他总爱半夜起来，不是上网就是看电视，所以早晨起得晚。

　　"我不看，我还睡觉呢，死不了。"他眼都不肯睁一下，翻个身又睡了。

　　何平也感到打扰了他睡觉，就悄悄地做饭去了。吃饭的时候，萧悫惊讶地说：

　　"妈，你这脸怎么啦？每天就瞎输水，愚昧，上医院看看去！"当建平走进厨房，萧悫不高兴地说："爸，你一点儿不关心我妈，她都这样啦，你都不着急。"

　　"哎呀妈呀，咋变成这样啦！"他既惊讶又开心的样子，"何老师，这真是出问题了，上午赶紧去医院看看吧。"

"你还能笑出来！"萧悫不满的样子。

因此，何平上午给学生上了两节课，就请假去了县医院，医生一检查，要求做个心脏彩超，彩超出来拿给医生看，医生说："你是风湿性心脏病，二间瓣狭窄，三间瓣关闭不全，得住院。"

"啊，我还上班呢！"

"我腰也疼得厉害，坐不下，翻身都翻不了，先治腰吧！"

"命都要没了，还要腰干什么？"这个医生开玩笑地说，"你去外科看看腰，然后去住院处找杨弘主任，把这个片子给他。"

她又去外科，外科医生让她也得拍个片子，结果片子一出来，拿给医生看，医生说："你是腰间盘突出，腰椎管狭窄，并且有点儿钙化。你挺能挺！"

"怎么办啊，我又刚检查出心脏不好，内科医生让我住院，怎么都赶到了一起。"

"你先去住院处吧，看看怎么治疗。"

何平沮丧地拿着两个片子走到室外，把这一切向建平与学校校长汇报了一下，就去住院处找杨主任，这样就住进了医院。她身在医院心在班级，她与搭档沟通怎么给学生留作业，最后决定她的课让学生做卷子。可她是连续三天每天二十四小时输水，这让她心急如焚。第二天她正在输水，搭档小田和几个老师来看她，并把学生做的卷子拿给了她。这几个老师走后，她就一边输水一边批卷子，正在批着，建平与他的司机进来了，建平立刻怒火冲天地嚷道：

"你快死吧，"他两手向天高举，"王涛给你什么好处啦？"

其他病床上的人吓得直抱膀，何平被他这一吼，心惊肉跳，泪水哗哗而下——多没面子呀，被丈夫咒骂。昨天他也来了两趟，因为萧悫需要照顾，何平让他回去看护孩子，怕萧悫关键时刻上网成瘾。

"你这么敬业，学校怎么没评你为劳模？我不明白你为啥这么给王涛卖命！"他气呼呼的，转身扬长而去。

他的司机跟在他的屁股后面一再劝慰："别这样，别这样，这是医院多不好。"

何平这一病，萧悫也不去学校上课了，她的班主任给何平打电话，说萧悫三模没参加考试，这让何平很担心。她把萧悫叫到医院，心平气和地教导她。

"姑娘，你得听老师的话，安心上课。都是你妈不好，怎么这个时候生病

呢！不能上网玩游戏，会有瘾的。"

萧悫听着妈妈唠叨，有时笑笑，有时答应着，她陪了妈妈一会儿就走了。这孩子有主意，妈妈生病，她心里也难受，但她不说。

何平与杨主任商量，能不能给她少输点儿水，哪怕下午能给学生上两节课也行，杨主任说：

"命都要没啦，还惦记学生呢！不是我要给你多输水，是你得的病需要多输水。"

"我的腰疼得要命，都不敢翻身，揪心疼，能不能一起治啊？"

"那得单独请外科大夫来会诊，看看怎么一起治疗。"杨主任是个很和善的人。

"谢谢你杨主任，让你费心啦。"

因此，第二天何平正在输水，杨主任带着两个外科大夫进来了，何平把拍的腰片递了过去，两个大夫看了看，嘀咕了几句，按了按她的腰，又用小锤敲了敲她的腿，他们互相商量着，意思是可以加治疗腰的药。何平喜出望外，一再表示感谢。

住院期间，校长来看过她两次，告诉她安排其他人替她上课了，她似乎才安心。

一天，杨主任对她和建平说，这个病现在好治，去省城医院就可以，在这只是缓解。通过治疗，她的心脏和腰都有了好转。她住了十六天院，终于可以回学校了，也惦记孩子高考。

由于她生病，给萧悫也带来了影响，但瘦死的骆驼比马大，萧悫虽没进清华、北大，也考进了北京的一所重点大学。

小学毕业班考完试的那天下午，何平与建平正准备登上去省城的卧铺大客，来了一群为她送行的学生。有几个学生还递给她饮料和蛋糕，高呼着："老师，一路平安！"何平感动得落下幸福的泪珠。

五十、第四次离婚、复婚

何平在省城的一家医院做了心脏微创手术，但做得不成功，她心里还是有压力。因为把萧悫一人放在家里她总是挂念，虽然姑姑、叔叔每天去关照，可她还是惦记孩子。因为萧悫觉得自己考得不理想，何平怕孩子想不开，所以做完手术就立马回来了。

他们早晨到家，家里什么菜都没有，建平骑车去街里买了点儿菜，进屋就撒疯，跺脚骂：

"这钱也不都让谁花了，连台车都买不起，都死了得了！"他骂骂咧咧地进了厨房。

何平在床上躺着，听着他的骂声泪水模糊了眼睛。不争气的身体，今后怎么办？在省城医院做完手术那天，一个大姐嘱咐他们："回家千万别吃鱼，鱼是发物，心脏刚做完手术，创伤不易好。"而建平偏偏要做鱼。

吃饭的时候，何平看着建平嘟噜个老脸，吃几口也就下桌了。第二天，她就打车上街买菜。她要强，不想看人脸色苟且偷生，再说，萧悫很快就要上大学走了，她要好好给孩子做饭。

建平看到她这样，就说："你打车上街行，也别累着。"似乎像人话。

何平心里不悦，但没有表现在脸上。她想好了，萧悫上大学走了，建平真的不待见她，嫌弃她，她就自己过。她买的小楼今年能交工，虽然钱不够，但有建平的出谋划策，她做了按揭贷款。

回家后，建平和萧悫每天关注着录取情况，都如坐针毡，直到从网上查到被录取的消息，才长吁一口气。紧接着录取通知书就到了。看着萧悫的录取通知书，何平心里酸溜溜的，眼睛湿润了——她舍不得孩子走。

何平虽然做了手术，可常常夜里憋得上不来气儿，就得起来到客厅看书或看电视。有时萧悫起夜看到，就不解地问：

"妈，你没事儿吧？"

"没事儿，坐一会儿就好。"

建平对她没有心疼的语言，只是有时候半夜看到她倚在沙发上睡着了，能给她盖上一件衣服。他周末到母亲家，母亲也发慈悲地对他说："何平有病，你不能像以前啦，要帮她干些家务活，做做饭，洗洗衣服。"

这一段时间，建平虽不买菜，但他会提前回来做好饭再回单位吃饭。单位只准备中午饭。何平平时就不爱吃鱼，而建平总爱做鱼，也是因为冰柜里有不少冻鱼。一开始，何平以为他是做给孩子吃的，但孩子也不爱吃鱼。

一天，建平中午又是做的鱼，何平说："人家说做手术是不能吃鱼的，在哈尔滨医院的时候你没听那个大姐说吗，鱼是发物，它会使伤口溃烂。"

"我没听见，鱼是有营养的东西，哪有那说法。"

"我觉得你是有意的。"

"不爱吃拉倒。"他端起鱼盘，"啪"地一下扣到了垃圾箱里，"伺候你还伺候出冤家了。"一甩袖子气哼哼地走了。

也是，他能做好饭就该谢谢他，对于他来说，这就算进步很大了。何平心里好后悔，干嘛要把话说出来。她现在不只心脏有病，腰也疼得厉害，就是弯腰都困难。建平说："衣服脏了都攒到周末我来洗。"

建平不用洗衣机，说洗衣机洗不干净，他用大洗衣盆洗衣服。何平看他笨手笨脚的样就想伸手帮忙，他就不高兴地说道："这卫生间这么窄，你能帮什么忙？只能添乱。"

每天睡觉何平是左躺不是右躺不是，右膀肩周炎，左面压心脏，平躺腰要命地疼。后来她去了另一家医院，每天针灸、按摩、帖膏药，本来要做牵引，医生一听她说心脏不好也就罢了。建霞、建丽每天陪着她，帮着穿裤、穿鞋，让她万分感动。腰治疗一段时间好多了，她又去顾心脏。

腰肩盘突出进行针灸、按摩、帖膏药只是个缓解，治标不治本。建霞的丈夫王海平日像个土郎中，能治一些小病，他不知搁哪弄的"六合治疗仪"，

让何平去试试，何平开始有些害怕，怕被电死了，用了两次觉得还行。建霞说：

"送给你一台吧，家里还有好几台呢！"

建平说："这玩意儿能治病吗？"

王海笑哈哈地说："六合治疗仪治百病，我用这东西给不少人治好了。"他很自信。

何平按照说明书和建霞两口子的指导，每天早晚做一次，腰慢慢的真好了，没再花一分钱。

萧悫上大学走的那天，何平哭哭啼啼，也许太伤心，舍不得孩子，有些上不来气儿，建平没让她下楼。萧悫拉了拉妈妈的手，眼泪汪汪地走了。没几天，建平就回来了，他也惦记何平的身体。

建平向她诉说着萧悫的大学校园如何气派，萧悫对他如何不舍，然后又奸笑着说："你猜她还对我说什么了？"他诡秘的样子。

"不让你出轨？"

"放屁。她说'你要对我妈不好，我会对你不客气的'。她还是惦记你的。"

何平的眼泪如夏季的连雨天，又哗哗流个不止。

学校开学了，领导对她比较开恩，给她安排了十二节课，都是副科，不用批作业。但身体已经不行了，上楼都累得她"呼哧呼哧"直喘，再加上嗓子不好，她已支撑不了了，领导并不可怜。她去了教委，找了局长，局长是她大上届学生的家长，以前关系就不错，听了她的讲述，说："我知道了，这要不生病，你可是最优秀的教师。"

就这样她再回到学校，校长把她叫到了办公室，说：

"你不用教课了，局长给我打电话了，你每天到主任办公室，看看他们需要你做什么，给他们帮帮忙。"

她不住地感谢着校长。

这时，她又接到了新楼交工的通知，这让她感到特别高兴。这个楼就在学校跟前，上街买东西也方便，给学生补课也方便。她就开始张罗装潢，钱不够她向朋友借，当然一开支她就急着还上了。

楼房交工的头天晚上，建平打回电话说："晚上有饭局，不回去吃啦。"

何平就自己吃完饭，散步去了。这天，建平回来得挺早，看她没在家，就打电话，而电话在屋里响了，他骂骂咧咧的："又到哪跑腺去啦。"等何平回来他就发火。

"你出去怎么不带手机，怕我找到你呀？"

"我出去散散步，谁知你回来这么早。"

"以前我约你出去散步你都不去，说难受，不就是怕相好的看见我吗？"

"你猪八戒倒打一耙。"何平不再谦让，嗓门更大，"和你一起走丢人，一个德道品质低下的人。"

"你以为我稀罕你呀？稀罕你就没那些故事啦！"

"我知道你从来没爱过我，我清楚得很，所以等我的楼交工了咱俩就分开。"

"是啊，你搞破鞋更方便啦。"

"咱俩谁破坏人家庭？谁会网友？坏事做绝。宁拆十座庙，不毁一桩婚，哪怕你搞那离婚的也行！你还埋汰我，你缺八辈子德啦。"

两人不分胜负打了半宿。建平也没因为她有病让着她。从这天起，两人各睡一屋，所以新楼交工何平也没告诉他。

一天早晨，建平来到何平房间，刚要往她被窝里钻，何平一下坐了起来，大声喝道：

"滚，去找朴玉、潘春欣去！不是从来没爱过我吗？你别像牲口似的，我也不要这死亡的婚姻。"

"我给你钱。"他一副下三滥的嘴脸。

"你以为我是潘春欣吗？给点儿好处就跟人搞！我永远都不会那么下贱。"

"你以为你什么好东西吗？"他一看何平不让，气急败坏地骂起来。

何平看到他那损样，感到恶心，就起床做饭了。吃过饭，建平说：

"和你在一起生不如死，你赶紧去法院起诉，没有一纸文书咱俩是不能彻底分开。"

"好。"

于是，何平又去了法院，可想而知，法院是萧建平的工作单位，他们不接收这案子。何平明白人家是好心，不管她怎么磨叨，人家就是不受理，并且好言相劝。

"嫂子，回去吧，萧庭长就是脾气不好，人不坏。孩子都上大学啦，多好

的日子啊！"

"他看不上我，我也不赖着他。我俩的缘分真是尽了。"

"家家都一样，凑合过吧。我们家也总打。"这个法官挺会唠磕。

何平知道再磨叽也白搭，只好告辞。出了法院，她给建平打电话说明情况，两人一商量，何平回家取户口本，还有那假结婚证和相片——这都离出经验了，一起去了民政局。

这里他们不陌生，因此很快办理了离婚手续。这假结婚证也终于变成了真离婚证，让何平心里感到轻松许多。

因此，新楼装完，她就急三火四地搬进了新家。离开建平家那天，她把阳台的一大方便袋的木耳倒出一半，正拎着这些木耳刚跨进厨房，就见建平像头凶恶的狮子正瞄着她，她胆战心惊地刚要说："给你留一半木耳……"话还没说完，建平飞起一脚把她手里的木耳踢飞到餐桌旁，何平刚要弯腰去捡，他又飞起一脚，这个木耳袋又飞到厨房门口，何平那个气啊，又去捡，建平紧跟几步又是一脚，踢到了屋门口，骂道：

"都拿走，滚！"

何平拎起木耳袋落荒而逃。

何平搬走后，建平每天不是喝酒就是在网上与孙丽网聊，他希望孙丽能离婚与他生活，孙丽说她驾驭不了他，其实她不可能放弃大一点儿的城市到小城镇生活的。她劝他不要朝三暮四了，还是和前妻和好是正道理，情人再好也是一时之欢，最后还得老婆、孩子管你。

建平觉得无颜面再见何平，他觉得这一生最对不起的人就是何平，没给她一日幸福。他有时暗自神伤，对于朴玉他不再去想，潘春欣的丈夫对他恨之入骨，让他常常做恶梦。他悔恨自己的不忠，觉得潘春欣就像个娼妇，和她在一起早晚被她戴绿帽子。有时他趁着酒劲儿给何平发个短信：

"天冷了，别着凉，要注意身体，别忘了吃药。"

何平不理他，一时心里酸酸的。她不想收到伤害她的人的消息，可他总不断地问候她。

"看病要去北京，不能随便医治。你的病是常见病，心脏换了瓣膜就好了。钱不够我给你准备……"

何平见到这些短信一字不回复。一个周末，他又发来短信："为了孩子你

得好好活着，从前都是我不好，如果你能给我机会，我会百倍补偿你。咱俩有孩子，你看在孩子的份上，给我一次机会，以后看我的表现。"

"我已成家，老公很爱我，我不会与一个从来没爱过我的人一起生活的。"何平回复着。

这时已入冬，她们离婚有三个多月了。在何平心里，她已下定决心，即使有千般不舍，也不能再和一个从没爱过自己的人生活了。

建平似乎慌了神，回复："咱俩有孩子。他姓啥？我和他谈谈。"

"谈什么谈，"何平想了想，姓什么呢，赶紧顺嘴说，"他姓刘，他不想和你谈。你还是和你爱的人一起生活吧，不要再来纠缠一个你从没爱过的女人了。"

"我其实谁都不爱，就爱你。我是伤害了你，以后我会加倍补偿你，再不会伤害你，我们为了孩子，以后安安稳稳地过后半生。"

提到孩子何平心里就酸溜溜的，再听到短信响她看都不看，她伤透心了。建平见何平不回复，感到何平一定有人了，他以己之心揣摩他人，也慌了，在家里四处踱着步子，最后下定决心去找何平。

听到敲门声，何平打开房门，不禁愣了。

"你，你怎么来了？"

"怎么，不欢迎？想你了。"

何平给他拿出拖鞋，就到小饭桌前坐下了。离开他时，何平把新的餐具和新的餐桌都给他留下了，这个餐桌还是他们结婚时的。他换上拖鞋就来到何平身边，从兜里掏出工资卡、医疗卡、电卡、水卡等，都放在何平面前："这些还是你保存吧！"

从前这些卡也都是何平保存，离婚后何平都还给他了。他坐到何平面前，何平感到他很高大，又觉得他像变了一个人。那张冷酷的面孔不见了，变得和颜悦色。而何平心里很矛盾。

"从前我对不起你，以后我一定让你幸福。我们重新开始，再也不让别人看笑话了。这段时间我在反思，的确是我不好，没让你过上一天幸福生活，从今往后，我会真心对你，你看我表现。"

"一个人爱一个人不容易，其实我们分开，我是真心想让你和你爱的人幸福地生活，我也不想和一个从没爱过我的人生活一辈子！"

"其实我的钱给谁花我都心疼，就给你花不心疼，说明我对你才是真爱。我这辈子离不开你。"他的嘴就是会说。

"咱俩积怨太深了，我就想自己消停地活着，实在折腾不起了。"

"以后我再也不惹你生气了，咱俩为了孩子，都好好地活着，家里的活尽量我来干——你身体不好，养好病是你的任务。"

何平泪水簌簌地流了下来，建平给她拿来毛巾，她从来没听过这么感人的话语。建平发自肺腑的忏悔，让何平非常感动，可她只有满腹委屈。当建平起身又一转身时，她以为他要走，说了声：

"你走啊？把你的卡拿着。"

"我来了就没想走！"他脱下衣服，"衣服挂哪？"

"门边柜都是挂衣服的。"

建平挂完衣服，就开始参观何平的小屋，然后到厨房里看看，说："你净糊弄饭！你身体不好是需要营养的。"

何平跟在他身后，说："能吃饱就行呗！"其实她做的饭有时真像猪食。她舍不得花钱，因为孩子上大学，自己又要吃药，只能节衣缩食。

"明天周一，咱俩把结婚证领回来，然后买些好吃的，把咱家人都叫来，好好乐呵乐呵，行不？"

"嗯。"

第二天，两人带好一切证件，把结婚证第四次拿到手。建平说："这些都归你。"

两人到了超市，买了鸡鸭鱼肉以及蔬菜、酒等，回家做了一桌美味佳肴，人多不够坐，何平又加了两张课桌（从前给学生补课时用的桌子，她都搬来了）。婆婆也很高兴，弟弟、妹妹、弟媳、妹夫们都夸大哥的手艺好，大哥咧着嘴乐，于是，建军、建杰、王海帮着给大家斟酒，其他人及孩子都举筷望菜，其乐融融。这时，建平让大家举起杯，说：

"从今往后，我一定做个好丈夫，让你们的大嫂不枉嫁我一回。也给你们做个好榜样！"他接着说，"以前都是我不好，老婆，对不起，以后你让我往东我决不往西，你就是我的上司。我爱你！"

大家鼓掌，举杯起言："干！"